开国征尘系列

华夏古典小说分类阅读大系

说唐后传
残唐五代史演义

[明] 钟惺 罗贯中 编次

华夏出版社
HUAXIA PUBLISHING HOUSE

出版者的话

我国的古典小说,题材的丰富性、多样性尤为突出。经过与古典小说专家学者的座谈沟通,我们把中国古典小说(白话小说)依照题材内容的不同,大致划分出如下几个板块——

有讲述古代名臣断案的作品,拟称"名公断案系列";

有反映历朝历代开国进程的作品,拟称"开国征尘系列";

有以家族宗亲为核心的英雄传奇作品,拟称"家将英雄系列";

有笔墨集中反映市井生活的作品,拟称"市井风情系列";

有传统武侠类作品,拟称"侠义雄杰系列";

有名著大作的续书,拟称"名著续作系列";

有表现人间欢愁冷暖的作品,拟称"世情万象系列";

有揭露批判社会异变的作品,拟称"狭邪烟粉系列";

有记述神人奇事的作品,拟称"奇人异事系列"等等;

当然,更有"四大名著"、"三言二拍"等影响深远、成就辉煌的经典,拟称"金声玉振系列"。

将已然满目的所谓"系列化"出版进一步推向细化、规整化,是"华夏古典小说分类阅读大系"最根本的特色。强调"类型化",既是对不同读者口味的关照,也是对我国古代小说一次有机的整合;"分类大系"的各个系列,分,则旗号鲜明,聚,则大大皇皇。

"分类大系"充分考虑到广大读者阅读的便捷,选择了目前国内最权威、最流行的版本作底本,通过对疑难词的释义与注音,达成对阅读障碍的"清剿",版式方面,采用了以降低读者视觉疲劳为目的的"稀疏化"设计。同时,这套精装书以比平装书还低的价位,更表现了它"接地气"的通俗化、平民化的特质。

希望"分类阅读大系"受到广大读者、收藏者的欢迎。

《混唐后传》又名《薛家将平西演传》、《混唐平西演传》,明代历史演义小说,全书共九卷三十七回。署"竟陵钟伯敬编次,温陵李卓吾参订"。钟惺(1574～1624),字伯敬,号退谷、止公居士,湖北天门人,明代文学家。

《混唐后传》的时间跨度很长,从唐朝初年唐太宗时期,直到安史之乱结束,描画出唐王朝初期至中期的历史画卷。本书以正史为依据,杂取传闻、野史加以演义,并融入神魔故事,具有较强的可读性。小说成功地塑造了薛家父子、武则天、唐玄宗、杨贵妃等人物的艺术形象,薛家父子的英勇果敢,武则天的毒辣干练,唐玄宗与杨贵妃的缠绵爱情,都给读者留下了深刻印象。

《残唐五代史演义》又名《五代残唐》,明代历史演义小说,共八卷六十回。

《残唐五代史演义》题"罗贯中编辑"。但近代的学者们认为,此书不是罗贯中的作品,而是明代后期书商编纂的托名之作,而近几十年的文学史、小说史大多把《残唐五代史演义》归在罗贯中名下。罗贯中(约1330～约1400),名本,字贯中,号湖海散人,浙江杭州人(祖籍山西太原),元末明初著名小说家、戏曲家,是中国章回小说的鼻祖。

《残唐五代史演义》主要依据新旧《唐书》、《五代史》,并吸收了民间流传的"说五代史"的故事,敷演成书。小说依据史传,间以虚构,以编年的形式,主要描写了唐末黄巢起义到宋太祖赵匡胤发动陈桥兵变这段动荡时期的兴衰历史,展现了唐末和五代时期重大的政治、军事斗争:唐末天下大乱,梁、唐、晋、汉、周相继产生,从此引发了高老鹞力胜郭家雀、王彦章命丧绝章岭、赵匡胤三打韩通等传说故事,一直到赵匡胤登基建宋为止。

此次出版,《混唐后传》我们以1982年春风文艺出版社本为底本,《残唐五代史演义》以1983年宝文堂本为底本。我们对原书中的笔误、缺漏和难解字词进行了更正、校勘和释义,对原书缺字的地方用□表示了出来,以方便读者阅读。由于时间仓促,水平有限,其中难免有所疏失,望专家和读者予以指正。

2017年9月

目 录

混唐后传　　　　　　　　/1
残唐五代史演义　　　　　/137

混唐后传

商務印書館

《混唐后传》序

昔人以《通鉴》为古今大账簿,斯固然矣。第既有总记之大账簿,又当有杂记之小账簿,此历朝传志演义诸书,所以不废于世也。它不具论,即如《隋唐志传》,创自罗氏,纂辑于林氏,可谓善矣。然始于隋宫剪彩,则前多阙略,厥后铺缀唐季一二事,又零星不联属,观者犹有义焉。昔有友人曾示予所藏逸史,载隋炀帝、朱贵儿为唐明皇、杨玉环再世因缘,事殊新异可喜,因与商酌,编入本传,以为一部之始终关目。合之遗文艳史,而始广其事;极之穷幽仙证,而已竟其局。其间阙略者补之,零星者删之。更采当时奇趣雅韵之事点染之,汇成一集,颇改旧观。乃或者曰:"再世因缘之说似属不根。"予曰:"事虽荒唐,然亦非无因,安知冥冥之中不亦有账簿,登记此类以待销算也?"然则斯集也,殆亦古今大账簿之外,小账簿之中,所不可少之一帙欤!

竟陵钟惺伯敬题

目 录

第 一 回	长孙后遣放宫女	唐太宗魂游地府 / 7
第 二 回	唐俭奉诏选秀女	西辽遣使下战书 / 12
第 三 回	仁贵统兵征辽西	保童献计困大唐 / 15
第 四 回	苏保童刀伤仁贵	薛丁山箭敌保童 / 18
第 五 回	薛仁贵辽西认子	陈金定计杀辽婆 / 22
第 六 回	金莲作法救丁山	青云领兵战金莲 / 26
第 七 回	仁贵保驾回长安	媚娘披缁入尼寺 / 28
第 八 回	冯小宝行淫禅寺	武媚娘蓄发还宫 / 31
第 九 回	昌宗受荐幸太后	怀义建节抚硕贞 / 34
第 十 回	安金藏剖腹鸣冤	骆宾王草檄讨罪 / 38
第 十一 回	改国号女主称尊	违君召怀僧丧身 / 41
第 十二 回	释情痴夫妇感恩	伸义讨兄弟被戮 / 44
第 十三 回	结彩楼嫔御评诗	游灯市帝后行乐 / 48
第 十四 回	鸩昏主竟同儿戏	斩逆后大快人心 / 52
第 十五 回	上皇难庇恶公主	张说不及死姚崇 / 56
第 十六 回	江采萍恃爱追欢	杨玉环承恩夺宠 / 60
第 十七 回	禄山入宫见妃子	力士沿街觅状元 / 64
第 十八 回	纵嬖宠洗儿赐钱	惑君王对使剪发 / 68

第十九回	谪仙应诏答番书	力士进谗议雅调 / 71
第二十回	逍遥学士识英雄	误用番人作藩镇 / 76
第二十一回	幻作戏屏上婵娟	小游仙空中音乐 / 78
第二十二回	公远预寄蜀当归	禄山请用番将士 / 81
第二十三回	长生殿半夜私盟	勤政楼通宵欢宴 / 87
第二十四回	雪衣女诵经得度	赤心儿欺主作威 / 90
第二十五回	安禄山范阳造反	封常清东京募兵 / 93
第二十六回	唐明皇梦中见鬼	雷万春都下寻兄 / 96
第二十七回	矢忠贞真卿起义	遭疑忌舒翰丧师 / 101
第二十八回	延秋门君臣奔窜	马嵬驿兄妹伏诛 / 104
第二十九回	留灵武储君践位	陷长安逆贼肆凶 / 107
第三十回	凝碧池乐工殉节	普施寺摩诘吟诗 / 110
第三十一回	安禄山屠肠殒命	南霁云啮指乞师 / 113
第三十二回	李暮石上逢怪虎	老翁船中惊蛟龙 / 116
第三十三回	郭令公上表报恩	广平王立功奏绩 / 120
第三十四回	达奚盈盈续旧好	江采萍妃返故宫 / 123
第三十五回	得画像上皇题诗	遗锦袜老妪获钱 / 127
第三十六回	赦反侧君念臣恩	了前缘人同花谢 / 130
第三十七回	迁西内离间父子	遣鸿都结证隋唐 / 133

第 一 回
长孙后遣放宫女　唐太宗魂游地府

词曰：

　　春水禄（渌）光如闪电，触目垂慈便觉阳和转。幽恨绵绵方适愿，普天同庆恩波遍。

　　生死一朝风景变，漫道黄泉也自通情回。满地荆榛绕指揃①，惊回恶梦堪欣羡。

　　　　　　　　　　　　——调《蝶恋花》

话说唐太宗自登基以后，灭了突厥②，胡越一家，四方平定，礼乐咸兴。至贞观九年五月，上皇③有疾，崩于大安宫。太宗哭泣尽哀，葬祭合礼，颁诏天下，谥曰神尧。

一日，太宗闲暇，与长孙皇后、众嫔妃游览至一宫，即有许多宫女承应。看去虽多齐整，然老弱不一。有几个奉茶上来。皇后问道："你们这些宫奴，是几时进宫的？"众宫人答道："也有近时进宫的，隋时进宫的居多。"皇后道："隋时进宫久了，如今你们多少岁了？"众宫人道："十二三岁进宫，今已三十五六岁了。"皇后见众宫女情景，甚觉可悯，因对太宗道："妾想陛下一人，精力有限，何苦用着这许多人伺候，使这班青春女子，终身禁锢宫中，何不将此辈放些出去，使他们归宗择配，完他们下半世受用。"太宗笑道："御妻之言是也。"遂命掌宫监臣魏荆玉，把这些宫女都造册籍，明日进呈。荆玉领旨，是夜就把各宫宫女各各造册，天明造完，伺天子视朝毕，将册籍呈上。太宗看了一回道："你去叫他们齐到翠华殿来。"荆玉领旨去了。太宗回宫，指着册籍对皇后道："那些宫女不知靡费了民间多少血泪、多少钱粮，今却蔽塞在此，也得数日功夫去查点他们。"皇后道："不难，陛下点一半，妾同徐夫人点一半，顷刻就可完了。"太宗便同皇

---

① 揃（jiǎn）——剪断，分割。
② 突厥——公元6世纪时游牧于今阿尔泰山一带的古代民族。
③ 上皇——指唐高祖李渊（唐太宗之父）。

后、徐惠妃到翠华殿来。宫娥拥挤在院子里,太宗与皇后各自一案坐了,徐惠妃坐在皇后旁边,宫女分两处唱名。点了一行,又是一行。太宗拣年纪二十内者暂置各宫使唤,年纪大者尽行放出,约有三千余人。叫魏荆玉快写告示:"晓谕民间,叫他父母领去择配。如亲戚远的,你自拣对头与他配合。"三千宫娥欢天喜地,叩头谢恩,带了细软出宫。魏监将一所旧庭院安放这些宫女,即出榜晓谕。一月之间,那些百姓晓得了,近的,领了去;远的,魏监私下受了些财礼嫁去,倒也热闹。不上两月,将次嫁完,只剩夭夭、小莺两个,他们是关外人,亲戚父母都不见来。

一日,魏监想起一个好友,是锦衣卫指挥使①姓韦名玄贞,年近四旬,尚未有子,其妻劝他娶妾,他意尚未决。当时魏监主意定了,遂差一个小太监将夭夭、小莺送到韦玄贞家来。时玄贞不在家,小太监对他夫人说道:"魏公公晓得韦老爷未有子,特差我送这两个美人来,与韦老爷为侧室。"夫人听了十分欢喜。等玄贞回家就令两个美人在书房服侍玄贞。玄贞知是夫人美意,就在书房里与两个美人睡了一夜,次日入内谢了夫人,又往谢魏监。后来夭夭、小莺各生下子女,小莺生一女为中宗皇后,封玄贞为上恪王。这是后话休题。

贞观十年六月,长孙皇后有疾,崩于仁静宫。次日,宫司将皇后采择自古得失之事为《女则》三十卷进呈。太宗览之悲恸,以示近臣道:"皇后此书,足以垂范百世。朕非不知天命而为无益之悲,但入不闻规谏之言,失一良佐,故不能忘怀耳。"冬十一月,葬皇后于昭陵,近窦太后献陵里许。上②念后不已,乃于苑中做层楼观以望昭陵,尝与魏征同登,使征视之。征熟视良久道:"臣昏盹③不能见。"上指示之,魏征道:"臣以为陛下望献陵若昭陵则臣固见之矣!"上泣,为之毁观,然心中终是悲伤。

贞观十三年,太宗忽然病起来,众臣日夕候问,太医勤勤看视。过四五日,不能痊可。时魏征、李勣到寝宫叩首问安。太宗道:"朕今病势甚

---

① 锦衣卫指挥使——即锦衣卫的最高长官。锦衣卫全称为锦衣亲军都指挥使司,明洪武年间设置,原为护卫皇宫的亲军,掌管皇帝出入仪仗。此处系明人讹编入唐代故事中。

② 上——古代尊称之一,专指帝王。此处指唐太宗。

③ 盹(dǔn)——瞌睡,小睡。

第一回　长孙后遣放宫女　唐太宗魂游地府

危,谅不能与诸卿再聚矣!"李勣道:"陛下春秋正富,岂可出此不吉之语。"魏征道:"陛下勿忧,臣能保龙体转危为安。"太宗道:"吾病已笃,卿如何保得?"说罢,转面向壁,微微地睡去了。魏征不敢惊动,与李勣等退出。勣问道:"公有何术,可保圣躬转危为安?"魏征道:"如今地府掌生死文簿的判官,乃先皇驾下旧臣,姓崔名珏。他生前与我有交,今梦寐中,时常相叙。我若以一书致之,托他周旋,必能起死回生。"李勣闻言,口虽唯唯①,心却未信。少顷,宫人传报,皇爷气息渐微,危在顷刻矣。魏征即写下一封书,亲持至太宗榻前焚化了。吩咐宫人道:"圣体尚温,切勿移动,静候至明日此时,定有好意。"遂与众官往宫门首伺候。

且说太宗睡到日暮,觉渺渺茫茫,一灵儿出五凤楼前,只见一只大鹞飞来,口中衔着一件东西。太宗平昔深喜佳鹞,见了欢喜。定睛一看,心中转惊道:"奇怪!"此鹞乃我前日所弄之物。那时执在手中,忽见魏征来奏事,一时慌急,藏于怀中,及魏征去,开怀视之,此鹞已匿死矣。为甚又活起来!"忙去捉它,那鹞儿忽然不见,口中所衔之物,坠于地上。太宗拾起看时,却是一封书。书面上写着:"人曹官魏征书奉判兄崔公。"下注云:"讳珏,系先朝旧臣,伏乞陛下,面致此书,以祈回生。"太宗看了欢喜,把书袖了,向前行去。忽见一人走来,高声叫道:"大唐皇帝,往这里来。"太宗抬头一看,见那人纱帽蓝袍,手执象笏②,走进太宗身边,跪拜路旁道:"臣迎接陛下。"太宗问道:"卿是何人,是何官职?"那人道:"微臣是崔珏,存日曾在先皇驾前为礼部侍郎③,今在阴司为酆都④判官。"太宗大喜,忙将御手扶起道:"先生远劳。朕驾前魏征有书一封,欲寄先生,却好相遇。"就在袖中取出,递与崔珏。崔珏接来拆开看了,说道:"陛下放心,魏人曹书中不过要臣放陛下回阳之意,且待少顷,见了十王,臣送陛下还阳便了。"太宗称谢。又见那边走两个软翅的小官儿来说道:"阎王有旨,

---

① 唯唯(wěi wěi)——表示答应。
② 象笏(hù)——象牙做成的笏板,古时大臣朝见君王时手中所执的狭长板子,以为指画或记事之用。
③ 礼部侍郎——礼部长官的副职。礼部为隋唐六部之一,主管礼仪、祭享、贡举的中央官署。
④ 酆都——传说中的地狱之都,阴司所在。

请陛下暂在客馆中宽坐一回,候勘定了隋炀帝一案,然后来会。"太宗道:"隋炀帝还没有结卷?朕正要看他。烦崔先生引去一观。"崔珏道:"这使得。"大家举步前行,忽见一座大城,城门上写"幽明地府鬼门关"七个大字。崔珏道:"微臣在前引着陛下,恐有污秽相触。"领太宗入城顺街而行。忽见道旁边走出建成、元吉来,大声喝道:"世民来了,快还我们命来。"崔判官忙把象笏擎起道:"这是阎君请来的,不得无礼。"三人倏然不见。又行到一座碧承楼台,甚是壮丽。见一对青衣童子,执着幢幡宝盖①,引着一个后生皇帝,后边随着十余个纱帽红袍的人。太宗道:"这是何人?"崔珏道:"是隋炀帝的宫女朱贵儿,他生前忠烈,骂贼而死。曾与杨广马上定盟,愿生生世世为夫妇。后边这些是从亡的袁宝儿、花伴鸿、谢天然、姜月仙、梁莹娘、薛南哥、天绛仙、妥娘、杳娘、月宾等。朱贵儿做了皇帝,那些人就是他的臣子。如今送到玉霄宫去修真一纪,然后降生王家。"言讫,又见两个鬼卒,引着一个垂脸丧气的人出来。崔珏道:"这是隋炀帝,要带到转轮殿去。尚有弑父杀兄一案未结,要在畜牲道中受报,待四十年中洗心改过,然后降生阳世,改形不改姓,为杨家女,与朱贵儿为后,完马上之盟,受用二十余年。项上白绫还未除去者,仍要如此结局。"太宗道:"炀帝一生,残虐害民,淫乱宫闱,今反得为帝后,难道淫乱残忍,倒是该得?"崔珏道:"残忍民之劫数,至若奸蒸,此地自然降罚,今为帝后,不过完贵儿盟言。"又见一吏走出来,对太宗道:"十王爷有请。"太宗忙走上前。十个阎王降阶迎接,太宗谦让,不敢前行。十王道:"陛下是阳间人王,我等是阴间鬼王,分所当然,何须过让。"太宗只得前行,竟入森罗殿上。与十王礼毕,坐定。秦广王道:"先前有个泾河老龙,告陛下许救,而终杀之,何也?"太宗道:"朕当时曾梦老龙求救,实是允它生全。不期它犯罪当刑,该人曹官魏征处斩。朕宣魏征下棋,岂知魏征倚案睡去,一梦而斩。这是龙王罪犯当死,又是人曹官出没神檄②,岂是朕之过咎。"十王闻言,服罪道:"自那老龙未生之前,南斗生死簿上,已注定该杀于魏人曹之手,我等皆知。但是它折辩,定要陛下来此三曹对质。我等将它送入轮藏转生去了。但令兄建成、令弟元吉,日夕在这里哭诉陛下害他

---

① 幢幡宝盖——旌旗和伞盖,指处指古代帝王仪仗。
② 檄(xí)——古代用于晓谕、征召、声讨等的文书。

第一回　长孙后遣放宫女　唐太宗魂游地府

性命,要求质对,请问陛下有何说?"太宗道:"这是他兄弟屡屡合谋,要害朕躬,当时若非敬德相救,则朕一命休矣。又使张、尹二妃设计撺唆①父皇,若非褚亮进谏,则朕一命又休矣。又暗下鸩毒于酒中害朕,若非孙真人相救,则朕一命又休矣。屡次害朕不死,那时直欲提兵杀朕,朕不得已而救死,势不两立,彼自阵亡,于朕何与?愿王察之。"十王道:"吾亦对令兄令弟,反复晓谕,无奈,他执诉愈坚,吾暂将他安置闲散,俟他时定夺。今劳陛下降临,望乞恕我等催促之罪。"言毕,命掌生死簿判官:"快取簿来看,唐王阳寿该有多少?"崔珏急转司房,将天下万国之王总簿一看,只见南赡部洲②大唐太宗皇帝,注定贞观一十三年。崔珏看了大惊,急取笔蘸墨将"一"字上添上两画,忙出来,将文簿呈上。十王从头一看,见太宗名下注定三十三年。十王又问:"陛下登基多少年了?"太宗道:"朕即位已一十三年了。"十王道:"陛下还有二十年阳寿,此一来,已对案明白,请还阳世。"太宗躬身称谢。十王差崔判官、朱太尉送太宗还魂。太宗谢别出殿,朱太尉执一面引魂幡在前引路。只见一座阴山,觉得凶恶异常。太宗道:"这是何处?"崔珏道:"这是枉死城。前日那六十四处烟尘草寇众头目枉死的鬼魂,都在里头,无收无管,又无钱钞用度,不得超生,陛下该赏他们些盘缠,好过去。"太宗道:"朕空身在此,那里有钱钞?"崔珏道:"陛下的朝臣尉迟恭有料钱三库,寄顿在阴司,陛下若肯出名立一契,小判作保,借他一库,给散与这些饿鬼,到阳间还他,那些冤鬼便得超生,陛下可安然过去。"太宗大喜,情愿出名借用。崔珏呈上纸笔,太宗遂主了文书,崔珏袖着。将到山边,见许多鬼拥出来,尽是拖腰折臂,也有无头的,也有无脚的,都喊道:"李世民来了,还我命来。"太宗大惊失色。崔珏道:"你们不得无礼,我替大唐爷爷借一库银子的票儿在此,你们去叫那魔头来领票去,支取分给。唐皇爷阳寿未终,到阳间去还要做水陆道场③,超度你们哩。"众鬼听了,遂去叫魔头来,崔珏把票儿付与魔头,众鬼欢喜而去。三人又走了里许,见一青石大桥,滑润无比。太宗向桥上走去,刚要下桥,听得天庭一个霹雳,吃了一惊,跌将下来,未知太宗如何,且听下回分解。

---

① 撺唆(cuān suō)——怂恿,唆使。
② 南赡部洲——佛经中所说四大洲之一。
③ 水陆道场——设斋供奉,以超度水陆众鬼的法会;佛教用语。

第 二 回
唐俭奉诏选秀女　西辽遣使下战书

　　当时太宗跌下桥来,忙叫道:"跌死我也,跌死我也。"开眼一看,见太子、嫔妃都在旁伺候。太子忙传魏征等。魏征走近御床道:"好了,陛下回阳了。"太医就进"定心汤"。太宗吃了,站起身来。魏征问道:"陛下到阴司,可曾会见崔珏么?"太宗道:"亏他护持。"便将幽梦所见细细述与众人听。众人拜贺而出。太宗即传旨,宣隐灵山法师唐三藏到京。天使领旨去了。四五天,唐三藏就随天使到京,建水陆道场,超度幽魂。又命以金银一库还尉迟恭,恭辞不受,太宗再三勉谕,恭方拜受而出。太宗在宫中,调摄了五六天,御体比前愈觉强健。不期被火焚了大盈库。魏征道:"天灾流行,皆由宫中阴气抑郁所致,乞将先帝所御嫔妃尽行放出。"太宗见说,深以为是,即将先帝时宫女尽数放出,复有三千余人,宫禁为之一空。遂差唐俭往民间点选良家秀女,年十四五岁者,只许百名,入宫使用。唐俭领旨去了。

　　却说荆州府有一乡宦,姓武名士彟①,曾任都督②之职。因天性恬淡,为宦途所鄙,遂弃官回家。妻子杨氏,甚是贤能。年过四十无子,杨氏替他娶一邻家之女张氏为妾。月余之后,张氏睡着了,觉得身上甚重,下边阴户里有个物放进来,张氏只道是武行之,凭他抽弄,蒙眬开眼,却是一个玉面狐狸。张氏大惊,举手一推,却把自己推醒。自此成了娠孕,到了十月时,将分娩,行之梦见李密③特来拜访,云:"欲借住十余年,幸好生抚视,后当相报。"醒了,却是一梦。恰好张氏生下一女。那张氏因产中犯了怯症,随即身亡。武行之夫妇,把这女儿万分爱护。到了七岁,就请先生教他读书。先生见他面貌端丽,叫做媚娘。及至十二三岁,越觉娇艳异

---

① 彟(yuē)。
② 都督——此处指唐代设于各州的地方军政长官。
③ 李密——隋末瓦岗军领袖;降唐后被杀。

常,便与同学读书的相通,十分绸缪。又过年余,是他运到,适唐俭到荆州点选秀女,就把媚娘点选入宫。太宗见了大喜,敕赐媚娘为才人①。媚娘性格聪敏,凡诸音乐,一习便能,敢作敢为,并不知宫中忌惮。太宗行幸之时,好像与家中知己一般,才动手,就叫他搂他亲他媚他。太宗从没有经过这般光景,愈久愈觉魂消。因此,时刻也少他不得。

如今且说太子承乾,是长孙皇后所生,少有躄疾②,喜声色及畋猎③。魏王名泰,太子之弟,乃妃所生,多才能。见皇后已崩,潜有夺嫡之志,折节下士,以求声誉,密结朋党为腹心。太子知觉,正欲谋害魏王。时吏部尚书侯君集,怨望朝廷,见太子暗劣,欲乘衅图之,因劝太子谋反。太子从之,遂将金宝厚赂中郎将李安俨等,使为内应。不意被太宗闻知,便把太子承乾废为庶人,侯君集等俱罪与刑。又知魏王凶险,有夺嫡之谋,一时大怒,退入后宫。徐惠妃问道:"陛下今日为何面带怒色?"太宗把太子与魏王之事说了一遍:"如今不知当立何人为嗣?"武才人道:"不肖者已废之,图谋者亦未妥,何不将此蚌鹬,尽付渔人之利。晋王亦皇后所生,立之未为不可。"徐惠妃道:"晋王仁孝,立之为嗣可保无虞④。"太宗闻言甚悦,即御太极殿,召群臣问曰:"承乾悖逆,泰亦凶险,诸子谁可立者?"群臣奏曰:"晋王仁孝,当为嗣。"太宗遂立晋王治为皇太子,时年十六。太宗谓群臣道:"我若立泰,则是太子之位可经营而得。自今,太子失道,藩王窥伺者,皆两弃之。"传诸子孙,永为世法。晋王既立,极尽孝敬,上下相安。

却说西辽华于国迷王,一日升殿,文武朝罢,迷王谓众臣曰:"朕处辽西一隅小国,风霜寒冷,土薄财稀,不如中华大唐天子,坐居长安,地广人稠,财物殷阜⑤。我欲兴兵前去夺取唐朝天下,抚有中外,吾愿足矣!"左丞相哈律曰:"长安兵多将众,不可轻视。陛下若欲进取,须当招军买马,积聚粮草,方可行师出征。"乃遣行兵都督胡文耶,出榜招军。

---

① 才人——唐代位在后、妃、昭仪之下的妃嫔称号。
② 躄(bì)疾——同"躄",瘸腿。
③ 畋(tián)猎——围猎。
④ 虞(yú)——忧虑,贻误。
⑤ 殷阜——即殷富,殷实富足之意。

有辽东苏保童,原是高丽国王丞相盖苏文之子。因唐王征取辽东,杀了苏文,留下此子,曾在青云老子门下学得一身武艺,有九口飞刀,闻说西辽迷王招军,即来投入。迷王见他武艺高强,招为驸马。听说迷王要取长安,乃跪下奏曰:"陛下若欲夺取唐朝天下,臣虽不才,愿领兵为前部。"迷王闻奏大喜,即召丞相哈律曰:"兵马已足,可择日进发。"封苏保童为征唐大都督,张文为先锋,胡文耶为管兵总管。大兵六十万,望长安进发。乃先遣番兵赍①战书一道,不分星夜,来到长安,驿中住下。次日早朝,太宗升殿,文武拜舞毕,有黄门跪下奏曰:"今有辽西番兵,捧着一道表章,叩奏天庭。"太宗闻奏,忙宣番兵上殿,番兵将战书呈上。太宗拆开观看,见上面写着:

  辽西华于国迷王,致书于唐王世民。你为皇帝,多行不道,杀死同胞兄弟,败了天伦,何以正中国,统治万民?可将江山速献于我,免动刀兵。不然,大将临城,反悔不及。

太宗看了大怒,遂命武士将下书番兵囚入天牢,等待擒了迷王,一同处斩。武士领命,即将番兵押入天牢去了。太宗遂召军师徐勣②商议曰:"辽西小丑,无礼忒甚,表章语言,甚是不恭,朕今意欲进兵征讨辽西,擒了迷王,捉住保童,方消吾恨。但未知吉凶之事何如,请军师判之。"徐勣曰:"臣昨夜仰观天象,见紫微星出现西方,我主福德正旺,若要行兵,万无一失。"太宗听说大喜,就问:"谁可为将?"徐勣曰:"文臣武将,不计其数,但欲文武双全,可为元帅者,还是平辽薛国公。"太宗准奏,就命徐勣赍圣旨到薛府,宣召仁贵拜为元帅,出征辽西。

  徐勣领了圣旨,即日起程,离了长安。不数日,来到龙门县,报入薛府,说圣旨已到。仁贵忙整朝衣,安排香案,出门迎接圣旨,到堂上跪听宣读。皇帝诏曰:

  朕观自古以来,夷狄最为中国之患。向日③,辽东盖苏文,赖卿活捉剿除,烽烟灭息,国泰民安。今苏文之子苏保童投入辽西华于国。迷王见他武艺高强,招为驸马,统领番兵,前来犯我

---

① 赍(jī)——把东西送给人。
② 徐勣——即李勣。
③ 向日——以前,以往。

边疆。朕思将军勇略盖世,今遣军师徐勣前来,封卿为征西总督大元帅,前去剿除番寇。凯旋之日,再加封赐。旨意到日,即便起程,慰朕凤心,尚其钦哉!"

开读已毕,接了圣旨,与军师相见,仁贵曰:"今蒙圣旨要下官征西,只是下官难去。辽西不比辽东,烦军师大人回奏圣上,别选良将。下官年老力衰,难以领兵专权。"徐勣听了,心中暗想:"他不出征,此事如何是好,不免将几句言语激他,看他如何。"乃言曰:"将军果是力衰,下官不敢相逼。闻说苏保童,武艺高强,能敌千员大将,说中国只有薛仁贵,如今年老,怎当我年少勇猛,中国更无人可对敌。"仁贵怒曰:"这贼敢如此欺吾,我年虽老,胸中精力尚然强壮,荡扫腥膻①,有何难哉!谅一保童,有何介意。我即入朝挂印,前去征讨,不杀此贼誓不回兵。"徐勣大喜曰:"足见将军赤心报国,候凯旋之日,功垂竹帛,名著禹彝②,万世有光。"仁贵遂入内,谓夫人、小姐曰:"适蒙圣旨,宣召征辽,明日就要起程。"夫人、小姐曰:"荷蒙朝廷厚恩,封为国公,今国家有事,合宜前去征讨,以尽为臣之职,可即起程。"到了明日,夫妻子母,相别而行。未知后事如何,且听下回分解。

第 三 回
仁贵统兵征辽西　　保童献计困大唐

却说仁贵同徐勣起程,行到长安,进入王城,直至金銮殿,拜见太宗。龙颜大悦,赐绣墩坐下。太宗谓仁贵曰:"今辽西小丑,百般辱骂,要夺大唐天下。寡人甚愤,意欲亲征,誓杀此贼,扫荡妖魔,故特召将军为元帅。"仁贵曰:"微臣情愿保驾,以报陛下。明日可发旨意,亲下教场,点起雄兵,前去征讨。"太宗即颁下旨意,大小三军,明早齐集教场听点。次

---

① 腥膻(xīng shān)——此处喻指善肉食的少数民族。
② 禹彝——古代祭祀宗庙的青铜器鼎的概称。可铭文记事其上,亦为国家政权的象征。

日,太宗安排御驾,金鼓齐鸣,亲下教场,演军排阵。太宗坐下,文武朝拜,三军叩头。太宗即点一名,平辽国公薛仁贵,封为平辽大元帅,赐宝剑一口,先斩后奏。又点一名,驸马秦怀玉,封为开路左先锋。又点一名,都督段野林,封为开路右先锋。大小三军,俱各赏赐。总点大兵一百万,来日出征。太宗驾转回宫。次早登殿,命太子监国。宣上薛仁贵,赐了金牌一面。仁贵便传下令来,炮响三声,金鼓齐鸣。太宗登辇①,刀戟森森,旌旗闪闪,一路浩浩荡荡。不数日,已到草桥地面,仁贵传令安营。

且说迷王打听唐兵已到草桥,迷王乃遣张奇把守草桥关隘。张奇领兵万余,前来抢守。左先锋秦怀玉奏太宗曰:"臣虽不才,愿取头关,以为我王安歇人马。"太宗喜曰:"卿要多少人马?"怀玉曰:"只消臣一人前去。"太宗听说,命近侍取御酒来,亲赐三杯,金花二枝。怀玉饮了御酒,带了金花,单枪匹马奔至辽西城下,大叫曰:"守关将卒,可速报张奇,早早献城受缚,免害生灵,若稍迟延,就将辽城踏为平地。"小将忙忙报与张奇,张奇即令先锋乌文房,领兵出关迎敌。文房得令,引兵下关,高声叫曰:"唐朝来将何人?"怀玉曰:"我乃唐王驸马,姓秦名怀玉。你是何人?"乌文房曰:"吾乃先锋乌文房也。我主欲夺取唐朝天下,总为一君,你尚敢来此搦战②?"怀玉听言大怒,举枪直取文房,文房提刀架住。两下交战五十余合,文房抵敌不过,回马便走。怀玉勒马赶上,只一枪,刺于马下。大杀辽兵数百,提头回见太宗。太宗大喜,即令排宴,庆贺怀玉打关第一功。

再说辽兵败走,回报张奇,说先锋乌文房被唐将秦怀玉刺死了。张奇听说即谓众将曰:"谁人出兵,与乌文房报仇?"胡文耶曰:"小将愿往。"即引三千人马,杀至唐营。小卒报进,太宗君臣正在饮宴。右先锋段野林曰:"待臣去捉他。"乃披挂上马,来到阵前问曰:"来将何人?"文耶并不答话,抢枪直刺野林。野林大怒,举刀交战,不上数合,被野林大喝一声,活捉过马,奔回营中。见了太宗。太宗大喜,即将文耶斩讫,又令排宴庆赏段野林。只见辽兵又回报张奇,说唐将活捉胡文耶去了。张奇大惊,遂统辽兵一万,亲自出阵,高声叫曰:"唐王无道昏君,为何伤我二员大将?可

---

① 辇(niǎn)——原指挽车,后专指帝王乘的车。
② 搦(nuò)战——挑战。搦:挑,惹。

速速出来交战,早定太平。吾乃辽王驾下大都督、把关首将张奇是也。"小军报入,太宗便问:"谁人去捉张奇?"薛仁贵奏曰:"要捉张奇,臣有一计,遂可以夺了草桥关隘。"太宗问曰:"计将安出?"仁贵走上太宗身边,附耳低言,如此如此。太宗大喜,即令三军,各处埋伏,依计而行。仁贵乃自披挂,头带银盔,身穿银甲,腰系玉带,手执画戟,辞了太宗。太宗亲赐御酒三杯。仁贵饮了,跳上龙驹,竖起西方白虎神旗,奔到阵前,大叫曰:"来将何名?"张奇曰:"我是迷王驾下大都督张奇。你是何人?"仁贵曰:"若说我姓名,曾在海东夺了辽城,活捉苏文,收复高丽,国王敕封平辽国公薛仁贵,你蛮夷个个闻名,将军为何不晓?"张奇曰:"久闻将军大名,但在辽东,畏服将军,我辽西定然不服。"仁贵听了,举戟就刺张奇,张奇亦举枪架住。两下齐攻二十余合,不分胜负。仁贵虚将画戟拖地而走,张奇不知是计,随后赶来。看赶至东边,忽一声炮响,秦怀玉领兵杀出,火箭齐发。张奇心知中计,忙往西走。又见西边一声炮响,段野林领兵杀出。三军各将铁弹子飞打,打死辽兵无数,张奇进退无计。仁贵催动人马,却把张奇困在中间,张奇前后冲突,不能得出。仁贵将张奇一鞭打死,众军一起拥过草桥关,夺了辽城。仁贵传令安民,迎接圣驾入城。文武官僚,都来朝贺。太宗宣上薛仁贵曰:"今取辽西第一座城池,非卿之神机妙算,焉能一旦成功。"仁贵曰:"此乃陛下洪福,臣何力焉。"太宗就令排宴,赏赐群臣,犒劳三军。遂问仁贵曰:"此去辽王驾下,还有多少道路?"仁贵即将地理图献上,又对太宗曰:"此去还有半月。"太宗曰:"辽王无道,兴兵犯界,若不捣其巢穴,终为后患。卿可传下号令,即日起程。"仁贵得旨,乃号令三军,一起进发,攻取辽城。军马行了半月,已到节天关隘。安下营寨,太宗就问仁贵:"用何计攻城?"仁贵曰:"待臣去看虚实,然后定计。"遂上马前行,不在话下。

却说辽王升殿,小卒报曰:"今有大唐天子,领兵百万,杀至草桥关下,斩了都督张奇,先锋胡文耶、乌文庞,夺了辽西第一座城池,今驱兵大进,已至节天关下寨。"辽王闻报大惊。苏保童奏曰:"臣有一计,可捉唐王。"辽王问:"何计?"保童曰:"我王将城内人民财物,俱搬到一城,臣领人马离城二十里之地安下。将红朱漆柜放下鸽子,安在殿上。等待唐王入城上殿,必定打开红柜,那时看见鸽子飞起,臣即领雄兵百万,困住唐王,叫他内无粮草,外无救兵,一鼓擒之,长安可取也。"辽王大喜,依计而行。

却说仁贵来到节天关口,仔细观看,只见空城一座,里面绝无动静,回见太宗奏曰:"臣到关口,仔细遍观,却是空城,此必辽王暗下计策,哄陛下进城,意欲困我兵将也。"太宗曰:"非也。他见我夺关斩将,势不可挡,乃心生畏惧,望风逃窜,卿何虑之过。"即急催兵马进城。仁贵又奏曰:"陛下休要入城,倘若会兵四面围住,那时进退无路,可不误了大事。"太宗不听,竟到城内,坐于辽邦殿上。文武群臣,称贺已毕,太宗见殿上有一红柜,乃问群臣曰:"此内何物,莫非金宝乎?可开一看。"仁贵忙奏曰:"不可打开,内必有奸计。"太宗不信,令武士向前打开。只见里面都是带铃鸽子,一声响亮,群飞去了。太宗大惊曰:"不听薛卿之言,却中番人之计。"正欲出城。保童见群鸽飞回辽营,急统兵百万,顷刻时,将节天关城四面围定。太宗闻报,魂不附体,谓仁贵:"朕不听卿言,以致祸患临身,奈何?"仁贵曰:"陛下勿忧,且当出兵,与他交战。"仁贵乃高声叫曰:"谁敢出马交战?"秦怀玉曰:"小将欲往。"遂挺枪上马,开门杀出。苏保童乃遣先锋雷廷赞出马,各不答话,交战三十余合,雷廷赞被怀玉刺死落马。大杀辽兵百余,提了首级,回见太宗,太宗大喜。未知保童如何再战,且听下回分解。

第 四 回
苏保童刀伤仁贵　薛丁山箭敌保童

却说保童正在帐中,见败军来报,雷廷赞被杀,遂执刀上马,径到城下,高叫:"薛仁贵,你可亲自出来,决一胜败?"段野林愿出对阵,即时上马,奔至阵前。保童曰:"你是何人?"野林曰:"吾乃唐王驾下右将军段野林也。"保童曰:"你非我敌手,快回去叫仁贵出来对阵。"野林大怒,提刀砍去,保童举刀迎敌,战了五十余合,不分胜负。保童乃念起咒语。片刻间,天昏地黑,轮起飞刀,野林急忙逃回,已中飞刀,伤其左臂,折了人马。太宗接着,两眼泪流,野林不逾日而死,太宗命殡敛已定。秦怀玉奏曰:"小臣愿去捉了苏保童来祭献段将军。"即上马出城,大骂曰:"辽贼苏保

第四回　苏保童刀伤仁贵　薛丁山箭敌保童

童快出来受死。"保童听说,奔出阵前,各通姓名,战了三十余合,保童乃念咒语,丢起飞刀,怀玉看见,忙擎剑在手,一一对过。保童无法可施,乃言曰:"秦将军,我与你休战,且比个手段,我打你三鞭,你打我三鞭。"怀玉曰:"你先与我打。"保童曰:"使得。"二人下马。怀玉就生一计,若三鞭打他不死,我命绝难保矣。将马带至身边,打了三鞭,即可逃生。保童乃伏于地,叫怀玉打起。怀玉举鞭尽力打了一下,保童全然不动,怀玉即忙看着马,又打了两鞭,即飞身上马逃了。及保童翻身看时,已去远了。保童上马赶来,幸得众将挡住,大杀一阵,救得怀玉入城。次日,保童又来搦战,叫曰:"怀玉奸贼,可出来还我三鞭?"小卒报进,薛仁贵就辞太宗,开城出战。太宗已亲上城观看。仁贵奔至阵前,叫苏保童曰:"你父盖苏文,不守藩臣之分,侵犯中国,杀害生灵,被我捉获斩首,削平辽地。你当改父前愆①,各守一隅,安享禄位,不亦可乎?为何妄生异志,侵犯中原,思夺唐朝天下?我想你父勇猛,尚不能肆志②,你今乳臭小儿,又焉能成其事业,请自思之。向前纳命,免做刀下之鬼。"苏保童曰:"为你杀我父亲,有不共戴天之仇,以故尝思报复,故今日动此干戈。"仁贵曰:"不须多言,眼见分明。"乃举戟直刺将去,保童亦舞大刀,直冲过来。二人大战一百余合,不分胜负。保童暗思:"仁贵雄勇,难以力胜,须用计取。"乃在马上念起咒语,一时云雾升腾。仁贵知他作法,忙取弓箭在手,只见飞刀果起,仁贵将刀一一射下。不意,保童有九口飞刀,仁贵只有神箭五支,一时不防,被保童暗起飞刀,正中仁贵肩膊,进肉寸许,负痛而逃。保童往后赶来,太宗在城上看见,忙取弓箭射去,正中保童左膀,方才退去。太宗亲自下城接着仁贵曰:"险些失我爱卿矣。"仁贵曰:"若非陛下,臣必死于辽奴之手。"言未毕,跌倒在地,血染白袍。太宗亲自扶起,命医调治。谓徐勣曰:"如此危急,怎生奈何?"徐勣曰:"臣昨起一数,不过一月,自有上将到此,捉获保童。依臣所见,陛下且传令坚闭城门,以俟③救兵。"太宗从之不题。

却说云梦山中水帘洞,鬼谷老祖正在打禅坐定。忽西南方起一阵怪

---

① 愆(qiān)——罪过,过失。
② 肆志——实现志向。
③ 俟(sì)——等待。

风过去,老祖遂晓其中之意,叫徒弟:"丁山进前,听吾言语。你父亲薛仁贵与唐王困在辽西城内。今日交战,你父被飞刀所伤,正当危急。你今年一十六岁,正好兴兵前去,救取父亲。"看官,你道丁山为何在云梦山中?有个缘故。因前年仁贵出去投军之时,时丁山尚在母腹未生。过了十二年,时丁山十二岁,雄略过人,精于射箭。一日,在白河村射雁,自夸善射,无人敢比。适仁贵封平辽公回来,听他言语,不知是他儿子,乃言曰:"此子年少,何出此狂言。"遂下马,与之比试。不觉暗放一箭,直透咽喉而死。时鬼谷老祖在山中,见一阵怪风过去,忽悟言曰:"吾昨日奉玉帝敕旨,叫我去救丁山性命。"遂驾起祥云,至白河村,化作一只猛虎跳出来,把丁山衔在口中,走回山中。将灵丹放入丁山口里,须臾便活。老祖对他说出缘由,丁山遂拜老祖为师父,学些武艺。

当日,丁山听见老祖说出救父的话,眼中不觉流泪,曰:"自从师父救到山中,已经四载,感蒙师父教我六韬①三略,呼风唤雨,上阵行兵之法,件件皆能,但未曾报得师父深恩。我今要往辽西,又无枪马,怎生去得?"老祖说:"你去救父,自有披挂鞍马,不须烦恼。我今与你九支神箭,对辽人九口飞刀,雌雄宝剑二把、钢刀一把,俱藏身,临时应用。又与丈二神枪一条,拿在手中。早去辽城救了父亲,并唐王回国,不可延迟。"吩咐已毕,丁山就向老祖拜了四拜,辞老祖径自下山。行了一日,天色已晚。看看来到一庄,见一老者问曰:"公公,小子行路已晚,敢借宿一宵,明早就行。"老者曰:"此处歇不得,庄后有一妖怪要吃人,我们到晚都躲在瓦窑中歇了。"丁山曰:"不妨事。"老者曰:"我自去了,你被他吃,不干我事。"丁山就在此歇。到了半夜,一阵风过,那怪就扑出来。丁山大喝一声:"休走!"向前挟住,那怪现出本相,乃是一匹马。见了主,即低头跪下。丁山就骑上此马,等待天明就行。未及一二里,前面又见一老人叫曰:"那马是我的。"丁山曰:"此系妖怪,被我降来作马,如何是你的。"老人曰:"吾家昨日失了马,四下追寻不见,将军不信,现有鞍辔在此,你若要买,就卖与你。"丁山下马,问要多少价。老人曰:"你且将鞍辔拴起来。有盔甲一副,一总卖给你。"丁山接过盔甲,全装披挂起来。正要问他,那老人忽然不见,只听见空中高叫:"丁山听吾吩咐,吾乃太白金星,奉玉皇

---

① 六韬——相传为姜太公所作的中国古代兵书。

第四回　苏保童刀伤仁贵　薛丁山箭敌保童

圣旨,将鞍辔、盔甲送你,可急去救取唐王并父亲,不可有违。"说罢,腾云而去。

丁山乃望空拜谢。心中自忖,须到家中见了母亲,方可前去,遂上马启行。到了自家门首,只见门房高大,上写"平辽薛府"。丁山跳下龙驹,走进帅府里面。看见母亲,丁山叫曰:"母亲,孩儿今日回来了。"夫人看见丁山,吃了一惊,问曰:"我儿,你死了,因何今日又在这里?"丁山曰:"自从那日被箭射死,感蒙鬼谷祖师,化作一虎,前来救我,衔到山中救活,因此拜他为师,学些武艺。今日回来,探望母亲。"其母大喜。丁山又问:"姐姐安在?"金莲小姐听说,忙出来见了兄弟。合家欢喜,设宴庆贺。

三人饮了数杯,丁山曰:"鬼谷祖师说,唐王被困在辽城,我爹爹又被飞刀伤损,叫儿前去救取唐王并我父亲,明日就要启程。"金莲曰:"你有何本事,敢去辽西征战?"丁山曰:"姐姐不知,我在云梦山中,学得十八般武艺,又会腾云驾雾,呼风唤雨,无不精通。"金莲曰:"你既有这本事,便可去得。但我亦要同兄弟前去救应爹爹,但师父有言,不敢妄行。"丁山曰:"姐姐这话,从何说来。"金莲曰:"我前日在后花园学习女工,忽见半空中,有一长眉大仙,驾祥云下来,叫曰:'金莲小姐,你可学些武艺,日后父亲有难,好去救他。'我答曰:'我是女子,怎么学得?'长眉大仙曰:'待我教你抢枪舞剑,弯弓搭箭,呼风唤雨,腾云驾雾,金木水火土五遁①之法。'当时我学之,件件通彻。大仙临去,又与仙丹一粒,叫我吞入口中,下去自觉气力转生,精神加倍。他又说,'若要救你父亲,必须我再来吩咐,方可启行'。以此未敢同兄弟前去。"丁山曰:"既然如此,我当作速启程。"次日,就辞母亲、姐姐,带领一万人马,望辽西进发。不数日,已到节天关外。正遇苏保童搦战,丁山大骂:"辽奴为何暗发飞刀,伤我父亲,今日与你誓不干休。"保童曰:"你是何人?"丁山曰:"我乃薛仁贵之子丁山是也。我必与你拼个输赢。"保童曰:"你父亲被我飞刀杀死,你这黄口小儿,敢来逞凶弄武。"两人遂交战起来。足足战了五十余合,不分胜负。保童暗自喝彩:"真是虎人生虎子,今日我若不杀此子,是虎生翼矣。"乃念起咒语,丢上飞刀。丁山看见,取出九支神箭射去,一一对过。保童乃

---

① 五遁——中国古代传说中的神仙遁身之术,即借用金、木、水、火、土五种物质隐身遁形。

收了飞刀,丁山也收神箭,又大战起来。未知胜负如何,再看下回分解。

第 五 回
薛仁贵辽西认子　陈金定计杀辽婆

　　当日,两将又令鸣锣擂鼓,大相征战,直杀得鬼哭神惊,天昏地惨。小卒慌忙报进城中,说有一年幼将军,领兵与保童征战,甚是威猛。太宗闻报,即与徐勣上城观看,见旗上写"平辽薛国公之子薛丁山"。太宗谓徐勣曰:"旗上分明写'薛国公之子',吾闻其子已死,此是何方将佐?"徐勣曰:"须去问了薛公,便见分明。"太宗乃同徐勣下城,亲至仁贵床前问曰:"刀伤可好些么?"仁贵曰:"刀伤虽略好些,尚未十分平复。"太宗亲为之敷药,不逾时,而刀口平复。太宗大喜,又问曰:"卿有几子?"仁贵乃流泪曰:"臣妻只生一子,取名丁山,年十二岁,也会射箭。臣征东回家之时,偶遇于白河村中射雁,他自夸己能。臣间别多年,一时父子不相识认,两下比试,不觉失手射死,臣嗣绝矣。"太宗曰:"今城外有一少将,貌似将军,旗上写'平辽薛国公之子薛丁山'。卿同朕一看,便见分明。"仁贵就随太宗上城观看,果见旗上名字。仁贵曰:"我子分明死了,如何又在这里,此实不敢信也,且看他交战何如。"仁贵看了,曰:"真勇将矣,可速调兵接应。"丁山战到日晚,遂左手提枪,右手取出铁鞭挥去,正中保童背心,保童口吐鲜血,负痛而走。丁山催动人马,大杀辽兵。太宗忙传圣旨,迎接年少将军。丁山入城朝见太宗,太宗问曰:"卿是何人?"丁山:"臣是薛仁贵之子薛丁山。"太宗方知是实。忙召仁贵上殿,谓曰:"果是卿儿子。"丁山一见父亲,乃拜伏在地。仁贵上前扶起,哭曰:"吾儿,你缘何得了性命?"丁山将前事说了一遍,仁贵大喜。太宗曰:"卿父子今日得相会,亦是朕有幸也。"遂命安排筵宴庆贺薛家父子不题。

　　却说苏保童被丁山打了一鞭逃回,自揣:"丁山武艺高强,如何敌得他过,我有姑娘①苏金定,神通广大,呼风唤雨,驾雾腾云,件件精通,须得

---

① 姑娘——即姑母。

第五回　薛仁贵辽西认子　陈金定计杀辽婆

他来，方可捉获此子。他今在二姑山中修行，不免请他来，多少是好。"次日，上马行到二姑山，见了姑娘，低头下拜。苏金定曰："侄儿今何到此？"保童曰："我与唐朝薛丁山，战了一日，未见胜负，后来被他打了一鞭，特来请姑娘到营中，乞助一阵。"金定曰："我已修行，岂有再行兵之理。"保童跪下，再三哀告曰："我父已被薛仁贵杀死，此仇尚且未报。今其子丁山，又将侄儿打了一鞭，姑娘乞念我父手足之情，助我一阵。"金定被他哀求不过，只得从他，遂拿了钢刀，上了马，同保童竟杀到城下，高声叫曰："乳臭小子，可出对阵。"小卒慌忙报进。丁山遂提枪上马，开门杀出，直取辽婆。战到五十余合，辽婆念起咒语，丁山诵起真经，两下对过。辽婆终是女人，两腿酸麻，策马逃走，丁山随后追去。

金定走至黄昏，躲入庙去，见丁山赶近，扯满弓弦，暗射一箭，正中丁山左臂，回身关上庙门。丁山大叫道："贱人快来受死。"黑夜不见辽婆，亦自寻路走了。行了数十步，见一庄门，高声便叫借歇。陈公听得有人叫响，即来开门。丁山告曰："吾是大唐保驾将军薛仁贵之子薛丁山。今与辽婆大战一日，彼乃逃生走了，吾随后追赶，不想天色已晚，反被他射了一箭，不知去向，吾逃至此。望公公相救。"陈公忙扶入房中。陈公之女陈金定，看见便问："此何方将士？"陈公曰："此是唐王驾下将军，若救得此人，富贵不小。"陈金定见了丁山，年纪幼小，人才出众，心内欢喜，忙整酒饭相待，悯其箭伤，亦向前相见。安置已定，各自歇息。

却说辽婆躲在庙中，等待天晓开门，看见满地都是血迹，暗想："夜间此子必中我箭，箭上有药，必然死矣，我且回去，报与侄儿。但昨日至今，腹中饥饿，不免走到前面庄内，讨些酒饭充饥，多少是好。"乃下马竟入里面。陈公见了，跪下曰："皇姑来此何干？"皇姑把前言说了一遍："特来与你借饭充饥。"陈公忙排酒饭，款待辽婆。丁山不知，在里面大叫一声："好痛杀我。"辽婆便问："里面是谁大叫？"陈公佯言曰："是我儿子，被虎伤了左臂，因此大叫。"辽婆曰："我有箭疮药在此，拿去敷上即好。可叫他来见我。"陈公乃拿药到里面见丁山，将与辽婆应答的话述了一遍。丁山说声："多谢相救。"陈公遂将其药敷上，疮即不疼，顷刻平复。陈公说："辽婆又要你出去见他。"丁山曰："若还认得，此事将何理论？"两人正在商议，陈金定走来听见，向陈公曰："儿有一计，可救将军。"陈公曰："何计？"陈金定曰："爹爹出去见他，说感蒙妙药敷上，丁山之伤已平复，但一时起来不得,皇姑要见,须同进卧房里面一见。孩儿持刀一把,躲在门后,等他进来,一刀挥为两段。一则救了将军,二则除了此害,岂不是一举两得。"陈公曰:"妙哉!妙哉!"此时陈金定暗想:"丁山少年英雄,天下少有,若得此人结为夫妇,吾愿足矣。"故此悉心相救。

陈公依计,出见辽婆曰:"皇姑要见儿子,伤疮虽好,一时尚起不得,请进卧房一见。"辽婆随着陈公走到房内,忽门后闪出陈金定,大喝一声,刀起头落,已挥为两段。丁山见了大喜,向前拜谢。陈金定挽住曰:"不要拜谢。奴有一言,将军若不嫌奴家貌丑,愿与将军效结姻亲。"陈公亦言曰:"我女年方二八,容貌颇美,武艺高强,能敌千员大将,将军若肯招纳,同去救了唐王,多少是好。"丁山想他救命大恩,只得应允。陈公大喜,就叫安排结亲宴席。二人打扮整齐,行至堂上,先拜天地,家堂香火,后拜陈公夫妇,对拜已毕,三人入席。酒饮数巡席散,夫妻挽手,同入罗帐,效结鸾凤。

次早起来,夫妇拜见陈公。丁山曰:"感蒙岳父深恩,本当奉侍左右,但唐王与父亲心内悬望,吾今要去,禀知岳丈。"陈公曰:"可带我女一起同去。"丁山听说,夫妇遂别陈公,一起上马。不移时,已到节天关,正遇苏保童统兵杀来。丁山大叫曰:"辽奴,你请姑娘来助战,如今已被吾杀死。你好好献上降书,免你一死。"保童听说大惊,又见有女将在旁,不敢回言,打马便走。关上小卒看见丁山回来,忙报知太宗,太宗就令开城接入。丁山夫妇入城,朝见太宗,太宗问曰:"此女何人?"丁山曰:"臣妻陈金定也。"就将前事备细奏明。太宗大喜,就封丁山为总督元帅,妻陈氏为一品夫人。夫妇叩头谢恩,太宗曰:"卿可同妻去见父亲。"丁山乃与金定来见仁贵。双双拜下,说出情由。仁贵大喜不题。

却说苏保童闻知姑娘被杀,心内大惊。忽想师父青云老祖,神通广大,请他到此,方能杀了薛家父子。遂上马来到青云山,进入洞中,拜见师父。老祖便问:"来此何干?"保童将交战事情说了一遍:"弟子特来请师父相助一力。"老祖曰:"我是出家人,不去杀人,你回去罢。"保童再三哀告,老祖不肯出来。保童乃心生一计,哄他一哄,说:"唐朝薛丁山是云梦山鬼谷祖师徒弟,与我对阵,骂师父不济,说我武艺不精,才略不通,师父

第五回　薛仁贵辽西认子　陈金定计杀辽婆

徒虚名耳。以此弟子特来请师父出阵，不惟①可杀丁山，抑且可显师父平生大略。"老祖听说，大怒曰："鬼谷是我师兄，丁山是我师侄，他如何这等无礼，毁谤于我。徒弟，我今为你捉那薛家小子罢。"就同保童来到营中，统领三军，拥至城下，大叫："丁山，可早出来受缚。"小卒连忙报进。太宗闻报乃曰："那个将军出战？"陈金定进前曰："贱妾不才，愿出一战。"太宗大喜。金定遂提刀上马，带领三千人马，开了城门，奔至阵前，指着老祖骂曰："无端野道，你出家修行，便如何又起恶心，在此搦战。"老祖曰："你是何人？"金定曰："我是薛丁山浑家②陈金定也。"老祖曰："量你是个女子，有何本事，快去叫你丈夫出来交战，不然叫你死在目前。"金定大怒，舞刀直取老祖，老祖举枪架开，二人大战三十余合。老祖正欲念咒作法，忽丁山恐妻有失，单骑杀来，辽兵大败，各自收兵回营。

那青云败回营中，心生一计，乃谓保童曰："明日你去与他交战，诈败而走，待我如此如此，他必被擒矣。"保童曰："此计甚妙。"次日，领兵到城下搦战。丁山夫妇闻知，引军杀出。两下交战三十余合，保童便走，丁山夫妇追至营前，青云从营左冲出，念起神咒，只见天昏地黑，丁山夫妇心中大慌，正欲回转，忽青云跳过马来，把金定活捉去了。丁山正要夺路而走，青云就丢起红绫大帕，将丁山裹住在内，拿进回营。揭起帕来，跌下丁山。保童曰："你这小贼，我父被你父杀了，今日将你碎尸万段。"丁山骂曰："辽奴要杀就杀，何必多言。"保童曰："待拿那老贼来，一同祭献我父，那时杀你。"遂命左右，将他夫妇囚在一处。太宗闻报丁山夫妇被捉去了，魂不附体。仁贵哭曰："我子拿去，唐王依靠何人，待吾来日亲自出征。"未知如何，且听下回分解。

---

① 不惟——不但，不仅。
② 浑家——妻子。

第 六 回

金莲作法救丁山　青云领兵战金莲

却说金莲小姐，正在花园刺绣，忽见长眉大仙驾云而至，叫金莲曰："你兄弟叫青云老祖捉去，你可即日起程，前去救他，不可有违。"说罢就去。金莲听了，走到堂中，告母亲曰："丁山兄弟，今日陷在辽营，我要去救他。"夫人曰："你不出闺门，如何知得此事？"金莲曰："原日，长眉大仙与我仙丹吃了，晓得过去未来之事。叫我到十八岁，即可行兵救父。今日又亲临嘱咐，叫我起程。"夫人曰："既然如此，你须急去。"金莲辞了母亲，全装披挂，手执大刀，念起真言神咒，半空中驾起乌云，径至辽西城内落下。小卒慌忙报进。太宗闻说，即召至殿上，山呼已毕，太宗问曰："你是谁家女子？"金莲曰："妾是薛仁贵女。今见兄弟丁山，困在辽营，特来救取，保圣驾、父亲回朝。"太宗大喜，急召仁贵上殿，谓曰："卿女在此。"仁贵看见，果是女儿。金莲见父亲，即忙拜下。仁贵扶起曰："我儿因何到此，从何学得武艺，又能腾云驾雾？"金莲将长眉大仙教诲之事，说了一遍，仁贵大喜。太宗命排宴庆贺不题。

且说保童告师父曰："今捉得丁山夫妇在此，我想若不速杀，恐有祸患，不如杀罢。"青云曰："正合吾意。"遂令将丁山夫妇绑到法场处斩。

却说金莲正与父亲饮酒，忽见一阵怪风过去，金莲大叫曰："爹爹，今日兄弟有难，辽人要将他夫妇杀了，儿要去救他。"遂念起真言，驾上云头，直到辽城法场坠下。作起法来，飞沙走石，天昏地黑，辽人大惊，四散奔走。金莲即将丁山夫妇提在云端，顷刻回来，见了太宗与父亲。太宗、仁贵见丁山夫妇亦同回来，不胜欢喜。群臣称贺曰："真女中之雄将也，平辽即在目下矣。"太宗即封金莲为总督征西正一品天仙神女。金莲叩头谢恩。

再说青云与保童正在营中议事。忽见小卒飞报，有一女将，半空坠落法场，将丁山夫妇救起，驾云而去。保童大惊曰："为何有此异人？"青云曰："此必是薛仁贵之女也，名唤金莲，乃长眉大仙徒弟。"保童曰："将何

第六回 金莲作法救丁山 青云领兵战金莲

计捉之？"青云曰："来日待我出阵,看他武艺何如。"次日,青云统领辽兵,拥至城下,叫曰："金莲小贱人,可出来受死。"小卒报进。金莲即提刀上马,开了城门。太宗、仁贵上城观看。但见金莲奔到阵前,指着青云骂曰："你是五洞仙子,当遵守法戒,为何私自下山,反助逆寇,玉皇知道,贬你在阴山,万载不得翻身。"青云听了大怒,抡起双剑,直取金莲,金莲把刀架开。战了五十余合,不分胜负。青云就念起真言,黑了天地,金莲便念起北斗真经,依旧云开日照。青云见他破了,又念道德经,飞沙走石,乱打金莲,金莲便把道德经倒转念,飞沙无影,走石无形。青云心中愈恼,乃在马头上敲了三下,火光飞起三丈。金莲便念起上清宝经,火光即时消灭。青云骂曰："无端逆贱,这般无礼。"又念起神咒,狂风大雨,霎时倾注,金莲取出葫芦,将水收在里面,只有半瓶。青云见他破了,又举起双剑再战二十余合,丁山夫妇杀出,青云抵敌不过,大败而回。杀死辽兵无数,金莲收兵回城。太宗、仁贵出接,大加慰劳。金莲曰："他是五洞仙子,难以收服。明日若再战,他必丢起红绫大帕,把贱妾拿去。贱妾晓得金、木、水、火、土五遁之法,凭他拿去,亦能遁回。但事终是无济。贱妾临行之时,师父曾有吩咐,叫我若有难,高叫三声,他自来救我。今御园中可焚起香来,待贱妾请师父,讨除此野道,方可捉得保童,平服辽西。"太宗就命安排香案于御园中。金莲走去拜了四拜,仰天叫三声师父,只见长眉大仙驾云而至。金莲告曰："今有青云老祖,不守仙戒,反助保童作乱,与徒弟交战一日,幸得师父教我法术,不至于败,但不能胜他,求师父相助一力。"大仙听了,乃骂曰："青云野道,为何私自下山,待我奏玉皇,拿了他去。"言毕,驾云而去,直至三天门下,表奏玉皇。玉皇准奏,遂差六丁①神将,来拿青云。时青云在营中想,昨日与金莲交战不胜,又要引兵搦战。忽见空中神将叫曰："青云大仙,玉皇有旨,请你可即同行。"青云听说大惊,恼恨徒弟哄自己下山,以致犯罪天庭。只得随六丁神将来到玉皇驾下,玉皇敕旨说："青云不守法戒,私自下山,杀害生灵,罪恶甚大,发在阴山,幽置枯井,万载不许翻身。"金莲得知青云拿去,乃奏太宗曰："我师父奏上玉皇,青云已拿去了,速议进征。"太宗大喜,望空拜谢。遂谓仁贵

---

① 六丁——道教神名。《无上九霄雷霆玉经》："六丁玉女,六甲将军。"故应为与六甲相对应的女神。

曰:"青云已去,声势已去,卿可出兵,早定辽邦。"仁贵即传下令:"着秦怀玉领兵从南门杀出,丁山领兵从北门杀出,陈金定领兵从东门杀出,金莲领兵从西门杀出,四下攻击,苏贼可擒矣。"分拨已定,一声炮响,各人上马,一拥而出。未知如何,再看下回分解。

第 七 回
仁贵保驾回长安　　媚娘披缁①入尼寺

却说保童见师父去了,心下大惊。忽见小卒来报,唐兵四门杀出。保童暗忖,不能抵敌,急引人马,望营后逃走。金莲早已得知,乃驾起云端,急忙赶上,将保童捉住,辽兵被杀不计其数。金莲捉了保童,解见爹爹,仁贵大喜,就令金莲去取辽城。金莲统军将辽城围定,迷王大惊,率群臣开城投降。金莲遂带迷王来见爹爹。仁贵曰:"辽王已归顺,可回城见主。"遂引军来见太宗。太宗下阶,迎接仁贵父子上殿,慰劳一番。遂命押过保童,太宗曰:"为你这贼,杀害多少生灵,虽碎尸万段,不足以偿也。可押去斩首。"左右遂牵出斩首。迷王跪下,太宗曰:"朕居中国,你处外夷,为何妄生越志,要夺中国?"迷王曰:"臣该万死,乞陛下赦宥②,愿世世称臣,再不敢侵犯。"太宗曰:"朕今日姑饶你,以后若再不贡,将你辽城荡洗一空。"迷王叩头谢恩。次日,献上金宝、马匹,太宗收了,遣使归国。遂宴赐群臣,犒赏三军。随出旨意班师回朝。明日,仁贵统领三军,保驾启行。不过旬月,到了长安。文武百官迎接太宗入城升殿。群臣称贺毕,太宗就以王爵加封仁贵父子,其余众将俱各加封。自此天下太平,人民上下相安。

却说武媚娘,自从入宫以来,狐媚惑主,弄得太宗神魂飞荡,常饵金

---

① 缁(zī)——黑色。此处指黑衣。
② 宥(yòu)——宽恕,原谅。

石①。时太白星屡屡昼见,太史令占道:"女主昌。"民间又传《秘记》云:"唐三世之后,女主武王代有天下。"太宗闻言,深恶之。

一日,会诸武臣,宴于宫中,行酒令使言小名。左武卫将军李君羡,自言小名五娘,其官称、封邑,皆有"武"字。太宗心疑,出为华州刺史。御史复奏君羡谋不轨,遂坐诛②。因密问李淳风:"《秘记》所云,信有之乎?"淳风道:"臣仰稽天象,俯察历数,其人已在陛下宫中。自今不过三十年,当有天下,杀唐子孙殆尽。其兆既成。"太宗道:"疑似者尽杀之何如?"淳风道:"天之所命,人不能违;王者不死,徒多杀无辜。况自今已往三十年,其人已老,或者颇有慈心,为祸或浅。今若得而杀之,天或更生壮者,肆其怨毒,恐陛下子孙无遗类矣!"太宗听言乃止。心中虽晓得才人姓武有碍,但见媚娘性格柔顺,随你胸中不耐烦,见了他就回嗔作喜,顷刻不忍分手。因此虽不放在心上,亦且再处。日复一日,太宗因色欲太深,害病起来。那太子晋王,朝夕入侍,瞥见武才人颜色,不胜骇异道:"怪不得我父皇生这场病,原来有这个尤物在身边,夜间怎能个安静。"意欲私之,未得其便,彼此以目送情而已。

一日,晋王在宫中,武才人取金盆盛水,捧进晋王盥手。晋王看他脸儿妖艳,便将水洒其面,戏吟道:

乍忆巫山③梦里魂,阳台路隔恨无门。

武才人接口吟道:

未承锦帐风云会,先沐金盆雨露恩。

晋王听了大喜,便携武才人的手,竟往宫后小轩僻处。武才人道:"陛下闻知,取罪不小。"晋王道:"我今与你,也是天缘,何人得知。"武才人扯住晋王御衣泣道:"妾虽微贱,久侍至尊,今日欲全殿下之情,遂犯私

---

① 常饵(ěr)金石——沉溺于金石琴瑟之乐。饵,引鱼上钩之物,引申为引诱。金石,古代制造乐器的主要材料之一,后成为乐器的代称。
② 坐诛——被定罪处死。坐,定罪。
③ 巫山、阳台——位于四川巫山县东,有十二峰,峰下有神女庙。战国时宋玉《高唐赋》记楚怀王梦与巫山神女相会。神女辞别时说:"妾在巫山之阳,高丘之阴。旦为朝云,暮为行雨。朝朝暮暮,阳台之下。"此处巫山、阳台,皆本此典故,以喻男女幽会。

通之律,倘异日嗣登九五①,置妾于何地?"晋王见说,便矢誓道:"倘宫车异日晏驾②,册汝为后,有违誓言,天厌绝之。"武才人叩谢道:"虽如此说,只是廷臣物议③不好,倘皇爷要加害妾身,何计可施?"晋王想了一想道:"有了,倘父皇着紧问你,你须如此如此,自可免祸,又可静以待我。"武才人点首,晋王乃解九龙羊脂玉钩赠武才人,武才人收了,随即别出。

时京中开试,尚未放榜,太宗病间召李淳风问道:"今岁开科取士,不知状元系何处人,什么姓名?"淳风道:"圣天子洪福不浅,今科三鼎甲④,乃皆忠直之士,大有裨于社稷,姓名虽知,不便说出,恐泄漏于臣,上帝震怒不浅。乞陛下赐臣于密室写其姓名籍贯,封固盒中,俟揭榜后开看便知。"太宗叫太监取一个小盒,淳风写了,封在盒内。太宗又加上一封,藏于匮中。到了开榜时,太宗取匮中淳风写的一对,却是:状元狄仁杰,并州太原人;榜眼骆宾王,婺州⑤义乌人;探花李日知,郑州荥阳人。不胜骇异,始信淳风所言非诳,谶数之言必准。因思:"今已大病如此,何苦留此余孽,为祸后人。"便对武才人道:"外廷物议,说你姓武,应图谶⑥你将何以自处?"武才人跪下泣道:"妾事皇上有年,未尝有过。今皇上无故置妾于死,使妾含恨九泉,何以瞑目。望皇上以好生为心,使妾披剃入空门,长斋拜佛,以祝圣躬,以修来世,垂恩不朽。"说罢大恸。太宗心上原不想杀他,今见他肯削发为尼,不胜大喜道:"你肯为尼,亦是万幸的事,宫中所有,快即收拾回家,见父母一面,随即来京,赐于感业寺削发为尼。"武才人谢恩,领亲随宫娥小喜出宫。

武士彠闻知媚娘要出宫这个消息,即差人迎接。不多几日,接到家中,与杨氏母亲见了,大家痛哭一场。哭毕,媚娘与家人各各拜见。媚娘道:"闻得父亲过继个三思侄儿,怎么不见?"杨氏道:"今日是朋友招他去

---

① 九五——即九五之尊,帝位。"九五"语出《易经》乾卦:"九五,飞龙在天,利见大人。"其意为神龙腾而居天上。古人以帝王为真龙天子,故喻。
② 宫车晏驾——即帝王死亡。
③ 物议——众人的批评。
④ 三鼎甲——科举考试中一甲前三名(状元、榜眼、探花)的总称。因鼎有三足,一甲共三名,故称。
⑤ 婺州——位于今浙江省金华一带。
⑥ 图谶(chèn)——古代符命占验之书。

会文。"媚娘道:"我忘记今年几岁了?"杨氏道:"今年十五岁了,庞儿却好,但不知他胸中所学何如。"不多时三思吃得半醉回来。杨氏道:"三思,你姑娘回来了,快来拜见。"媚娘抬头一看,见三思生得唇红齿白,目秀眉清,即叫小喜上前与三思见了礼。三思道:"姑娘在宫中受用得紧,为什么朝廷轻信那廷臣之议,把姑娘退出宫来,却叫去削发为尼,这皇帝也算无情。"媚娘闻言,不觉泪下。少顷,大家吃了夜饭。三思见杨氏与小喜走开,即近媚娘身边带醉笑道:"姑娘你好股青丝细发,日后怎舍得剃下来。"媚娘见三思年纪虽小,庞儿俊俏,一把搂在怀里。三思道:"姑娘睡在那里?"媚娘道:"就在母亲房内。"三思道:"我有许多话要问姑娘,我今夜陪姑娘睡了罢。"媚娘道:"有话待我母亲睡着了,你进房来说。"三思道:"如此,切记不要闩了门。"媚娘点头。那夜三思伺父母睡着,悄悄挨进媚娘房中,成了鹑鹊之乱①。过几日,武士彟恐怕弄出事来,只得打发媚娘、小喜出门,大家洒泪而别。在路行了几日,到了感业寺。那庵主法号长明,出来迎接媚娘、小喜进去。见媚娘千娇百媚,又见小喜丰姿绰约,皆不是安静的人,如何出得家。领到佛堂,四个徒弟动了响器,长明叫媚娘参了佛,便与他剃了发,小喜也改了打扮,各人下来见礼,未知后事如何,且听下回分解。

第 八 回
冯小宝行淫禅寺　武媚娘蓄发还宫

　　却说媚娘与众位尼姑行礼毕。长明道:"这四个俱是小徒。"又指着怀清道:"这位是去岁冬底来的。"就领媚娘进去说道:"这两间是夫人、喜姐的住房,间壁就是怀清的卧室。"媚娘听了,安心住下。
　　到了黄昏,只见小喜笑嘻嘻地走进来,对媚娘说道:"夫人,那怀清师

---

①　鹑鹊之乱——指乱伦。语出《诗经·鄘风·鹑之奔奔》:"鹑之奔奔,鹊之强强。人之无良,我以为兄?"该诗以鹑(鹌鹑)、鹊(喜鹊)本非匹配而互相追随,讽刺卫宣公之妻宣姜与其庶子公子顽私通之事。

父你道是什么人？原来是隋炀帝李夫人的妹子。我方才到他房中问他出处，他说：'因炀帝国亡，与秦、狄、夏、李四夫人逃出，在濮州女贞庵为尼，不料连岁饥荒，又染了疫症，四夫人相继病亡。我同一个士子入京，行到中途，士子被盗杀了，我却跳在水中，被商船救起，带至京都，送在此地暂寓。'"媚娘道："他们可有人来往么？"小喜道："他说有个姓冯的表弟住在蓝桥门张药铺，常来走走。"媚娘点点头儿。

一日，媚娘在佛堂看怀清写疏，听得外边叩门。恰好长明长老不在寺中，领徒众到人家念经去了。怀清出来问道："是谁？"那人道："阿姊，是我。"怀清知道是冯小宝，忙开了门。小宝道："闻得你寺中有朝廷送一个武夫人在此出家，如今可在否？"怀清道："正在堂中看我写疏，我引你去见他。"那小宝就随怀清进来，见媚娘倚在桌上看文疏。怀清道："五师父，我家兄弟在这里拜见。"小宝行个礼。媚娘转身，看见小宝生得身躯清秀，态度幽娴，忙忙答礼。恰好小喜走进来，小宝见了，也与他揖过。小喜问道："此位是谁？"怀清道："就是前日说的冯家表弟。"小喜道："原来就是令弟，失敬了。"说罢，怀清同小宝走到自己房中。只见小宝取一幅花笺，写一绝道：

天赋痴情岂偶然，相逢已自各相怜。

笑予好似花间蝶，才被红迷紫又牵。

怀清笑道："妾亦有一绝赠君。"提笔写在后面道：

一睹芳容即耿弟，风流雅度信翩翩，

想君命犯桃花煞，不独郎怜妾也怜。

写完，怀清就与小宝在房中吃酒玩耍。媚娘在房想了一会，随同小喜走到怀清房门首，悄悄立着。只听得外边敲门声响，晓得老师父领众回来，媚娘便走进房，小喜出去开门，那怀清亦出来。只见长明领众徒弟、婆子背着经识，怀清上前与几个说些闲话。小喜恐媚娘冷清，即便自归房去了。不多时，见怀清进来说道："武上师，你同六师父到我房中去谈谈。"媚娘道："你有令弟在那里，我怎好来。"怀清道："自古说，四海之内皆兄弟，何况你我。"媚娘道："既如此说，何不同到我房里来坐坐，我泡好茶相候。"怀清道："我同六师父去挽他来。"携了小喜出房。不一时，先把酒肴送

第八回　冯小宝行淫禅寺　武媚娘蓄发还宫

到,然后怀清与小喜、小宝走进来。媚娘道:"四师父,我在这里没有破钞①,怎好相扰。"怀清道:"几个小菜,叫人笑死。"便将高烛放在中间,叫小宝朝南坐了,自同媚娘对席,叫小喜也坐在横头。大家满斟细酌,狎邪嘲笑。是夜四人同寝不提。

贞观二十三年五月,太宗疾甚,召长孙无忌、李勣、褚遂良等至榻前说道:"朕与卿等,扫除群丑,四方宁静,正欲与卿等共享太平,不意二竖②忽侵。魏征、李靖、房玄龄先我而去。今将分手,别无它嘱,太子躬行仁俭,可谓佳儿佳妇,卿等共辅助之,勿负朕意。"言讫而崩。众臣扶太子即位,是为高宗,颁诏天下,以明年为永徽元年。

时武氏在寺闻之,亦为之恸泣。后因太宗忌日,高宗诣感业寺行香。恰值冯小宝在庵,回避不及。长明无奈只得把小宝落了发。高宗问及,长明说是侄儿:"在土地堂出家,才来看我。"高宗道:"白马寺中,田地甚多,僧众甚少,朕给度牒③一纸与他,限明日即往白马寺驻扎。"武氏见了高宗,大恸。高宗亦为之泣下,悄悄吩咐长明:"叫武氏束发,朕不久差人来取。"嘱咐了,起身回宫。媚娘回到房中,愁见于面。怀清走进房来说道:"方才皇爷特嘱夫人蓄发,要取你回宫,莫大之喜,为何夫人双眉反蹙④起来?"媚娘道:"我想冯郎,被我二人弄得他削发为僧,叫我与你作何计筹之。"怀清道:"且看他来有何话说。"只见冯小宝进房来问道:"你们为什么闷闷地坐在此?"小喜道:"武夫人与四师父在这里愁你。"小宝道:"你们好不痴呀,我上无父母,下无兄弟妻室,又不想上进,只想在温柔乡里过日,今日逢着夫人,难得怀清姐姐分爱,得沾玉体,又兼喜姑娘陪衬,这种恩情,不要说为你三人剃了长发,就死已不足惜。"怀清道:"只是出家,难得妇人睡在身边,生男育女。"小宝道:"姐姐你不知,那有窍的妇人,巴不能弄着个有本事的和尚,整日整夜搂住不放出来。"媚娘道:"若如此,你将来有了好处不想我们的了。"小宝道:"是何言欤!若要如夫人这般姿

---

① 破钞——为请客、送礼、资助、捐献等而破费钱。
② 二竖——《左传·成公四年》:"公梦疾为二竖子,曰:'彼良医也,惧伤我,焉逃之?'"后人以二竖为病魔的代称。
③ 度牒——亦称祠部牒。唐宋时期由官府发放给僧尼的证明书。
④ 蹙(cù)——皱(眉头);收缩。

色,世间罕有,即如二位之尚义情痴亦所难得。但只求夫人进宫撺掇朝廷,赏我一个白马寺主,我就得扬眉了。"媚娘道:"这事不难,只要你心中有我们就够了。"小宝跪下发誓道:"苍天在上,若是我冯怀义日后忘了武夫人与怀清、小喜的恩情,天诛地灭。"三人闻言,各各欢喜。只见长明执着一壶酒,老婆子捧了夜膳,摆在桌上。长明道:"冯师父,我备一杯酒与你送行,你不可忘了我。今日在天子面前,我认你是个侄儿,所以无事。你今晚快些吃杯酒儿睡了,明日好到白马寺里去。我这老人家年纪有了,不能奉陪。"说罢出房去。冯小宝与媚娘等三人,你贪我爱,我说你泣,弄了一夜。到五更时,听见钟声响动,只得起身,大家下泪送别。怀义出了庵不题。

再说高宗,过了几月,即差官选纳媚娘、小喜进宫,拜媚娘为昭仪。亦是武昭仪时来运至,恰好来年就生一子,年余又生一女,高宗宠幸益甚。王皇后、萧淑妃恩眷已衰。会昭仪生女,后①怜而弄之。后出,昭仪潜扼杀之。上至昭仪宫,昭仪阳②为欢笑,发被③观之,女已死矣。惊啼问左右,左右皆言皇后适来此。高宗大怒道:"后杀吾女!"昭仪因泣数其罪,后无以自明,由是有废立之意。一日,高宗召长孙无忌、李勣、褚遂良、于志宁于内殿。勣知上意,称疾不入。无忌等至内殿,高宗道:"皇后无子,武昭仪有子,今欲立为后何如?"未知诸臣如何回答,且看下文分解。

第 九 回
昌宗受荐幸太后　怀义建节抚硕贞

当时,褚遂良听了立后之言,进前奏曰:"先帝临崩,执陛下手,谓臣道:'太子佳儿佳妇,今以付卿。'此陛下所闻,言犹在耳。皇后不闻有过,岂可轻废。"上不悦而罢。明日,又言之。遂良道:"陛下必欲易皇后,伏

---

① 后——王皇后。
② 阳——表面上。
③ 发被——揭开被子。

请择天下令族①，何必武氏？况武氏经事先帝，众所共知，万世之后，谓陛下为何如！"因置笏于殿阶，免冠叩首流血。高宗大怒，命宫人引出。过了数日，中书舍人李义府叩阙②表请立武氏为后，许敬宗从旁赞道："田舍翁多收十斛麦，尚欲易妇，况天子乎！"帝意遂决，废王皇后、萧淑妃为庶人，册立武氏为皇后，贬褚遂良为爱州刺史，寻卒。自此，武后僭③乱朝政，出入无忌，每与高宗同御殿阁听政，中外谓之二圣。高宗被色昏迷，心反畏惧武后。武后即差人封怀义为白马寺主，又令人司迎请母亲来京，封父武士彠司徒，赐爵周国公；封母杨氏为荣国夫人；武三思等俱令面君，亲赐官爵，置居京师。因恨王皇后、萧淑妃，令人断其手足，投于酒瓮中，道："二贱奴在昔，骂我至辱，今待他骨醉数日，我方气休。"自此日夜荒淫。武后怀着那点祸心，要高宗早死，便百般献媚，弄得高宗双目枯眩，不能览本，百官奏章，俱令武后裁决，遂加徽号④曰天后。自此，天后在宫中淫乱，见高宗病入膏肓，欢喜不胜。一日，高宗苦头重不堪举动，召太医秦鸣鹤诊之。鸣鹤请刺头出血可愈。天后不欲高宗疾愈，怒道："此可斩也，乃欲于天子头刺血。"高宗道："但刺之，未必不佳。"乃刺二穴出少血。高宗道："吾目似明矣！"天后举手加额道："天赐也！"自付彩缎百匹，以赐鸣鹤。鸣鹤叩头辞出，戒帝静养。天后好像极爱惜他，时时伴着，依依不舍。岂知高宗病到这个时候，不肯依着太医去调理，却还要与天后亲热。火升起来，旋即驾崩，在位三十四年。天后召大臣裴炎等于朝堂册立太子显为皇帝，更名哲，号曰中宗，立妃韦氏为皇后，诏以明年为嗣圣元年，尊天后为皇太后，擢后父韦玄贞为豫州刺史，政事咸取决于太后。一日，韦后在宫中理琴，只见太后一个近侍宫人名唤上官婉儿的走来。这上官婉儿相貌娇艳，颇通文墨，偶来宫中闲耍。韦后见了便问道："太后在何处，你却走到这里来？"婉儿道："在宫中细酌，我不能进去，故步至此。"韦后道："岂非冯、武二人耶？"婉儿点头。韦后道："三思尤可，那秃驴何所取焉！"话未毕，只见中宗气愤愤地走进宫来，婉儿即便出去。韦后道："陛下为

---

① 令族——有权势的望族。
② 叩阙——入宫阙求见。
③ 僭(jiàn)——超越本分。
④ 徽号——美好的称号。

何不悦?"中宗道:"刚才御殿,见有一侍中缺出,朕欲以与汝父,裴炎固争以为不可。朕气起来,说道:'我欲以天下与韦玄贞何不可,而惜侍中耶!'众臣默然。"韦后道:"这事也没要紧,不与他做也罢了。只是太后如此淫乱奈何?听说今日又在宫中吃酒玩耍。"中宗道:"母要如此,叫我也没奈何。"韦后道:"你倒有这等度量!只是事父母几谏,宁可悄悄地劝他一番。"中宗道:"不难,我明日进宫去与他说。"到了明日,中宗朝罢,早有宫监将中宗要韦玄贞为侍中,并欲与天下,与太后说了,太后大怒。不期中宗走进宫来,令侍婢退后,悄悄奏道:"母后恣情,不过一时之乐,恐万代青史中不能为母后隐耳,望母后早察。"太后正在含怒之际,又闻此言,一时大恼道:"你自干你的事罢了,怎么谤毁起母亲来。怪不得你要将天下送与国丈,此子何足与事。"遂废中宗为卢陵王,迁于房州。立豫王旦为帝,号曰睿宗,居于别殿,政事咸决于太后,睿宗不得与闻。太后又迁中宗于均州,益无忌惮。又知宗室、大臣怨望,欲尽杀之。盛开告密之门,有告密称旨者,不次除官。用索元礼、来俊臣、周兴共撰《罗织经》一卷,教其徒网罗无辜。中宗在均州闻之,心中惴惴不安,幸有韦后委曲护持。中宗道:"他日若复帝位,任汝所欲,不汝制也。"

且说洛阳有张易之、张昌宗兄弟二人来京应试,寓在武三思左近。恰好三思与怀义不睦,要夺他宠爱,遂荐昌宗昆弟于太后不题。

却说怀清在感业寺,适有睦州客人陈仙客,相貌魁伟,性好邪术,怀清与之相通,竟蓄了发,跟他到睦州。那寺侧毛皮匠,也跟去做了老家人。时睦州地里忽裂出一个池来,中间露出一条石桥,桥上刻着"怀仙"两字。人到池边照影,一生好歹,都照出来。因此怀清夫妻也去照照,见池中现出天子、皇后的打扮,怀清大喜。对仙客道:"桥上'怀仙'二字,合着你我之名,又照见如此模样。武媚娘可以做皇帝,难道我们偏做不得。"遂与仙客开起一个崇义堂,只忌牛犬,又不吃斋,所以人都来皈依信服。不上一两年,竟有数千余人。怀清自立一号,曰硕贞。选精壮俊俏后生,皆教他法术,俱能呼风唤雨。不期被县尹晓得了,要差兵来捕他。那些徒弟忙报知仙客、硕贞。硕贞见说,领了徒弟拥进县门,把县尹杀了,据了城池,竖起黄旗,自称文佳皇帝,仙客称崇文王,远近州县,望风纳款。扬州刺史忙申文报知朝廷。时太后正与怀义宴饮,见了奏章,微笑道:"天下只道唯我在女子中有志,不意又有此女擅自称帝。"怀义道:"前日有两个女

第九回　昌宗受荐幸太后　怀义建节抚硕贞

尼对臣说,睦州文佳皇帝陈硕贞,凶勇无比,原就是感业寺怀清,未知确否。"正说时,只见象州刺史薛仁贵申文,请发兵讨陈硕贞。文中说,陈硕贞就是感业寺女尼怀清,曾遇异人,得了天书、符箓①,凶锋难犯,或抚或剿,恩威悉听上裁。太后笑对怀义道:"原来陈硕贞果是令姊。我今烦你去招安他,他必然归顺。"怀义道:"臣无官职,怎能去招他?"太后就传旨封怀义为右皆将军,星夜往睦州招抚陈硕贞,拨三千御林军随行,怀义辞朝而去。太后又令象州刺史薛仁贵接应。仁贵得了旨意,发兵进剿。原来硕贞夫妻近日不睦,仙客嫌妻拥着精壮徒弟不与他管;硕贞亦嫌其抢掠娇娃,随处宣淫,因此大家分路。仁贵将到淮上,早有细作来报道:"崇义王陈仙客,带二千人马,离此地三十里扎寨。"薛仁贵即便驻扎,将兵马分作三路:"到半夜,如此如此。"众将得令,到了晚间,分兵而进。行至半夜。将近他寨,一声炮响,三路兵马一起杀入。那些贼兵各无准备,东西乱窜。陈仙客正在帐中安寝,忽听得喊杀,连忙爬起,被仁贵赶到,一枪刺死,枭了首级,余军投降。

却说怀义领三千御林军起行,先差四个徒弟,扮做游方僧,前去打探怀清消息。过了几日,只见四个徒弟领一个老人家来见怀义。怀义认得是皮匠毛二,因问道:"你为何在此?"毛二道:"小的贫穷,不时蒙怀清师父周济。因前年师父被仙客拐往睦州蓄了发,做了夫妇,小的也只得随他来。"怀义道:"他们有什么本事,哄骗得这些人动?"毛二道:"那陈仙客喜的是咒诅邪术,不想我师父聪明,把这些书符秘诀练习精熟,着实效验,故此远近男女知道,都来降伏皈依。不想昨夜我主儿陈仙客在寨中熟睡,被薛仁贵杀进寨来,一枪刺死。小的正要去报知师父,不料被老爷四个徒弟哄骗到此。"怀义道:"你可晓得你师父文佳皇帝与我是亲戚?"毛二道:"小的怎么不晓得。"怀义道:"我今奉朝廷旨意来招安你师父,你今快去报知陈仙客死信,并传我之意,我随后就到。"遂取一件东西付与四个徒弟,教他言语,同毛二一起起身。行了几日,到了沛县。毛二先入城见了硕贞,跪下哭泣,把崇义王被薛仁贵杀死情由说了一遍。硕贞闻言大哭。毛二道:"皇爷且莫哭,有一佳事在此。"又把怀义招安事情说一遍:"如今

---

① 符箓(lù)——道教的秘文秘录。以笔画屈曲作篆字状,讹为天神文字,传说可以驱使鬼神、祭祷和治病。

他差四个徒弟在外。"硕贞道:"唤他们进来。"毛二出去不多时,领着四个徒弟来见硕贞。四人跪下叩头道:"家爷拜上娘娘,说有一件东西,奉与娘娘。"就在袖中取出呈上。硕贞接来一看,却是自己的玉如意,前日赠与怀义的,见了不觉泪下道:"我只道与表弟不得见面,谁知今日在这里相逢。"四个徒弟道:"明早家爷就到。"到了次早,听得三声轰天大炮,早有飞马来报道:"敌兵来了!"硕贞道:"这是我家师爷,说甚敌兵。"遂令放三声大炮,开了寨门。硕贞选三四十人跟随,跨上马来接圣旨。怀义叫三千御林军扎住,自同三四十个徒弟,背了御旨,直到硕贞寨中。硕贞命摆下香案,接了圣旨,两个相见。未知如何,且看下回分解。

第 十 回

安金藏剖腹鸣冤　骆宾王草檄讨罪

却说怀义与硕贞相见,拥抱大哭,各诉衷情。怀义道:"贤姊既已受安,部下兵马如何处置?"硕贞道:"我既归降,自当同你到京面圣。兵马且屯扎睦州再处。"怀义道:"如此绝妙。"硕贞传众军头目说了,军马只得暂住睦州候旨,只带三四十亲随,同怀义入京。行了两日,遇见薛仁贵兵马,怀义把招安事体与他说了。仁贵闻言,引兵回象州去,具疏奏闻。怀义同硕贞行到京中,怀义先入宫报知太后。太后差官迎接硕贞进宫。太后一见,悲喜交集,大家细把别后事情说了,留在宫中住了两三日,赠了金银缎匹,买一所民房居住,敕赐硕贞为归义王,与太后为宾客,怀义赐爵鄂国公,时时入宫与太后追欢取乐。

倏忽间又是秋末冬初。太平公主乃太后之爱女,貌美而艳,素性轻佻,胡作敢为。先适薛绍,不上两三年,把他弄死。归到宫中,又思东寻西,不耐安静。太后恐怕拉了他心上人去,便将他改适大夫武攸暨。是日,太后在御园,见草木黄落,苑中无色,谓近侍道:"明日武攸暨必来谢亲,赐宴苑中,如何使万花齐放,以彰瑞庆。"近侍道:"如今是秋末冬初的天气,那得百花齐放。"太后想了半晌,即宣归义王陈硕贞入朝,叫他用些法术,把苑中花木一尽开花,以显瑞兆。硕贞道:"若是陛下要一二种花,

臣或可向花神借用;若要万花齐发,这是关系天公主持,须得陛下诏旨一道,侍臣移檄花神转奏天庭,自然应命。"太后即写一诏道:

明朝游上苑,火速报春知。

花须连夜发,莫待晓风吹。

太后写完,将诏付硕贞。硕贞又写一道檄文,别了太后到苑中施符作法,焚与花神不题。太后又传旨,着光禄寺正卿苏良嗣进苑整治筵席。到了次日,天气融和,万卉敷荣,群枝吐艳。苏良嗣先到苑中畅华堂检点筵席。不多时,御史狄仁杰领各官进来,见了这些花朵,不胜浩叹道:"奇哉!天心如此,人意何为。"内史安金藏道:"不知万卉中可有不开的?"众臣各处闲看,唯有檀树杳无萌芽,不觉赞叹道:"妙哉檀树,真可谓持正不阿者矣!"正说间,只见驸马武攸暨进宫朝见,到畅华堂来领宴。又见许多宫女拥着太后进来,叫大臣不必朝参。排班坐定,太后道:"草木凋枯,毫无意兴,故朕昨宵特敕一旨,向花神借春,不意今早万花尽放,足见我朝太平景象。此刻饮酒,须要尽兴。"又吩咐内侍:"去看万卉中,可有违诏不开的?"左右道:"万花俱放,只有檀树不开。"太后命左右剪除枝干,谪①在篱边做障,不许复植苑中。那武三思辈,无不谀词赞美。独有狄仁杰等俱道:"春荣秋落,天道之常。今众花特发,是冬行春令。陛下还宜修省。"酒过三巡,众臣辞退,太后也命驾回宫。三思见太后不邀他入宫,心中疑惑。即走到翠碧轩,看见上官婉儿,独自倚栏呆想。三思近前道:"婉姐,你想什么?敢是想我么?"婉儿撇转头来,见是三思,笑道:"我不是想你,是想,有一个心上人想你。"三思道:"是那个?"婉儿就把韦后的话对他说了:"我常在他面前赞你如何风流,又说你同太后在宫中如何举动,他便长叹一声,好似痴呆的模样道:'怪不得太后爱他。'这不是他想你么?可惜如今同圣上在房州,他若得回来,我引你去,岂不胜过上宫么。"三思道:"韦后既有如此美情,我当在太后面前竭力周全,召还卢陵王。我再问你,今日谁在宫中与太后玩耍?"婉儿道:"是怀僧②。"说罢,两人分手而别。时索元礼、周兴、来俊臣辈同在畅华堂与宴,见狄仁杰诸正人直臣,意气矜骄,殊不为礼,心中怀恨。适虢州杨初成,矫制募人迎帝于房州,太

---

① 谪(zhé)——即贬谪。古时称官吏降职并调到边远地区做官为谪。

② 怀僧——即冯怀义。

后敕旨捕之。索元礼等就密上一表,说狄仁杰、苏良嗣、安金藏等与卢陵王同谋造反。太后览表大怒。然知狄仁杰乃忠直之臣,用笔抹去,余人谕索元礼勘问。元礼临审酷烈,把苏良嗣一夹,要他招认谋反。良嗣喊道:"天地祖宗在上,如皇嗣稍有异心,臣等甘愿灭族。"又把安金藏要夹起来。金藏道:"为子当孝,为臣当忠,欲叫臣去陷君,臣不为也。今既不信金藏之言,请剖心以明皇嗣不反。"即引佩刀自剖其胸,五脏皆出,血涌法堂。李日知见了,忙叫左右夺住佩刀,奏闻太后。太后即传旨着元礼停推,叫太医看视安金藏。此事远近传闻。眉州刺史英公李敬业乃李勣之孙,同弟敬猷①行至扬州。时唐之奇、骆宾王,因坐事贬谪,亦到扬州与敬业相会。忽闻京报说安金藏之事,敬业不胜骇怒道:"可惜先帝数年鏖战,始得太平,不期今日被一妇人,把他子孙剪灭殆尽。举朝公卿何同木偶也!"骆宾王道:"这节事,令祖先生若在,或者可以挽回,如今说也徒然。"敬业道:"兄何必如此说,人患不同心耳!设一举义旗,拥兵而进,孰能御之。"唐之奇道:"既如此,兄何寂然。"宾王道:"兄若肯正名起义,弟作一檄以赠。"敬业大喜,即日祭告天地,祀唐祖宗,号令三军,竖起义旗。宾王展开素纸,写出檄文,送与敬业众人观看,其檄文曰:

伪临朝武氏者,人非和顺,地实寒微②。昔充太宗下陈③,曾以更衣入侍。洎④乎晚节,秽乱春宫⑤。潜隐先帝之私,阴图后房之嬖⑥。践元后于翚翟⑦,陷吾君于聚麀⑧。杀姊屠兄,弑君鸩母。人神之所同嫉,天地之所不容。尤复包藏祸心,窃窥神

---

① 猷(yóu)——计划,谋划。
② 地实寒微——出身微贱。
③ 昔充太宗下陈——指曾为太宗妃妾。陈,列。
④ 洎(jì)——及,到。
⑤ 春宫——封建时代太子所居之宫,即东宫。此处指武氏与太子时的高宗私通之事。
⑥ 嬖(bì)——受宠爱的人。
⑦ 践元后于翚(huī)翟(dí)——登上皇后的宝座。践,登上。元后,正宫皇后。翚,五彩雉鸡;翟,长尾山鸡。翚翟,装饰皇后服装的野鸡毛,此处喻皇后服装,即皇后之位。
⑧ 聚麀(yōu)——父子共享同一个女子。聚:共;麀:牝鹿,母兽。见《礼记·典礼上》:"夫唯禽兽无礼,故父子聚麀。"

器。君之爱子,幽之于别宫;贼之宗盟,委之以重任。敬业皇唐旧臣,公侯冢子。奉先君之成业,荷朝廷之厚恩。公等或居汉地,或叶周亲①,或膺重寄于话言,或受顾命于宣室。言犹在耳,忠岂忘心。一抔之土未干②,六尺之孤何托。请看今日之域中,竟是谁家之天下。

敬业与众人看了,各各大恸。敬业道:"这事不是一哭可以了事,只要诸公商议做去便了。"于是敬业起兵矫诏,杀扬州长史,升府库,赦囚徒。旬日间聚兵十余万,移檄州县。未知如何,且看下回分解。

第 十 一 回
改国号女主称尊　违君召怀僧丧身

却说狄仁杰为相,见狱中事奏闻。太后命严思善按问,周兴尚未知其事。思善谓兴曰:"囚多不承③,当用何法?"兴道:"令囚入瓮,以火炙之,何事不承。"思善乃索大瓮,炽炭如兴法,因起谓兴道:"有内状推④公,请公入此瓮。"兴叩头服罪,流岭南,为仇家所杀。索元礼、来俊臣弃市⑤,人争啖其肉,斯须⑥而尽。残酷之事,一朝除灭,士民大喜。

一日,武三思将敬业檄文与太后看。太后看了,就问:"此檄文出自谁手?"三思道:"骆宾王。"太后道:"有才如此,而使之流落不偶,宰相之过也。"即遣大将李孝逸征讨敬业。太后又道:"我想卢陵王在房州,若有异心,就费手了。要着一个心腹去看他作何光景,只是没有人去得。"三思想起婉儿说韦后慕己之意,便道:"我不是陛下的心腹?就去走一遭。"太后尚未应,忽见宫娥来报:"师爷进来了。"太后叫婉儿送三思出去。婉

---

① 或叶周亲——叶:协同;周亲:至亲。
② 一抔(póu)之土未干——高宗的坟土还未干燥。指高宗刚刚埋葬不久。
③ 承——承担,承认,招认。
④ 推——推问,推究,追究。
⑤ 弃市——古代的一种刑罚,即在闹市区执行死刑,将尸体暴露街头。
⑥ 斯须——很短的时间,一会儿。

儿与三思走到僻静之处,取乐一回。三思就把太后要差人往房州去的事说了,叫他撺掇:"叫我去。"婉儿道:"这在我,我有些礼物,送与韦娘娘,待我修书一封,打动他便了,只是日后不要忘我。"三思道:"这个自然。"遂分手出宫。到次日,太后着三思往房州公干。三思得了旨意,入宫辞太后。婉儿暗将礼物并书递与三思,三思遂起身。行了几日,已到房州。天色已晚,驿馆宿歇。到次日,三思领了四个小使,到卢陵王府上来,时王爷不在家。门上人知是武三思,不敢怠慢,即便报知韦后。韦后道:"他与我是至戚,不妨请进宫来。"太监领命,出去相请。三思步入宫中,看见韦后生得身躯袅娜,体态娉婷①,速忙上前拜下。韦后也回拜了。坐定,韦后问起太后安乐,三思答应了一回,就问:"王爷何往?"韦后道:"今早往感德寺拜佛,已差人去请了,不知武爷何来?"三思道:"因上官婉儿思念娘娘,故赍书到此。"向靴里取出书来,送与韦后。左右把礼物摆下。韦后把婉儿的书拆开看了,微笑。将礼物收了。忽女奴来报:"王爷回来了。"韦后进去。中宗出来与三思叙礼坐定,中宗先问了母后的安,又问:"兄如今何往,寓在何处?"三思道:"寓在府前饭店,明天即行。"中宗道:"岂有此理!兄不以我为弟,何欲去之速也。"遂叫左右将武爷寓所行李取来,就请三思到殿上饮酒。三思把李敬业谋反之事说了:"今太后差李孝逸去剿灭,又差我到扬州,命娄师德去合剿,故此枉道来候问。"中宗听了大怒道:"李勣是母后功臣,何等待他,不想他子孙如此猖乱,若擒住他,碎尸万段。"更命整席在书斋,中宗进内更衣去了。三思忽见刚才随韦后的宫奴捧茶近身,宫奴悄悄对三思道:"武爷不要用酒醉了,娘娘还要出来与武爷说话。"说毕,中宗出来入席,猜谜行令。中宗酒醉,被扶入宫去。三思见里边一间床帐,已摆设齐整。三思叫小厮先往厢房去睡,自己靠在桌上看书。不多时韦后出来。三思忙上前接住道:"下官何幸,蒙娘娘不弃。"韦后道:"噤声②。"两个遂赴阳台,追欢取乐。韦后道:"你却不要薄情待我。"三思道:"我回去在太后面前,说王爷许多孝敬,包你即日召回。"韦后道:"如此甚好。婉儿我不便写书,你替我谢声。我有碧玉连环一副,乞为致之。"遂把连环交与三思,别了进去。三思在府上住了

---

① 娉婷(pīng tíng)——形容女子的姿态美。
② 噤(jìn)声——闭口不做声。

第十一回　改国号女主称尊　违君召怀僧丧身

三日，就辞中宗，上路回京。

却说当时有个傅游艺，原系无籍，因其友杜肃与怀义相好，怀义荐二人于太后，遂俱得幸，擢为侍御。游艺耸诱①太后说："李孝逸大破敬业，今敬业已授首矣，陛下宜更改国号，立武承嗣为太子。"太后大喜，遂改唐为周，改元天授，自称圣神皇帝，立武氏七庙②。武三思回到京中，闻武承嗣欲谋为太子，心怀不平。及入宫复命，适遇婉儿，把韦后之事说了一遍，就向袖中取出碧玉连环，付与婉儿收了。遂进宫朝见太后，把中宗如何思念太后，细细说完。太后默然不语。一日，太后夜梦不祥，召狄仁杰详解。太后道："朕昨夜梦见先帝授我鹦鹉一只，两翼披垂，朕抚弄移时，两翼不起。"仁杰道："武者，陛下国姓，召回佳儿佳妇，则两翼振矣。"太后道："卿言甚是。但武承嗣求为太子，事当如何？"仁杰道："文皇帝亲冒锋镝以定天下，今乃移之他族，无乃非天意。且陛下立子，则千秋万岁后，配食太庙，承继无穷。陛下若立侄，未闻有侄为天子，而祔③姑于庙者也。"后悟，由是召回中宗。母子相见，悲喜交集不提。

一日，太后与三思、昌宗、易之闲话，忽见太平公主走来。原来昌宗、易之久与太平公主有染，太后亦微知其事。当日大家上前见了，太平公主道："苑中荷花大放，母后怎不去看，却在此弄这个冷淡生活。"太后笑道："正是。"遂命摆宴在苑中，大家同到苑中来。只见啸鹤堂前，荷花开得红一片，绿一堆，芳香袭人。太后道："妙呀！"这荷花正在个浓个淡之间，大家四围看了一遍，入席饮酒。饮了数巡，只见宫奴捧着莲花三四支进来。三思把一支置于昌宗耳边戏道："六郎面似莲花。"太后笑道："还是莲花似六郎耳。"饮酒说笑了一回，三思、昌宗、易之等散去。太后着内监牛晋卿去召怀义。那晓得怀义因做了鄂国公之后，依势骄傲，私藏美妇，日夜取乐。这日正吃得大醉，忽见牛晋卿传太后旨相召。怀义怒道："这里娇花嫩蕊，尚不暇攀折，况老树枯藤乎。你且回去，我当自来。"晋卿无奈，

---

① 耸诱——怂恿阿谀。

② 七庙——《礼记·王制》："天子七庙。"此处指武则天自立为帝，仿天子制为武氏宗族立庙。

③ 祔(fù)——古时一种祭祀，后死者附祭于祖庙。

只得回宫,以怀义之言实告。太后听了大怒道:"秃子恁①般无礼,如此可恶。"恰好太平公主进来,见太后大怒,忙问其故。晋卿将怀义之言说知。公主道:"秃奴无礼极矣!母后不须发怒,待儿明日处死他便了。"太后道:"须处得泯然无迹。"太平公主领命而去。明日绝早起身,选了二三十个壮健宫娥,去苑中伏着,又叫两个太监往召怀义,哄他进苑来,那怀义因宵来酒醉失言,懊悔无及;又闻差人来召,正要文饰前非,即同二太监从后宰门进宫。太平公主先令宫娥于半路传谕道:"太后在苑中等着,可快进去。"怀义并不疑心,忙进苑来。宫娥引到幽僻之处,只见太平公主坐着,令二三十个壮健宫娥,一起执棒痛打。不消半刻,怀义气绝身死,将尸首装入蒲包内,送到白马寺中,放火烧了,回奏太后。未知后事如何,且听下回分解。

第 十 二 回

释情痴夫妇感恩　伸义讨兄弟被戮

却说太后闻怀义被打死,怒气少解。但年齿日高,淫心日炽。中宗虽召回京,太后依旧执掌朝政。以张昌宗为奉宸令,每内廷曲宴,辄引诸武②、二张,饮博嘲谑。又多选美少年,为奉宸内供奉,品其妍媸③,日夜戏弄。时魏元忠为相,秉性正直,不畏权势。由是诸武、二张深恶之,太后亦不悦元忠。昌宗乃谮④元忠有私议,说:"太后年老淫乱,不若扶太子为久长;东宫奋兴,则小人皆避位矣。"太后闻言大怒,欲治元忠。昌宗恐怕事不能妥,乃密引凤阁舍人张说,赂以多金,许以美官,使证元忠。张说思量:"要推不管,他就变起脸来不好意思,倘若再寻了别个,在元忠身上有些不妥。我且许之,且到临期再商。"只得唯唯而别。太后明日临朝,诸

---

① 恁(nèn)——那么,那样。
② 诸武——指武姓诸子弟。
③ 妍媸(chī)——美丑。媸,丑陋。
④ 谮(zèn)——诬陷,中伤。

第十二回　释情痴夫妇感恩　伸义讨兄弟被戮

臣尽退,只留魏元忠与张昌宗廷问。太后道:"张昌宗你几时闻得魏元忠与何人私议,欲立太子?"昌宗道:"元忠与张说相好,前言是张说说的。"太后即命内监去召张说。是时大臣尚在朝房,探听未归,见太后来召张说,知为元忠事。张说将入,吏部尚书宋璟谓说道:"张老先生,名义至重,鬼神难欺,不可当邪陷正,以求苟免;若获罪流窜,其荣多矣。倘事有不测,璟等叩阍①力争,与子同生死。努力为之,万代瞻仰,在此一举。"张说点头,遂入内廷。太后问之,张说默然无语。昌宗从旁促使张说言之。张说道:"臣实不闻元忠有是言,但昌宗逼臣使证之耳!"太后怒道:"张说反复小人,宜并治之。"遂退朝。隔了几日,太后叫张说又问,说对如前。太后大怒,贬元忠为高要尉,说流岭表。

却说张说有爱妾,姓宁名怀棠,字醒花,时年一十七,才容双全,张说十分宠爱。一日,有个同年之子姓贾名若愚,号全虚,年方弱冠②,来京应试,特来拜望。张说见他少年多才,留为书记,凡书札往来皆代彼笔。住在家中。过了数月,全虚偶至园中绿玉亭闲玩,劈面撞见醒花。全虚色胆如天,上前作揖道:"小生苏州贾全虚,偶尔游行,失于回避,望娘子恕罪。"那醒花也不回言,答了一礼,竟自走去,暗想:"我家老爷只说贾相公文才家世,并不提起他丰姿容雅,我看他举止安详,绝不像个落魄之人。吾今在此,终无出头之日。"倒有几分看上他的意思。全虚虽然一见,并不知是何人,又无处访问,只得付之无可奈何。过了数日,正值张说有事,不得回家。全虚独坐书斋,月色如画,听见窗外有人嗽声。全虚出来一看,见一女郎,问其何往,女郎道:"吾乃醒娘侍女碧莲,前日醒娘亭前一见,偶尔垂情,至今不忘。兹因老爷在寓,不敢启行。醒娘欲见郎君一面,特命妾先告。"言讫,只见醒花移步而来。全虚上前一揖道:"绿玉亭前,偶尔相遇,意娘子绝不是凡人,所以未敢直通款曲。今幸娘子降临,小生愿结百年姻眷。"那醒花徐徐答道:"我在府中一二年,所见往来贵人多矣,未有如君者。君若不以妾为残花飘絮,请长侍巾栉③。承此多故之

---

① 叩阍(hūn)——阍,宫门。叩阍,吏民向皇帝申诉。
② 弱冠——泛指男子二十左右年纪。古代男子二十岁行冠礼,因此时尚未达到壮年,故又称弱冠。
③ 长侍巾栉(zhì)——栉,梳头。长侍巾栉,侍奉梳洗。引申为做妻子。

际,如李卫公之挟张出尘①,飘然长往,未识君以为可否?"全虚道:"承娘子谬爱,有何不可。只是年伯②面上不好意思。"醒花道:"你我终身大事,那里顾得。"全虚道:"卿字醒花,只恐夜深花睡去,奈何?"醒花道:"共君今夜不须睡,否则恐全虚此一刻千金也。"二人大笑。碧莲道:"隔墙有耳,为今之计,三十六计走为上计。"遂忙收拾,连夜逃遁。不想早有人将此事报知张说,张说差人四下缉获。获着了,拿来见张说。张说要把全虚置之死地。全虚大呼道:"睹色不能禁,亦人之常情。男子汉死何足惜,只是明公如此名望,如此尊贵,今虽暂谪,不久自当迁擢,安知后日宁无复有意外之虞,缓急欲用人乎。何因一女婢而置大丈夫于死地,窃③谓明公不取也!且楚庄王不究绝缨之事④,袁盎不追窃姬之人⑤,后来皆获其报。岂明公因一女子,而欲杀国士乎!"张说奇其语,遂回嗔作喜道:"汝言似亦有理。"遂以醒花赠之,并命家人厚其奁⑥资与他。全虚也不推辞,携之而去。太后闻知,以张说能顺人情,不惟不究前事,且命以原官。其时太后所宠爱的人,自诸武、二张之外,只有太平公主与安乐公主。那安乐公主,乃中宗之女,下嫁于太后之侄孙武崇训。他倚夫家之势,又会谄媚太后,太后亦爱之。他遂骄奢淫逸与太平公主一样,横行无忌。

　　当时朝中大臣,自狄仁杰死后,只有宋璟极其正直,太后亦敬畏之;诸武、二张,都不敢怠慢他。朝廷正人直臣,如张柬之、桓彦范、敬晖、袁恕

---

① 李卫公挟张出尘——李卫公,李靖;隋末曾经马邑郡丞,唐时往行军总管、尚书右仆射等职。张出尘,即红拂,隋炀帝时司空杨素之歌妓。此句引红拂夜访李靖,与其一同私奔之典故。
② 年伯——指张说。
③ 窃——私下。
④ 不究绝缨之事——刘向《说苑·复恩》载:楚庄王大宴群臣,有人趁烛灭之时对其妃妾非礼,妃妾扯下其人冠缨,要求楚庄王点亮烛火以捉拿无缨之人。楚庄王却命所有人都扯下自己的冠缨,然后才点灯。后来,该人为报答楚庄王宽容大度,奋勇杀敌,终于帮助楚庄王战胜了晋国。
⑤ 不追窃姬之人——《史记·袁盎晁错列传》载:袁盎为吴(汉时封国)相时,有从史与其侍女私通,后恐袁盎问罪,逃跑他乡。袁盎亲自追回他,又将侍女赠与。
⑥ 奁(lián)——古代妇女梳妆用的镜匣。

第十二回　释情痴夫妇感恩　伸义讨兄弟被戮

已、崔玄晖等,皆狄仁杰所荐引,与宋璟共矢忠心,誓除逆贼。

一日,众大臣同中宗出猎,张柬之等五人随骑而行。到了山中幽僻之处,五人下马奏道:"臣等幽怀,向①欲面奏,因耳目众多,不敢启齿。今事势已迫,不能再隐。臣思太后惑于二张言语,贪位不还;今又闻太后欲将宝位让与六郎,万一即真,则置陛下于何地?臣等情急,只得奏闻陛下。"中宗大惊道:"为今奈何?"柬之道:"直须杀却二张、诸武,方得陛下复位。"中宗道:"太后尚在,怎去杀得?"柬之道:"臣定计已久,无须圣虑。但恐惊动圣情,故先奏闻。"中宗道:"二张可杀,武氏之族,望看太后之面留之。"柬之道:"臣兵至宫闱,不遇则已,如或遇着,恐刀剑无情,不能自主。"中宗道:"孤若得复位,反周为唐,当封汝等为王。"柬之等拜谢。猎毕而回,个个散去。中宗回到东宫,恰好三思那日晓得他出猎,正与韦后在宫中玩耍。忽报王爷回来,三思大惊。韦后道:"无妨,我同汝在外头书室里去,打一盘双陆②,他进来看见了,包你不说一声。"三思没奈何,只得随韦后出来,坐了对局。中宗走进来,看见笑道:"你两个好自在,在此打双陆。"三思忙下来见了。中宗道:"你们可赌什么?"韦后道:"赌一件玉东西。"中宗坐在旁道:"待我点筹,看是谁赢。"下了两局,大家一胜一北。第三盘却是三思输了。中宗道:"什么玉东西?拿出来。"三思道:"粗蠢之物,陛下看不得的。改日再与娘娘复局,天已昏黑,臣要回去。"中宗道:"今夜且在此饮酒吧。"遂引三思到内书室,见灯烛辉煌,宴已齐备,二人坐了。三思道:"我们怎样吃酒?"中宗道:"掷个状元③吧。"三思道:"状元虽好,只是两个人,有何意味。"中宗道:"你与我总是亲戚,待我请娘娘与上官昭仪出来,四人共掷,岂不有趣。"三思道:"妙!"中宗命人去请。少顷,韦后与上官昭仪出来,大家坐下掷起。恰好,中宗掷了浑沌,三人笑道:"状元是殿下占了。"就奉一巨觞与中宗。中宗饮干,三人又掷。上官昭仪掷了四个四,说道:"好了,我是榜眼。"韦后道:"也该吃一杯。"两人又掷,中宗心中想:"此时初更时分,怎么外廷还不见动静,我叫人去打听一回。"就对婉儿道:"你看他们两个再掷,有了探花,我就

---

① 向——向来,一向。
② 双陆——古代博戏之一。
③ 掷状元——即状元筹,古代博戏之一。

要考了。我出去就来。"韦后见中宗去了,一时淫心发起,就令昭仪出去看看王爷何事,并侍女一起遣开。正欲与三思做些勾当,忽见昭仪嚷进来道:"娘娘,不好了!"二人忙走开问道:"有什么不好?"话未说完,只见中宗跑进来。三思问是何事,中宗道:"张柬之等五人,要杀张、武二氏。我再三劝他们不要加害于汝。二张想已诛了。"三思忙跪下道:"求殿下救臣之命。"身上战栗不已。韦后道:"皇爷留你在此,自有主意,何必惊慌。"忽见许多宫奴进来禀道:"众臣在外,请王爷出去。"中宗忙走出来。原来张柬之等统兵入宫,恰好二张正与太后酣寝,躲避不及,被军士一起杀了。太后大惊。柬之等请太后即日迁入上阳宫。张柬之取了玺绶来见中宗,奏道:"太后已迁,御玺已在此,请陛下速登宝位。"中宗升殿,柬之等呈上玺绶。又将昌宗、易之首级呈验。然后各官朝贺,复国号曰唐。仍立韦后为皇后,封父玄贞为上洛王,母杨氏为荣国夫人,张柬之等五人俱封为王,改元神龙,大赦天下。柬之道:"武三思一门,当如二张之罪诛之,前蒙陛下吩咐,只得姑免;今若仍居王位,臣等实难与为僚。"中宗听了,不得已削三思王位。众人谢恩出朝。未知后来如何,且看下回分解。

第 十 三 回
结彩楼嫔御评诗　游灯市帝后行乐

却说太后被柬之等迁到上阳宫,思想前事,如同一梦,时时流涕。患病起来,日加沉重,过了数日而崩。中宗颁诏天下,整治丧礼不提。

第十三回 结彩楼嫔御评诗 游灯市帝后行乐

却说武三思门下,有兵部尚书①宗楚客、御史中丞②周利用、侍御史③冉祖雍、太仆卿④李俊、光禄丞⑤宋之逊、监察御史⑥姚绍之等为其耳目,是为五狗,与韦后、婉儿日夜潜束之等。三思阴令人书皇后秽行,榜于天津桥,请加废黜。中宗知之大怒,命监察御史姚绍之穷究其事。绍之奏言:"敬晖等五王使人为之。虽云废后,实谋大逆,请族诛敬晖等以雪皇后之愤。"中宗命法司结其罪案,将敬晖五王流边远各州。三思遣人矫制于中途杀之。于是三思权倾天下,谁不惧怕。中宗也没了主意,听其节制。况韦后一心爱三思,常对他说道:"我必欲如你姑娘,自得登临宝位,方遂我心。"由是弄权,类于武后。

且说那时朝臣中,有两个有名的才子,一姓宋名之问,字延清,汾州人氏,官为考功员外郎;一姓沈名佺期,字云卿,内黄人氏,官为起居郎⑦。若论此二人文才,正是一个八两,一个半斤。那宋之问生得丰姿俊秀,性格风流,于男女之事,亦甚有本领。他在武后时,已在朝为官,一心要亲近武后,托一个相契的内监,于武后前从容荐引,说他内才外才都妙。武后笑道:"朕非不爱其才,但其人有口疾,故不便使之入侍耳。"原来宋之问自小有口臭之疾。当时内监将武后之言述与宋之问,宋之问甚是惭恨。自此,日常含鸡舌香于口中,以希进幸。即此一端,可知是个有才无品行人了。那沈佺期亦与张易之辈交通,后又在安乐公主门下走动。安乐公主屡屡在中宗、韦后面前称述沈、宋二人才学。一日,中宗欲游幸昆明池,

---

① 兵部尚书——隋唐起设立的中央官职,掌管全国武官选用和兵籍、军械、军令之政,为中央机构兵部的长官。
② 御史中丞——古代官职。原为御史大夫之佐,唐宋时代理御史大夫之职,掌管御史台。
③ 侍御史——古代官职。秦汉始置,为御史大夫所辖御史台的成员之一。其职或给事殿中,或举劾非法,或督察郡县。
④ 太仆卿——亦称太仆寺卿。自春秋时始置,为负责掌管皇帝的舆马及马政的中央官职。
⑤ 光禄丞——古代官职。南朝始置,负责皇室膳食的光禄卿的副职。
⑥ 监察御史——隋代始置的古代官职。为御史台下察院的属官,负责分察官吏,巡按郡县,纠视刑狱。
⑦ 起居郎——唐宋门下省属官,与起居舍人分掌侍从皇帝,记录皇帝言行。

大宴群臣。这昆明池,乃是汉武帝开凿,阔大宏壮,池中有亭台楼阁,以备登临。当下中宗欲来游幸宴集,先两日前传谕朝臣,各献即事五言排律一篇,选取其中佳者,为新翻御制曲。于是朝臣都争华竞胜地去作诗。韦后对中宗道:"外廷诸臣,自负高才,不信我宫中嫔御无有才胜于男子者。依妾愚见,明日将这众臣所作之诗,命上官昭容当殿评阅,使他们知宫廷中有才女子,以后应制作诗,俱不敢不竭尽心矣。"中宗大喜。遂传旨,于昆明池畔,另设帐殿一座。帐殿一侧,高结彩楼,等候上官昭容登楼阅诗。此旨一下,众朝臣俱到昆明池来。那日中宗与韦后及太平公主、安乐公主、上官昭容等俱至昆明池游玩,大排筵宴。诸臣朝拜毕,赐宴于池畔。酒行既罢,诸臣各献诗篇。中宗传谕道:"卿等俱系美才,然所作之诗,岂无高下,朕一时未暇批阅。昭容上官氏才冠后宫,朕思卿等才子之诗,当使才女阅之,可做千秋佳话,卿等勿以为亵也。"诸臣顿首称谢。中宗命诸臣俱于彩楼之前左边站立,其诗不中选者逐一立向右边去。少顷,只见众宫女簇拥上官婉儿上楼。楼前挂起一面朱书的大牌来,上写:"昭容上官氏奉诏评诗,只选最佳者一篇进呈御览,其余不中选者,即发下楼,复还本官。"当时,婉儿把那些诗篇举笔评阅,众官在楼下仰望。只见那些不中选的,纷纷飘下楼来。每一纸落下,众人拾看。见了自己名字,即取来袖了,立过右边去。众诗落尽,只有沈佺期、宋之问二诗不见落下。等了许久,又见飘落一纸。众视之,却是沈佺期的诗,其诗云:

  法驾①乘春转,神池像汉回,
  双星遣旧石②,孤月隐残灰。
  战鹢③逢时去,恩鱼④望幸来,
  山花陡骑绕,堤柳漫城开。
  思逸横汾⑤唱,歌流宴镐⑥杯,

---

① 法驾——皇帝的车驾。
② 双星——牛郎星、织女星。遣旧石,指调遣旧石作为桥梁。
③ 战鹢(yì)——鹢,水鸟名。古代画鹢首于船头,故亦称战船为战鹢。
④ 恩鱼——据《太平广记·汉武帝》引《三秦记》:汉武帝梦有鱼衔索于昆明湖中求救,次日游湖,果见其鱼,乃去其钩放之,后于池边得明珠一对。
⑤ 汾——汾河。
⑥ 镐(hào)——即镐京,西周故都,今西安市西。

第十三回 结彩楼嫔御评诗 游灯市帝后行乐

微臣雕朽质,羞睹豫章①材。

诗后评云:

玩沈、宋二诗,工力悉敌。但沈诗落句,辞气已竭,宋作犹陡然健举,故去此取彼。

婉儿评完,下楼复命,将宋之问的诗呈上。中宗与韦后观看,都赞好诗。即召诸臣至御前,将宋之问的诗,传与观看。其诗云:

春豫灵池会,沧波帐殿开,
舟凌石鲸②动,槎拂斗牛③回。
节晦蓂全落④,春迟柳暗催,
象溟⑤看浴景,烧劫辨沉灰。
镐饮周文乐,汾歌汉武才,
不愁明月尽,自有夜珠来。

诸臣看毕,大家称美。中宗索佺期之诗来看,又看了评语。因笑道:"昭容之评,二卿以为何如?"二人道:"评阅允当。"中宗又问:"众卿之诗,多被批落,心内服否?"众官道:"果是高才卓识,怎敢不服。"中宗大悦。当日饮宴,极欢而罢。自此,中宗为韦后辈所玩弄,心志蛊惑,全不留心国政。时光荏苒,不觉腊尽春回。京师风俗,每逢上元,灯事极盛。六街三市,花团锦簇;大家小户,张灯结彩;游人往来如织;金鼓喧天,笙歌鼎沸;通宵达旦,金吾⑥不禁。韦后闻知外边灯盛,忽发狂念,与上官婉儿及诸公子,邀请中宗,一同微服出外观灯。中宗笑而从之。于是各换衣装,打扮做街市男妇模样。又命武三思等一班近臣,也易服相随。挨群逐队,遍

---

① 豫章——树木名。其木质坚,常用于做宫观。汉武帝曾选豫章观。
② 石鲸——据《三辅黄图》,秦始皇于宫中引渭水作昆明池,刻石鲸,长三丈。
③ 斗牛——二十八宿中的斗宿、牛宿。
④ 节晦蓂全落——节,节令。晦,阴历月终。蓂,古代传说中的瑞草名,又名蓂荚,随月生死。每月朔日生一荚,至月半生十五荚。至十六日后,日落一荚,至月晦而尽。
⑤ 象溟(míng)——小雨迷濛的时节。
⑥ 金吾——即执金吾。西汉武帝时所置官名,为督巡三辅治安的长官,掌管京城戒备,巡檄传呼,禁人夜行。金吾为两端涂金的铜棒,此官执之以示权威所在。

游街市,与这些看灯的人,挨挨挤挤,略无嫌忌。军民士庶,有乖觉的都窃议道:"这般看灯的男女,像是大内①出来的。不是公主,定是嫔妃;不是王子、王孙,定是公侯、驸马。可笑我大唐皇帝,难道宫中没有好灯赏玩,却放他们出来,与百姓们饱看。如此人山人海,男女混杂,贵贱无分,成何体统!"众人便如此议论。中宗与韦后领一班男女,只拣热闹处游玩,全不顾旁人骇异。又纵放宫女几千人,结队出游,任其所往。及回宫查点,不见了好些宫女。因不便追缉,遂付之不究,糊涂过了。正是:

  帝后观灯街市行,市人瞩目尽心惊。
  任他宫女从人去,赢得君王大度名。

未知灯事后,中宗与韦后又做出何状,且听下回分解。

第十四回
鸩昏主竟同儿戏　斩逆后大快人心

  却说上官婉儿自彩楼评诗之后,才名大著,中宗愈加宠爱,他愈恃宠骄恣,横行无忌。中宗又特置修文馆,选择公卿中之善为诗文者二十余人,为修文馆学士,时常赐宴于内廷,吟诗作赋,俱命上官婉儿评定;其甲乙,传之词林,或播之乐府。由是天下士子争以文采相尚;一切儒学正人与公谠正言②不得上达。婉儿又与韦后私议,启奏中宗听许婉儿自立私第于外,以便诸学士时常得以诗文往还评论。因此,那些没品行的官员,多奔走出入其私第,以希援引进用。婉儿因遂勾结其中少年精锐者,潜入宫掖与韦后、公主们交好。于是朝臣中崔湜、宗楚客等,俱先通了婉儿,后即为韦后与公主们的心腹。中宗自观灯市之后,时或微服出游,或游幸婉儿私第,或与韦后、公主们同来游幸。婉儿既自有私第在外,宫女们日夕

---

① 大内——皇帝宫殿。
② 公谠(dǎng)正言——公道正直的言论。谠,正直。

第十四回　鸩昏主竟同儿戏　斩逆后大快人心　53

来往,宫门上出入无节。物议沸腾,却没人敢明言直谏。只有黄门侍郎①宋璟,独上一疏,极言不可。中宗竟置之不理,宋璟也无可奈何。韦后等愈无忌惮。太平公主、安乐公主久已自开府第,自置官属。那班无职幸进之徒,多营谋为公主府中官员。安乐公主府中有两个少年的官儿,一个姓马名秦客,一个姓杨名均。那马秦客深通医术,杨均最善烹调。二人都生得美貌,为安乐公主所宠爱。因荐与韦后,又极蒙爱幸。由是马秦客夤缘②升为散骑常侍③,杨均升为光禄少卿。那崔湜与宗楚客,既私通上官婉儿,又转求韦后、公主于中宗面前说此二人可做宰相,中宗遂以宗楚客为中书令④,崔湜同平章事⑤。自此,小人各援引其党类,滥官日多,朝堂充溢。时突厥默啜侵扰边界,屡为朔方总管张仁愿所败。默啜密与宗楚客交通,楚客受其重贿,阻挠边事。监察御史崔琬上疏劾之,当殿朗读惮章⑥。原来唐朝故事,大臣被言官当殿面劾,即俯躬趋出,立于朝堂待罪。是日,宗楚客竟不趋出,且愤怒作色,自陈忠鲠为崔琬所诬。宋璟厉声道:"楚客何得辩,故违朝廷法制。"中宗更弗推问,只命崔琬与宗楚客结为兄弟,以和解之。时人传作笑谈,因呼为"和事天子"。时有处士韦月将,上疏直言武三思私通宫掖,必生逆乱。韦后闻知大怒,劝中宗杀之。宋璟道:"彼言中宫私于武三思,陛下不究其所言而即杀其人,何以服天下。若必欲杀月将,请先杀臣,不然臣终不敢奉诏。"中宗乃命免其死,长流岭南。自此,中宗心里亦颇怀疑,传旨查察宫门出入之人,群小因此不自安。那武三思最忌太子重俊,与上官婉儿请韦后废太子。安乐公主又急欲韦

---

① 黄门侍郎——秦代始置官名,南朝后因职掌侍从皇帝,传达诏命,并管理机密文件,备皇帝顾问,职位日渐重要。
② 夤(yín)缘——攀附上升,比喻拉拢关系,向上巴结。
③ 散骑常侍——三国魏始置官名,即汉代散骑(皇帝的骑从)和中常侍的合称。在皇帝左右规谏过失,以备顾问。唐代分隶门下省和中书省,虽无实际职权,仍为尊贵之官,多用为将相大臣的兼职。
④ 中书令——汉武帝时始置官名,初以宦者为之,掌传宣诏令,后权柄日重,至唐代时,实际任宰相者仅授以中书侍郎,非有特殊资望者不授此官。
⑤ 同平章事——官名。唐代制度,皇帝在大臣中选数人,给以同中书门下平章事的名义,即为事实上的宰相,简称同平章事。
⑥ 惮章——弹劾奏章。

后专政，使自己得为皇太女。韦后一时无计可施。一日，杨均以烹调之事，入内供应。韦后因召入密室，屏退左右，私相谋议。韦后道："皇爷近来有疑宫中之意也，不可不虑。"杨均道："皇上千秋万岁后，娘娘自然临朝称制，何必多虑。"韦后道："他若心变，我怎等得他千秋万岁后，须要先下手为强。"因附耳问道："有什么好药可以了此事否？"杨均道："药，问马秦客便有。但此事非同小可。当见机而行，未可造次。"

不说二人密谋，且说太子重俊，闻知韦后欲要谋废他，心怀疑惧，知道是三思、婉儿辈陷害，因欲先发制人，与东宫官属李多祚等矫诏，引羽林军杀入武三思私第。恰值武崇训在三思处饮酒，二人皆被拿住斩首。太子又令军士，把三思合家老幼男女尽都杀死。又勒兵至宫门，欲杀上官婉儿。中宗闻变大惊，急登玄武门楼，宣谕军士，令宫闱令杨思勖与李多祚交战。多祚战败兵溃，自刎而死，太子亦死于乱军中。中宗见武崇训既诛，即命武延秀为安乐公主驸马。延秀即崇训之弟，以嫂妻叔，伦常扫地矣。

时有许州参军①燕钦融上疏，言韦后淫乱干政，宗楚客等图危社稷。中宗览疏，未及批发，韦后即传旨将燕钦融捕杀。中宗心下不悦，露于颜色，韦后十分疑忌，密谓杨均道："皇爷渐已心变，前所云进药之说，若不急行，祸将不测。"杨均道："马秦客有一种药末，人服之腹中作痛，口不能言，再饮人参汤即便身死，不露伤迹。"韦后道："既有此药，可速取来。"杨均遂与马秦客密谋，取药进宫。韦后知中宗喜吃玉酥饼，即将药放入饼馅里，乘中宗未进膳，便亲将饼儿供上。中宗连吃了几枚，觉得腹胀，微微作痛。少顷，大痛起来，坐在榻上乱滚。韦后佯为惊问，中宗说不出话，但以手自指其口。韦后呼内侍道："皇爷想欲进汤，可速取人参汤来。"此时人参汤早已备着，韦后亲手擎来，灌入中宗口内。中宗吃了人参汤，便滚不动，淹②至晚间，呜呼崩逝。太平公主闻中宗暴死，明知死得不明白，却又难于发觉，只得隐忍。韦后与众议，立温王重茂，遗诏草定，然后召大臣入

---

① 参军——官名。汉魏始置，凡诸王及将军开府者，皆置参军，为重要幕僚。唐代制度，诸卫及王府官俱有录事参军事等，外府州亦分别置司录及录事参军等，简称参军。

② 淹——延迟，久。

宫。韦后托言中宗以暴疾崩,称遗诏立温王重茂为太子,即皇帝位。重茂时年十五,韦后临朝听政,宗楚客劝韦后依武故事,以韦氏子弟典南北军①。深忌相王旦与太平公主,谋欲去之。遂与安乐公主及都督兵马使韦温等密谋为乱,约期举事。

时相王第三子临淄王隆基,曾为潞州别驾②,罢官回京。因见群小披猖③,乃阴聚才勇之士,志图匡正。侍郎崔日用,向亦依附韦党,今畏临淄王英明,又忌宗楚客擅权,知其有逆谋,恐日后连累着他,遂密遣宝昌寺僧人普润至临淄王处告变。临淄王即报知太平公主,遂与内监钟绍京,校尉葛福顺,御史刘幽求、李仙凫④等计议,乘其未发,先事诛之,众皆奋然。太平公主亦遣子薛崇行、崇敏、崇简来相助。葛福顺道:"贤王举事,宜启知相王殿下。"临淄王道:"吾举大事,为社稷计。事成则福归父王;如或不成,吾以身殉之,不累及其亲。今若启而听从,则使父王予危事;倘其不从将败大计。不如不启为妥。"于是率众潜入内苑。时夜将半,葛福顺拔剑争先,直入羽林营。典军韦温、韦璿、韦播等措手不及,俱被福顺所杀。刘幽求大呼道:"韦后鸩弑先帝,谋危宗社,今夜当共诛之,立相王以安天下;敢有怀两端助逆党者,罪及三族。"羽林军士皆欣然听命。临淄王勒兵至玄武门,斩关而入,诸卫兵皆应之。斩韦后及安乐公主、武延秀、上官婉儿等。临淄王遂传令扫清宫掖,收捕诸韦亲党,宗楚客、张嘉福、马秦客、杨均等皆斩之。尸韦后于市⑤。诸韦老幼,无一免者。天明,内外既定,临淄王出见相王,叩头谢不先白⑥之罪。相王道:"社稷宗庙不坠于地,皆汝之功也。"刘幽求等请相王早正大位。是日早朝,少帝重茂方将升座,太平公主手扶去之,说道:"此位非儿所宜居,当让相王。"于是众臣共奉相王为皇帝,是为睿宗,改元景云。废重茂仍为温王,进封临淄王为

---

① 南北军——南军、北军合称。南军、北军之名始于汉代,分别指守卫皇宫和守卫京师的两支军队。
② 别驾——官名。汉时始置,初为刺史的佐吏,后权职日重,唐时成为与长史并列的管理地方诸州事务的地方官。
③ 群小披猖——一群奸佞小人嚣张猖狂。
④ 凫(fú)。
⑤ 尸韦后于市——即弃韦后之尸于市。
⑥ 白——说明,告知。

平王,祭故太子重俊,赐李多祚、燕钦融等官爵,追复张柬之等五人官爵,追废韦后、安乐公主为庶人,崔日用出首叛逆有功,仍旧供职,其余韦党俱治罪。过了数日,诸臣请立东宫,睿宗以宋王成器居嫡长而平王隆基有大功,迟疑不决。宋王涕泣固辞道:"从来建储①之事,若当国家安,则先嫡长;国家危,则先有功。今隆基功在社稷,臣死不敢居其上。"刘幽求奏道:"平王有大功,宋王有让德,陛下宜报平王之功以成宋王之让。"睿宗乃降诏,立平王隆基为太子。不知后事如何,且看下回分解。

第十五回
上皇难庇恶公主　张说不及死姚崇

却说太平公主与隆基诛韦氏,拥立睿宗为帝,甚有功劳。睿宗既重其功,又念他是亲妹,极其怜爱,凡朝廷之事,必与他商酌;自宰相以下,进退系其一言。由是附势谋进者奔趋其门如市。子薛崇行、崇敏、崇简皆封王。公主怙宠②擅权,骄奢纵欲,私引美貌少年至其第,与之淫乱。奸僧慧范,尤所最爱。那班倚势作威的小人,都要生事扰民。亏得朝中有刚正大臣,如姚崇、宋璟辈,侃侃谔谔③,不畏强贵。太子隆基,更严明英察,为群小所畏忌,因此还不敢十分横行。太平公主知之,深忌太子,谋欲废之,日夜进谗于睿宗,说太子许多不是,又妄谓太子私结人心,图为不轨。睿宗心中怀疑。一日,坐于便殿,密与侍臣韦安石道:"近闻中外多倾心太子,卿宜察之。"韦安石道:"陛下安得此亡国之言,此必太平公主之谋也。太子仁明孝友,有功社稷,愿陛下无惑于谗人。"睿宗悚然道:"朕知之矣。"自此,谗说不得行。太平公主阴谋愈急④,使人散布流言曰:"目下当有兵变。"睿宗闻言,谓侍臣道:"术者言五日内必有急兵入宫,卿等可为

---

① 建储——立储君即太子。
② 怙宠——凭仗宠爱。
③ 侃侃谔谔——"侃侃而谈"、"直言之谔谔"的合称,指从容不迫地直言争辩。
④ 急——此处为猛烈。

第十五回　上皇难庇恶公主　张说不及死姚崇

朕备之。"张说奏道："此必奸人造言，欲离间东宫耳！陛下若使太子监国，则流言自息矣。"姚崇亦奏道："张说所言，真社稷至计，愿陛下从之。"睿宗依奏，即日下诏，命太子监理国事。太子既受命监国，闻河南隐士王琚贤，即遣使臣赍礼往聘王琚入朝。王琚不敢违命，即同使臣来见。时太子正与姚崇在内殿议事，王琚入至殿庭故意徐行。使臣道："殿下在帘内，不可怠慢。"王琚大声道："今日何知殿下，只知有太平公主耳！"太子闻言，即趋出帘外。王琚拜罢说道："臣顷者所言，殿下有闻乎？"太子道："闻之。"王琚因奏道："太平公主擅权纵淫，所宠奸僧慧范，恃势横行。公主凶狠无比，朝臣多为之用，将谋不利于殿下，何不早为之计。"太子道："所言良是，但吾父皇只此一妹，若有伤残，恐亏孝道。"王琚道："孝之大者，以安社稷寺庙为事，岂顾小节。"太子点头道："当徐图之。"遂命王琚为东宫侍班，常与计事。太极元年七月有彗星出于西方，入太微①。太平公主使术士上密启示睿宗道："彗所以除旧布新，且逼近帝座②，前星有变，皇太子将做天子，宜预为备。"欲以此激动睿宗，中伤太子。那知睿宗正因天象示变，心怀恐惧，闻术士所言，反欣然道："天象如此，天意可知，吾志决矣。"遂降诏传位太子。太平公主大惊，力谏以为不可；太子亦上表固辞。睿宗皆不听，择于八月吉日，命太子即皇帝位，是为玄宗明皇帝。尊睿宗为太上皇，立妃王氏为皇后，改太极元年为先天元年。重用姚崇、宋璟辈，以王琚为中书侍郎。黜幽陟明，政事一新。时太平公主恃上皇之势，恣为不法。玄宗稍禁抑之，公主大恨。遂与朝臣萧至忠、岑羲、窦怀贞、崔湜等私结为党，欲矫上皇旨，废帝而别立新君。密召侍御陆象先同谋，象先大骇道："不可不可！"公主道："弃长立少，已为不顺，况又失德，废之何害。"象先道："既以功立，必以罪废；今上新立，并无失德，何罪可废？象先不敢与闻。"言讫退出。公主与崔湜等计议，恐矫旨废立，众心不服，将有中变；欲暗进毒，以谋弑逆。乃私结宫人元氏，谋于御膳中置毒以进。开元元年七月朔日，早朝毕，玄宗御便殿。王琚闻知公主之谋，密奏道："太平公主之事迫矣，不可不速发。"玄宗沉吟半晌道："朕欲举发，

---

① 太微——星垣名。古孔颖达为《礼记》作疏，有"太微为天庭，中有五帝座"之语。

② 帝座——星名。

恐惊动上皇。"王琚道:"设使奸人得志,宗社颠危,上皇安乎?"正议论间,侍郎魏知古直趋殿陛,口称臣有密启。玄宗召至案前问之。知古道:"臣知奸人于此月之四日作乱,宜急行诛讨。"于是玄宗与岐王范、薛王业、尚书郭元振、将军王毛仲、内侍高力士及王琚、崔日用、魏知古等定计,勒兵入庆化门,执岑羲、肖至忠于朝堂斩之,窦怀贞自缢,崔湜及宫人元氏俱诛死。太平公主逃入僧寺,追扑出,赐死于家。并诛奸僧慧范,及其余逆党,死者甚多。上皇闻变,急登承天门楼问故。高力士奏道:"太平公主结党谋乱,今俱伏诛,事已平定,不必惊疑。"上皇闻奏,叹息下楼。玄宗闻陆象先不肯从逆,擢为蒲州刺史,面加奖谕道:"岁寒然后知松柏也。"象先奏道:"《书》云,'歼厥渠魁,胁从罔治'①。今首恶已诛,余党乞从宽典,以安人心。"玄宗依其言,多所赦宥。自此朝廷无事。玄宗意欲以姚崇为相,张说忌之。使殿中监姜皎入奏道:"陛下欲择河东总管,而难其人,臣今得之矣。"玄宗问:"为谁?"姜皎道:"姚崇文武全才,真其选也。"玄宗笑道:"此张说之意,汝何得面欺。"姜皎惶愧叩头服罪。玄宗即日降旨,拜姚崇为中书令。张说大惧,乃私与岐王通款,求其照顾。姚崇闻知,甚为不满。一日入对便殿,行步微蹇。玄宗问道:"卿有足疾耶?"姚崇奏道:"臣有腹心之疾,非足疾也。"玄宗道:"何谓腹心之疾?"姚崇道:"岐王乃陛下爱弟,张说身为大臣,而私与往来,恐为所谋,是以忧之。"玄宗怒道:"张说意欲何为,明早当命御史,按治其事。"姚崇回至中书省,并不提起。张说全然不知,安坐私署中。忽门役传进一帖,乃是贾全虚的名刺②,说有紧急事,特来求见。张说骇然道:"他自与宁醒花去后,久无消息,今日突如其来,必有缘故。"便整衣出见。贾全虚谒拜毕,说道:"不肖自蒙明公高厚之恩,遁迹山野。近因贫困无聊,解书一内臣之家。适间偶与那内臣闲话,谈及明公私与岐王往来,今为姚相所奏,皇上大怒,明日将按治,祸且不测。不肖闻此信,特来报知。"张说大骇道:"如此为之奈何?"全虚道:"今为明公计,唯有密恳皇上所爱九公主,为说方便,始可免祸。"张说

① 歼厥渠魁,胁从罔治——厥:其他的。渠:大。胁从:被胁从而跟随别人作恶。罔:没有,无。此句话的全意是:歼灭那些作恶的首犯,而对胁从者不要治罪。
② 名刺——名片。

道："此计极妙，但急切里无门可入。"全虚道："不肖已觅一捷径，可通款于九公主，但须得明公所宝之物为贽①耳！"张说道："前日鸡林郡曾献我夜明帘一具，未知可用否？"全虚道："请试观之。"张说取出。全虚看了道："此可矣！事不宜迟，只在今夕。"张说便写一手启，并夜明帘付与全虚。全虚连夜往见九公主，具言来意，献上宝帘并手启。九公主见了帘儿，十分欢喜。明日，入宫见驾。玄宗已传旨着御史同赴中书省②，究问张说私交亲王之故。九公主奏道："张说昔为东宫侍臣，有维持调护之功，今不宜轻加谴责。且若以通款岐王之故，使人按问，恐王心不安，大非吾皇上平日友爱之意。"原来玄宗于兄弟之情最笃，尝为长枕大被，与诸王同卧。平日在宫中，只行家人礼。薛王患病，玄宗亲为煎药，吹火焚须，左右失惊。玄宗道："但愿王饮此药而即愈，吾须何足惜。"其友爱如此。今闻九公主之言，恻然动念，即命高力士至中书，宣谕免究。左迁③张说为相州刺史，不在话下。

　　却说姚崇为相数年，告老退休，特荐宋璟自代。宋璟在武则天时已正直不阿，及居相位，更丰格端凝，人人敬畏。至开元九年，姚崇偶感风寒，染成一病，延医调治，全然无效。姚崇平生不信释道二教，不许家人祈祷。过了几日，病势已重，自分不能复愈。乃呼其子至榻前，口授遗表一通，劝朝廷罢冗员，禁异端，官宜久任，法宜从宽，共数百言，皆为治之要，命即誊写奏进。及至临终，对其子道："我死之后，这篇墓碑文字，须得大手笔为之，方可传于后世。当今所推文章宗匠，唯张说耳。但他与我不睦，若径往求他文，他必推托不肯。待我死后，你须如此如此；若做了碑文，你又这般这般，不患他异日来报复也。记之记之。"言讫，瞑目而逝。公子哀哭，随即表奏朝廷，讣告僚属。大殓既毕，便设幕受吊。在朝各官，都来祭奠，张说亦具祭礼来吊。公子遵依遗命，预将许多古玩之物排列灵旁桌上。张说祭吊毕，公子叩颡④拜谢。张说忽见桌上排列许多珍玩，因问道："设

---

① 贽（zhì）——见面礼。
② 中书省——官署名。魏晋始设，为掌管机要、发布政令的机构，隋唐时成为全国政务中枢，唐代与门下、尚书三省同为中央行政总汇。
③ 左迁——降职。古人以右为尊，以左为卑。
④ 叩颡（sǎng）——叩头。颡，额头。

此何意?"公子道:"此皆先父平日爱玩者,手泽①所存,故陈设于此。"张说遂走近桌边,逐件细看,啧啧称赏。公子道:"先生若不嫌鄙,当奉贡案头。"张说欣然道:"重承雅意,但岂可夺令先公所好。"公子道:"先生为先父挚友,先父曾有遗言,欲求先生大笔,为作墓志碑文。倘不吝珠玉,则先父死且不朽;区区玩好之微,何足复道。"说罢,哭拜于地。张说扶起道:"拙笔何足为重,既蒙嘱役,敢不从命。"公子称谢。说别去,公子尽撤所陈设之物,遣人送与。张说大喜,遂作了一篇碑文,极赞姚崇人品,并叙自己钦服之意,交来人带去。公子得了文字,令石工连夜镌于碑上,遂进呈御览。玄宗看了赞道:"此人非此文不足以表扬也。"张说过了一日,忽想起:"我与姚崇不和,几受大祸。今他身死,我不报怨也够了,如何倒作文赞他。今日既赞了他,后日怎好改口贬他。"又想文字取去未久,谅未镌刻,可即索回,另作一篇,寓贬于褒之文便了。遂遣使到姚家索取原文,只说还要增改几笔。使者去不多时,即回来复说:"碑文已经勒石②,且又进呈御览,不可更改了。"张说顿足道:"吾知此皆姚崇之遗算也!我一个活张说,反被死姚崇算了。我之智不及彼矣!"欲知后事,且看下回分解。

第十六回
江采萍恃爱追欢　杨玉环承恩夺宠

　　却说姚崇死后,朝廷赐谥文献。后张说、宋璟、王琚辈相继而逝。又有贤相韩休、张九龄,不上几年,亦皆身故。朝中正人渐皆凋谢。玄宗在位日久,怠于政事,专务奢侈,女宠日盛。诸嫔妃中,唯武惠妃最亲幸,皇后王氏遭其谗谮,无故被废。又谮太子瑛及鄂王、光王,同日俱赐死。一日杀三子,天下无不惊叹。不想武惠妃亦以产后血崩暴亡,玄宗不胜悲悼。自此,后宫无有当意者。高力士劝玄宗广选民间美女,以备侍御。玄宗大喜,令力士前去采选。力士领旨出宫而去。

---

① 手泽——犹手汗。后多用以称先人或前辈的遗墨、遗物等。
② 勒石——刻文于石。

第十六回　江采萍恃爱追欢　杨玉环承恩夺宠

却说闽中兴化府珍珍村,有一秀才,姓江名仲逊,字抑之,家私富厚。与妻廖氏,年过三十,只生一女,小名阿珍。六岁能诵二南①。仲逊奇之,遂名采萍,生得花容月貌。至十三岁,诸子百家无不贯通;琴棋书画,各种皆能。他性最喜梅花,遂号梅芳。吟诗作赋,名闻藉甚。高力士自湖广历两粤,各处采选,并无当意者。至兴化,闻采萍名,得之以进。采萍年方二八,貌美无双。玄宗一见,喜动天颜,即令采萍入宫。赐江仲逊黄金千两、彩缎百端,回家养老。命高力士陪他赴光禄寺饮宴,仲逊含泪出朝。玄宗令左右摆宴,与江妃共饮。饮了一回,玄宗兴致已浓,携着江妃,退归寝室。一日,玄宗退朝入宫,见江妃在园中看梅。因知江妃喜梅,遂命宫中各处栽梅,朝夕游玩,赐名梅妃。过了数日,内侍来报说:"岭南刺史韦应物,苏州刺史刘禹锡,各选奇梅五种,星夜进呈。"玄宗大喜,吩咐力士用心看管,以待宴赏。一日玄宗宴请诸王于梅园,饮至半酣,忽闻宫中笛声嘹亮。诸王问道:"笛声清妙,不知何人所吹?"玄宗道:"是朕江妃所吹,诸兄弟若不弃嫌,宣他一见。"诸王道:"臣愿洗耳请教。"玄宗命高力士宣梅妃来。不一时,梅妃宣到,诸王见礼毕。玄宗道:"朕常称妃子,乃梅精也,吹白玉笛,作惊鸿舞,一座生辉。今梅妃试舞一回。"梅妃领旨,就向筵前曼舞。有词为证:

紫燕轻盈弱质,海棠标韵娇容。罗衣长袖交横,络绎回翔稳重。纤縠②娥飞可爱,浮腾雀跃仙踪。衫飘绰约随风,恍似飞龙舞凤。

舞罢,诸王连声赞好。玄宗道:"既观妙舞,不可不畅饮。"遂命内侍斟酒,令梅妃遍送诸王。时宁王已醉,见梅妃送酒来,起身接酒。不觉一脚踢着了梅妃绣鞋,梅妃大怒,登时回宫。玄宗道:"梅妃为何不辞而去?"左右道:"娘娘履珠脱缀③,缀了就来。"等一会儿不见出来,诸王告醉而别。宁王回府大惊,急请驸马杨回来商议。不一时杨回到来,礼毕,宁王就把席间之事说了一遍:"如今恐梅妃在圣上面前说些是非,叫我怎得安稳,特请你来商议此事。"杨回想了一想说道:"不妨,我有二计在

---

① 二南——《诗经·国风》中《周南》、《召南》的合称,共二十五篇。
② 纤縠(hú)——细纹丝帛。縠,绉纱一类的丝织品。
③ 缀——缝;连接。

此。"就向宁王耳边说如此如此。宁王大喜,相约次日入朝。宁王跪下请罪道:"蒙皇上赐宴,力不胜酒,失错触了妃履。臣出无心,罪该万死。"玄宗道:"此事若计论起来,天下都道朕重色而轻天伦了,汝既无心,朕亦付之不较。"宁王叩头谢恩而起。杨回密奏道:"臣见诸宫嫔妃甚多,又令高力士遍访美女何用?"玄宗道:"朕见妃嫔中,并无一倾国之色,所以欲遍访美女耳。"杨回道:"陛下必欲找倾国之色,莫若寿王妃子杨玉环,姿容盖世。"玄宗道:"比梅妃何如?"杨回道:"臣未曾亲见,但闻去年至寿邸时,有人见了,赞道'只有天在上,更无山与齐'。陛下莫若召来便见。"玄宗大喜,即差高力士去宣杨妃来。力士领旨,即到寿王府中,宣召杨妃。杨妃即来见寿王道:"妾事殿下,祈定白头,谁知皇上来宣妾入朝,料想此去必与殿下永诀矣。"寿王料不可违,放声大哭。力士催促起身,杨妃拜别寿王,流泪而去。力士领杨妃来复旨。杨妃参拜,俯伏在地。玄宗赐他平身,把杨妃一看,见他生得形容体态,宛如越国西施;婉转轻盈,绝胜赵家合德①。玄宗大悦,吩咐高力士令妃自以其意,为女道士,赐号太真,住内太真宫。更为寿王娶左卫将军韦昭训女为妃。潜纳太真杨氏于宫中,册为贵妃,其父玄琰为兵部尚书,母李氏为凉国夫人,叔玄珪为光禄卿,兄铦为侍御史,从兄钊拜侍郎。玄宗以为钊字有金刀之象,改赐其名为国忠。自是杨氏权倾天下。

　　自此玄宗日与贵妃淫乐,便疏了梅妃。梅妃问亲随的宫女嫣红道:"你可晓得皇上为何许久不到我宫中?"嫣红道:"奴婢那里得知,除非叫高力士来问,便知分晓。"梅妃道:"你去寻来。"嫣红领旨出宫,走到苑中,恰好遇见高力士,嫣红道:"我家娘娘差我特来召你。"力士便同嫣红走到梅妃宫中,叩头见过。梅妃问道:"圣上为何许久不进我宫中?"力士道:"啊呀,圣上在南宫中新纳了寿王的杨妃,宠幸无比,娘娘难道还不知么?"梅妃道:"我那里晓得。且问你,圣上待他意思如何?"力士道:"自从杨妃入宫之后,龙颜大悦,亲赐金钿珠翠,举族加官,宫中号曰娘子,仪礼皆如皇后。"梅妃听了这句话,不觉两泪交流。力士也自出宫去。嫣红道:"娘娘不要愁烦。依奴婢愚见,娘娘莫若装束了,步到南宫,去看皇爷怎样说。"梅妃见说,便向妆台前整云鬓,对了宝镜叹道:"天乎!我江采

---

① 赵家合德——指汉成帝皇后赵飞燕的妹妹赵合德,曾为成帝昭仪。

第十六回　江采萍恃爱追欢　杨玉环承恩夺宠

萍如此才貌,何自憔悴至此,岂不令人肠断。"说了,双泪交流,强不出精神来梳妆。嫣红再三劝慰,替他重施朱粉,再整翠钿,打扮得齐齐整整,向南宫而来。却见玄宗独立花荫,梅妃上前朝见。玄宗道:"今日有甚好风吹得你来?"梅妃道:"闻得陛下宠纳杨妃,贱妾一来贺喜,二来求见新人。"玄宗道:"此是朕一时偶惹闲花野草,何足挂齿。"梅妃定要请见。玄宗道:"爱卿既不嫌弃,着他来参见,卿不可着恼。"梅妃道:"妾依尊命,须要他拜见我便了。"玄宗道:"这也不难。"即召杨妃出来。杨妃望着梅妃叩头毕,玄宗即命摆宴。酒过三巡,玄宗道:"梅妃有谢女①之才,不惜佳句,赞杨妃一首如何?"就叫左右取来一幅锦笺,放在梅妃面前。梅妃只得提起笔来,写上一绝道:

撇却巫山下楚云②,南宫一夜玉楼春。
冰肌月貌谁能似?锦绣江山半为君。

梅妃写完,呈于玄宗。玄宗看了,连声赞美,付与杨妃。杨妃接来看了一遍,心中暗想:"此词虽佳,内多讥讽。他说'撇却巫山下楚云',笑奴从寿邸而来;'锦绣江山半为君',笑奴肥胖的意思。待我也回他几句,看他怎么。"因此对梅妃道:"娘娘美艳之姿,绝世无双。待奴也赞一首。"遂提起笔亦向笺上写着道:

美艳何曾减却春,梅花雪里亦清真。
总教借得春风早,不与凡花斗色新。

玄宗见杨妃写完,赞道:"亦采得敏快得情。"遂拿与梅妃看。梅妃取来一看,暗想:"他说'梅花雪里亦清真',笑我瘦弱的意思;'不与凡花斗色新',笑我已过时了。"两人有些不和起来。高力士道:"娘娘们诗词唱和,奴婢有几句粗言俗语解分。"玄宗道:"你试说来。"力士道:"皇爷今日同二位美人,并一娇,走到高阳台;二位娘娘双劝酒,饮到月上海棠。奴婢打一套三棒鼓,唱一套贺新郎,大家沉醉东风。皇爷卸下皂罗袍,娘娘解下红纳袄。忽闻一阵锦衣香,同睡在销金帐。那时节,只要快活三,那管

---

① 谢女——即谢道韫,东晋女诗人,谢安侄女;曾以柳絮比飞雪,后世称"咏絮才"。
② 撇却巫山下楚云——巫山、楚云,皆比作爱情。此句暗讽杨玉环曾为寿王妃,后却转侍玄宗。

念奴娇、惜奴娇。皇爷做个蝶恋花,鱼游春水。岂不是万年欢,天下乐。"①二妃听了,微微而笑。玄宗道:"你言有理。"遂携着二妃回宫。梅妃性柔缓,后竟为杨妃所潛,迁于上阳东宫。杨妃又把持玄宗,不得进梅妃宫,终日思量要害梅妃。未知后事如何,且听下回分解。

第 十 七 回
禄山入宫见妃子　力士沿街觅状元

且不说杨妃要害梅妃,却说安禄山,乃是营州夷种,本姓康氏。因其母再适安氏,遂冒姓安。为人奸狡,善揣人意。后因部落破散,逃至幽州上节度使②张守珪麾下。守珪爱之,以为养子。屡借军功荐引,直荐他做到平卢讨簿使。时有东夷别部奚③、契丹④作乱犯边,守珪檄令安禄山督军征讨。禄山自恃强勇,率兵轻进,被奚、契丹杀得大败。那张守珪军令最严,诸将有违令败绩者,必按军法。禄山既败,张守珪便顾不得养子,一面上疏奏闻,一面将禄山提至军前正法。禄山临刑大叫道:"大人欲灭贼,奈何轻杀大将。"守珪壮其言,即命缓刑,将他解送京师,候旨定夺。禄山贿嘱内侍,于玄宗面前说方便。当时朝臣,多言禄山丧师失律,法所当诛;且其貌有反像,不可留为后患。玄宗因先听内侍之言,竟不准朝臣所奏,降旨赦禄山之死,仍赴平卢原任,戴罪立功。禄山是个极巧善媚之人,他在平卢,凡有玄宗左右至者,皆厚赂之。于是玄宗耳中常常闻得称誉安禄山,愈信其贤,屡加升擢,官至平卢节度使。天宝二年召之入朝,留京侍驾。禄山内藏奸狡,外貌假装憨直。玄宗信为真诚,宠遇日隆,得以

---

① 此段词中,遍引词牌或曲牌名。如:"高阳台"、"月上海棠"、"三棒鼓"、"贺新郎"、"沉醉东风"、"鱼游春水"、"快活三"、"天下乐"、"念奴娇"、"蝶恋花"、"销金帐"等。
② 节度使——唐代始置官名。初以重要边防地区设置,总揽一区(其下辖数州不等)的军、民、财政。
③ 奚(xī)——古族名,即战国时东胡族,汉时称乌桓。
④ 契丹——古族名,为东胡族一支。

第十七回　禄山入宫见妃子　力士沿街觅状元

非时谒见；宫苑严密之地，出入无禁。一日，玄宗驾幸御苑，禄山亦到御苑来谒见。望见玄宗同太子在花丛中散步，禄山故意向前朝拜玄宗，不拜太子。玄宗道："卿何不拜太子？"禄山假意道："太子是何官爵？可使臣当至尊面前谒拜？"玄宗笑道："太子乃储君也。朕千秋万岁后，继朕为君者也。"禄山道："臣憨，只知皇上一人，不知更有太子。当一体敬事。"遂向太子一拜。玄宗回顾太子道："此人朴诚①乃尔。"正说间，忽见许多宫女，簇拥香车，冉冉而来。到得将近，贵妃下车，宫人拥至玄宗前行礼。太子也行礼罢。禄山待欲退避，玄宗命且住着，禄山便向望着贵妃拜了，拱立阶下。贵妃道："此人是谁，现为何官？"玄宗道："此人是安禄山，本塞外人，向年归附朝廷，官拜平卢节度，朕爱其忠直，留京随侍。"因笑道："他昔曾为张守珪养子，今日侍朕，亦如朕之养子耳。"贵妃道："诚如圣谕，此人真所谓可心儿矣。"玄宗笑道："妃子以为可心儿，便可抚之为儿。"贵妃闻言，熟视禄山而笑。禄山听了此言，即向贵妃下拜道："臣儿愿母妃千岁！"玄宗笑道："禄山，你礼数差了。欲拜母，先须拜父。"禄山道："臣本胡人，胡俗先母后父。"玄宗闻言，益信其朴诚。自此，禄山见贵妃之美貌，遂怀下个不良的妄念。贵妃见禄山少年雄壮，也就动了个不次用人的邪心。这事按下慢题。

且说其时乃大比②之年，礼部移檄各州郡，招集举子来京应试。当时西蜀绵州有个才子，姓李名白，字太白，原系西凉主李暠九世孙，其母梦长庚星入怀而生，因以命名。那人生得天姿敏妙，性格清奇，嗜酒耽诗，自号青莲居士。人见其有飘然出世之表，称之为李谪仙。他不求仕进，志欲遨游四方。一日，闻人说湖州乌程酒极佳，遂不远千里而往，畅饮于酒肆之中，且饮且歌。适州司马吴筠经过，闻歌声遣人询问，他答道：

青莲居士谪仙人，酒肆逃名三十春。

湖州司马何须问，金粟如来是后身。

吴筠闻诗惊喜道："原来李谪仙在此，闻名久矣。"遂请至衙斋相叙，饮酒赋诗，连留几日。忽报吴筠升任京职，遂拉太白同至京师。一日，偶于紫

---

① 朴诚——朴素，诚实。
② 大比——即乡试。明清两代每隔三年在各省城举办，由朝廷派官主考，考取者为举人。

极宫闲游,与少监贺知章相遇,彼此通名道姓,互相爱慕。知章即邀太白至酒楼,解下腰间金鱼,换酒同饮,极欢而罢。到得试期将近,朝廷点着贺知章知贡举,又命杨国忠、高力士为内外监督官,点检试卷,录送主试官批阅。贺知章暗想道:"吾今日奉命知贡举,若李太白肯来应试,定当首荐。只是一应试卷须由监督官录送,我今嘱杨、高二人,要他留心照看便了。"于是致意杨、高二人,又托吴筠力劝太白应试。太白被劝不过,只得依言入场。那知杨、高二人,见贺知章来嘱托,只道是受人贿赂,有了关节①,却来讨白人情。遂私下相议,专记李白的试卷,偏不要录送。到了考试之日,第一个交卷就是李白。杨国忠见卷面上有李白姓名,便不管好歹,一笔抹倒道:"这等潦草的恶卷,何堪录送。"太白欲要争论,国忠骂道:"这样举子,只好与我磨墨。"高力士插口道:"磨墨也不适用,只好与我脱靴。"喝令左右将太白扶出。太白出场,怨气冲天。吴筠再三劝慰。太白道:"若我他日得志,定叫这二人磨墨、脱靴,方出胸中恶气。"这边贺知章在闱中阅卷,中了些真才,只道李白必在其内。及至榜发,李白偏不曾中。心中疑讶,直待出闱,方知其事,心中懊恨,自不必说。

且说那榜上第一名是秦国桢,其兄秦国模中在第五名。二人乃是秦叔宝的玄孙,少年有才,人人称羡。至殿试②之日,二人入朝对策,日方午交卷出朝。家人们接着,行至集庆坊。只听得锣鼓声喧,原来是走太平会的。一霎时,看的人拥挤,将他兄弟二人拥散。及至会儿过了,国桢不见了哥哥,连家人们也都不见,只得独自行走。正行间,忽有一童子叫声:"相公,我家老爷奉请,现在花园中相候。"国桢道:"是那个老爷?"童子道:"相公到彼便知。"国桢就随小子走入小巷,进一小门。行不几步,见一座绝高粉墙。从侧门而入,乃见一所大花园。弯弯曲曲,又进了两重门,童子把门紧闭道:"相公在此略坐,主人就出来。"说罢飞跑去了。又见石门忽启,走出两个侍女,对国桢笑道:"主人请相公到内楼相见。"国桢惊讶道:"你主人是谁,如何却叫女使来相邀?"侍女也不答应,只是笑着,把国桢引入石门。只见画楼高耸,楼前花卉争妍。楼上又下来两个侍女,把国桢簇拥上楼。国桢看楼上排设物件,极其华美,却不见主人。忽

---

① 关节——贿赂求情。
② 殿试——科举考试时,皇帝对会试取录的贡士在殿廷上亲发策问的考试。

第十七回　禄山入宫见妃子　力士沿街觅状元

闻侍女说:"夫人来了。"只见左壁厢一簇女侍们拥着一个美人,徐步而出。国桢见了,急欲退避。侍女拥住道:"夫人正欲相会。"夫人道:"郎君系何等人?乞通姓氏。"国桢惊疑,不敢实说,将那秦字桢字拆开,只说:"姓余名贞木,忝列郡庠①。方才被一童子误引入潭府,望夫人恕罪。"遂深深一揖。夫人答礼,见国桢仪容俊雅,十分怜爱,便向前伸出玉手,扯着国桢留坐。侍女献茶毕,夫人即命看酒,国桢起身告辞。夫人笑道:"妾夫远出,此间并无外人,但住不妨。"少顷,侍女排下酒席,夫人拉国桢同坐共饮。国桢道:"请问夫人何氏,尊夫何官?"夫人笑道:"郎君有缘至此,但得美人陪伴,自是怡情,何劳多问。"国桢微笑,也不再问。两个饮至日暮,继之以烛。国桢道:"酒已酣矣,可容小生去否?"夫人笑道:"酒兴虽阑,春兴正浓,何可言去。"两人春心荡漾,大家起身,搂搂抱抱,共入罗帐,欢愉一夜。至次日,夫人不肯就放国桢出来,一连留住四五日。那知殿试发榜,秦国桢状元及第。秦国模二甲第一。御殿传胪②,诸进士毕集,单单不见了状元。礼部入奏,玄宗闻秦国模即秦国桢之兄,传旨道:"弟不可先兄,国桢既不到,可改国模为状元,即日赴宴。"国模奏道:"臣弟于廷试日出朝,至集庆坊遇社会拥挤与臣相失,至今不归,臣遣家僮四处寻问,未有踪迹,今乞吾皇破例垂恩,暂缓琼林赴宴期③,俟臣弟到时补宴,臣不敢冒其科名。"玄宗准奏,着高力士率员役于集庆坊,挨街挨巷查访状元秦国桢,限二日内寻来见驾,这件奇事,轰动京城,早有人传入夫人耳中。夫人只当做一件新闻,将这话述与秦国桢。国桢又喜又惊,急问道:"如今怎么样了?"夫人道:"闻说朝廷要将二甲第一秦国模改为状元,国模推辞,奏乞暂宽宴期,待寻着状元然后复旨开宴。"国桢闻言,忙跪下道:"好夫人,救我这个。"夫人扶起道:"我的亲哥,这为怎的?"国桢就把真名姓说出。夫人听了,把国桢紧紧抱住道:"亲哥,你如今是殿元了,我不便留你,只得与你别了。"一头说,一头泪下。国桢道:"夫人不必愁烦,少不得后会有期。但今我这事弄大了,倘朝廷究问起来,如何是好?"夫

---

① 忝(tiǎn)列郡庠——忝,谦词,表示辱没他人,自己有愧。郡庠,地方府学。此句意为自己在一地方府学就读。

② 胪(lú)——传呼,呼告。

③ 琼林宴——科举制度中为新进士举行宴会的通称。

人想了一想道:"不妨,我有一计。"就取一轴画图,展开与国桢看。只见上面画着许多楼台亭阁,又画一美人凭栏看花。夫人指着画图道:"你到御前,只说遇一老媪,云奉仙女之命召你,引至这般所在。见这般美人,被他款住。所吃的东西,所用的器皿,都是外边绝少的。相留数日,不肯自说姓名,也不问我姓名,今日方才放出。又被他以色帕蒙首,叫人扶掖而行。竟不知他出入的门路。你只如此奏闻,包管无事。"国桢道:"夫人,我今已把真姓名告知,你的姓氏,也须说与我知道,好待我时时念诵。"夫人道:"我夫君亦系朝贵,我不便明言。"说到其间,两人泪下,依依难舍。夫人亲送国桢出门,却不见来时的门径,启一小门而出。看官,你道那夫人是谁?原来他复姓达奚,小字盈盈,乃朝中一贵官的小夫人。这贵官年老无子,又出差在外,盈盈独居于此,故开这条活路,欲为种子计耳。当下国桢出得门来,已是傍晚时候,走过一条街,忽见一对红棍、二三十个军牢,拥着一个骑马的太监,急急行来。未知如何,且听下回分解。

第 十 八 回

纵嬖宠洗儿赐钱　惑君王对使剪发

词曰:

　　痴儿肥蠢,娘看偏奇俊。何意洗儿蒙赐,更阿父能帮兴。

　　不堪娇妒性,暂使离宫寝。一缕香云轻剪,便重得君王幸。

却说国祯一时心忙,不觉冲了太监的前导。军牢们呵喝①起来,举棍欲打。国桢叫道:"啊呀,不要打。"只听得侧首一小巷里,也有人叫道:"啊呀,不要打,这是我家状元爷了。"原来马上太监,便是高力士奉旨寻状元。小巷里的人,便是秦家的家僮,正在寻觅,忽见军牢们扭住国桢要打,所以忙叫起来。众人听说,一起拥住。高力士忙下马相见,说道:"不知是殿元公,多有触犯,高某那处不寻到,殿元两日却在何处?"国桢道:"说也奇怪,不知是遇鬼逢仙,被他阻滞了,今日才得出来,重烦公公寻

---

①　呵喝——发怒而大声喝斥。

第十八回　纵嬖宠洗儿赐钱　惑君王对使剪发

觅。今欲入朝见驾，还求公公方便。"力士道："此时圣驾在花萼楼，可即到彼朝见。"于是同至楼前。力士先启奏上，玄宗即宣国桢上楼。朝拜毕，问道："卿连日在何处？"国桢依着盈盈所言，婉转奏上。玄宗微微笑道："如此说，卿真遇仙矣。不必深究。"看官，你道玄宗为何不究？原来杨贵妃有姐妹三人，俱有姿色。玄宗于贵妃面上推恩，姊妹俱赐封号，呼之为姨。大姨封韩国夫人，三姨封虢国夫人，四姨封秦国夫人。诸姨每因贵妃宣召入宫，即与玄宗谐谑调笑。其中唯虢国夫人更风流，玄宗尤与相狎。凡宫中服食器用，时蒙赐赉。又另赐第宅一所于集庆坊。这夫人却甚多情，常勾引少年子弟，到宅中取乐，玄宗颇亦闻之，却也不去管他。那达奚盈盈之母，曾在虢国府中做针线养娘，故备知其事。这轴画图，亦是府中之物，其母偶然携来，与女儿观玩。画上的美人，即虢国夫人的小像。所以国桢照着画图说去，玄宗竟疑虢国夫人的所为，不便追究，那知却是盈盈的巧计脱卸。当下玄宗传旨："状元秦国桢即刻赴琼林宴。"秦国桢奏道："昨蒙皇上改臣兄国模为状元，臣兄推辞不就，今乞圣恩，即赐改定，庶使臣不致以弟先兄。"玄宗道："卿兄弟相让，足征友爱。"遂命兄弟二人，俱赐状元。国桢谢恩赴宴。内侍赍两副宫袍金花，至琼林宴上宣赐。秦家昆仲①好不荣耀。次日，两状元率诸新贵，赴阙谢恩。奉旨：国模、国桢俱为翰林承旨。其余诸人，照例授职。那秦国模为人刚正，他见贵妃擅宠，杨氏势盛，禄山放纵，宫闱不谨，因激起一片嫉邪爱主之心，便与其弟连名上一疏，谓朝廷爵赏太乱，女宠太盛。又道安禄山本一塞外健儿，宜令效力边疆，不可纵其出入宫闱，致滋物议。疏上，玄宗不悦，乃降旨道："秦国模、秦国桢越职妄言，本当治罪，念系功臣后裔，新进无知，姑免深究，着即致仕去；今后如再有渎奏者，定行重处。"此旨一下，朝臣侧目，莫敢再言。时奸相李林甫，奸狡异常。心中虽忌杨国忠，外貌却与和好。又能揣知安禄山之意，微辞冷语，说着他心事，使之惊服；却又以好言抚慰，使之欣感。因而朋比作奸，迎合君心，以固其宠。杨贵妃乘间与安禄山私通。自此，禄山肆横无忌。玄宗又命安禄山与杨国忠兄妹结为眷属，赐赉甚厚，一时贵盛无比。

一日，禄山生日，杨家兄弟设宴称庆，玄宗与杨妃，俱有赐赉。过了两

---

① 昆仲——兄弟。

日,禄山入宫谢恩。御驾在宜春院,禄山朝拜毕,便欲叩见母妃。玄宗道:"妃子适间在此侍宴,今已回宫,汝可自往见之。"禄山奉命,遂至杨妃宫中。时杨妃侍宴而回,正在半醉。见禄山来拜谢,口中自称孩儿。杨妃因戏道:"人家养了孩儿,三朝例当洗儿。今日是你生日,三朝了,我当从洗儿之例。"于是乘着酒兴,叫内监宫女们都来,把禄山脱去衣服,用锦缎浑身包裹做褓褓一般。登时结起彩舆,把他坐于舆中,使宫人昇之①,绕宫游转,一起喧笑。玄宗闻喧笑之声,问左右:"后宫何事?"左右以贵妃洗儿对。玄宗遂亲至后宫观看,共为笑乐。赐杨妃银钱、金钱各十串为洗儿钱,尽欢而罢。

却说梅妃江采萍,独居上阳宫十分寂寞,不胜悲伤。怨恨杨妃之心,每每形于言语。有一宫娥报知杨妃,杨妃大恨,气愤愤来奏道:"梅精采萍,辄敢宣言怨望,宜即赐死。"玄宗默然不答。杨妃见玄宗不肯把梅妃处置,心中好生不乐,侍奉间常使性儿,不言不语。一日,玄宗宴诸王于内殿,诸王请见妃子。玄宗召来,与诸王相见毕,坐于别席。酒半,宁王吹紫玉笛为念奴和曲。既而宴罢,诸王谢恩退出,玄宗暂起更衣。杨妃见宁王所吹的紫玉笛儿在御榻上,便取来按着腔儿吹弄起来。玄宗适出见之,戏笑道:"汝亦自有玉笛,何不把来吹。此笛是宁王的,他才吹过,口泽尚存,汝何得便吹!"杨贵妃闻言,把笛放下,说道:"宁王吹过已久,妾即吹之,谅亦不妨。还有人双足被人勾踹,以致鞋帮脱绽,陛下也置不较,何独苛责于妾。"玄宗因他酷妒梅妃,又见连日意态蹇傲,心下有些不悦。今日酒后与他戏言,他反出言不逊,又牵扯着梅妃的旧事,不觉大怒道:"阿环何敢如此无礼!"遂起身入内,着高力士即刻送他还杨家去,不许入侍。此时杨妃大惊,欲面谢求哀,又恐盛怒之下祸有不测。况已奉旨,不许入侍,无由进见。只得含泪出宫,来至杨国忠家,诉说其故。杨家兄弟姊妹,吃惊不小,相对涕泣。安禄山欲进一言相救,恐涉嫌疑,不敢轻奏,无计可施。那时,玄宗把杨妃逐回,便觉宫闱寂寞,欲再召梅妃奉侍。不想他因闻杨妃欲潜杀之,心中懊恨,染成一病,正在卧床不能起。玄宗寂寞不过,焦躁异常,内监宫女多遭鞭挞。高力士微窥上意,乃私语国忠道:"若欲使妃子复入宫,须得外臣奏请为妙。"时有法曹官吉温,为玄宗所亲信。

---

① 昇(yú)——抬。

杨国忠求他救援，许以重赂。吉温乃于便殿从容进言曰："贵妃无识，有忤圣意。但向既蒙恩宠，今即使其罪当死，亦只合死于宫中。陛下何惜宫中一席之地，而忍令辱于外乎。"玄宗闻言首肯。及退朝还宫，左右进膳，玄宗命内侍霍韬光，撤御前玉食，赍至杨家赐杨贵妃。杨贵妃谢恩讫，因涕泣道："妾罪该万死，蒙圣主洪恩遣放，未即就戮。然妾向荷荣宠，今当即死，亦无以谢上。妾思发肤为父母所生，请以一茎，聊申万感。"遂引刀自剪其发一绺，付霍韬光道："为我献上皇爷，妾从此死矣，幸勿复劳圣念。"韬光领诺，随即回宫复旨，备述所言，将发儿献上。玄宗大为惋惜，即命高力士以香车乘夜召杨妃回宫。杨妃毁妆入见，拜伏谢罪，更无一言，唯有呜咽涕泣。玄宗大不胜情，亲手扶起，唤女侍为之梳妆更衣，温言抚慰。是夜同寝，愈加恩爱。未知后来如何酿祸，且看下回分解。

第 十 九 回
谪仙应诏答番书　　力士进谗议雅调

今且不说杨妃复入宫中，酿祸启乱。且说那时有一番国，名渤海国，遣使前来，却没有方物上贡，只有国书一封，欲入朝呈进。贺知章询其来意，番官答道："国王致书之意，使臣不得而知。候中朝天子启书观看，便知分晓。"知章引番使入朝面圣，呈上国书。玄宗命番使且回馆驿候旨，着值日宣奏官将番书拆开宣奏。那日是侍郎萧炅①值日。当下萧炅把番书拆开看，吃了一惊。见那书上写的字，尽是奇形异迹，一字不识。只得叩头奏道："番书字迹，皆如蝌蚪之形，臣愚不能辨识，伏候圣裁。"玄宗召李林甫、杨国忠一起上前取看，也一字不识。又传示文武官员，并无一人能识。玄宗怒道："堂堂天朝，济济多官，如何一纸番书，竟无人能识，可不被小邦耻笑。限三日内，若无回奏，在朝大小官员，一概罢职。"是日，各官闷闷而散。贺知章回到家中，郁郁不乐。那时李白正寓居贺家，见知章纳闷，问其缘故。知章把前事述了一遍。李白微笑道："番字亦何难

---

① 炅（jiǒng）——光，明亮。

识,惜我不为朝臣,未见此书耳。"知章大喜道:"太白果能辨识番书,我即当奏闻。"李白笑而不答。次日早朝,知章出班奏道:"臣有一布衣之友,系西蜀人,姓李名白,博学多才,能辨识番书,乞陛下召来,以书示之。"玄宗准奏,遣内侍召李白见驾。李白对天使拜辞道:"臣乃贱士,学识浅陋,文字不足以入朝贵之目,何能仰对天子。臣不敢奉诏。"内侍以此言回奏。知章复启道:"臣知此人,文章盖世。只因去年入试,被外场官抹落卷子,不与录送,未得一第。今日布衣入朝,心怀惭愧,故不即应召。乞陛下特恩赐以冠带,更遣一朝臣往宣,乃见圣主求贤至意。"玄宗准奏,即赐李白以五品冠带朝见,着贺知章速往宣来。知章奉旨,到家宣谕李白。李白不敢复辞,即穿了御赐冠带,与知章乘马同入朝中。山呼朝拜毕,玄宗见李白一表人才,满心欢喜道:"卿高才不第,诚可惋惜,然朕自知卿可不至于终屈也。今者番国遣使上书,其字迹怪异,无人能识。卿多闻广见,必能为朕辨之。"便命侍臣将番书付李白观看。李白接来,看了一遍启奏曰:"番字各不相同,此渤海国之字也。但旧制番国上表,遵依中国字体。今渤海国不具表文,竟以国书,非礼太甚。"玄宗道:"他书中何言?卿可宣读。"李白于御座前将唐音译出,高声朗诵道:

  渤海大可毒,书达唐朝官家:自你占却高丽,与俺国逼近,边兵屡次侵犯疆界。今差官赍书来说,可将高丽一百七十六城让与俺国,俺有好物相送。太白山之兔,湄泥河之鲫,扶余之鹿,郏颉之豕,率宾之马,沃川之绵,九都之李,乐游之梨,你官家各都有份。一年一进贡。若还不肯,俺即起兵来厮杀,且看谁胜谁败。

玄宗听了,龙颜不悦道:"番邦无状,欲争占高丽,将何以应之?"李白奏道:"臣料番王谩辞渎奏,不过试探天朝之动静耳。明日可召番使入朝,命臣面草答诏,亦用彼国之字示之。诏语恩威并著,慑伏其心,务使可毒拱手降顺。"玄宗大悦,因问:"可毒是彼国王之名耶?"李白道:"渤海国称其王曰可毒,犹之回纥称可汗,吐蕃称赞普,各从其俗也。"玄宗大喜,

第十九回　谪仙应诏答番书　力士进谗议雅调

即擢李白为翰林学士①，赐宴于金华殿中，叫乐工侑酒②。众官见李白恁般隆遇，无不叹羡。只有杨国忠、高力士二人不乐。次日，玄宗升殿，百官齐集。贺知章引番使入朝候旨。李白对番使道："小邦上书，词语悖慢，殊为无礼，本当诛讨，今我皇上圣度，姑置不较，有诏批答，汝宜静候。"番使恐惧，立于阶下。玄宗命设文几于御座之旁，铺下文房四宝，赐李白坐绣墩草诏。李白奏道："臣所穿靴不净，恐污茵席，乞陛下宽恩，容臣脱靴易履而登。"玄宗便传旨，将御用的云锁朱履着内侍与学士穿着。李白叩头道："臣前应试，遭右相杨国忠、太尉高力士斥逐。今见二人列班，臣气不旺。况臣今日奉命草诏，口代天言，宣谕外国，事非它比。伏乞圣旨，着国忠磨墨，力士脱靴，以示宠异，庶使远人不敢轻视诏书，自然声服。"玄宗此时，正在用人之际，即准所奏。国忠、力士暗想："前日科场中轻薄了他，今日乘机报复。"心中虽恨，却不敢违旨，只得一个与他脱靴换鞋，一个磨墨侍立相候。李白欣然就座，举起兔毫③，手不停挥，草成诏书一道。另别纸一副，写作副封，一并呈于龙案。玄宗览诏大喜。及取副封一看，咄咄称奇。原来那字迹与他来书无异，一字不识。传与众官看了，无不骇然。玄宗命李白宣示番使，然后用宝入函。力士仍与换靴，李白下殿。呼番使听诏，将诏书朗读。诏曰：

　　大唐皇帝，诏谕渤海可毒：本朝应运开天，抚有四海，恩威并用，中外悉从。凡诸远邦，毕献方物④，莫敢不服。昔高丽拒命，天讨再加；传世九百，一朝殄灭。岂非逆天之明鉴欤！况尔小国，高丽附庸；比之中朝，不过一郡；士马刍粮，万不及一。若螳臂自雄，鹅痴不逊，天兵一至，玉石俱焚。今，朕体上天好生之心，恕尔狂悖；急宜悔过，勤修岁事，毋取诛戮。尔所上书，不遵天朝书法；盖因邈荒，未睹中华文字。故兹答诏，另赐副封，即用汝国字体，想宜知悉。

---

① 翰林学士——官名。唐代始置，以有学问的朝臣充任，为皇帝的亲近顾问兼秘书官。

② 侑(yòu)酒——劝人饮酒。

③ 兔毫——毛笔的一种，用兔毛制成。

④ 方物——土产。

李白宣读毕,番使叩头受诏,辞朝而去。回至本国见了国王,备述前事。那可毒看了诏书及副封番字,大惊。与国相商议,天朝有神仙帮助,如何敌得。遂写降表,遣使入朝谢罪,按期朝贡,不敢复萌异志。此是后话。

且说玄宗欲加李白官爵并赐金帛。李白俱辞不受道:"臣愿逍遥闲散,供奉左右,如汉东方朔①故事。且愿日得美酒痛饮足矣。"玄宗乃诏光禄官,日给与上方佳酝,听其到处游览。是时宫中沉香亭下,牡丹花盛开,玄宗命设宴亭中,同杨妃赏玩。忽见乐工李龟年引梨园子弟前来承应。叩拜毕,便待奏乐唱曲。玄宗道:"且住,今日对妃子赏名花,岂可复用旧乐。"即着李龟年:"将朕所乘玉花骢马,速往宣李白学士,来作新词庆赏。"龟年奉旨出宫,牵了玉花骢,自己也骑了马,一径到翰林院来宣召李白。只见院中人役回说,李学士已于今早微服往长安市酒肆里吃酒去了。龟年便叫院中人拿了他的冠带袍服,一同寻至市中。听得一座酒楼上,有人高歌道:

　　三杯通大道,一斗合自然。
　　但得酒中趣,莫为醒者传。
龟年听了道:"这歌就是李学士了。"遂下马入肆,走上楼来。

只见李白吃得酩酊大醉,尤持杯不放。龟年上前高声说道:"奉圣旨立宣李学士至沉香亭见驾。"李白放下酒杯,向龟年念一句陶渊明的诗道:"我醉欲眠君且去。"念罢瞑然欲睡。龟年叫众人上前将李白扶下楼,拥上玉花骢马。众人左右扶持,到得五凤楼前。有内侍传旨,赐李白走马入宫。龟年叫把冠带袍服就马上替他穿了,走至沉香亭前,拥扶下马,醉极不能朝拜。玄宗命铺紫氍毹②于亭畔,且叫少卧。亲往看视,解御袍覆其体。杨妃道:"妾闻冷水沃面,可以解醒。"乃命内侍取水,含而噀③之。李白睡梦中惊动,略开双目,见是御驾,方挣扎起来,俯伏于地道:"臣该万死。"玄宗见他尚未苏醒,命扶起赐坐。遂叫御厨将越国所贡鲜鱼鲊④

---

① 东方朔——汉代人,官至太中大夫,以诙谐滑稽著名,虽为朝官,但逍遥不问政事。
② 氍毹(qū shū)——毛织的地毯。
③ 噀(xùn)——含在口中而喷出。
④ 鲊(zhǎ)——腌制的鱼。

造三份醒酒汤来。须臾,内侍以金碗盛鱼汤进上。玄宗赐李白饮之,顿觉心神清爽,叩头谢恩。玄宗道:"今日召卿,别无甚事。"指着亭下道:"只为这牡丹盛开,朕与妃子赏玩,欲卿来作新词耳。"李白领命,即赋《清平调》三章呈上。

云想衣裳花想容,春风拂槛露华浓。
若非群玉山头见,会向瑶台月下逢。

一枝浓艳露凝香,云雨巫山枉断肠。
借问汉宫谁得似?可怜飞燕①倚新妆。

名花倾国两相欢,常得君王带笑看。
解释春风无限恨,沉香亭北倚栏杆。

　　玄宗看了大喜道:"学士真仙才也!三诗清新俊逸,又将花容人面一起写尽,妙不可言。今番歌唱,妃子也须相和。"乃命念奴②同声而歌,玄宗自吹玉笛和之。和罢,又令李龟年与梨园子弟将三调再叶③丝竹,重歌一转,为妃子侑酒。及曲既终,杨妃再拜称谢。玄宗笑道:"莫谢朕,可谢李学士。"杨妃乃把盏斟酒敬李白,敛衽④谢其诗意。李白跪饮酒讫,顿首谢赐。自此李白才名愈著。玄宗、杨妃皆爱而重之。那高力士深恨脱靴之辱,欲进谗言,未得其便。怎想他《清平调》中一个破绽,即走入宫来,见杨妃独自凭栏微吟《清平调》,点头得意。力士因密奏道:"老奴初意,娘娘闻此词,怨之刻骨,何反拳拳⑤如是?"杨妃忙问其故。力士:"他说'可怜飞燕倚新妆',是把飞燕比娘娘。试想那赵飞燕当日所为何事,却以相比,极其讥刺,娘娘岂不觉乎?"原来玄宗尝阅《赵飞燕外传》,见说他体态轻盈临风而立,常恐被风吹去,因戏语杨妃道:"若汝则任吹多少。"盖嘲其肥也。杨妃最恨人说他肥,李白偏以赵飞燕相比,心中正喜。今听

---

① 飞燕——汉成帝皇后赵飞燕。以轻盈善舞著名。
② 念奴——唐著名女艺人,以歌声高亢著名。
③ 叶(xié)——和着。
④ 敛衽(liǎn rèn)——提起衣襟夹于带间,为古人表示敬意的致礼之举。
⑤ 拳拳——眷爱。

高力士说是暗指飞燕私通之事，合着他私通安禄山，以为讥刺，于是变喜为恨。遂于玄宗面前说李白纵酒狂放，无人臣之礼。杨国忠亦以磨墨为耻，也常进谗言。玄宗虽爱李白，因宫中不喜欢他，遂不召他内宴。李白知为小人中伤，便上疏乞休。未知如何，且听下回分解。

第二十回

逍遥学士识英雄　误用番人作藩镇

却说李白上疏乞休，玄宗爱其才，温旨慰谕，不允所请。李白又恳恳切切再上辞官乞归之疏。玄宗知其去志已决，召至御前，面谕道："卿心欲舍朕而去，未便强留。但卿草诏平番，有功于国，岂可空归。然朕知卿必无所需，所不可缺者，酒耳。"遂亲写敕书赐之。敕云：

敕赐李白为逍遥学士，所到之处，官司支给酒钱，文武官员军民等，毋得怠慢。倘遇有事，当上奏者，仍听具疏奏闻。

李白拜受敕命，谢恩辞朝，收拾行装，别众僚友，带领仆从，出京而去。李白不即回乡，只向幽燕一带就有名山胜景的所在，任意行游，饮酒题诗，好不适意。一日，行至并州界上，见一伙军牢，押一辆囚车前来。李白看那囚车中，囚着一个汉子，仪容甚伟，相貌非常。原来，这囚徒姓郭名子仪，华州人氏，为陇西节度使哥舒翰麾下偏将，因奉军令，查视兵粮，却被手下人失火，把粮米烧了，罪及于主，法当处斩。时哥舒翰出巡在并州，因此，军政司把他解赴军前正法。当下李白见他衣貌堂堂，便勒马问是何人？犯何罪？解往何处？子仪在囚车中诉说原由。李白想道："这人恁般仪表，定是个英雄。今天下方将多事，此等人正是有用之人，岂容轻杀。"便吩咐众人："汝等到节度军前，且莫就解进，待我亲见节度，替他说情免死。"众人应诺。李白遂飞马跑到哥舒翰驻扎之所，叫从人把名帖传与门官。哥舒翰听说李学士来拜，即开门延入。宾主叙坐，献茶毕，李白自述来意，要求释子仪之罪。哥舒翰听罢，沉吟半晌道："学士公见教，本当敬从。但学生平时赏罚必信,今子仪失火,烧了兵粮,法所难贷①。且事关重大,理合奏闻,未便释放。奈何?"李白道:"即如此,学生不敢阻挠军法,只求缓刑。节度公自具疏请旨,学生原奉圣上手敕,听许飞章②奏事。今亦具一小疏,代为乞命。"哥舒翰欣然道:"若如此则情法两尽矣。"遂传令将子仪收禁,候旨定夺。遂具疏题请,李白亦即缮疏,极言郭子仪雄才可用,失火烧粮,乃仆夫不谨,实非其罪,乞赐矜全,留为后用。自己暂留于并州公馆候旨,哥舒翰设宴款待。不则一日,圣旨批下,准学士李白所奏,将失火仆人正法,赦郭子仪之罪,许其立功自效。子仪既获赦,感激李白活命之恩。李白别了哥舒翰等众官,自往别处去了。自此郭子仪得以军功渐为显官。此是后话。

且说朝中自李白去后,贺知章也告休致去了。左相李适之因与李林甫有隙,罢相而归。林甫陷以它事,逼之自尽。林甫倚着天子信任,手握重权,安禄山亦甚畏之。时杨家兄弟姊妹,骄奢肆横,日甚一日。杨国忠与韩、虢、秦三个夫人,原不是真兄妹,乃是张昌宗之子寄养于杨家者。三夫人中虢国夫人尤为淫荡,所居宅院与国忠的宅院相连,往来最便,遂与国忠通奸。安禄山亦乘间与虢国夫人有私,国忠闻知,遂恨禄山切骨。时于言语之间,隐然把他私通贵妃之事,为危词以恐吓之。又常密语杨妃,说禄山行动不谨,万一天子知道了些什么,为祸非小。杨妃闻言,也心怀疑惧。一日,玄宗于昭庆宫闲坐,禄山侍坐于侧,见他腹垂过膝,因戏道:"此儿腹大,不知其中何物?"禄山道:"此中并无它物,唯有赤心耳。"玄宗大悦。少顷,问内侍:"妃子何在?"内侍道:"在后宫坐兰汤③洗浴。"玄宗微笑道:"美人新浴,正如出水芙蓉也。"命人即宣妃子来,不必更梳妆。少顷,杨妃懒妆便服而至,更觉风艳。玄宗看了笑道:"适有外国进贡异香花露,取来赐与杨妃。"叫他对镜匀面,自己移坐于镜台旁观之。杨妃匀面毕,将余露染掌扑臂,不觉双乳露出。玄宗见了,说道:"妙哉!软温好似新剥鸡头肉。"禄山在旁,不觉失口道:"滑腻还如塞上酥。"禄山说了,自知出言唐突。杨妃亦骇其失言。玄宗全不在意,反喜道:"堪笑胡

---

① 贷(dài)——饶恕。
② 飞章——急报的奏章。
③ 兰汤——兰草煮的水。兰草,一种香草。

儿只识酥。"说罢,呵呵大笑。禄山、杨妃也笑起来。玄宗并无猜疑。但杨妃已先为国忠危言所动,只恐弄出事来。

自此以后,每见禄山,暗叫他言语缜密,出入小心。禄山晓得国忠嗔怪他,恐为所算。又惧李林甫能窥察人之隐微,若杨、李二人合算他一个,老大不便,不如讨个外差暂避罢了。那国忠暗想:"禄山将来必与我争权,切不可留他在京,须设个法弄他到边方去为是。"恰好李林甫上疏,请用番人为边镇节度使。原来唐时边镇节度使都是有才略的文臣,若有功绩,便可入为宰相,今林甫专权,欲绝边臣入相之路,奏称:"文臣为边帅,怯于矢石,无以御侮,不若任用番人,勇而善战,可为国家捍卫。"玄宗允奏。国忠乘此机会,就上疏说河东重地,非安禄山不足以当此任。玄宗览疏,深以为然,遂降旨以安禄山为平卢、范阳、河东三镇节度使,赐爵东平郡王,克期①走马赴任。禄山闻命,倒也合着他的意思,叩头领旨。即日入宫,拜辞杨妃,两下依依不舍。适三位夫人也入宫来,禄山各各相见。虢国夫人闻知禄山远行,甚为怏怏,然无可如何。禄山不敢久留,告辞出宫。玄宗又赐宴于便殿。禄山谢恩过了,辞朝赴镇。既至任,查点军马钱粮,训练士卒,坐镇范阳,兼制平卢、河东,声势强盛,日益骄恣。未知后来如何,且看下回分解。

第二十一回

幻作戏屏上婵娟　小游仙空中音乐

却说杨国忠乘机遣发安禄山出去,少了个争权夺宠之人。眼前只让李林甫一个,遂骄奢淫逸,也不怕人嗔恨,也不管人耻笑。时值上巳②,国忠奉旨,与其弟杨钻及诸姊妹,齐赴曲江修禊③。于是五家各为一队,姬

---

① 克期——严格限定期限。

② 上巳——节日名。原以阴历三月上旬第一个巳日为"上巳",其时人们于河中洗浴,去病除灾。魏晋后,改为三月三日。

③ 修禊(xì)——上巳节或三月三日去水边嬉游的习俗,其目的为祛除不祥。

第二十一回　幻作戏屏上婵娟　小游仙空中音乐

侍女从不计其数，乘马驾车不用伞盖遮蔽，路旁观者如堵。国忠与虢国夫人并辔扬鞭，以为谐谑。直游至晚，秉烛而归。遗簪坠舄①，遍于路衢。到了次日，俱入宫谢恩。玄宗赐宴内殿，国忠奏道："臣等奉旨修禊，正为圣天子迎祥迓②福。昨赴曲江，威仪美盛，万姓观瞻，众情欣悦，具见太平景象。臣等不胜庆幸。"玄宗大喜，取出内府珍玩颁赐诸人。赐韩国夫人照夜玑③，赐虢国夫人锁子帐，赐秦国夫人七叶冠。杨妃奏道："陛下宝屏赐妾，屏上雕刻前代美人容貌，以妾对之，自觉形秽。今请转赐妾兄国忠何如？"玄宗准奏，即以此屏赐国忠。原来这屏，名为虹霓屏，乃隋朝遗物。屏上雕镂前代美人的形象，宛然如生，各长三寸许，水晶为地，其间服玩衣饰之类，都用众宝嵌成，极其精巧。国忠谢恩拜受，将屏安放在内宅楼上。

一日，国忠独坐楼上，看屏间众美人，想道："世间岂真有此等尤物，我若得此一人，便为乐无穷矣。"正想间，不觉困倦，因就榻上偃④卧。才伏枕，忽见屏上众美人，个个摇头动目，都走下屏来，顿长几尺，宛如生人，直来卧榻前，一一自称名号。国忠虽睁着眼看见，却是身体不能动，口中不能言。诸女各以椅列坐。少顷，有纤腰倩妆女妓十余人，亦从屏下来，遂联袂而歌，其声极清细。歌罢，诸女皆起，指着国忠骂道："汝名为相，实乃误国鄙夫，何敢亵玩我等，又辄作妄想，可恶可恶！"一女笑道："此奴将来受祸不小，吾等何必与较，且去且去。"于是一一复归屏上。国忠方才如梦忽醒，吓得冷汗浑身。急奔下楼，叫家人将屏掩过，锁闭楼门。自此，每当风清月白之夜，即闻楼中隐隐有女人歌唱之，家中人无敢登此楼者。国忠入宫，密将此事奏知，只隐过了美人责骂之言。玄宗道："待朕问通玄先生和叶尊师，便知是何妖祥。"

你道通玄先生和叶尊师是谁？原来玄宗最好神仙，于是方士竞进。有人荐方士张果是当世神仙，因礼召至京，拜为银青光禄大夫，赐号通玄先生。又有人荐方士叶法善有奇术，善符咒，亦礼召来京，称为尊师。其

---

① 舄（xì）——原为古代履下的木底，以防泥水。后引申为鞋。
② 迓（yà）——迎接。
③ 照夜玑——夜明珠。玑，小珠或不圆的珠子。
④ 偃（yǎn）——仰面倒下。

他方士甚多,唯此二人最著名。当下玄宗将国忠所言屏上美人出现之说问之。张果道:"妖由人兴。此必杨相看中了屏上娇容,妄生邪念,故妖孽应念而作。叶师治之足矣。"叶法善道:"凡宝物易为精怪,臣当书一符焚于屏前以镇之。今后观此屏者,勿得玩亵。每逢朔望①,用香花供奉,自然无患。"言讫,书灵符一道。玄宗遣内侍赍付国忠,且传述二人之言。

国忠闻说妖由邪念而生,不觉凛然。遂登楼展屏,将符焚化。自此以后,楼中安静,绝无声响。至朔望瞻礼时,见屏上众美人,愈加光彩夺目。玄宗闻知,愈信叶法善之神术。一日私问法善道:"张果先生,道德高妙,朕常询其生平,但笑而不答何也?"法善道:"他在唐尧时,曾官为侍中。苦其出处履历,唯臣知之,但不敢轻言,言则俱有祸及。"玄宗道:"尊师神仙中人,何惧有祸,幸勿托词隐秘。"法善沉吟道:"陛下必欲臣言,臣今言之必立死。陛下幸怜臣,可立召张先生来,不惜屈体求之,臣庶可复生。"玄宗许诺。法善请屏退左右,密奏道:"他是混沌初分时白蝙蝠精也。"言未已,忽口吐鲜血,昏厥于地。玄宗急唤内侍,召张果入宫见驾。少时,张果携杖而至。玄宗迎接道:"叶尊师得罪于先生,皆朕之过。朕今代为之请,幸看薄面恕之。"言讫,便欲屈膝下去。张果忙扶定道:"何敢劳陛下屈尊。但小子不当饶舌②耳。"遂以手中杖,连击法善三下道:"可便转来。"只见法善蹶然而醒,即时站起,向玄宗谢恩,随向张果谢罪。张果道:"吾杖不易得也。"玄宗大喜,各赐茶果而退。

时至上元③之夕,玄宗于内廷,高结彩楼,张灯饮宴,不召外臣陪饮,只召张、叶二人。张果偶他往未至,法善先来,玄宗赐坐共饮。一时灯月交辉,歌舞间作,十分欢畅。玄宗道:"此间灯事,可谓盛矣!他方安能有此?"法善举目四下一看,用手向西指道:"西凉府城中,今夜灯事极盛,不亚于京师。"玄宗道:"西凉灯事既盛,尊师有何法,能使朕一见否?"法善道:"陛下欲见不难,臣当奉陛下御风而往,转回不过片时。"玄宗欣然愿往。法善请玄宗更衣。玄宗命小内侍二人同换衣服,俱立庭中,法善叫都闭目,只觉两足腾起,如行霄汉中。少顷,脚已着地,耳边但闻人声喧闹。

---

① 朔望——阴历每月初一、十五。
② 饶舌——唠叨,多嘴。
③ 上元——节日名。即阴历正月十五,又名元宵节。

法善叫请开眼。玄宗开目一看,见彩灯绵亘数里,观灯之人往来杂沓。心中大喜,到处观玩。因问法善道:"尊师得非幻术乎?"法善道:"陛下若不信,请留征验。"遂问内侍身边有何物件,内侍道:"有皇爷小玉如意在此。"法善乃引玄宗入酒肆共饮。须臾饮讫,即以玉如意暂抵酒价,要店主写了一纸手照,约几日遣人来赎。出了店门,步至城外,仍叫各闭双眼,腾空而还,直到殿庭落地。席上所燃灯烛,犹未及半。忽左右来奏:"张果先生到。"玄宗即时延入。张果道:"臣适往广陵访一道友,不意陛下见召,以致来迟。"玄宗道:"广陵此去甚远,先生往来何速?"张果笑道:"陛下适间驾幸西凉,往来俄顷,亦何尝不速。"玄宗道:"此皆叶尊师之神术也。先生适从广陵来,广陵亦兴灯事否?"张果道:"广陵灯事极盛,陛下若有余兴,至彼一观何如?"玄宗喜道:"如此甚妙。"张果道:"臣此行不须腾空御风,亦不须游行城市。臣有小术,可上不至天,下不着地任凭陛下玩赏。"玄宗道:"此更奇妙。"

张果请玄宗与高力士并伶工数人,各换华美衣服。张果解下腰间丝绦,向空一掷,化成一座彩桥,自殿庭直接云霄。张果与法善前导,引玄宗上桥,高力士及伶工等俱从。行不上百步,张果说:"陛下请止步,已至广陵矣。"遂与玄宗及高力士等立于桥,上观天汉,月明如昼;低头下视,见广陵城中灯火之多,不减于西凉。那些看灯的女士们,忽见空中有五彩云,拥着一簇人,衣冠华丽,疑是星官仙子出现,都向空瞻仰叩拜。玄宗大喜。法善请敕伶工奏霓裳羽衣一曲。奏罢,张果、法善仍引玄宗与众人于桥上步回。才步下桥,张果把袖一拂,桥忽不见。只见张果手中原拿着一条丝绦,仍把来系于腰间,众皆惊异。玄宗道:"先生神术,真乃奇妙。"张果道:"此仙家游戏小术,何足多美。"玄宗命赐酒,直饮到天晓。未知后事如何,再看下回分解。

第二十二回

公远预寄蜀当归　禄山请用番将士

却说玄宗,过了元宵即密遣使者,将西凉府酒店主人写的手照,到彼取赎玉如意。却果然赎了回来,乃信元夜之游,是真非幻。过几日,广陵地方官上疏奏称:"本地于正月十五夜二更后,天际忽现五色祥云,云中仙灵历历可睹,又闻仙乐嘹亮,迥非人间声调,此诚圣世瑞征,合应奏报。"玄宗览疏,暗自称奇,不明言此事,只批个"知道了"。

原来这霓裳羽衣曲,乃玄宗于开元间尝梦游月宫,见有仙女数十,素练宽衣,歌舞于广庭,声调佳妙,因问此为何曲,答道,名为霓裳羽衣曲。玄宗梦中密记其中声调,及醒来,犹一一记得,遂指示乐工,谱成此曲。果然不是人间声调也。玄宗益信二人为神仙。又闻张果每出,必乘一白驴,其行如飞。及归,便把此驴摺①叠如纸,置于巾箱中,欲乘,则以水喷之,依旧成驴。玄宗愈奇其术。自此,益好神仙。那些方士,亦益进一日。

鄂州守臣上疏,荐方士罗公远,广有神术。那罗公远不知何处人,亦不知何代人。其容貌常如十六七岁一孩子,到处闲游。一日,游到鄂州,恰值本州官府因天时亢②旱,延请僧道于社坛内启建法事,祈求雨泽。人丛中有穿白衣的人,在那里闲看。其人身长丈余,顾盼非常,众皆瞩目。适罗公远至,见了那人,怒且咄嗟③道:"这等亢旱,汝何不去行雨济人,却在此闲行。"那人拱手道:"不奉天符,无处取水。"公远道:"汝但速行,吾当助汝。"那人应诺而去。众人惊问:"此是何人?"公远道:"此乃本地水府龙神,吾敕令行雨救旱。奈未奉上帝之命,不敢擅自取水。吾今当以滴水助之,救济此处的禾稻。"言讫,看见那僧道诵经的桌上,有一方大砚,因才写得疏文,砚池中积有墨水。公远上前,把口向砚池中一口吸起,望空一喷,喝道:"速行雨来!"只见霎时间日掩云腾,大风顿作,暴雨骤至,落了半晌,约有尺余,方才止息。却也奇怪,那雨落在地上,沾在衣上,都是墨黑的。原来龙神凭仗仙力,就这口墨水化作雨泽,以救亢旱,故雨色皆黑。当下人人诧异,问了公远姓名,簇拥去见本州太守,具白其事。太守欲酬以金帛,公远笑而不受。太守道:"天子尊信神仙,君既有道术,吾当荐引至御前,必蒙敬礼。"公远道:"吾本不喜遨游帝廷,但闻张、叶二仙在京师,吾亦欲一识其面,今乘便往见之亦可。"于是太守具疏,遣使送公

---

① 摺(zhé)——叠。

② 亢——过,极,非常。

③ 咄嗟(duō jiē)——吆喝。

第二十二回　公远预寄蜀当归　禄山请用番将士

远来到京中。

使者将疏章投进,玄宗览疏,即传旨召见。那日玄宗坐庆云亭上,看张果与叶法善对弈。内侍引公远入来,将至亭下,玄宗指向张、叶二仙道:"此鄂州送来异人罗公远。"张、叶二人举目一看,遥见公远体弱颜嫩,宛如小儿,都笑道:"孩提之童,有何知识,亦称异人。"公远行至亭下,玄宗敕免朝拜,命升阶赐坐,因指张、叶二人道:"卿识否? 此即张果先生、叶法善尊师也。"公远道:"闻名未曾谋面。"张、叶二人笑道:"小辈固当不识我。"公远道:"二师待人简傲,仆之不相识,亦未足为恨也。"张果笑道:"吾且不与子深谈。人称子为异,当必有异术。吾今姑以极浅之技相试,倘能中窍,自当刮目。"便与法善各取棋子几枚握于手中,问道:"试猜我二人手中棋子各几枚?"公远道:"都无一枚。"二人大笑,开手来看,竟一枚也不见了。只见公远伸出两手,棋子满把,笑道:"棋在吾手矣。二位老仙翁遇着小辈,直叫两手俱空。"张、叶二人大惊异,各起身致敬。玄宗大喜,即时赐宴,给以冠袍,又赐邸第,称为罗仙师。过了几日,张果、法善具疏坚请还山,说:"罗公远道术殊胜臣辈,留彼在京,足备陛下咨访,臣等出山已久,思归念切,乞赐放还。"玄宗知其归志已决,准许暂还,候再宣召。二人谢恩出京。凡天子所赐,及各官所赠之物,一无所受,飘然而去。自此在京方士,只有罗公远为玄宗所尊信。时常召见,叩问长生不死之方。公远道:"长生无方,只清心寡欲,便可却病延年。"玄宗勉从其说,或时独处一宫,妃嫔不御。后廷宴会,比前也略稀疏,杨妃甚不喜欢。时值中秋,玄宗不召嫔妃,独与公远对月闲谈。说起昨岁元宵,与张、叶二师腾空远游,甚是奇异,因问:"仙师亦有此术否?"公远道:"此亦何难。陛下昔年曾梦游月宫,却不曾亲身目睹。臣今请陛下亲见月宫之景可乎?"玄宗大喜。公远即起身,向庭前桂树上折取数枝,用彩线相结,置于庭中,吹口气化作一乘彩舆,请玄宗升舆腾空而起,直入霄汉。公远在空中紧紧相随,教玄宗只把眼望着月,不可回顾。转瞬间,已近月宫。玄宗凝眸观望,见月中宫殿重重,门户洞开,里面琪花瑶草,映耀夺目,远胜昔年梦中所见。玄宗道:"可入去否?"公远道:"陛下虽贵为天子,却还是凡躯,未容遽入,只可在外观瞻。"少顷,只闻得异香氤氲①,一派乐声嘹亮。仔细

----

① 氤氲(yīn yūn)——浓烈的气味,多指香气;天气朦胧。

听之，正是霓裳羽衣曲。玄宗道："人言月里嫦娥，美貌无比，今可使朕得见乎？"公远道："昔穆天子与王母相会，夙有仙缘故也。陛下非此之比，今得瞻宫殿，已是奇福，岂可妄生轻亵之念。"言未已，忽见月中门户尽闭，光彩四散，寒风袭人。公远急叱白鹿，驾转彩舆。少顷，冉冉至地，只见彩舆仍化为桂枝，白鹿亦不见，如意仍在公远手中。

玄宗又惊又喜。公远告辞回寓，玄宗还独坐呆想，啧啧称异。内监辅璆琳道："此幻术惑人，何足惊叹。"玄宗道："就是幻术，朕亦要学其一二，以为娱乐。"璆琳道："幻术中唯隐身法可学，皇爷若学得隐身法，便可暗察内外人等机密之事。"玄宗喜道："汝言是也。"次日，召公远入宫，告以欲学隐身法之意。公远道："隐身法乃仙家借以避俗情缠扰，或遇意外之事，聊用此法自全耳。陛下以一身为天下之主，正须向阳而治，学此隐身何用。"玄宗道："朕学此法，亦借以防身耳。"公远道："陛下尊居万乘，时际太平，车驾所至百灵呵护，有何不虞。若学得此法定将怀玺入人家，为所不当为。万一更遇术士能破此法者，那时陛下之身危矣。"玄宗道："朕学得此法，只于宫中为之，决不轻试于外，幸即相传，万勿吝教。"公远当不过他再三恳求，只得将符咒秘诀，一一传与，并教以学习之法。玄宗大喜，便就宫中如法学习。及至习熟试演，始则尚露半身，既而全身俱隐，但终不能泯然无迹。或时露一履，或时露冠髻，或时露衣裾，往往被宫人觉着，个个含笑。玄宗又召公远入宫问道："同此符咒，如何自朕做来，独不能尽善？"公远道："陛下以凡躯而遽学仙法，安能尽善。"玄宗因演法不灵，宫人窃笑，已是惭愧。又见公远对着众人，说他是凡躯，好生不悦。想是不肯尽传其秘，遂拂衣而入，传命公远且退。

时宰相李林甫因夫人病，闻得公远常以符药救人，遂亲来求他救治夫人之病。公远道："夫人禄命已尽，不可救疗。况夫人先终于相公之前，其福过相公十倍矣。何必多求。"林甫闻言甚怒，是夜其妻果死。次日，秦国夫人患病，杨国忠奉贵妃之命，来求公远救治。公远道："所救只救有缘法之人与能修行之人。今夫人既无仙缘，又无美行，得终于内寝，较之诸姊妹，已为万幸，岂复有方可疗？七日之后，名登鬼录。"国忠愤恨，回报杨妃。杨妃大怒，泣奏天子，说公远诽谤官眷，且加咒诅。李林甫也乘机劾奏他妖术惑众。玄宗已自不悦，又闻内外谗言交至，激成大怒，传旨将公远斩首西市。公远闻命，呵呵大笑。走至市中，伸颈就刑。钢刀落

第二十二回　公远预寄蜀当归　禄山请用番将士

处，并无点血。只见一道青气从颈中出，直透云霄。玄宗忽想起公远是道术之人，何可轻杀。忙传旨停刑，却已杀过。玄宗懊悔不及，命收其尸。至七日后，秦国夫人果然病死。玄宗闻讣①，不胜嗟悼，益信公远之言不谬。忽见扬州守臣疏奏，张果于本年某月日在琼花观中端坐而逝，袖中有谢恩表文一道，其身尸未及收殓，立时腐烂消化。玄宗览表，十分伤叹。因思叶法善，不知在何处，乃命内监辅璆琳出京寻访，迎请他来。

璆琳奉旨，带着仆从出京访问。有人说他在蜀中成都府。璆琳即带仆从望蜀中一路而行。山路崎岖甚是难走，忽见山岭上一个少年道者，迤逦而来。行至马前，璆琳仔细一看，大吃一惊，原来不是别人，却是罗公远，忙下马作揖，问仙师无恙。公远笑道："天子尊礼神仙，如何把贫道恁地相戏。如今张果怕杀，已诈死了。叶法善也怕杀，远游海外，无处可寻。你不如回去罢。"璆琳道："天子方自悔前过，伏望仙师同往京中见驾，以慰圣心。"公远道："你不必多言，我有书，并一信物寄上天子，可为我致意。"便于袖中取出一封书，内有一物，外面封好，付与璆琳收了。璆琳道："天子正欲叩问仙师，还求师驾一往。"公远道："无他言，但能远却宫中女子，更谨防边上女子，自然天下太平。"说罢，举手作别，腾空而去。璆琳咄咄称异，想叶法善既难寻访，不如回京复奏罢，遂趱②程回京。见了玄宗，备奏路遇罗公远之事，把书信呈上。玄宗大为惊诧。拆视其书，却无多语，只有四个大字，下注一行小字，却是：

安莫忘危 外有一药物，名曰蜀当归，谨附上

玄宗看了书和药物，沉吟不语。璆琳又密奏他所云宫中女子、边上女子之说。玄宗想道："他常劝我清心寡欲，可以延年。今言须远女子，又言莫忘危，疑即此意。那蜀当归或系延年良药亦未可知。但公远明明被杀，如何又在那里。"遂命内侍启视其棺，见棺中一无所有。玄宗嗟异道："神仙之幻化如此，朕徒为人所笑耳。"

看官，你道他所言宫中女子是谁？是明指杨贵妃。其所云边上女子，是说安禄山也。以安字内有女字故耳。"蜀当归"三字，暗藏下哑谜。至云"安莫忘危"已明说出个安字了。玄宗却全不理会。

---

① 讣（fù）——报丧的通知。
② 遂趱（zǎn）——赶，快走。

此时安禄山,拥重兵,坐大藩,又有宫中线索,势甚骄横,常怀异志。他平日所畏忌,只有李林甫一人,每遇使者从京师来,必问林甫有何话说。若闻有称奖他的言语,便大欢喜。若说李丞相寄语安节度,好自点检,即便攒眉①嗟叹。林甫也常有书信问候他,书中多能揣知其情,道着他心事,却又予为布置安放。以此受其笼络,不敢妄有作为。不料林甫当璆琳回京时,已患病不能起床,再过几日,呜呼死了。那李林甫自居相位,唯有媚事左右,迎合上意,以固其宠;杜绝言路,掩蔽耳目,以成其奸;嫉贤妒能,排抑胜己②,以保其位;屡起大狱,诛逐贵臣,以张其威。自东宫以下,为之侧目。为相一十九年,养成天下之乱。玄宗到底不知其奸恶,闻其身死,甚为嗟悼。国忠本极恨林甫,只因他甚得君宠,难与争权。今乘其死后,寻事泄愤。乃劾奏林甫生前多蓄死士于私第,托言出入防卫,其实阴谋不轨,其心叵测。又朝臣交章,追劾林甫许多罪款。杨妃因怪他挟制安禄山,也于玄宗前说他奸恶,玄宗方才省悟。下诏曝其罪状,追削官职,剖其棺,籍其家。其子侍郎李岫亦革职不用。

时杨国忠独掌朝权,擅作威福。内外各官,莫不震慑,皆遣人赍礼往贺。独安禄山不肯相下,亦不来贺。国忠大怒,因奏玄宗道:"禄山本系番人,今雄踞三大镇,殊非所宜,当有以防之。"玄宗不以为然。禄山闻知国忠在御前害己,遂对人前将国忠谩骂。国忠闻知,益发恼恨,又启玄宗说:"安禄山向与李林甫相依为奸,今林甫死后,罪状昭著,禄山心不自安,必有异谋。陛下若不信,遣使召之,彼必不奉诏,便可察其心矣。"玄宗唯唯而起,退入宫中将此言述与杨妃。杨妃着惊道:"吾兄何遽疑禄山反耶?彼既怀疑,陛下当如其所奏,遣一中使往召禄山,若禄山来,便可释疑矣。"玄宗依言,即遣辅璆琳赍诏赴范阳召安禄山入朝见驾。璆琳领命,正欲起行,杨妃私以金帛赐之,付手书一封,密谕道:"此书可密致禄山,叫他闻召即来,凡事有我在此为作周旋,包管他有益无损,切勿迟回观望,致启天子之疑。"璆琳领命,奉诏来至范阳,宣召禄山入朝。禄山接诏,设宴款待天使,问道:"天子召我何意?"璆琳道:"天子想念之深耳。"遂请屏退左右,密致杨妃手书,并述所言。禄山大喜,即日起身到京,入朝

---

① 攒(cuán)眉——皱眉。攒,聚在一处。
② 胜己——超过自己的人。

面圣。玄宗喜道:"人言汝未必来,朕独信汝必至,今果然。"遂赐宴于内殿。禄山涕泣道:"臣蒙陛下宠擢到此,粉身莫报。奈为国忠所忌,臣死无日矣。"玄宗抚慰道:"朕自知,可无虑也。"次日入见杨妃,赐宴深叙。禄山道:"儿非不恋慕,但势不可久留,明日便须辞行。"杨妃道:"吾亦不敢留你,速去为是。"禄山点头会意。次日奏称边镇重任,不敢旷职,辞朝而去。至此,玄宗愈加亲信,禄山益无忌惮,因想:"三镇之中,守把险要,将士都是汉人,我它日若有举动,此辈必不为我用,不如以番将代之为妙。"遂上疏奏称,边庭险要之处,非勇健者不能守御。汉将柔懦,不若番将骁勇,请以番将三十二人,代守边汉将。玄宗览疏,批旨依允。自此番人据险,边事不可问矣。未知后来如何,且看下回分解。

第二十三回
长生殿半夜私盟　勤政楼通宵欢宴

却说玄宗,一日在便殿,平章事①韦见素与杨国忠同在上前,高力士侍立于侧。玄宗道:"朕春秋渐高,颇倦于勤政,今以朝事付之宰相,以边事付之将帅,亦复何忧。"高力士奏道:"诚如圣谕,但闻南蛮反叛,屡致丧师。又边将拥兵太盛,朝廷必须有以制之,方可无忧。"玄宗道:"汝且勿言,宰相当自有调度。"国忠道:"南蛮背叛,王师征剿,自当平定,无烦圣虑。至若边将拥兵太盛,力士所言是也。即如禄山坐制三镇,久有异志,不可不防之。"玄宗闻言,沉吟不语。韦见素道:"臣有一策,可消禄山之异志。"玄宗问是何策,见素道:"今若内擢禄山为平章事,召之入朝,而别以三大臣分领范阳、平卢、河东三镇,则禄山之兵权既释,而异谋自沮矣。"国忠道:"此策甚善,愿陛下从之。"玄宗意犹未决,退入后宫,把这话说与杨妃知道。杨妃虽极欲禄山入朝,再与相聚,却恐怕他到了京师,未免为国忠所害,乃密启玄宗道:"禄山未有反形,为何外臣都说他要反。

---

① 平章事——官名。唐代始设。凡实际任宰相之职者,在其本官外加此头衔,意即共同议政。

陛下无故征召,适足起其疑惧。不如先遣一中使往观之,若果有可疑,然后召之,未为晚也。"玄宗依言,即遣辅璆琳赍珍果数种,往赐禄山,潜察其举动。

璆琳奉命至范阳,禄山早已得了宫中消息,遂厚款璆琳,私将金帛宝玩赠予,托他周旋。璆琳受了贿赂,一力应承,星夜回朝复旨,极言禄山忠诚,为国并无二心。玄宗信以为然,遂下召禄山。日夕嫔妃内侍及梨园子弟们,征歌逐舞。杨妃与韩国、虢国夫人辈,愈加骄奢淫逸。

杨妃身体颇丰,性最畏热。每当夏日,只衣轻绡,使侍儿交扇鼓风,犹挥汗不止。却又奇怪,他身上出的汗,比人大不同,红腻而多香,拭抹于巾帕之上,色如桃花,真正天生尤物,绝不犹人。一日,玄宗与杨妃避暑于骊山宫,那宫中有一殿,名曰长生殿,极高畅凉快。其年七月七日夜,乞巧①之夕,天气炎热。玄宗与杨妃同坐于长生殿庭中纳凉,至二更余,方相携入寝室同卧。宫女们亦散去歇息。杨妃苦热,睡不安稳,乃拉着玄宗再出庭中乘凉,更不唤宫女们服侍。二人只穿小衣,并肩而坐。玄宗一手摇扇,一手抚杨妃说道:"今夜牛女二星相会,未知其乐何如?"杨妃道:"天上之乐,自然不比人间。"杨妃道:"人间欢聚终有散场,怎如天上双星,永久成配。"玄宗笑道:"若论他会少离多,倒不如我和你日夕欢聚。"说罢,不觉怆然嗟叹。玄宗感动情怀,把杨妃搂住说道:"你我恁般恩爱,岂忍相离。今就星光之下,密相誓心,愿生生世世长为夫妇。"杨妃点头道:"阿环同此誓言,双星为证。"玄宗大喜,两个相搂相抱,同入罗帏,做阳台之梦。玄宗自此对杨妃更加恩爱。

是年九月,蓬莱宫中柑橘结实。这种柑橘,是开元十年间江陵进贡来的,味极甘美。玄宗命将数枚种于蓬莱宫中,一向只开花不结实。那年忽然结实,立言余颗与江南及蜀中进贡者无异。玄宗欣喜,亲自临视,命摘来颁赐朝臣。杨国忠率众官上表称贺,玄宗大悦。那柑橘中却有一只是合欢的,左右进上。玄宗见了,愈加欢喜,谓杨妃道:"此果似知人意,我与你同心一体,所以结此合欢之实。我二人可共食之,以应其祥。"乃促

---

① 乞巧——旧时风俗,农历七月七日夜,穿着新衣的少女们在庭院里向织女星乞求智巧,称为"乞巧"。

坐同剖,交口而食。杨国忠又复献谀,以为此乃非常之祥瑞,宜赐酺①称庆。玄宗准奏,遂降旨,以宫中有珍国之祥,赐民大酺。于是择日,率领嫔妃及诸王辈,御勤政楼,大张声乐,陈设百戏,听人纵观,与民同乐。都下士民男妇,拥集楼前,好不热闹。教坊女人,有王大娘者,能为舞竿之戏,将百尺长的一根大竹竿,捧置头顶,竿儿上缀着一座木山,为瀛洲方丈②之状,使一小儿手持绛节③出入其间,口中歌唱。王大娘头顶着竿,旋舞不辍,却与那小儿的歌声节奏相应。玄宗与嫔妃诸王等看了,俱啧啧称奇。时有神童刘晏,年方九岁,聪颖过人,官为秘书省正字。是日在楼侍宴,玄宗命咏王大娘舞竿诗,刘晏吟道:

楼前百戏竞争新,唯有长竿妙入神。

谁道绮罗偏有力,犹自嫌轻更着人。

玄宗与妃嫔及诸王,见刘晏少年吟诗敏捷,词句中又隐带谐谑之意,都欢喜称赞。玄宗以锦袍赐之。

宴至晚夕,楼上挂起各样花灯,光彩炫目。忽楼前人声鼎沸,也有嬉笑的,也有争嚷的,也有你呼我应的,极其嘈杂。玄宗问是何故,内侍奏道:"众人争看花灯,拥挤喧哗,呵斥不止,伏候圣裁。"玄宗道:"可着该管官严饬禁约,如再不止,拿几个责治示众便了。"刘晏忙奏道:"人聚已众,不可轻责。况陛下既与民同乐,许其纵观,如何又加责治。以臣愚见,莫如使梨园乐工,当楼奏技,传谕众人,令各静听,众人喜于闻所未闻,则喧声自止矣。"玄宗道:"此言极是。"遂命内侍先传圣旨,晓谕诸人。随后梨园众子弟,个个锦衣花帽,手执乐器出至楼头,齐齐整整地都站立于花灯之下。众人拥着观望,那欢笑之声,虽未即止,然不似以前的喧闹了。高力士奏道:"众乐工之中,唯李暮的羌笛,尤为擅名,是乃众人之所喜听,宜令其先吹一曲,以息众喧。"玄宗依奏,命李暮先独自当楼吹笛。李暮领旨,就于楼头把手指着楼下,高声道:"我李暮奉圣旨,先自吹笛与你们众人听。你们若果知音,须静听着。"说罢,双手按着一支紫纹云梦竹的

---

① 赐酺(pú)——赐宴百姓共同欢饮。

② 瀛洲方丈——据《史记·秦始皇本纪》载:"海中有三神山,名曰蓬莱、方丈、瀛洲,仙人居之。"

③ 绛节——绛色的节。节,一种古乐器,竹制,上下开合,可打出节拍。

笛儿，嘹嘹呖呖吹将起来。这一曲笛儿真正吹得响彻云霄，清泠动听。楼下万万千千的人，都定睛侧耳，寂然无声。玄宗大喜。李暮笛声吹毕，众乐齐作，继以清歌妙舞。楼下众人，都静观寂听，更无喧闹。玄宗直欢宴至晓钟鸣动，方才罢散。未知后事如何，且听下回分解。

第二十四回
雪衣女诵经得度　赤心儿欺主作威

　　玄宗自勤政楼宴乐之后，以为天降休祥，太平无事，唯日夕在宫中取乐。杨妃亦愈加骄奢极欲，玄宗游幸各宫，多与杨妃同车并辇而行。杨妃常不喜乘舆，欲试乘马。因命御马监选择好马，调养得极其驯良，以备骑坐。每当上马，众宫娥扶策而上。内宫女侍数百人，前后拥护。杨妃倩妆紧束，窄袖轻衫，垂鞭缓走，媚态动人。玄宗亦自乘马，或前或后，以为快乐。杨妃笑道："妾舍车从骑，初次学乘，怎及得陛下鞍马娴熟，驰逐之际，固当让着先鞭。"玄宗戏道："只看骑马，我胜于你；可知风流阵上，你终须让我一头。"杨妃也戏道："此所谓老当益壮。"说罢，二人相顾大笑。自此，宫中饮宴，即并为风流阵之戏。你道如何做戏？玄宗与杨妃酒酣之后，使杨妃统率宫女百余人，玄宗自己统率小内侍百余人，于掖庭之中排下两个阵势。以绣帏锦被张为旗帐，鸣小锣，击小鼓，两下各持短画竹竿，嬉笑呐喊，互相戏斗。若宫女胜了，罚小内侍各饮酒一大觥，要玄宗先饮；若内侍们胜了，罚宫女们齐声歌唱，要杨妃自弹琵琶和曲。此戏即名之曰风流阵。一日，风流阵上宫女战胜了，杨妃命照例罚内侍们酒一杯，因酌金斗奉与玄宗先饮。玄宗亦酌金杯赐与杨妃道："妃子也须陪饮一杯。"杨妃道："妾本不该饮，既蒙恩赐，请以此杯与陛下掷骰子赌色，若陛下色胜，妾方可饮。"玄宗笑而许之。高力士便把色盆骰子进上。玄宗与杨妃各掷了两掷，杨妃已掷胜色，玄宗将次输了，唯得重四可以转败为胜，于是再赌赛一掷。一头掷，一头吆喝道："要重四。"见那骰儿转辗良久，恰好

第二十四回　雪衣女诵经得度　赤心儿欺主作威

滚成一个重四。玄宗笑向杨妃道："我呼卢①之技何如？你该饮酒了。"杨妃举杯饮尽，玄宗道："朕得色，卿得酒，福与之共。"杨妃口称万岁。玄宗因掷色得胜，心中欢喜，又与杨妃连饮几杯，不觉酣醉。乘着酒兴再把骰子来掷，收放之间滚落一个于地。高力士忙跪而收之。玄宗见力士趴在地上拾骰子，便戏将骰盆儿摆在他背上，扯着杨妃席地而坐，就他背上掷色。两个一递一掷，你呼六，我呼四，掷个不了。高力士双膝跪地，双手撑地，一动也不敢动。正好吃力，只听得屋梁上边咿咿哑哑说话之声道："皇爷与娘娘只顾要掷四掷六，也让高内监起来掷掷么。"这掷掷么三字，正隐说着直直腰。玄宗与杨妃听了，俱大笑而起，命内侍收过了骰盆，扶高力士起来。力士叩头而退，玄宗与杨妃同入寝宫去了。

看官，你道那梁间说话的是谁？原来是一个能言的白鹦鹉。这白鹦鹉是前日安禄山进献与杨妃的，畜养宫中已久，极其驯伏，不加羁绊，听其飞止②。它总不离杨妃左右，最能言语，善解人意，伶俐异常。杨妃爱之如宝，呼为雪衣女。忽一日，飞至杨妃面前说道："雪衣女昨夜梦兆不祥，梦已身为鸷鸟③所逼，恐命数有限，不能常侍娘娘左右了。"杨妃道："梦兆不足凭信，不必忧虑。你若心怀不安，可将般若心经时常念诵，自然福至灾消。"鹦鹉道："如此甚妙，愿娘娘指教则个。"杨妃便命女侍炉内添香，亲自捧出《般若心经》④，合掌诵了两遍。鹦鹉在旁谛听，记得明白，朗朗地念出来，一字无差。自此之后，那鹦鹉随处随时念诵《心经》。如此两三月。一日，杨妃闲坐于望远楼上，鹦鹉也飞来立于楼窗，忽有个供奉游猎的内侍，擎着一只青鹞从楼下走过。那鹞儿瞥见鹦鹉，即飞起望着楼窗便扑将来。鹦鹉大惊道："不好了！"急飞入楼中。亏得一个执拂宫女将拂子尽力拂那鹞儿，恰正拂着了鹞儿的眼，方才回身展翅飞落楼下。杨妃急看鹦鹉时，已闷绝于地，半晌方醒。杨妃抚慰道："雪衣女，你受惊了。"

---

① 呼卢——卢、雉分别为古代赌具中的两种彩色。故又称赌博为"呼卢喝雉"。
② 止——停歇，栖息。
③ 鸷鸟——鹰类的猛禽。
④ 《般若心经》——佛经名。为《大般若波罗蜜多经》的简称，又名《般若经》。为大乘空宗的主要经典。

鹦鹉道:"恶梦已应,惊得心胆俱碎,谅必不能再生,幸免为所啖,当是诵经之力。"于是紧闭双眸,不食不语,只闻喉间念诵《心经》。杨妃时时省视。三日之后,鹦鹉忽张目向杨妃道:"雪衣女仗诵经之力,幸得脱去皮毛,往生净土矣。娘娘幸自爱。"言讫,长鸣数声,瞑目戢①翼,端立而死。杨妃见了,十分嗟悼。命内侍殓以银器,葬于后苑,名为鹦鹉冢。不在话下。

再说安禄山在范阳,思欲称兵造反,只为玄宗待之甚厚,要俟其晏驾②方才举事。但杨国忠时时寻事来撩拨他,意欲激他反了,以实己之言。于是禄山生个事端,遂上一疏,请献马于朝。其疏略云:

> 臣安禄山,承乏边庭,所属地方多产良马。臣今选得良马三千余匹,愿以贡献朝廷。每马一匹用执鞚③军二名,臣更遣番将二十四员部送,俟择吉日即便起行。伏乞敕下经历地方,各该官吏预备军粮马草供应,庶不致临期缺误。谨先具表奏闻。

禄山此疏,明明是托言献马,要乘机侵据地方,且要看朝廷如何发付他。当下玄宗览疏,沉吟不决。因将此疏付中书省议复。国忠入奏道:"边臣献马于朝廷,亦是常事。今禄山故意要多遣军将部送,以三千马匹,而执鞚者反有六千人。那二十四员番将,又各有跟随的军士。共计当有万余人行动,此与攻城夺地者何异。陛下当降严旨切责,破其狡谋。"玄宗道:"彼以贡献为请,无所开罪。即云部送多人,亦未必便有异志,何可遽加切责。只须谕令减省人役罢了。"国忠见玄宗不从,怏怏而退。时高力士侍立于旁,玄宗对他说道:"朕之待安禄山,可谓至厚,彼必不相负。今表请献马于朝,虽欲多遣番将部送,谅亦无它意。而国忠欲请严旨切责,朕不以为然。前者,朕曾遣辅璆琳到彼窥察,回奏说他忠诚爱国,并无二心。难道如今便忽然改变了不成。"原来辅璆琳平日恃宠专恣,与高力士不睦,因此力士乘间密奏道:"老奴闻得,辅璆琳两番奉差到范阳,多曾私受安禄山贿赂,故饰词复旨,其所言未可信也。"玄宗惊讶道:"有这等事,汝何从知之?"力士道:"老奴向已微闻其事,而未敢信。近因璆琳奉差采办

---

① 戢(jí)——收敛,收藏。戢翼:收翼,拢翅。
② 晏驾——驾崩。
③ 执鞚(kòng)——手持马勒。

回来,老奴往候之。值其方浴,坐以待其出。因于其书斋中案头,见有安禄山私书一封,书中细询朝中举动与宫中近事。又托他每事曲为周旋遮饰,又约他每事密先报知。那时老奴窃窥未完,璆琳浴毕而出,连忙藏好。据此看来,他内外交结,贿赂相通,信有其事矣。老奴正欲密将此事上闻,适蒙圣谕,谨此启知。"玄宗闻言大怒,即唤璆琳来面讯。又差力士率羽林军至其第搜取私书物件。不一时璆琳唤到,其所有私书与所受的贿赂都被搜出,上呈御览。原来璆琳与禄山往来的私书甚多,力士检看其中有关涉杨妃的,即行销毁。因此宫中私情之事,幸不败露。当下玄宗怒甚,欲重处璆琳。力士密启道:"皇爷欲加罪璆琳,须托言它事以征之,切勿发露通信受贿之事,不然恐至激变。"玄宗点头道是。遂命将璆琳就于内廷杖杀,只说他采办不称旨,赐死。故禄山多遣军将来献马,玄宗亦有些疑心,即遣中使冯神威赍手诏往谕止之。其略云:

览卿表奏,欲献马于朝,具见忠悃①。但马行须冬日为便。今方秋初,田稻将成。农务未毕之时,且勿行动。俟至冬日,官自给夫部送来京,无烦本军跋涉。特此谕知。

冯神威赍诏至范阳,禄山已窥知朝廷之意,又探知杨国忠有许多说话,心中大怒。及闻诏到,竟不出迎。冯神威来到府中,禄山乃大陈兵卫,踞胡床而坐,也不起身迎接。冯神威开诏宣读毕,禄山满面怒色,也不设宴款待,只叫他出就馆舍。过了两日,冯神威欲还京复命,入见禄山,问他可有回奏的表文否?禄山道:"诏书云'马行须俟冬日至',十月间,我即不献马亦将亲诣京师,以观朝臣近政。今亦没甚表文,汝为我口奏可也。"冯神威不敢多言。

第二十五回

安禄山范阳造反　封常清东京募兵

却说玄宗恨禄山,杨妃没奈何,只得劝解:"禄山原系番人,不知礼

---

① 忠悃(kǔn)——忠实诚恳。悃,诚恳。

数。又平日过蒙陛下恩宠，待之如家人孺子，未免习成骄傲之性，故不觉一时狂肆。他前日表情献马，或原无反意。现今他有儿子在京，结婚宗室。他若在外谋为不轨，难道竟不顾其子孙？"原来禄山长子名庆宗，次子名庆绪。那庆宗聘宗室之女荣义郡主为配。因此禄山出镇范阳时，留他在京就婚，尚未归范阳，故杨妃以此为解。玄宗听了，暗想："如今可着安庆宗上书于其父，要他入朝谢罪，看他来不来，便可知其心矣。"遂命高力士谕意于安庆宗，作速写书，遣使送往范阳去。庆宗领旨，随即写下一书，呈过御览，即日遣使赍去。只道禄山见书自然便来，谁知杨国忠恐怕禄山看了儿子的书真个入京来，朝廷必要留他在京，暗想："他有宫中线索必然重用，夺宠争权，老大不便。不如早早弄他反了，既可以实我之言，又永绝了与我争权之人，岂不甚妙。"时有禄山的门客李超寓在京中，国忠诬他打点关节，遣人捕送御使台狱，按治处死，欲使禄山危疑不自安。又密差心腹人，星夜潜往范阳，一路散布流言说天子以安节度轻亵诏书，侮慢天使，又察出他交通宫禁的私事，十分大怒，已将其子安庆宗拘囚在宫，勒令写书，诱他父亲入朝谢罪，便要把他父子来杀了。禄山闻此流言，甚是惊疑。不一日，果然安庆宗有书信来到，禄山忙拆书观看。其略云：

> 前者大人表请献马，天子甚善忠悃。只因部送人多，恐有骚扰，故谕令暂缓，初无它意。及诏使回奏，深以大人简忽①天言为可怪②。幸天子宽仁，不即督过。大人宜便星驰③入朝谢罪，则上下猜嫌尽释，谗口无可置喙；身名俱泰，爵位永保，岂不美哉。况男婚事已毕，渴思仰睹慈颜，少申子妇孝敬之意。书到日，希即命驾。

禄山看毕，问来使道："吾儿无恙否？"使者道："奴出京时，大爷安然无事。但于路途之间，闻说门客李超犯罪下狱。又闻人传说，近日宫里有什么事情发觉了，大爷已被朝廷拘禁在那里，未知此言何来？"禄山道："我这里也是恁般传说，此言必有来由。"又密问道："你来时，贵妃娘娘可有甚密旨着你传来么？"使者道："贵妃娘娘没有什么旨意。"禄山闻说，愈加惊

---

① 简忽——怠慢疏忽。简，怠慢。
② 可怪——怪，责备，怨。可怪：可责备。
③ 星驰——连夜启程赶路。

第二十五回　安禄山范阳造反　封常清东京募兵

疑。看官,你道杨妃时常有私信往来,如何这番偏没有?盖因安庆宗遵奉上命,立刻写书遣使,杨妃不便夹带私书。心中虽欲禄山入京相叙,只恐他身入樊笼被人暗算。因欲密遣心腹内侍寄书与禄山,叫他且勿亲自来京,只急急上表谢罪便了。书已写就,怎奈杨国忠移檄范阳,一路关津驿递所在,说边防宜慎,须严察往来行人,稽查奸细。杨妃探知此信,恐怕嫌疑是非之际,倘有泄露,非同小可,因此迟疑,未即遣使。

这边安禄山不见杨妃有密信,只道宫中私事发觉了。若果发觉,察出私情之事,这便无可解救,其势不得不反了。遂与部下心腹严庄、高尚、阿史那承庆等三人密谋作乱,商议明日如此如此。到了次日,号召部下大小将士,毕集于府中。禄山戎服带剑,出坐堂上,却诈为天子敕书一道出之袖中。传示诸将道:"昨日有人传到皇帝密敕,着我安禄山统兵入朝,诛讨奸相杨国忠。公等便当助我,前去扫清君侧之恶。功成之后,爵赏非轻。"诸将闻言,愕然失色,不敢作声。严庄、高尚、阿史那承庆三人按剑而起,对着众人厉声道:"天子既有密敕,自应奉敕行事,谁敢不遵?"禄山亦按剑厉声道:"有不遵者,即治以军法。"诸将素畏禄山凶威,又见严庄等已出力相助,便都不敢异言。禄山遂发所部十五万众,反于范阳。即日大飨①军将士,令贾循守范阳,吕知海守平卢,高秀岩守大同,其余诸将俱引兵而南。此天宝十四载十一月事也。

原来,当初宰相张九龄在朝之时,曾说"安禄山有反相,若不除之,必为后患"。玄宗不以为然。那知他今日确为国家祸患。当日安禄山反叛,引兵南下,声势甚张。那时海内承平已久,百姓累世不见兵革。猝然闻知范阳兵起,远近震骇。河北一路州县,望风瓦解;地方文武官员,无有能拒之者。禄山以太原留守杨光翙②依附杨国忠,又为同族,欲先杀之。乃一面发出大队人马,一面遣部将何千年、高邈引二十余骑,托言献射手,乘驿至太原。因光翙尚未知禄山反信,只道范阳有使臣经过,出城迎之,却被劫掳去,解到禄山军前杀了。

玄宗初闻禄山已反,还犹未信,及闻杨光翙被杀于太原,方知禄山真反,大惊大怒。杨妃也惊得呆了。玄宗召集朝臣,共议其事,众论不一,也

---

① 飨(xiǎng)——用酒食款待人。
② 翙(huì)——鸟飞声。

有说该剿的,也有说该抚的。唯有杨国忠洋洋得意道:"此奴久萌反志,臣早已窥见其肺腑。故屡渎天听,今日乃知臣言之不谬也。"玄宗道:"番奴背叛,罪不容诛,今当何以御之?"国忠大言道:"陛下勿忧,今反者只禄山一人,其余将士都不欲反,特为禄山所逼耳。朝廷只须遣一旅之师,声罪致讨,不旬日间,定当传旨京师,何足多虑。"玄宗信其言,遂不以为意。那安庆宗闻其父反,一时大惊,只得肉袒自缚,诣阙①待罪。玄宗怜他是宗室之婿,意欲赦之。杨国忠奏道:"禄山久蓄异志,陛下不即诛之,致有今日之叛。庆宗乃叛人之子,法不可贷,岂容留此逆孽,以为后患。"玄宗准奏,传旨将安庆宗处死。国忠又劝玄宗,并将其妻荣义郡主亦赐自尽。

其时适有安西节度使封常清入朝奏事,玄宗问以讨贼方略。那封常清是个志小言大的人,便率意奏道:"陛下不必过虑,臣请走马赴东京,开府库,发仓廪,招募骁勇,击此逆贼,计日取其首,献于阙下。"玄宗大喜,遂命封常清为范阳、平卢节度使,即日赴东京,募兵讨贼,听许便宜行事。

封常清奉旨,星夜至东京,动支仓库钱粮,出榜招募勇士。一时应募者如市,旬日之间,募得六万余人。皆市井白徒②,并非能战之士。又探听得禄山兵马强壮,是个劲敌,方自悔不该大言于朝。今已身当重任,无可推诿,只得率众断河阳桥,以为守御之备。玄宗又命卫尉卿张介然为河南节度使,统陈留等十三郡,与封常清互为声援。未知后事如何,且听下回分解。

第二十六回
唐明皇梦中见鬼　雷万春都下寻兄

却说安禄山兵陷灵昌郡,贼兵纵横,残杀不堪。时张介然到陈留才数日,禄山兵众突至,介然连忙率兵登城守御。怎奈人不习战,心中畏惧,又兼天时苦寒,手足僵冻不能防守。太守郭纳引众开城出降,禄山入城,擒

---

① 诣阙——来到皇宫门口。诣,到。阙,宫门。
② 市井白徒——街市之中没有什么武艺的子弟。

第二十六回　唐明皇梦中见鬼　雷万春都下寻兄

张介然斩之。次日探马来报,说安庆宗在京已被天子杀了。禄山闻知大怒,大哭道:"吾有何罪而杀吾子。"遂纵兵大杀降人,以泄其愤。

却说玄宗在朝,忽见探马来报,说安禄山攻陷陈留郡,张介然已被害了。玄宗闻报,急与众臣商议时,众议纷纷,并无良策。玄宗面谕群臣道:"朕在位已几五十载,去秋已欲传位太子,因水旱频发,不欲以余灾遗累子孙。今不意逆贼横发,朕当亲征,使太子监国,待寇乱既平,即行禅位。朕将高枕无为矣。"遂下诏亲征,命太子监国。杨国忠闻言,大惊失色。朝罢回家,哭向其妻裴氏与韩国、虢国二夫人道:"吾等死期将到了。"众夫人惊问其故?国忠道:"天子欲亲征,将使太子监国,行且禅位。太子素恶吾家,今一旦大权在手,吾与姊妹都命在旦暮,如之奈何。"于是举家惊惶涕泣。虢国夫人道:"我等做楚囚①相对,无益于事,不如速速与贵妃密计。若能劝止亲征,则监国禅位之说,自不行矣。"国忠道:"此言有理,速烦两妹入宫计之。"两夫人即日入宫,与杨妃相见,密告与国忠之言。杨妃大惊道:"此非可以从容婉言者。"乃脱去簪珥,口衔黄土,匍匐至御前,叩头哀泣。玄宗惊讶,亲自扶起问道:"妃子何故如此?"杨妃道:"妾闻陛下将亲临战阵,是弃万乘之尊,以试凶危之事,六宫嫔御闻之,无不骇汗。况臣妾尤蒙恩宠,岂忍远离左右。自恨身为女子,不能随驾从征。愿碎首阶前,效侯生之报信陵②耳。"说罢伏地痛哭。玄宗命宫人扶之就座,执手抚慰道:"朕之欲亲征,原非得已。计凯旋之日,当亦不远。妃子不须如此悲伤。"杨妃道:"堂堂天朝,岂无一二良将为国家殄灭③小丑,何劳圣驾亲征。"玄宗闻言,点头道:"汝言亦是。"遂传旨停罢前诏,特命皇子荣王琬为元帅、右金吾大将军高仙芝副之,统军出征,又以内监边令诚为监军使。诏旨既颁,杨妃方才放心,拭泪拜谢。玄宗命宫人为妃子整妆,且令排宴解闷。韩国、虢国二夫人也都来见驾,一同饮宴,大家互相劝酒,

---

① 楚囚——原指被俘楚国人,这里喻囚徒。
② 侯生之报信陵——侯生,即侯嬴,战国时魏人。信陵,即信陵君,魏安釐王之弟,战国四公子之一。侯生之报信陵君故事见《史记·魏公子传》:侯生家贫,年七十尚为守门小吏,后被信陵君奉为上客。后为信陵君献窃符之计,击退秦军,解救赵国。
③ 殄(tiǎn)——灭绝。

直饮至夜阑①方罢。两夫人辞别出宫。

是夜玄宗与杨妃同寝,蒙眬之间,忽若己身在华清宫中,坐一榻上,杨妃坐于侧边椅上,隐几而卧。忽见一个奇形异状的鬼魅,走到杨妃身边,嬉笑跳舞。玄宗大怒,欲斥喝它,无奈喉间一时哽塞,声唤不出。欲自起逐之,身子站立不起。顾左右,又不见一个侍从。看杨妃时,伏在桌上不语。再定睛一看,不是杨妃,却是个头戴冲天巾、身穿衮龙袍的人,宛然是一朝天子的模样,但不见他面庞。那鬼还跳舞不休,看看跳舞到玄宗面前,忽手执一面明镜,把玄宗一照。玄宗照见自身,却是个女子,十分美丽,心中大惊。忽见空中跳下一个黑大汉来,头戴玄冠,身穿圆领袍,手执牙笏,身佩宝剑,浓眉豹目,蓬鬓虬髯②。那黑大汉把这跳舞的鬼只一喝,这鬼缩做一团,被黑大汉一把捉在手中。玄宗问道:"卿是何官?"黑大汉道:"臣终南不第进士钟馗也。生平正直,死而为神,奉上帝命,治终南山诸鬼。凡鬼有作祟人间者,臣皆得而啖之。此鬼敢于乘虚惊驾,臣特来为陛下驱除。"言讫,伸着两指,把那鬼的双眼挖出,纳入口中吃了。倒捉着它的两脚,腾空而去。玄宗惊觉,却是一梦。那时杨妃也从梦中惊悸而寤,口里犹作咿哑之声。玄宗搂着问道:"阿环为甚不安?"杨妃定了一回,方才答道:"我梦中见一鬼魅,从宫后而来,对着我跳舞。旁有一美貌女子,摇手止之,鬼只是不理,却口口称我为陛下。我不应它,它便(将)一条白带儿丢来,正兜在我颈项上,因此惊魇。"玄宗也把所梦述了一遍。杨妃道:"这梦真是奇怪,陛下梦中,女变为男,男变为女;又怎生我梦中也见一女子,也恰梦那鬼呼我为陛下,可不奇怪么。"玄宗戏道:"我和你恩爱异常,原不分你我。男女易形,鸾颠凤倒之意耳。"言讫,两人都笑起来。次日,玄宗临朝,问诸臣道:"终南有已故不第进士姓钟名馗么?"给事中王维奏道:"臣闻终南有进士钟馗,于高祖皇帝武德年间,为应举不第,以头触石而死。时人怜之,陈情于官,假袍带以葬之。嗣后颇著灵异,至今终南人奉之如神明。"玄宗闻奏,遂宣召善画的吴道子来,告以梦中所见钟馗之形,使画一像,特追赐钟馗状元及第。又因杨妃梦鬼从宫后而来,遂命以赐钟馗之像,永镇后宰门。因想起昔年太宗画秦叔宝、尉迟敬

---

① 夜阑(lán)——夜深。
② 虬髯(qiú rán)——卷曲的胡子,特指两腮上的。

第二十六回　唐明皇梦中见鬼　雷万春都下寻兄

德之像于宫门,喟然①叹道:"我梦中的鬼魅,得钟馗治之。那天下的寇贼,未知何人可治?安得再有如秦叔宝、尉迟恭这两人。"忽想起:"秦叔宝的玄孙秦国模、秦国桢兄弟,当年曾上疏谏我,极是好话。我那时反加废斥,由今思之,诚为大错,还该复用他们为是。"遂以手敕谕中书省,起复原任翰林承旨秦国模、秦国桢,仍以原官入朝供职。

却说秦家兄弟两个,自遭废斥,即屏居郊外,杜门不出。忽一日,有一个通家朋友来相访,那人姓南名霁云,魏州人氏。其为人有志节,精于骑射,勇略过人。他祖上与秦叔宝有交,因此他与国模兄弟是通家世契②。那日策蹇③而至,秦家兄弟接着,十分欢喜,各道寒暄,问其来京何事?霁云道:"原任高要尉许远,是弟父辈相知,其人深沉有智,节义自矢。他有一契友,是南阳人张巡,博学多才,深通阵法,开元中举进士,为真源县尹。许公欲使弟往投之,今闻其朝觐来京,故此特来访他。"秦国模道:"张、许二公,是世间奇男子。愚兄弟亦久闻其名,今兄投之,得其所矣。"遂置酒款待,共谈心事。正饮酒间,忽闻家人传说范阳节度使安禄山举兵造反,有飞报到京了。秦家兄弟拍案而起道:"吾久知此贼必怀反志。"南霁云道:"天下方乱,非吾辈燕息④之时。弟明日便当往候张公,与议国家大事,不可迟矣。"

次日,即写下名刺,怀着许远的书,骑马入京城。访至张巡寓所问时,原来他已升为雍邱防御使,于数日前去了。霁云听了,即要往雍邱,遂来别秦家兄弟。行到门首下马,只见一个汉子,头戴大帽,身穿短袍,策马前来。霁云只道是个传边报的军官,等他行到面前,举手问道:"尊官可是传报么?范阳的乱信如何?"那汉看霁云仪表非俗,遂下马举手答道:"在下是从潞州来,要入京访一个人,未知范阳反乱真实。尊官从京中出来,必知确报。"霁云道:"在下也是来访友的,尚未知其详。如今所访之友不遇,就要别了居停主人,往雍州去。"那汉道:"主人是谁?"霁云指道:"就是这里秦家。"那汉举目一看,见门前有钦赐兄弟状元匾额,便问道:"这

---

① 喟(kuì)然——叹气的样子。
② 通家世契——世代故交之家。
③ 策蹇(jiǎn)——驱骑驽钝之马。蹇,驽马。
④ 燕息——安息。"燕"通"偃"。

兄弟状元可就是秦叔宝的后人么?"霁云道:"是。"那汉道:"在下久慕此二公之名,恨未识面。今敢烦尊官引我一见何如?"霁云道:"在下愿引进。"遂各问了姓名,一同入内,见了秦家兄弟,叙礼就座。霁云备述访张公不遇而返,指雷万春说道:"门前邂逅雷兄,说起贤昆仲大名,十分仰慕,特来晋谒。"二秦就动问尊客姓名、居处。那汉道:"在下姓雷名万春,涿州人氏。因求名不就,弃文习武。常思为国家出力,怎奈未遇其时。今因访亲,特来到此,幸遇这南尊官,得谒二位先生,足慰生平仰慕之意。"国模道:"雷兄来访何人?"雷万春道:"要访那乐部中雷海清。"霁云闻言不悦道:"那雷海清不过是梨园的班头,兄何故远来访他?难道要屈节贱己,以为进身之媒么?"万春笑道:"非敢媒进①,因他是在下的胞兄,故特来一候。"霁云道:"原来如此,在下失言了。"万春道:"南兄你说访张公不遇,是那个张公?"霁云道:"是雍邱防御使张巡。"万春道:"此公是当今奇人,兄要访他,意欲何为?"霁云道:"今禄山反乱,势必披猖。吾往投张公,共图讨贼之事。"万春慨然道:"尊兄之意正与鄙意相合,倘蒙不弃,愿随同行。"秦国桢道:"二兄既有同志,便可结盟,共图讨贼。"南、雷二人大喜,遂拜了四拜,结为生死之交。秦家兄弟设席相款。到了次日,霁云同万春入城来访雷海清,行至住处,万春先入,拜见哥哥,随同海清出来迎接霁云,叙礼而坐。万春略说了些家事,并述在秦家结交南霁云,要同往雍邱之意。海清欢喜,向霁云拱手称谢。霁云道:"此是令弟谬爱,量小子有何才能。"海清对万春道:"贤弟,我想安禄山这逆贼,称兵谋叛,势甚猖獗。那杨右相大言欺君,全无定乱之策。将来国家祸患,不知如何。我既身受君恩,只得捐躯图报。贤弟素有壮志,今又幸得与南官人交契,同往投张公,自可相与有成,誓当竭力报国。从今以后,我自尽我的节,你自尽你的忠,不必以我为念。"说罢泪下如雨。万春也挥泪不止。霁云为之慨然。海清取出酒肴,满酌三杯,随起身道:"我日逐在内廷供奉,无暇久叙。"遂出一包金银,赠为路费。大家洒泪而别。二人回至秦家,便束装起行。秦家兄弟又置酒饯行,各赆程仪②。二人拜别,往雍邱而去。未知后来如何,且听下回分解。

---

① 媒进——谋进。"媒"通"谋"。
② 各赆程仪——赆,赠送。程仪,路费。各赆程仪:各赠路费。

第二十七回

矢忠贞真卿起义　遭疑忌舒翰丧师

却说秦国模、国桢,自闻禄山反信,甚为朝廷担忧。忽一日,中书省奉特旨起复国模、国桢原官,行下文书来。二人拜受恩命,即日入朝面君谢恩。玄宗温言抚慰,即问讨贼之策。二人以次陈言。大约都以用兵宜慎,任将宜专为对。忽吏部官来奏睢阳太守员缺,候圣旨选用。国模奏道:"睢阳为江淮之保障,今当扰乱之时,太守一官非寻常之人所能胜任,宜勿拘资格,不次擢用。臣所知高要尉许远,即有志操,更饶才略,堪充此职。"玄宗准奏。即谕吏部,以许远为睢阳太守。因又问二卿:"亦知今日可为良将者为谁?"国桢道:"昔年学士李白,曾疏奏待罪边疆郭子仪,足备干城①腹心之寄。陛下因特原其所犯之罪,许以立功自效。今子仪屡立战功,主帅哥舒翰表荐,已历官至朔方兵马使。此人真将才也。"玄宗点头道是。遂降旨升郭子仪为朔方节度使,又命哥舒翰为兵马副元帅,防御安禄山。那时禄山陷灵昌,取陈留,破荥阳,直逼东京。封常清出兵交战,大败而走,贼兵乘势追击,遂陷东京。河南尹达奚珣出城投降,留守李憕,中丞卢奕,判官蒋清等不肯降贼,被禄山斩之。封常清收聚残兵,西走陕州,见高仙芝说贼锋不可当,宜退守潼关,以保长安。仙芝从其言,遂与常清引兵固守潼关。果然贼兵冲至,不得入而退。这也算二人守御之功。谁知那监军宦官边令诚,怪二人无所馈献,遂密疏劾奏二人未战先奔,轻弃陕地,又私减军粮以充己橐②,大负朝廷委任之意。玄宗览疏大怒,即赐令诚密敕,使即军中斩此二人。令诚乃佯托他事,请二人来面议。二人既至,令诚喝左右拿下,宣敕示之,遂把二人杀死。玄宗命哥舒翰统其众,并番将火拨归仁部卒亦属统辖,镇守潼关。

再说禄山,遣段子光赍李憕、卢奕、蒋清之首,传示河北,令速纳款。

---

① 干城——捍卫城池。干,盾。引申为保卫。
② 己橐(tuó)——自己的口袋,私囊。

传至平原,那平原太守乃临沂人,姓颜名真卿,字清臣,是个忠君的人。他于禄山未反之前,预知其必反,乃密约诸郡,共举兵讨贼。招募勇士,得万余人,涕泣谕以大义,众皆感愤,愿效死力。那贼党段子光,把三个忠臣的头往来传示,被真卿拿住,腰斩示众。取三人之头,续以蒲身,棺殓葬之。于是附近州郡,各皆起兵接应,共推颜真卿为盟主。真卿遣人赍表文从间道入京奏闻。玄宗览表大喜,遂加颜真卿河北采访使。时常山太守颜杲①卿,乃真卿族兄,为人忠义。闻禄山兵至藁城②,杲卿力不能拒,与长吏袁履谦计议,先往迎之。禄山大喜,赐以紫袍金带,使仍守常山。遂与履谦密谋起义。恰好真卿遣人至常山,与杲卿相约,欲连兵断禄山归路。那时禄山僭号③,称大燕皇帝,改元圣武。杲卿乃假传禄山的恩命,召伪井陉守将李钦凑,率众前来受登基的犒赏。俟其来至,与之痛饮,至醉而杀之。宣谕解散其众。贼将高邈、何千年,适奉禄山之命至北方征兵,路过常山,亦为杲卿所执。于是传檄诸郡起义,河北响应。杲卿以李钦凑的首级与高邈、何千年二人献于京师,使其子泉明与内丘承、张通幽赍表赴京奏报。张通幽即张通悟之弟,他恐因其兄降贼,祸及家门。思为保全之计,知太原尹王承业与杨国忠有交,欲借以为援。乃劝承业留止泉明,改其表文,攘其功为己功。杲卿起义才数日,贼将史思明引兵突至。杲卿使人往太原告急,承业既攘其功,正利于杲卿之死,拥兵不救。杲卿悉力拒战,粮尽兵疲,城遂陷。为贼所执,解送禄山军前。禄山喝道:"汝何背我而反?"杲卿瞋目大骂。禄山怒甚,令人割其舌,并袁履谦一同遇害。杲卿尽节而死,却因王承业掩冒其功。张通幽诡诞其说,杨国忠蒙蔽其事,朝廷竟无恤赠④之典。直至肃宗乾元年间,颜真卿泣诉于肃宗,转达上皇,那时王承业已为别事被罪而死,张通幽尚在,上皇命杖杀之,追赠杲卿为太子太保,谥曰忠节。此是后话。

却说郭子仪奉诏进取东京,特荐李光弼为河东节度使,分兵万余,出井陉,至常山,常山守将出降。郭子仪与李光弼合兵。贼将史思明闻常山

---

① 杲(gǎo)——明亮。
② 藁(gǎo)城——位于河北省藁城县西南部。
③ 僭(jiàn)号——超越本分。僭号,伪称自己为帝王。
④ 恤赠——抚恤馈赠。

第二十七回　矢忠贞真卿起义　遭疑忌舒翰丧师

失守，引兵来战，被子仪大破之。思明步行逃走，河北十余郡皆下。那时副元帅哥舒翰，屯军潼关为长安屏障，按兵不动，待时而进。河源军使王思礼乘间进言道："今天下以杨国忠召乱，莫不切齿。公当上表请斩国忠，以谢天下，则人皆快心，各效死力矣。"哥舒翰不应。思礼又道："若上表未必便如所请，仆愿以三十骑，劫取国忠至潼关斩之。"翰愕然道："若如此，直是我反，不是禄山反了。此言何可出诸口。"那杨国忠，也有人对他说："朝廷重兵，尽在哥舒翰掌握，倘假人言为口实，援旗西指而为不利于公，将若何？"国忠大惧，寻思无计。忽闻人报贼将崔乾佑在陕，兵不满四千，羸弱无备。国忠即启玄宗，遣使催哥舒翰进兵，恢复陕、洛。翰飞章奏言：

> 禄山习于用兵，岂真无备，其示弱者诱我耳！我兵若轻往，正堕其计。且贼远来利于速战，我兵据险利于坚守。况贼残虐失众心，将有内变，因而乘之，可不战而擒，要在成功，何必务速。今诸道征兵，尚多未集，请姑待之。

玄宗见疏，犹豫未决。国忠心怀疑忌，力持进战之说。玄宗信其言，连遣中使数辈，往来络绎，催督出战。翰见诏旨严敕，势不能止，抚膺①恸哭，遂引兵出关，与崔乾佑遇于灵宅。贼兵据险以待，翰引兵前进。见乾佑所率兵马，不过万人，部伍不整，官军望见皆笑之。谁知他已伏精兵于险要之处，方才交兵，乾佑退走，官军追之。忽听连声炮响，伏兵齐起，乘高抛下木石。官军被击死者甚多。隘道之中，人马如束，枪戟不得施用。翰以毡车数十乘为前驱，欲借以冲突。乾佑却以草车数十乘，塞于毡车之前，纵火焚烧。恰值那时东风暴发，风大火烈，烟焰所被，官军不能开目，妄自相杀。乾佑遣将率兵转出官军之后，首尾夹攻。官军大败而走，被杀死者不可胜数。后军见前军大败，亦皆自溃。翰独与麾下百余骑逃走入关。乾佑乘胜攻破潼关。翰走至关西驿，揭榜收散卒，欲图再战。部下番将火拨归仁，心欲降贼，乘翰不意，缚而执之，送至禄山军前。禄山用好言劝他降顺，翰只得归降，禄山命为司空，逼令作书招李光弼等来降。光弼等皆复书切责之。禄山知其无效，乃囚之于后苑中。未知后事如何，再看下回分解。

---

①　抚膺——抚胸。

第二十八回

延秋门君臣奔窜　马嵬驿兄妹伏诛

　　却说玄宗听信杨国忠之言，催逼哥舒翰出战，遂至全军覆没，潼关失陷。于是河东、华阴、冯翊、上洛等处守将，都弃城而走。贼兵乘胜来取长安。报马连忙飞报入朝，玄宗大惊，急召廷臣商议。国忠怕人埋怨他催战之误，倒先大言道："哥舒翰本当早战，以乘贼之无备。只因战之不早，使贼转生狡谋，堕彼之计。"平章事韦见素道："轻战而败，悔已无及。为今之计，宜速征诸道兵入援，更命大将督率京中新募丁壮，守卫京城。"玄宗闻奏，问宰相之见若何。国忠奏道："征兵御贼，督兵守城，固皆要旨。但潼关既陷，长安甚危，贼势方张，渐逼京师，外兵未能遽集，所谓远水难救近火。以臣愚见，莫如车驾暂幸西蜀，先使圣躬①安稳，不为贼氛所惊扰。然后徐待外兵之至，乃为万全之策。"玄宗闻奏，未及开言，只见诸臣纷纷议论，皆言不可幸蜀："若车驾一行，京都谁守？陛下独不为宗庙社稷计乎？"玄宗传谕诸臣，齐赴中书省，再议良策复旨，遂罢朝回宫。看官，你道国忠为何忽倡幸蜀之说？原来他曾为剑南节度使，四川是他的熟径。前日一闻禄山反叛，他即私遣心腹，密营储蓄于蜀中，以备缓急。故今倡议幸蜀，图自便耳。当下国忠见上意未决，想道："前日天子欲亲征，多亏我姊妹们劝止。今日幸蜀之计，也须得他们去撺耸②才妙。"遂走到虢国夫人府中，慌慌张张道："急走为上，急走为上！"虢国夫人忙问："何事？"国忠道："潼关失守，贼兵将至，为今之计，莫如劝圣驾幸蜀。我们有家业在彼，到那里可不失富贵。怎奈众论纷纷，圣意不决。须得你姊妹入宫与贵妃一同劝驾为妙，若更迟延，贼信紧急，人心一变，我辈齑粉③矣。"虢国夫人听了，急约韩国夫人一起入宫见贵妃，密将国忠所言述了一遍。姊妹

---

① 圣躬——皇帝身体。
② 撺耸——即撺怂。撺掇怂恿。
③ 齑（jī）粉——细粉。此句意为粉身碎骨。

第二十八回　延秋门君臣奔窜　马嵬驿兄妹伏诛

三人同劝玄宗早早幸蜀。你一句，我一句，继以啼泣，不由玄宗不从，遂召国忠入宫共议。国忠道："陛下若明言幸蜀，廷臣必多异议，必至迟延误事。今宜虚下亲征之诏，一面起驾西行。"玄宗依言，遂下诏亲征，以少尹崔光远为西京留守，内宫边令诚掌管宫门锁钥。既夕，命龙武将军陈玄礼整敕护驾军士，选厩马千余匹备用，总不使外人知道。次日黎明，玄宗与杨妃姊妹，皇太子并在宫的皇子妃、皇孙、杨国忠、韦见素、魏方进、陈玄礼及亲近宦官宫人，出延秋门而去。临行之时，玄宗欲召梅妃江采萍而行，杨妃止之道："车驾宜先发，余人不妨另日徐进。"于是玄宗遂行。梅妃与诸王孙妃主之在外者，俱不得从。当时百官未知，乃仍入朝，宫门尚闭，立仗①俨然。及宫门一启，宫人乱出，嫔御奔逃，宣传圣驾不知何往。秦国模、秦国桢料玄宗必然幸蜀，飞骑追随。其余官员，四出逃之。军民争入宫禁及宦官之家，盗取财宝。公子王孙有一时无可逃者，号泣于路旁，甚可怜悯。那时玄宗西幸，驾过左藏。国忠奏道："左藏积粮甚多，一时不能载去，将来恐为贼所得，请焚之。"玄宗道："贼来若无所得，必更苛求百姓，不如留此与之，勿重困吾民。"遂驱车前进。过了便桥，国忠即使人焚桥，以防追者。玄宗闻之咄嗟道："人各避贼求生，奈何绝其路。"留高力士率军扑灭之。及驾至咸阳望贤宫，地方官员俱先逃遁，日已晌午，犹未进食。民献粝②饭杂以麦豆，皇孙辈争以手掬食之，须臾而尽。玄宗厚酬其值，百姓都哭失声，玄宗亦挥泪不止，用好言慰谕而遣之。从行军士乏食，听其散往村落觅食。是夜宿金城驿，官民皆走，驿中无灯，人相枕藉而寝，无分贵贱。次日，驾至马嵬驿，将士饥疲，皆怀愤怒欲变。陈玄礼言杨国忠召乱起衅③，欲诛之。东宫内侍李太国密告太子，未决。会吐蕃使者二十余人来议和好，随驾而行。这日遮④国忠马前诉以无食，国忠未及回答，陈玄礼大呼曰："杨国忠交通番使谋反，我等可共杀反贼。"于是从军一起鼓噪起来，登时把杨国忠砍倒，屠割肢体，顷刻而尽。以枪揭⑤其首

---

① 立仗——分立于皇室诸门及殿廷的皇帝仪仗。
② 粝——糙米。
③ 召乱起衅——召，招致。衅，事端。即招致叛乱，惹起事端。
④ 遮（zhē）——挡。
⑤ 揭——高举。

于驿门外,并杀其子户部侍郎杨暄。时韩国夫人乘车而至,众军一起上前,也将他砍死。虢国夫人与其子裴徽,并国忠的妻子幼儿逃至陈仓,被县令薛景仙率吏民追着,个个被杀。当日玄宗闻国忠为众军所杀,急出驿门,用好言安慰。各令收队,众军只是喧闹不散。玄宗传问:"你等为何不散?"众军哗然道:"反贼虽诛,贼根犹在,何敢便散。"陈玄礼奏上众人之意:"以国忠既诛,贵妃不宜复侍至尊,伏候圣断。"玄宗惊慌道:"国忠谋反与妃子何干?"高力士奏道:"贵妃诚然无罪,但众军已杀国忠,而贵妃犹在帝左右,岂能自安。愿皇爷慎思之。将士安,则皇爷安矣。"玄宗默默点头,转步入门,倚杖垂首而立。久之,京兆司铎韦谔(见素之子也)跪奏曰:"众怒难犯,安危在顷刻。愿陛下割恩忍爱,以宁国家。"玄宗乃步入行宫,见杨妃一字也说不出,但抚之而哭。门外哗声愈甚。高力士道:"事宜速决。"玄宗携杨妃出驿大哭道:"妃子,我和你从此永别矣!"杨妃亦哭道:"愿陛下保重,妾负罪良多,死无所恨,乞容礼佛而死。"玄宗令力士引至佛堂,大哭而入。杨妃至佛堂礼佛毕,力士奉上罗巾,促令自缢于佛堂前之梨树下。年三十八。尸置驿庭,召玄礼引众军入观之。众军见杨妃果死,免胄释甲,顿首呼万岁而去。玄宗命力士速具棺殓葬于西郊之外道北坎下。及葬毕,玄宗谓力士道:"妃子向有异梦,今日应矣。"力士道:"贵妃何梦?"玄宗道:"妃子曾说梦与朕闲游骊山,至兴元驿。方对食,后院忽发火。忙走出,回望驿中,树木皆焚。俄有二龙至,朕跨白龙,妃子跨黑龙。忽见一黑人,状如鬼魅,自云是此峰之神,称上帝命授妃子为益州牧蚕元后,悚然而觉,明日即闻范阳叛信。如今想起来,与朕游骊山,骊者离也;方食火发,失食之兆;火为兵象;驿木俱焚,驿与易同,加木于旁,杨字也;朕跨白龙,西行之象;妃子跨黑龙,幽阴之象;峰神者,山鬼也,山鬼乃嵬字,益州牧蚕太后,蚕所发致丝,益旁加丝,缢字也,正缢死于马嵬之兆。"高力士道:"梦兆如此,系前缘所定,皇爷宜自宽,不必过于伤情。"正说间,玄礼入奏,请旨约饬①军队启行。未知此去如何,且听下回分解。

---

① 约饬(chì)——约束整顿。

第二十九回
留灵武储君践位　陷长安逆贼肆凶

却说陈玄礼约饬众军,请旨将欲启行,众人以杨国忠将吏皆在蜀,不肯西行。或请往河陇,或请往太原,或请还京师,众论不一。玄宗意在下蜀,又恐拂众人之意,只顾低头不语。韦谔奏道:"太原、河陇,俱非驻跸①之地。若还京师,必须有御贼之备。今士马甚少,未易为计。以臣愚见,不如且至扶风,徐图进止。"玄宗闻言首肯,命以此意传谕众人。众人皆从命,即日从马嵬发驾启行。临行之时,有许多百姓父老,遮道请留。玄宗命太子宣慰之。父老曰:"至尊既不肯留,某等愿率子弟从殿下,东破贼,取长安。若殿下与至尊皆入蜀,中原百姓谁为之主?"须臾聚至数千人。太子不肯留,策马欲西行。太子之子建宁王倓,与李辅国执鞚谏曰:"逆贼犯阙,四海分崩,不因人情,何以兴复。殿下不如收西北边之兵,召郭子仪、李光弼于河北,与之并力,东讨逆贼,克复二京,削平四海,扫除宫禁,以迎至尊,岂非孝子之大者,何必区区温清定省②之文,为儿女之恋乎!"众父老共拥太子,马不得行。太子乃使其子广平王俶,驰白玄宗。玄宗道:"人心如此,天意可知。是朕之幸也!"命分后军二千人,及飞龙厩马从太子。谕之曰:"太子仁孝,可奉宗庙,汝等善辅之。"又使庙臣太子曰:"汝勉之,勿以吾为念。西北诸部落,抚之素厚,汝必得其用。吾即当传位于汝也。"太子闻诏,西向号泣。广平王即宣谕众百姓道:"太子已奉诏,留后抚安汝等。"于是众百姓都呼万岁,欢然而散。太子既留,莫知所适。建宁王道:"殿下昔曾为朔方节度大使,将吏岁时致启,倓略识其姓名。今河陇之众,皆败降贼,其父子兄弟,多在贼中,恐生异图。朔方道近,士马全盛,河西行军司马裴冕在彼,此人乃方冠名族,必无二心,可往

---

① 驻跸(bì)——帝王途中歇息暂住。
② 温清(qìng)定省(xǐng)——指为人之子对父母的嘘寒问暖。清,寒。省,探望。《礼记》载:"凡为人子之礼,冬温而夏清。"

就之。此上策也。"众皆曰善,遂向朔方而行。至渭水滨,遇着潼关的败兵,误认为贼兵,与之厮斗,死伤甚众。及收取余卒,渡过渭水,通夜驰行三百余里,士卒失亡过半,所存军众,不上一千。

话分两头,再说玄宗留下太子,车驾向西而进,来至扶风郡宿歇。士卒连日饥疲,流言不逊,陈玄礼不能制。玄宗甚以为忧。会成都来进贡春彩①十余万匹,玄宗命陈之于庭,招将士谕之曰:"朕衰耄②了,托任失人,致逆贼作乱,远避其锋,卿等仓促从朕,不及别父母妻子,跋涉至此,劳苦至矣。朕甚愧之。今将入蜀,道路阻长,人马疲瘁,远行不易。卿等可各还家,朕自与子孙中宫内人前往。今日与卿等别,可共分此春彩,以助资粮,归见父母妻子及长安父老,为朕致意,各好自爱。"言罢涕泪沾襟,众皆感激,亦泣道:"臣等死生,愿从陛下,不敢有二。"玄宗挥泪良久道:"愿留听卿。"即命玄礼将春彩尽数给赏军士,流言自此顿息。次日,玄宗起驾,望蜀中进发。行至河池,蜀郡长史③崔园前来迎驾,具陈蜀土丰稔④,甲兵全备。玄宗大喜,即命于驾前为引导。不则一日,来至成都。见殿宇宫室与一切供御之物,虽都草创不甚整齐,却喜得贼气已远,可安居。只是少了一个宠爱的人,未免嗟叹。当时诸臣上表,请亟为讨贼之计。玄宗降诏,以永王璘为山南、东道、岭南、黔中、江南节度使,以长沙太守李岘为副都大使,即日同赴江陵坐镇。又诏以太子充天下兵马大元帅。那知此诏未下之先,太子已正位为天子了。

原来太子当日渡渭水,于平凉阅监牧马得几万匹,又募得勇士三千余人,军势稍振。时有朔方留后杜鸿渐、运使魏少游、判官崔漪、卢简、李涵,相与谋曰:"平凉散地,非屯兵之所。灵武兵食完富,若迎太子至此,北收诸城兵,西发河陇劲骑,南向以定中原,此万世一时也。"于是,杜鸿渐自迎太子于平凉,说以兴复之计。会河西司马裴冕至,亦劝太子往灵武。于是太子率众至灵武驻扎。次日,裴冕与杜鸿渐等上太子笺,请遵马嵬时欲

---

① 春彩——用春蚕之丝织就的锦缎丝绸。彩,彩色丝绸。
② 衰耄(mào)——衰老。耄,八九十岁,老年。
③ 长史——官名。各州郡郡太守的嘱官,或辅佐太守,或掌一郡兵马,职权颇重,有时由太守兼任。
④ 稔(rěn)——庄稼成熟。

第二十九回　留灵武储君践位　陷长安逆贼肆凶

即传位之命,宜早正大位,以安人心。太子不许,笺五上。太子乃许之。是日即位于灵武,是为肃宗皇帝,改元至德。尊玄宗为上皇天帝。裴冕、杜鸿渐等,俱加官进秩。正欲表奏玄宗,恰好玄宗命太子为元帅的诏到了。肃宗遂遣使赍表入蜀,将即位之事奏闻。玄宗览表喜道:"吾儿应天顺人,吾更何忧。"遂命房琯与韦见素、秦国模、秦国桢赍玉册、玉玺①,赴灵武传位,且谕诸臣,不必复命,即留行在②,听新君任用。肃宗涕泣,拜领册宝。

看官,你道当日玄宗西狩,太子北行,为何没有贼兵来追袭？原来安禄山不意车驾即出,戒约潼关军士,勿得轻进。贼将崔乾佑顿兵观望。及数日后,禄山闻知车驾已出,方遣孙孝哲督兵入京。贼众既入京城,见左藏③充盈,便争取财宝,日夜纵酒为乐。差人往睢阳报知禄山,因此无暇遣兵追袭,所以车驾得安行入蜀,太子往朔方,亦无阻隔。此亦天意也。及禄山至长安,闻知马嵬兵变,杨妃赐死,国忠与韩、虢二夫人俱被杀,大哭道:"杨国忠是该杀的,却如何害我阿环姊妹。"又想起其子安庆宗被杀,一发愤恨。乃命人大索④在京的皇亲国戚,尽行杀戮。令设安庆宗灵位,将所杀之尸,悉刳取其心以祭。行刑刽子方欲动手刳心⑤,忽天昏地暗,狂风大作,雷电交加,霹雳一声把安庆宗的灵座击得粉碎。禄山大惧,不敢设祭。命将众尸一一埋葬。又下令凡平日所怨恶之人,及杨国忠、高力士所亲信的人,一并杀戮。又遣人遍搜各宫,搜到梅妃江采萍宫,获一腐败女尸,便错认梅妃已死,更不追求。又下令凡在京官员不来投顺者,悉皆处死。于是京兆尹崔光远、故相陈希烈、尚书张均、太常卿张垍⑥等俱降贼。禄山以陈希烈、张垍为相,仍以崔光远为京兆尹。其余朝士,都授以伪官。自此禄山志得意满,纵酒贪婪无复西出之意,遂心恋东京,不喜居西京。正是:恋土贼人态,要窃燕皇名。未知后事如何,再看下回分解。

---

① 玉册、玉玺(xǐ)——玉册,皇帝用于祭祀及封禅的玉制简册。玉玺,皇帝专用的玉印,用以象征皇位。
② 行在——行在之所。天子所在的地方。
③ 左藏——国库名。
④ 大索——大肆追捕。
⑤ 刳(kū)——剖开,挖空。
⑥ 垍(jì)——坚硬的土。

第 三 十 回

凝碧池乐工殉节　普施寺摩诘吟诗

却说安禄山僭号称尊,东西二京都被窃据。他只是乱贼行径,并无深谋大略,一心想着范阳故土,喜居东京,不乐居西京。既入长安,所得若干宦官、宫女等,即以兵卫送赴洛阳。其府库中金银币帛与宫闱中珍奇好玩之物,都辇去范阳贮藏。又下令,要梨园弟子与都坊乐工,都与向日一般承应,敢有隐避不出者,以行斩首。其苑厩中所有驯象舞马等不许散失,都要有司中整顿,以备玩赏。

看官听说,原来玄宗注意声色,每大宴集,先设太常邪乡,有坐部,有立部。那坐部诸乐工,俱于堂上坐而奏技;立部诸乐工,则于堂下立而奏技。雅乐奏罢,继以鼓吹番乐。然后教坊新声与府县散乐杂戏,次第毕呈。更可异者,每至宴酣之际,命御苑中掌象的象奴,引驯象入场,以鼻擎杯跪于御前上寿,都是平日教习的,又尝教习舞马数十匹,每当奏乐之时,命圉人①牵马至庭前,那些马一闻乐声,都仰首顿足,回翔旋转舞将起来,却自然和着那乐声的节奏。当年禄山侍宴旁观,心怀艳羡,早已萌下不良之念。今日反叛得志,便欲照样取乐。一日,诸番部落的头目,闻禄山得了西京,都来朝贺。禄山欲以神奇之事,夸哄他们,乃召集众番人赐宴,对众人言曰:"我今受天命为天子,不但人心归附,就是那无知物类,莫不感格效顺;即如御范中所畜的象,见我饮宴,便来擎杯跪献;那御厩中的马,闻我奏乐,也都欣喜舞蹈,岂非神异之事。"众番人俱俯伏呼万岁。禄山传令,先着象奴牵出象来。不一时,象奴将数十头驯象,一起牵至殿庭之下,众番人俱注目而观,要看它怎样擎杯跪献。不想这些象往殿上一看,只见南面而坐者不是前时天子,便怒目直视。象奴将酒杯先送到一个大象前,要它擎着跪献。不想那象却把鼻子卷过酒杯来,抛去数丈。左右尽皆失色,众番人掩口窃笑。禄山又羞又恼,大声骂道:"孽畜恁般可恶。"

---

① 圉(yǔ)人——养马之人。圉,养马的地方。

第三十回　凝碧池乐工殉节　普施寺摩诘吟诗

喝把这些象都牵出去,尽行杀却。于是辍宴罢席,不欢而散。禄山被象出了丑,因想那些舞马或者也倔强起来,亦未可知,不如不要看它罢。遂令将舞马尽数编入军营马队中去。自此禄山恣意杀戮。闻前日百姓乘乱盗取库物,遂下令着府县严行追究,且许旁人首告。于是株连蔓引,搜捕穷治,殆无虚日。又有刁恶之徒,挟仇诬首①。有司不问情由,辄便追索,波及无辜,身家不保。民间骚然,益思唐室。相传太子北收兵,来取长安,即日将至,或时宣称:"太子大军至矣!"百姓奔走出城,市里为之一空。贼望见北方尘起,相顾惊慌。禄山料长安不可久居,不若早回范阳。乃以张通儒为西京留守,安忠顺为将军,镇守关中,又命孙孝哲总督军事。宣谕诸将,自己与次子安庆绪领军还守东都。却于起行之前一日,大宴文武官于御苑凝碧池上。传谕梨园子弟、教坊乐工,都要来承应。这些乐工,唯李暮、张野狐、贺环智等数人,随驾西去,其余如黄幡绰、马仙期等众人在京,不得不凭禄山拘唤,只有雷海清托病不至。那日凝碧池头殿上,排下许多筵席。禄山上坐,庆绪侍坐于旁,众人依次列坐于下。酒行三巡,先大吹大擂,奏过军中之乐。然后梨园子弟、教坊乐工分五队而进。其旗幡巾带衣服,各分青、黄、赤、白、黑。穿青者立于东,穿白者立于西,穿赤者立于南,穿黑者立于北,穿黄者立于中央。每队中,为首押班、乐官各一人,乐工子弟各二十人,唯中央乐工子弟四十人,共一百三十人。齐齐整整,各依方位而立。禄山问道:"你等乐官都到齐吗?"众官道:"诸人俱到,只有雷海清患病在家不能同来。"禄山道:"雷海清是有名的乐官,他若不到,不为全美,可着人去唤他来,就是有病也须扶病而来。"左右领命,如飞去了。禄山令众乐人,各自奏技。于是凤箫龙笛、象管鸾笙、金钟玉磬、秦筝羯鼓、琵琶手拍,一霎时吹弹敲击,声韵铿锵,真个悦耳动听。忽见五面大幡一起移动,引着众人盘旋错纵,往来飞舞;五色绚烂,合殿生风,口中齐声歌唱。歌罢舞完,乐声才止,依旧按方位立定,禄山看了大喜,掀髯称快,说道:"我想李三郎平时费了多少心力,教成这班歌儿,如今被我赶出,自己不能受用,倒留下与我受用,岂非天数。"众乐人听了这话,伤感于心,不觉堕泪。禄山早已瞧见,怒道:"朕今日欢宴,众乐人何得作此悲伤之态。"令左右查看,若有泪容者,即行斩首。众乐人大骇,连

---

① 挟仇诬首——胸怀仇恨,诬告无辜。

忙拭泪。忽闻庭中有人放声大哭。你道是谁？原来是雷海清被禄山遣人逼来。及来到庭中，闻禄山说这些狂言悖语，且又恐吓众人，遂激起忠烈之性，高声痛哭，奋身上殿，把案上陈设的乐器尽扫于地，指着禄山大骂道："你这逆贼，受天子厚恩，负心背叛，罪当万剐，还敢胡说乱道。我雷海清虽是乐工，颇知忠义，怎肯服侍你这反贼。"禄山气得目瞪口开，一句话也说不出，只叫："快砍了，快砍了。"众人扯雷海清下殿，乱刀砍死。禄山命辍去宴席，将众乐人拘禁候发落。忽见探马来报，太子已在灵武即位，今以山人李泌为军师，命广平王、建宁王与郭子仪、李光弼等分统军马，恢复两京。禄山闻报，遂令起马回东京，另议调遣军将应敌。临行之时，禄山乘马过太庙，遂命军士将太庙放火焚烧。军士领命，顷刻间四面放起火来，禄山立马观之。火方发，只见一道青烟，直冲霄汉。禄山仰面观看，不想那烟头随即下来，直冒入禄山目中。登时两目昏迷，泪流如柱；不便乘马，另驾轻车往东京而去。自此禄山害了眼病，医治不痊，竟成双瞽①。按下慢表。

且说雷海清死节一事，人人传述，个个称扬，因感动了一个有名的朝臣。那朝臣不是别人，就是给事中王维，字摩诘，太原人氏，开元年间进士及第，天性友孝，与其弟俱有才名。当禄山反叛、上皇西幸之时，不曾随驾，为贼谋，乃服药取痢，佯为喑②疾，不受伪命。禄山素重其才，不曾杀害，遣人送至范阳，拘于普施寺中养病。一日闻人言雷海清殉节于凝碧池，因细询缘由，备悉其事，十分伤感，望空而哭。想那凝碧池在宫禁之中，忽被贼人在彼宴会，提起伤心的事，遂取纸笔，题诗一首云：

　　万户伤心生野烟，百官何日再朝天。
　　秋槐落叶空宫里，凝碧池头奏管弦。

王维这诗不过是自写悲感之意，也不曾赞到雷海清，也不曾把出与人看，不想竟被人传诵出去。未知如何，且听下回分解。

---

① 双瞽（gǔ）——双目失明。
② 喑（yīn）——嗓子哑，不能出声；失音。

第三十一回
安禄山屠肠殒命　南霁云啮指乞师

却说西京乐工子弟,被禄山带至东京。他们都是久仰王维大名,今闻其被拘在普施寺,便常常到寺中来问候。因有得见此诗者,你传我诵,直传至肃宗御前。肃宗闻之,动容感叹,便时时将此诗吟诵。及至贼平之后,那些降贼与陷于贼中的官员,分别定罪。王维虽未曾降贼,却也是陷于贼中,该有罪名的了。肃宗因记得他《凝碧池》这首诗,嘉其有不忘君之意,特赦其罪,仍以原官起用。这是后话。

却说禄山自两目既盲之后,愈加暴戾。左右供役之人,稍不如意,即加鞭挞,或时竟就杀死。他有个贴身服侍的内监,叫做李猪儿,日夕不离左右,不知受了多少鞭挞。更可笑者,那严庄是他极亲信的大臣,或一言不合,亦不免于鞭挞。因此内外诸人都怀怨恨。禄山向已立安庆绪为太子。后有爱妾段氏生一子,名唤庆恩,禄山因爱其母并爱其子,意欲废庆绪而立庆恩为嗣。庆绪闻知,又兼屡被鞭挞,心中惊惧,恐有性命之忧。一时计无所出,乃私召严庄入宫,屏退左右,密与商议,要求一保身之策。严庄这恶贼是惯劝人反叛的,近又受了禄山鞭挞之辱,愤恨不过。平日见庆绪生性愚痴,易于拨弄,常自暗想:"若使他一旦袭了位,便可凭我专权用事。"今因他求计保身,就乘势劝他弑逆之事,因说道:"殿下处今之时,度今之势,若束手则必至于死;若欲不死,却束不得手了。俗谚云:'君要臣死,不得不死;父要子亡,不得不亡。'说便如此说,但人急则计生。即如主上与唐天子,岂不是君臣,况又曾为杨妃义儿,也算君臣而兼父子了。只因后来被他逼得慌,却也不肯束手待死,竟兴动干戈起来,彼遂无如我何。不但免于祸患,且攻城夺地,正位称尊,大快平生之志。以此推之,可见凡事须审时度势,敢作敢为,方可转祸为福。但不知殿下能从此万无奈何之计,行此万不得已之事否?"庆绪听了,低头一想,便道:"先生深为我谋,我敢不敬从?"严庄道:"然虽如此,必须假手于一人。此非李猪儿不可,臣当密谕之。"遂辞别出宫,恰好遇见李猪儿于宫门首,就约他:"于晚夕到我府中来,有话相商。"至晚,李猪儿果至,严庄置酒于密室,两人相对小饮。严庄叹道:"近来主上暴戾,诸臣屡被鞭挞,即太子之贵,亦常遭鞭挞。奈何?"李猪儿道:"太子岂止被鞭挞?而比近来主上有废长立少之意,太子将来还有不可知的事,未知太子知之否?"严庄道:"太子岂不知之。日间正与我共虑此事。我想太子为人仁厚,若得他早袭大位,我你正有好处。不知当用何策可使主上禅位于太子?"李猪儿摇手道:"主上如此暴戾,谁敢进此言。"严庄道:"若不然,我是大臣或者还存些体面。你屈为内侍,将来不止于鞭挞,只恐喜怒不常一时断送了性命。"李猪儿听说,不觉攘臂拍胸道:"人生在世,总是一死。与其无罪被杀,何如惊天动地做他一场。拼得碎尸万段,也还留名后世。"严庄引他说出此话,便把日间与太子商议之言实告:"我因想着足下,必与我同心,故约你来相商。"李猪儿道:"既如此,事不宜迟,只有明夜,趁他两目作痛不与女人同寝,独宿于便殿,正好动手。"言讫,作别而去。次日黄昏时候,庆绪、严庄各暗带短刀,托言奏事,直入便殿门来,值殿官不敢阻挡。此时,禄山已安寝于帏帐之内。李猪儿持刀突入帐中,禄山目盲,不知有人来。李猪儿揭去其被,见禄山袒着大腹,即把刀直砍其腹。禄山腹痛,以手撼帐竿道:"此必是家贼也。"口中说话,那肚肠已流出数斗,遂大叫一声,呜呼哀哉了。时肃宗至德二载正月也。可恨此贼,背君害民,罪恶滔天,竟受此弑逆之报,可见天道昭彰①也。时左右侍者,相与惊骇。庆绪与严庄各持短刀,喝叫不许声张。众人见是庆绪与严庄做主,便都不敢动。严庄令人就榻下掘地深数尺,以毡裹其尸而埋之,戒宫中勿泄漏。次早,宣言禄山疾急,命传位于庆绪。于是庆绪即伪位,密使人将段氏与庆恩缢死,伪尊禄山为太上皇,重加诸将官爵,以悦其心。过了几日,方传禄山死信,命群臣不必入宫哭灵,密起其尸,草草成殓,发丧埋葬。自此庆绪日以酒色为乐,凡禄山所宠的姬妾,都与淫乱,大小诸事,俱取决于严庄,封严庄为冯翊王。严庄使伪汴州刺史尹子奇,引兵十三万攻睢阳,睢阳太守许远求救于雍邱防御使张巡。

且说张巡在雍邱,那南霁云、雷万春,已投入麾下为郎将。当车驾西幸之时,贼将令狐潮来攻雍邱,张巡率诸将悉力拒守。围困已久,城中缺

---

① 昭彰——明显,显著。

第三十一回　安禄山屠肠殒命　南霁云啮指乞师

箭。张巡命做草人千余,蒙以黑衣,乘夜垂下城去。贼兵惊疑,放箭乱射,遂得箭无数。次夜仍复以草人縋①下,贼都大笑,更不为备。张巡乃选将士五百人縋下去,径砍贼营。贼军出于不意,一时大乱,弃营而奔,杀伤甚众。令狐潮愤怒,亲自攻城,张巡使雷万春登城探视时,雷万春闻其兄雷海清殉节的消息,十分哀愤,才哭得过,便咬牙切齿,上城观望。不防贼人连发弩箭,万春面上连中六矢,只是挺然立着不动。令狐潮疑为木偶人。及见万春用手拔箭,流血被面,方询知是雷万春,大为骇异,甚服张巡军令。少顷,张巡引兵出战,大破贼兵,令狐潮败入陈留。忽探马来报,说贼将杨朝宗引兵袭取宁陵,断我后路。张巡引兵至宁陵击破之。至是,尹子奇来袭睢阳,许远因兵少,遣使至张巡处求助。张巡闻知,即引兵三千人马至睢阳,合许远所部兵,不过七千人。张巡与南霁云、雷万春等数将,并力出战,屡次得胜。南霁云射中子奇左目,子奇败退入营。自此,许远将战守事宜,悉听张巡指挥。睢阳被围日久,城中粮少,渐已告匮,每人只日给米一二合②,唯以茶、纸、树、草为食。贼兵攻城愈急,张巡乃修守具,所为皆应机立办。贼服其智,不敢复攻,但于城外,列营围困。张巡、许远分门而守。时许叔冀在谯郡,贺兰进明在临淮,皆拥兵不救。而临淮与睢阳左近,巡乃令霁云犯围而出,告急于进明。谁知进明素与许叔冀不睦,一来恐分兵它处,或为所袭;二来又心怀妒忌,不欲张巡、许远成功,竟不发兵,说道:"此时睢阳当已失陷,我即发兵,已无及矣。"霁云道:"睢阳死守待救,大兵速去,必不至失陷。若果失陷,仆请以死谢大夫。"进明只是不允,心爱霁云勇壮,意欲留之。遂命设宴款客,以待霁云。霁云哭道:"仆来时,睢阳城中,已不食月余矣。今欲独食,安能下咽。大夫坐拥强兵,曾无分灾救患之意,岂忠臣义士之所为乎?"因啮落一指,以示进明道:"仆既不能达主将之意,请留一指以示信。归报主将,与同死耳。"座客皆为泣下。进明决意不救,度霁云不可留,竟谢遣之。霁云去至宁陵,与偏将廉坦,引数百骑冒围至睢阳城下,与贼力战。砍坏贼营,方得入城。城中人知无救,皆恸哭。或议弃城东走。张巡、许远晓谕众人道:"睢阳乃江淮保障,若弃之去,贼必长驱东下,是无江淮也。且我众饥羸,走必不远,

---

① 縋(zhuì)——用绳子拴住人或东西从上往下送。
② 合(gě)——旧时容量单位,十合为一升。

必遭残杀。临淮虽不肯相救,诸镇岂无一仗义者,不如紧守以待之。但城中绝粮,何忍强留你众同受饥饿。今请众自便,我二人为朝廷守土之官,义当以身殉之,不敢言之去也。"众人闻之感激,愿同心以守城。茶、纸食尽,杀马而食;马食尽,罗雀掘鼠而食;雀鼠亦尽,张巡杀其爱妾,许远烹其家僮,以享士卒。人心愈加感激。明知必死,终无叛志。又过几日,将士饥馁①患病,不能拒守。贼遂登城,巡向西再拜道:"臣力竭矣,生既无以报陛下,死当为厉鬼以杀贼。"城遂陷,巡、远及诸将皆被执。尹子奇将许远解赴范阳,张巡与南霁云、雷万春等共三十六人皆遇害。后许远亦死节于京师,张巡至死神色如常,霁云、万春等都骂不绝口而死。未知后事如何,且听下回分解。

第三十二回

李暮石上逢怪虎　　老翁船中惊蛟龙

词曰:
　　声音入妙感仙家,月夜引仙槎②。只嫌笛管未全佳,吹破共嗟呀。　　更惊弈理通仙道,决胜负数着无加,只将常势略谈些,国手已堪夸。

——右调《月中行》

　　却说河南节度使张镐,闻睢阳危急,引兵倍道来援,犹恐不及。先遣飞骑驰檄谯郡太守闾丘晓,使引本部先往。闾丘晓素傲,不奉节制,竟不起兵。及张镐至,城已破三日矣。镐大怒,遣武士擒闾丘晓到军前,杖杀之。即移书于贺兰进明,责其不救睢阳。恰闻朝廷有旨,命张镐镇临淮,进明移驻别镇。张镐乃率军攻打睢阳,与尹子奇大战。正战之间,忽然阴云四合,寒风扑面。贼兵都闻鬼哭神呼之声,空中如有鬼兵来冲突。一时大乱,四散狂奔。子奇只得弃了睢阳,退奔陈留。谁想陈留百姓,恨其荼

---

① 饥馁（jī něi）——饥饿。
② 槎（chá）——木筏。

第三十二回　李暮石上逢怪虎　老翁船中惊蛟龙

毒睢阳,又痛惜忠良被害,遂出其不意,杀将起来。斩了子奇,开城迎降。张镐安民已毕,分兵留守,引众回镇。

再说上皇在蜀中,闻安禄山焚毁祖庙,杀害宗室,残虐臣民,拊心①顿足,十分哀痛。随又传闻安禄山已死,乃嗟恨道:"朕恨不及手斩此贼也。"因追念故相张九龄,昔年曾说禄山有反相,不宜宥②其死,当时若从其言,何至有今日之祸。特遣中使往曲江祭之,厚恤其家。因降手诏,命朝臣查录一切死难忠臣,申奏新君,并加恤典,不得遗漏。忽见乐工张野狐入奏道:"梨园旧人黄幡绰向羁贼中,今从东京逃来,甚欲见驾。只因失身陷贼,恐上皇爷欲加之罪,故逡巡未敢进。"上皇道:"汝等俳优之辈,安能尽如雷海清这般殉节。但他既从贼中来,必知海清殉节之详,朕正要问他,可便唤来。"左右领旨,将黄幡绰宣到。幡绰叩首请罪,上皇赦其罪。问道:"雷海清殉节于凝碧池之日,谅你所目睹,汝可详细奏来。"幡绰便把那日禄山设宴奏乐,众乐工感伤堕泪,雷海清如何大哭,骂贼而死,自始到末,一一奏闻。上皇叹息道:"乐工且能尽忠如此,彼张均、张垍辈,真禽兽不若矣。"又问幡绰道:"汝于此时亦曾坠泪否?"幡绰道:"触目伤心,自然堕泪。"时内监冯神威在侧,平日与幡绰不睦,因奏道:"幡绰此言妄也,奴婢闻人传说,幡绰在贼中,谄奉禄山。禄山曾梦纸窗破碎,幡绰解云,此为照临四方之兆。禄山又梦自身袍袖甚长,幡绰又解云,此所谓垂衣则天下治。如此进谀,岂是肯堕泪者。"上皇即问幡绰:"汝果有此言否?"那幡绰本是个极滑稽善戏谑的人,那时闻了此言,从容奏道:"禄山果有此梦,臣亦果有此言。臣因禄山有此不祥之二梦,知其必败,故不直言以取祸,只以巧言对之,正欲留此微躯,再观天颜耳。"上皇道:"怎见得二梦不祥?"幡绰道:"纸窗破者,不容胡也。袍袖长者,出手不得也。岂非必败之兆乎!"上皇听说,不觉大笑,遂命仍旧供御。

忽一日,又有一个梨园旧人到来。你道是谁?却是笛师李暮。原来李暮于大驾西行时,同着一个从人奔走随驾,不想走迟了些,失落在后,遇着哥舒翰的败军冲来,前路难行,忙逃入山谷中躲避。谷中有个古寺,寺僧询知是御前奉侍之人,不敢怠慢,留他暂寓,住了数日。一夕,月明风

---

① 拊(fǔ)心——拍胸。
② 宥(yòu)——宽宥,赦罪。

清,从人先自去睡,李暮心中烦闷,且不即睡,便向囊中取笛儿,独自步出寺门,在一大树下石上坐着,把笛吹起。真个声音嘹亮,响彻山谷。才吹罢,忽见林中走出一个大汉来。李暮视之,乃一虎头人也,心中大骇。那虎头人身穿白衣,露腿赤足,就寺门槛上,箕踞①而坐,说道:"笛声甚妙,可再吹一曲?"李暮不敢不吹,只得按定心神,吹起一调。虎头人听得舒适之际,不觉睡去。横卧于槛上,鼾声如雷。李暮欲待跨入寺门槛去,又恐惊醒它,不是要处。回首四顾,没处藏身,只得将笛儿安放草间,尽力爬上那大树极高处,借树叶遮身,作一堆伏着。不移时,虎头人醒来,不见了吹笛的人,懊叹道:"恨不早食之,却被他走了。"遂立起身,向空长啸数声,便有十余只虎跳跃而至,向虎头人俯首伏地。虎头人道:"适有一吹笛小儿,乘我睡熟,因而逃脱。我方才当槛而卧,量彼不敢入寺,必奔往它处,你等可分路索之。"众虎遂四散奔去,虎头人依然踞坐。约五更以后,众虎俱回,说道:"我等四路追寻不获。"正说间,恰值月落斜照,见有人影在树上。虎头人笑道:"这小儿原来在这树上。"乃与众虎望着树上,跳身攫取。幸那树甚高,跳攫不及。李暮吓得魂不附体,几乎坠下。忽闻空中有人喝道:"此人乃御前之人,汝等孽畜,不得猖獗。"于是虎头人与众虎俱各散去。少间天曙,仆从来寻,李暮方才下来。见那笛原在草间,依旧拾起步入寺中,因受惊恐,卧病数日。病愈,方欲起行,适有旧相知的京官皇甫政,新任越州刺史,因赴任偶宿此寺,遇见李暮,问其何往。李暮道:"将欲西行,追随大驾。"皇甫政道:"近日西边兵马充斥,难以行走。不如且同我到越州暂住,俟稍平静,西行未迟。"李暮应诺,遂别寺僧,随皇甫政至越州。一日,皇甫政公事之暇,见月白风清,一时高兴,欲游镜湖,令人具酒肴于舟中,约集僚友同李暮泛湖饮宴。但见月光如水,水光映月,放舟而行,如游天际。众官饮至半酣,皆向李暮请教笛韵。李暮就取出笛儿吹起,其声音之妙,真足以怡情悦耳,听者无不啧啧称叹。一曲方终,只见前面有一叶扁舟,一童子鼓棹②而行。船上立着老翁,高声叫道:"大好笛音,肯容我登舟一听否?"众人于月下视之,见那老翁葛巾野服,衣貌堂堂,知非常人,不敢轻慢。遂请他过大船,以礼相见。就座后,老翁道:

---

① 箕踞——指两腿伸直向前而坐,其状若箕,古人以为大不敬。
② 鼓棹(zhào)——摇动船桨。

第三十二回　李暮石上逢怪虎　老翁船中惊蛟龙

"偶游月下,忽闻笛声甚佳,故冒昧至此,欲有所陈。"李暮道:"拙技不足污耳,承翁丈闻声而来,定是知音,正欲请教大方。"老翁道:"顷所吹者,乃紫云回曲也,此调出自天宫,今尊官已得其妙,但所吹之笛,乃紫纹竹所造。此竹生在云梦之南,于每年七月望前生。但今年七月望前生,必须于明年七月望前伐。若过期而伐,则其音窒;先期而伐,则其音浮。适间细听笛声,有轻浮之意,当是先期而伐者。此但可吹和平繁靡之调,若吹金石清壮之调,笛管便将碎裂。"李暮听了,口虽唯唯,心还未信。老翁道:"公如不信,老朽请一试之。"遂取过李暮所吹的笛儿吹起一曲金石调来,果然其声清壮。及吹之入破之时,众人正听得好,忽的刮刺一声,笛儿裂作两半。众方惊服。老翁笑道:"损坏佳笛,如之奈何?老朽偶带得二笛,在此当以其一奉偿。"遂向衣裾下取出二笛,一长一短,乃以短者送李暮道:"便请试吹。"李暮接来一吹,果然应手应口,心中欢喜,再三称谢。皇甫政道:"从来说宝剑赠与烈士,红粉寄与佳人。老丈既以敝友知音,何不并将那一笛惠赐之。"老翁道:"那一笛非人间所宜吹,即使相赠,亦未必能吹。"李暮道:"小子愿一试之。"老翁便把那笛递过。李暮吹之再四,都不入调,且亦不甚响,乃言道:"此笛量非老丈不能吹,必求赐教。"老翁摇头道:"人间吹不得。"李暮道:"人间吹了便怎么?"老翁笑道:"尊官前日山谷中所吹人间之笛,尚且有虎妖闻声而至。今于湖中吹动那一笛,岂不大惊蛟龙乎?"众人道:"不信有这等事。"老翁道:"诸公不信,老朽试略吹之。倘有变动,幸勿惊讶。"遂取过那笛,信口一吹。其声震耳,树头宿鸟俱惊飞叫噪。到五六声之后,只见月色惨黯,大风顿作,湖水鼓浪,巨鱼腾跃,举舟之人大骇,都道莫吹。老翁大笑,起身告别。李暮道:"还不曾拜问大名?"老翁笑道:"前宵于空中喝退虎妖者,即我也。不须更问姓名。"遂跳入小舟,忽然不见。众人大惊,自此李暮得了仙笛,其技愈精。皇甫政打听得路途稍通,即遣发起行。不则一日,来到蜀中。先投谒高力士,引至上皇驾前朝见。李暮将途中遇仙之事,从容启奏,上皇闻言,十分叹异,仍令供御。忽见肃宗遣使来奏,言永璘王谋反,称帝于江南。上皇大怒,命速遣将讨之。未知后事如何,且听下回分解。

第三十三回

郭令公上表报恩　广平王立功奏绩

　　却说肃宗自灵武即位后,即命郭子仪为兵部尚书,灵武长史李光弼为户部尚书、北都留守并同平章事。又遣使征召李泌。那李泌字长源,京兆人氏,生而颖异,身有仙骨,至七岁便能吟诗作赋,聪慧异常。开元年间,上皇闻知,遣中使召之。李泌应召而至,朝拜之际,礼仪娴雅,应答无穷。上皇嘉之,厚加赐赉,命于翰林院读书。及长,欲授以官职,李泌辞谢,乃与太子为布衣交。太子甚相敬爱,李林甫、杨国忠都忌之。李泌遂告归,隐居颍阳。至是,肃宗思念旧交,遣使征至行在,待以殊礼,事无大小皆与商酌,欲命为右相,李泌固辞。一日,肃宗于袖中取出敕书一道,以李泌为侍谋军国元帅府行军长史,李泌又辞。肃宗道:"朕非敢相屈,期共济艰难耳。俟贼平任行高志。"李泌方受命。肃宗欲以建宁王倓为大元帅,李泌曰:"建宁王果堪做元帅,然广平王居长,若建宁王功成,岂可使广平王为吴泰伯①。陛下独不见太宗、上皇之事乎?"肃宗道:"卿言是也。"李泌退朝,建宁王迎谢道:"顷闻先生奏对之言,正合吾心,吾受赐多矣。"李泌道:"殿下孝友如此,真国家之福也。"

　　于是肃宗以广平王为天下兵马大元帅,郭子仪、李光弼等所部之军,俱属统率。郭子仪以河北居两京之间,得河东而后两京可图。时贼将崔乾佑守河东,子仪密使人入河东与唐官之陷于贼中者约为内应,内外夹攻。崔乾佑不能抵御,充城而逃。子仪引兵追击,斩杀甚众,乾佑仅以身免,河东遂平。肃宗闻知,即以郭子仪为天下兵马副元帅,正谋恢复两京。忽报永王璘反于江陵,僭称帝号。原来永王璘出镇江陵,骄蹇不恭。及闻肃宗即位灵武,乃与其部将商议,以为"太子既遽自称尊,我亦可据有江表,独帝一方"。遂举兵反,自称皇帝。思欲招致有名之士,以为民望。

---

① 吴泰伯——即太伯,周太王长子。太王欲立幼子季历,太伯与弟虞仲逃至江南,从当地风俗,断发文身,号句吴,成为吴的始祖,故又称吴太伯。

第三十三回　郭令公上表报恩　广平王立功奏绩

闻知李白退居庐山，遂遣使征之。李白辞不赴，永王璘使人伺其出游，要之于路，劫至江陵。欲授以官，李白决意不受，永王璘遂羁禁他，不放还山。肃宗闻永王璘作乱，一面表奏上皇，一面遣淮南节度使高适、副使李成式，引兵追讨。时内监李辅国，阴附宫中张良娣，专权用事。于是李辅国奏称，原任翰林大学士李白，现为逆藩永王璘谋主，宜诏刑官，注名叛党，俟事平日，按律治罪。你道李辅国为何忽有此奏？只因李白当初在朝，放浪诗酒，品致高尚，全不把这些宦官看在眼里，所以此辈都不喜欢他。今辅国乘机奏，是欲报私怨。不料肃宗听信，传旨法司注名。早惊动了郭子仪，他想："昔年李白救我，今安可坐视？"即上一表，其表略曰：

　　臣伏观原任词臣李白，昔蒙上皇之恩，不次擢用，乃竟辞荣退隐，斯其为人可知。今不幸为逆藩所逼。臣闻其始而却聘，继乃被劫；伪命屡加，坚意不受；身虽羁困，志不少降。而议者辄以叛人谋主目之，则亦过矣。臣请以百口，保其无他。待事平之后，倘不如臣所言，臣与百口，甘伏国法。

肃宗览表，命法司存案，待事平日，查明定夺。后永王璘兵败自尽，有司拘系从逆之人，候旨处决，李白亦被系狱中。朝廷因郭子仪曾为保救，特遣官体勘①。回奏李白系被逼胁，罪亦减等。有旨：李白长流夜郎，其余从逆者，尽行诛戮。至乾元年间，李白赦回，行至当涂县，于舟中对月饮酒，大醉。欲捉水中之月，坠水而卒。当时江畔之人，恍惚见李白乘鲸鱼升天而去。这是后话不提。

　　且说建宁王愤李辅国、张良娣二人表里为恶，屡于肃宗前直言二人许多罪恶，二人乃互相谗谮，诬建宁王欲谋害广平王，急夺储位。肃宗大怒，赐建宁王死。李泌欲谏，已无及矣。至德二载，肃宗驾至凤翔，命广平王与郭子仪等恢复两京。子仪以番人回纥兵马精锐，请旨征其助战。回纥可汗遣其子叶护，领兵一万前来相助。肃宗许以重赏，叶护请于克城之日，土地士庶归朝廷，金帛子女归回纥。肃宗急于成功，只得许诺。遂聚兵马与回纥西域之众，共十五万，克日启行。李泌献策，请先攻范阳捣其巢穴，使贼无所归，然后大兵合而攻之，贼必灭矣。肃宗道："朕定省②久

---

① 体勘——体察勘问。
② 定省——指探望侍奉父母。

虚,急欲先恢复西京迎回上皇,不能待此矣。"遂令兵马望西京进发。行至长安城西,阵于沣水之东,李嗣业领前军,广平王、郭子仪、李泌守中军,王恩礼统后军。贼众十万阵于其北,贼将李归仁出挑战,官军逐之,贼军齐起,官军稍却。李嗣业肉袒执戈,身先士卒,大呼奋击,立杀数十人。官军气壮,各执长刀,如墙而进,贼众不能抵挡。又贼伏精骑于阵东,欲袭官军之后。子仪探知,急令仆固怀恩引回纥兵往击之,斩杀殆尽。嗣业又与回纥出贼阵后,与大军夹攻,自午至酉,斩首六万。贼兵大溃,余众走入城中。天明探马来报,贼将归仁等俱已遁去。大军遂入西京,叶护欲如前约,掠取金帛子女,广平王下马拜于叶护马前道:"今方得西京,若便俘掠,则东京之人,皆为贼固守,难以复取。请至东京,乃如约。"叶护惊跃下马答拜道:"当为殿下即往东京。"遂与仆固怀恩引回纥西域之兵,自城南过,营于沣水之东。百姓老幼,见广平王为民下拜,无不夹道欢呼。广平王驻西京三日,留兵镇守,遂引大军东出。捷书至行在,肃宗即遣中使啖庭瑶赴蜀奏闻上皇,请回京复位。一面遣官入西京,祭告宗庙,宣慰百姓;一面以快马召回李泌。李泌驰至凤翔入见,肃宗道:"朕已表情上皇。东归复位,朕退居东宫,以尽子职何如?"李泌道:"上皇不来矣。"肃宗惊问何故,李泌道:"陛下即位已历二载,今忽奉此表,上皇心疑,且不自安,怎肯复归。"肃宗爽然自失,顿足道:"今将奈何?"李泌道:"今可更为群臣贺表,言自马嵬请留,灵武劝进①,及今成功,圣上思恋晨昏,请速还京,以尽孝养。如此则上皇心安,东归有日矣。"肃宗道:"是。"即命泌草表,立遣中使,星夜入蜀奏闻。不则一日,中使还。言上皇初得表章,仿佛不能食,欲不东归。及群臣表至,乃大喜,命食作乐,下诰定行日。肃宗大悦,召李泌告之道:"皆卿力也。"因命酒与共饮,至夜留宿,同榻而寝。李泌道:"臣今略报圣恩,愿请复为闲人。"肃宗道:"朕与卿久同忧虑,今方同乐,奈何思去。"李泌道:"臣有五不可留:臣遇陛下太早,陛下宠臣太深,任臣太重,臣功太大,亦太奇,此所以不可留也。"肃宗笑道:"且睡,另日再议。"李泌道:"陛下不许臣去,是欲杀臣也。"肃宗惊讶道:"卿何疑朕至此,朕岂是欲杀卿者。"李泌道:"杀臣者非陛下,乃五不可也。陛下向日待臣如此之厚,臣于事犹有不敢言者。况天下既安,臣敢言乎?"肃宗道:

---

① 劝进——劝登皇帝位。

"卿此言,必因朕不从卿先伐范阳之计乎?"李泌道:"非也,乃建宁王之事耳。"肃宗道:"建宁欲杀其兄,朕故除之。"李泌道:"建宁若有此心,广平王当恨之。今广平王每与臣言其冤,为之流涕。况陛下昔欲用建宁为元帅,臣请用广平王。若建宁王果有害兄之意,宜深恨臣,何当日以臣为忠,愈加亲信。此可察其心矣。"肃宗泪下道:"卿言是也,朕知误矣,然既往不咎。"李泌道:"臣非咎既往,只愿陛下警戒将来。昔天后无故掩杀太子弘。其次子贤忧惧,作《黄瓜辞》,其中两句云:'一摘使瓜好,再摘使瓜稀。'今陛下已一摘矣,幸无再摘。"李泌这话,因知张良姊忌广平王之功也,常谗谮他,恐肃宗又为所惑,故言及此。当下肃宗闻说,悚然道:"安有是事。卿之良言,朕当谨佩。"李泌复恳求还山。肃宗道:"且待东京报捷再议。"又过了几时,东京捷报说,贼将自西京败后退走保、陕,安庆绪遣严庄引兵助之,郭子仪等与贼战于新店,叶护引兵击其后,腹背夹攻,贼兵败走。子仪遣兵分道追击,庆绪率其党走河北,临行,杀前所获唐将哥舒翰等三十余人,独许远自刎而死。广平王入东京,出府库中物与叶护,又令民间助罗锦万匹与之,免于俘掠,百姓欢悦。肃宗闻报大喜。李泌即请还山,肃宗知不可留,乃许之。泌辞朝而去。未知后事如何,且看下回分解。

第三十四回
达奚盈盈续旧好　江采萍妃返故宫

却说李泌辞朝隐居衡山,可惜肃宗不曾从其先伐范阳之策,以致两京虽复,贼气未殄。安家父子乱后,又继以史家父子之乱。劳师动众,久而后定,此是后话。当时肃宗闻东京捷报,即遣韦见素、秦国模入蜀奏上皇,便请上皇驾回西京。又命秦国桢赍诏往东京褒赏将士,慰安百姓。又命兵部员外郎①罗采为之副,一同往东京,即日起行。那罗采是罗成的后裔,与秦国桢原系中表旧戚。二人作伴同行。罗采道:"我有一位姑娘,

---

① 员外郎——官名。隋唐时为中央各部次官。

小名素姑,嫁河南兰阳县白刺史家,无子而早寡,守志不再醮①,性喜修真学道,得遇仙师罗公远,说与我罗氏是同宗,因敬素姑是节妇,赠与丹药一粒,服之却病延年,今已六十余岁,向在本地白云山修真观里焚修,待公事之暇,当往候之。"国桢道:"他是兄的姑娘,就是弟的表姑娘,明日到那里,与兄同往一候便了。"不则一日,来到东京,各官迎接入城。国桢开读诏书,抚恤士庶,出府库钱粮,犒赏军士,毋得骚扰百姓。当时军民人等闻诏,都欢呼万岁。秦国桢与罗采宣诏毕,退就公馆。过了两日,便相约同往访候素姑,遂起身至兰阳县,在馆驿歇下。至次日,二人各备礼物,换了便服,屏去仆从,只带两个家人,上马来至白云山前,策马入山。访问至修真观前下马,见观门掩闭,家人叩了三下,走出一个白发老婆婆来,开门说道:"客官,我们观主年老多病,闭门静养,有失迎接,请回步罢。"罗采道:"我们非别客,烦你通报,说我姓罗名采,长安居住,是观主的侄儿,特来拜候姑娘。"那婆婆听说是观主的亲戚,只得让他们步入观中,忙进内边去通报。少顷,钟声一响,只见素姑身穿白道袍,头裹幅巾,足蹑棕履,手持拂子,冉冉而出,面容和善,举止轻便。罗采与秦国桢上前拜见,素姑答礼,命坐看茶。各自略叙寒暄。素姑向国桢问道:"此位何人?"罗采道:"此即吾中表旧戚秦状元名国桢的便是。"素姑道:"原来就是秦家官人。"说罢,只顾把那秦字来口中沉吟。国桢与罗采各命从人将礼物献上。素姑道:"二位远来相探,足见亲情,何须礼物。"二人道:"薄礼不足为敬,幸勿麾却②。"素姑收了礼物,因问二位:"为何事而来?"罗采道:"我二人都奉钦差赍诏到此。请问姑娘,前日贼乱之时,此地不受惊恐吗?"素姑道:"此地极幽僻,昔年罗公远仙师曾寄迹于此。他说此地可免兵火,因指点我来此住的。我自住此,立下清规,并不使俗人来缠扰。今二位是我至戚,我也忝③居长辈。既承相顾,不妨随喜④随喜。"便叫女童摆上素斋来吃了。随引二人入内边到处观玩。

行过一层庭院,转出一小径,另有静室三间,闭门封锁,只留下一个门

---

① 醮(jiào)——此处特指女子再嫁。
② 麾(huī)却——推却。"麾"通"挥"。
③ 忝(tiǎn)——有愧于,谦词。
④ 随喜——佛教用语。见人做功德而乐意参加,或随众人做某种表示。

洞,也把板儿遮着。忽闻一阵扑鼻的梅花香,国桢道:"这里有梅树么?"素姑微笑,把手指那三间静室道:"梅花香,自此室中来,却不是树上开的。"罗采道:"这又奇了,不是树上开的却是那里来的?"素姑道:"说也话长,请到外面坐了,细述与二位贤侄听。"三人仍至堂中坐下。素姑道:"这件事甚奇怪,我也从未对人说,不妨为二位言之。我当年初住此间,罗公远曾云:'日后有两个女人来此,你可好生留着,二女俱非等闲之辈,后来正有好处。'及至禄山反叛,西京失守之时,忽然一个女人,年约三十以外,骑一匹白驴跑进观来。那时我起身迎住,扶他下驴,那驴儿即腾空而起,直至半天,向西去了。我心中骇异,问那女人,他不肯明言来历。但云:'我姓江,为李家妇,因在西京遭难欲死,遇一仙女相救,把这白驴与我乘坐。叫我闭了眼,任它行走。觉得此身如行空中,霎时落下地来,即到这里。据那仙女说,你所到之处,便且安身。身既到此,不知肯相容否?'我因记罗公远的言语,遂留他住在这静室中,不使外人知道。那女人也足不出户。过了几时,又有个少年美貌的女子进来要住,那女人是原任河南节度使达奚珣的族侄女,小字盈盈,向在西京已经适人。因其夫客死于外,父母都亡,遂依达奚珣到任所。不想达奚珣降贼,此女知有后祸,立意要出家。闻此间观中幽僻,禀过达奚珣,径来到此。我留他与那姓江的人同住。两月前罗公远同一位道者,说是叶法善,到此间,那姓江的却知二师之神妙,乃与达奚女出关拜谒。叶法善向空中幻出梅花一枝,赠与江氏说道:'你性爱此花,今可将这一枝供着,附你四时常开,清香不绝,享完后福,与花同谢。'罗公远就取纸笔题诗八句,付与达奚女说道:'你将来的好事,都在这诗中,你有遇合之时,连那江氏也得重归故土了。'言讫二仙飘然而去。自此那枝梅花供在室中瓶里,直香到如今,你道奇也不奇。"二人听了都惊讶道:"有这等奇事。"因问:"那八句诗怎么说?"素姑道:"那诗句我却记得,等我诵来,二位便可代他详解一详解。"其诗云:

  避世非避秦,秦人偏是亲。

  江流可共转,画景却成真。

  但见罗中采,还看水上萍。

  主臣同遇合,旧好更从新。

二人听罢沉吟半响。国桢笑道:"我姓秦,这起二句,像应在我身上。"素姑道:"便是呢,我方才听说是秦家官人,也想到此。当日达奚女见了这诗,私下对我说,在京师时有个朝贵姓秦的,与他曾有婚姻之议。今观仙师此诗或者后日相遇也未可知。今恰好表侄姓秦。"秦国桢道:"此女既有此言,敢求表姑去问他在京师住居何处,所言姓秦的是何名,官居何职,就明白了。"素姑道:"说的是。"就走入去。少顷出来说道:"我问他姓秦的果然是贤表侄。他说向住京师集庆坊,曾与状元秦国桢相会来。"国桢听了欣然道:"原我前所遇者乃达奚女。"便欲请相见。素姑道:"且住,我才说你在此,他还未信,且云:'我既出家,岂可复与相会。'"国桢道:"待我题诗一首寄他。"诗曰:

记得当年集庆坊,楼头相约莫相忘。

旧缘今日应重续,好把仙师语意详。

国桢题完,再求素姑拿与他看。盈盈见了诗,沉吟不语。素姑道:"你出家固好,但详味仙师所言,只怕俗缘未断,出家不了,不如依他旧好从新之说为是。"盈盈闻言,也就应允。国桢闻知欢喜,但念身为诏使,不便携带女眷同行,因与素姑相商:"且叫盈盈仍住观中,待我回朝复命了,然后遣人来迎。"

当日只在洞前与盈盈相见一面,含悲带喜,虽不交一言,而情已难舍。是晚,国桢、罗采在观中止宿。素姑挑灯煮茗,与二人谈及这八句诗。罗采低头凝想,忽然说道:"是了是了,我猜着了。这江氏说是江家女李家妇,莫非是上皇的妃子江采萍么?你看诗句中明明有江采萍三字。前日乱贼入宫,或者遇仙得救,避到这里,日后还可重归宫禁,再侍上皇,也像达奚女与秦兄复续旧好的一般。不然,如何说'主臣同遇合'呢。"国桢道:"这一猜甚有理。表兄姓罗名采,诗语云:'但见罗中采,还看水上萍。'却像要你送他归朝的。"素姑道:"若果是江贵妃,自然该奏报请旨。"罗采道:"只要问明确实,然后好具表申奏。"素姑道:"待明早我问达奚女,他必然晓得。"到了次早,素姑至静室中见了盈盈,私问那江氏毕竟是谁家的内眷?盈盈笑道:"他一向也不肯说,昨日方才说出,你莫小觑了他,他就是上皇旧日宠幸的梅妃江采萍哩。"素姑闻言大喜道:"我侄儿猜得不差。"

看官听说,原来梅妃向居上阳宫,甘守寂寞。后安禄山反叛,逼近京师;太子西狩,乱贼入城。梅妃恐为贼所辱,大哭一场,将白绫一幅,就庭前梅树上自缢。忽有人解救,身子依然立地,睁开眼看时,却是一个星冠云披的美貌女人。梅妃问是何人,那女人道:"我是韦氏之女,张果先生之妻也。特来相救,你日后还有再见至尊之时。今不当便死,我送你到一处暂且安身,以待后遇。"遂于袖中取出白纸,放在地上,吹口气,登时变成一匹白驴,扶梅妃骑上,腾空而起,来到修真观中。因此得遇素姑,相留住下。当时不敢实说来历。素姑又见白驴腾空而去,疑此女是天仙,不敢盘问。梅妃忽闻诏使罗采姓名,与诗中相合。盈盈又得与秦状元相遇,诗中所言,渐多应验。又闻两京克复,上皇将归。因把实情告知盈盈,要他转告素姑,使罗采表奏朝廷。恰好素姑来问,盈盈细述其事,素姑惊喜,随即请见梅妃,要行朝廷之礼。梅妃扶住道:"多蒙厚意,尚未酬报。还仗姑姑告知罗采诏使,为我奏请。"素姑应诺,便与罗采说知。罗采先上笺广平王启知其事,广平王随于东京宫中选几个旧曾供御的内监宫女,到观中参谒识认,确是梅妃,乃具表奏闻。罗采亦飞疏上奏。疏中并及秦国桢与达奚盈盈之事,意说盈盈是国桢向所定之副室,因乱阻隔,今亦于修真观中相遇,虽系降贼官员达奚珣之族女,然能心恶珣之所为,甘做女冠①,矢志自守,其节可嘉。肃宗览奏,一面遣人报知上皇,一面差内监二人率领宫女数人,赴修真观中迎请梅妃速归故宫。又降诏达奚盈盈即归秦国桢副室,给与封诰。那时国桢起马回朝,中途闻诏,即差家人至修真观传语盈盈,叫他唤达奚珣家老仆、女使随侍,跟着梅妃的仪从,一起进京。当下梅妃与盈盈谢别素姑,一起起程。未知后事如何,且看下回分解。

第三十五回
得画像上皇题诗　遗锦袜老妪获钱

　　却说上皇在蜀中,常常思念梅妃。因有人传说,贼人曾于梅妃宫边获一女尸,认是梅妃之尸。上皇闻此信,只道梅妃已死,十分伤感,日日挥泪。高力士见上皇悲思甚切,乃求得梅妃的画真,进呈御览。上皇看了叹

---

①　女冠——即女道士。

道:"画像绝肖,惜不活耳。"遂亲题诗一首于上云:

忆昔娇娃侍紫宸①,铅华②懒御得天真。

霜绡③虽似当年态,怎奈秋波不顾人。

后有人传说梅妃不曾死,前所获女尸不是梅妃。上皇闻之疑其散失民间,遂下诰:

军民士庶,有知妃子江采萍所在者,即行奏报候赏;或有遇见奉送来京者,授六品官,赐钱百万。

诰谕方下,恰好肃宗见罗采的表章,遣使来奏闻。那时上皇已发驾起行,途次得奏,大喜。传旨罗采等候驾回京颁赏,江采萍着回官候见。此时梅妃已至西京,承肃宗之意,仍入居上阳宫了。上皇行近西京,肃宗率百官出都门奉迎,百姓遮道罗拜,俱呼万岁。肃宗俯伏上皇车前,涕泣不止,上皇亦涕泣抚慰。肃宗奏请避位,上皇不允。车驾即日至太庙告谒,因见太庙残毁,仰天大哭。臣民感伤。告谒毕,车驾回朝,肃宗乘马傍车而行。上皇至朝,不御大殿,只就便殿暂住。上下诰:"朕尊为太上皇,以兴庆宫为娱老之所。朝廷政事不复与闻。"遂退入兴庆宫,即召梅妃入宫见驾。梅妃朝拜悲啼,上皇甚不胜情,好言慰劳,即以所题画真与看。梅妃拜谢道:"圣人之情,见乎辞矣。臣妾虽死,亦当衔感九泉。"因又把当日投环④遇求,避难逢仙之事,面奏一番道:"妾若非张果先生使其妻远来相救,安能今日复见天颜。"又将叶法善所赠梅花,呈与上皇观览。上皇见花色晶莹,清香袭人,不胜骇异道:"你得此仙梅,庶不愧梅妃之称矣。"梅妃又将罗公远的诗句奏闻道:"此诗虽赠达奚女,而妾因罗采方得奏报之事,已寓于中。"上皇嗟叹道:"罗公远昔曾寄书与朕,说'安莫忘危',这'安'字明明说安禄山。又寄药物,名蜀当归,是说朕避乱于蜀,后来仍当归京师。当时莫解其意,今日思之,无一不验。"上皇传命加罗采官三级,赐钱百万。封罗素姑为贞静仙师,赐钱二百万,增修观宇。命塑张果、叶

---

① 紫宸(chén)——帝王、帝位。宸为北极星所在,古人以为北极星为众星所拱,为至尊之星,故以喻帝位。

② 铅华——擦脸的脂粉。

③ 霜绡——此处指画在绢上的画。

④ 投环——指上吊自尽。

第三十五回　得画像上皇题诗　遗锦袜老妪获钱

法善、罗公远三仙之像于观中,虔诚供奉。梅妃又念盈盈同处多时,互相敬爱,因请上皇以虢国夫人旧宅赐与住居。这正是应罗公远诗中"画景却成真"一句。当初盈盈把虢国宅院的画图与国桢看了,隐过了自己的事。谁想今日竟把画图中的宅院赐与他,却不是弄假成真。当下秦国桢接到盈盈,就于赐宅中相会,重讲旧情,十分恩爱。国桢夫人徐氏极是贤淑,因此妻妾相得,后来各生贵子。那素姑寿至百有余岁,坐化而终。此是后话不题。

当日梅妃朝见上皇过了,便欲辞回上阳宫,上皇留他在兴庆宫同处。自此,上皇复得梅妃侍奉,甚可消遣暮年。但常念及杨妃惨死,不胜悲痛。前自蜀中回京,路过马嵬,彼时欲以礼改葬。侍郎李揆奏道:"昔日龙武①将士,因诛杨国忠故累及妃子,今若改葬故侍,恐龙武将士疑惧生变。"上皇闻奏,暂止其事。及回京后,密遣高力士潜往改葬,且密谕:"若有贵妃所遗物件可以取来。"力士奉旨,即至马嵬驿西道北坎下,潜起杨妃之尸,移葬它处。其肌肤已朽,衣饰成灰,只有胸前紫罗香囊尚然完好。那紫罗乃外国贡来,冰丝所织,囊中又放异香,故得不坏,力士收藏过了。又闻得有遗下锦裤袜一只,在马嵬山前钱妈妈处,遂以钱十千买之。原有杨妃,当日缢死于马嵬驿中,匆匆瘗埋②。车驾既发,众驿卒至驿中。其中有一姓钱的驿卒,拾得锦裤袜一只。知道宫中嫔妃所遗,遂暗暗藏过,回家把与母亲看。那母亲钱妈妈见这裤袜上用五色锦线绣成一对并蒂莲花,光彩炫目,余香犹在,便道:"此必是那亡过的妃子所穿,这样好的东西,不容易见得。"忽有邻居老媪过来,也看了一回,于是传说开去。就有人来借观,这个看去了,那个也要来看。后来要看的人多了,钱妈妈便索起钱钞来。越得钱多,越有人要看,直索至百文一看。那妈妈获钱数万,好不快活。当时,高力士闻知,将钱来买,钱妈妈不敢不与。力士将这锦裤袜与那紫罗香囊,一并献与上皇复旨。上皇见了这二物,嗟悼不已。即命宫人藏好,闲时念及,常取来观看叹息。一日,内侍传到肃宗的表章,为请命赦宥两个降贼的朝官。未知是那个,且看下回分解。

---

①　龙武——唐禁兵及其将军的称号。
②　瘗(yì)埋——埋,埋藏。

第三十六回

赦反侧君念臣恩　了前缘人同花谢

却说上皇见了肃宗有表章到，展开一览，是为处分从贼官员的事。原来肃宗迎上皇之后，蒙上皇传旨云："叛臣不可轻宥，当正其罪，以昭国法。"肃宗乃分六等议处。法司议得：达奚珣等一十八人应斩，家口没入官；陈希烈等人，应赦令自尽；其余或流，或贬，或杖，分别拟罪俱奏。肃宗俱依所议，只于斩犯中欲赦二人。那二人即故相燕国公张说之子，原任刑部尚书张均、太常卿驸马都慰张垍。你道肃宗为何欲赦此二人？只因昔日上皇为太子时，太平公主心怀忌嫉，朝夕视察东宫过失，纤微之事，俱上闻于睿宗。其时肃宗尚未生，其母杨氏本系东宫良媛①，偶被幸御，身遂怀孕，私心窃喜，告知上皇。那时上皇正在危疑之际，想："这事若使太平公主闻之，又要说我内多嬖宠，在父皇面前谗谮，不如以药下其胎。"时张说为侍讲官得出入东宫，乃与密议此意。张说道："龙种岂可轻动。"上皇道："我年方少，不患子嗣不广，何苦因宫人一胎，滋忌者之谤言。吾意已决，急欲觅堕胎药，却不可使闻于左右。先生幸为我图之。"张说应诺，回家自想："良媛怀孕，莫大之喜。今欲堕落，岂不可惜。又想太子若不如此，谗谮固所不免，那时我亦难为太子强辩。今我听之天数，取药二剂，一安胎，一堕胎，送与太子，只说都是堕胎药，任凭取用一剂。"上皇大喜。是夜尽屏左右，密置炉火，随手取一剂亲自煎煮好了，持与杨氏，谕以苦情，温言劝饮。杨氏不敢违太子之命，只得涕泣饮之。上皇看他饮了，只道其胎即坠。不意睡至天明，竟无发动。原来倒吃了那剂安胎药。上皇心甚疑怪，那日因侍睿宗内宴，未与张说相见。至夜回东宫，仍屏左右，置炉火亲自煎起那一剂药。煎到九分，忽然神思困倦，坐在椅上打盹。恍惚之间看见一人，赤面美髯，蚕眉凤眼，绿袍玉带，威风凛凛，绕火炉走了一遍忽然不见。上皇惊醒，起身一看，只见药铫已倾翻，炉中炭火已尽熄，大

---

① 良媛——疑为良娣，太子妾的称号。

为骇异。次日,张说入见,告以夜来之事,且命更为觅药。张说拜贺道:"此乃神护龙种也,不可轻堕。臣前日不敢违殿下之意,故欲决之于天命。所进二药,其一实系安胎之药,即前宵所服者是也。臣意二者之中任取其一,其间自有天命。今既欲堕而反安,再欲堕则神灵护之,天意可知矣。殿下虽忧谗畏讥,其如天命何。腹中所怀必非寻常伦匹,还须调护为是。"上皇信其言,遂息了堕胎之念。未几,睿宗禅位。至明年,太平公主以谋反赐死,宫闱平静。时肃宗诞生。及长,张说谓其貌类太宗,因此上皇嘱意,初封忠王,及太子瑛被废,遂得立为太子。至肃宗即位,杨氏已薨,追尊为元献皇后。他平日曾把怀胎的事说与肃宗知道,肃宗极感张说之恩。张说亡后,二子张均、张垍俱为显官,恩荣无比。不意竟以从逆得罪当斩。肃宗不忘旧恩,欲赦其罪。却因上皇曾有叛臣不可轻宥之谕,今欲赦此二人,不敢不启奏上皇。只道上皇亦必念旧,免其一死;不道上皇深恨此二人,批旨不准。肃宗得旨,心甚不安,即亲至兴庆宫朝见上皇,面奏道:"臣非敢徇情坏法,但臣向非张说,安有今日,故不忍不曲宥其子。伏乞父皇法外推恩。"上皇道:"吾看汝面,姑宽张垍便了。张均这奴,我闻其引贼搜宫,破坏吾家,绝不可活。"肃宗不敢再奏,谢恩而退。上皇乃即日下诰云:

  张均、张垍,本俱应斩。今从皇帝意,只将张均正法,张垍姑免死,长流岭南。余俱依所拟。

诰下法司,遵诰施行。张均与达奚珣等众犯,俱斩于市。自此上皇居兴庆宫,朝政不予,唯有大征讨、大刑罚、大封拜,肃宗俱表奏闻。

  那时肃宗已立张良姊为皇后。这张后甚不贤良,性狡而忌,及立为后,颇能挟制天子,与权阉李辅国比附。辅国又引用其同类鱼朝恩。时安、史二贼尚未殄灭,命郭子仪、李光弼等,各引兵往剿。乃以宦官鱼朝恩为观军容使,统摄诸军。于是人心不服;临战之时又遇大风昼晦①,诸军俱溃。郭子仪以朔方军断河阳桥出东京。肃宗听鱼朝恩之言,召郭子仪回朝,以李光弼代之。子仪临发,士卒涕泣,遮道请留,子仪轻骑竟行。上皇闻之,使人语肃宗道:"李、郭二将,俱有大功,而郭尤称最,唐家再造,皆其力也。今日之败,乃不得专制之故,实非其罪。"肃宗遵命。因此,后

---

① 昼晦(huì)——白天无日光,同黑夜。或可解为日食。

来灭贼功成,行赏功之典,李光弼加太尉中书令,郭子仪封汾阳王。子仪善处功名,富贵不使人疑忌;虽握重兵在外,一纸诏书征之,即日就道,故谗谤不得行;七子、八婿俱为显官;家中珍货山积;享年八十有五,薨逝后朝廷赐祭葬赐谥,福寿双全,生荣死哀。这是后话,且不必细述。

却说梅妃复侍上皇之后,四方依旧进贡梅花。但梅妃自得了那枝仙梅,把人间凡卉都看得平常。这仙梅果然四季常开,愈久愈香,花色亦愈鲜洁。梅妃随处携带把玩。忽一日早起,觉得那梅花香气顿减,花色憔悴。把手去移动,只见花瓣儿多飘飘零零地落下。梅妃惊骇道:"仙师云,我命当同此花同谢,今花已谢矣,我命可知。"自此染成一病,卧床不起。太医切脉进药,梅妃不肯服药,说:"命数当终,岂药石所能挽回。"上皇亲来看视,执手劝慰道:"妃子有病,还须服药为是。"梅妃涕泣道:"臣妾自退处上阳,自分永弃,继遭危难,命已垂绝,岂意复得重侍至尊,此真万幸。今福缘已尽,仙师所云'与花同谢',此其期矣。妾死之后,那枝仙梅,留在人间料难种植;若以殉葬,又恐亵渎。宜取佛炉中火焚之。"上皇道:"妃子何遽言及此。"梅妃道:"妾前宵梦寐之间,复见那韦氏仙姬在于云端,谓妾曰:'汝两世托身皇宫,须记本来面目,今不可久恋人间,蕊珠宫是汝故居,何不早去。'据此来看,妾死后当入佳境,谅无所苦。但圣恩如天,图报无地,为可叹恨耳。"言讫瞑目而逝。上皇放声大哭,高力士叩头劝慰。上皇道:"此妃与朕,几如再世姻缘,今复先我而逝,能无痛心。"遂命以贵妃之礼殓葬。上皇记念梅妃遗言,即命将一枝仙梅,以佛炉中火焚化于梅妃灵前。说也奇怪,那梅枝一入火中,香气扑鼻,火星万点,腾空而起,都化作梅花之形,飞入云霄而没。时肃宗闻知梅妃薨逝,上皇悲悼,遂亲来问慰。即于灵前设祭,各宫嫔妃也都吊祭。只有张后托疾不至,上皇不悦,因对力士道:"皇后殊觉骄慢。"力士密启道:"内监李辅国阿附皇后,凡皇后之骄慢皆辅国所教。"上皇道:"朕久闻此奴横甚,俟吾儿来,当与言之。"力士道:"皇后侍上久,辅国握兵权,其势不得不为忧容。所以皇帝亦不与深较。太上即有所言,恐亦无益。"上皇沉吟不语。未知如何,再看下回分解。

第三十七回

迁西内离间父子　遣鸿都结证隋唐

却说上皇闻李辅国与张后内外比附弄权，心中忍耐不住。一日，肃宗来问安，说了些朝务。上皇道："从来治国必先齐家，今闻阉奴李辅国附比中宫①，怙势作威，汝知之否？"肃宗悚然起应道："容即查治。"言讫而退。原来张后恃宠骄悍，肃宗因爱而生畏，不敢稍加声色。李辅国掌握兵柄，阿附张后，倚势弄权。肃宗虽亦心忌之，只是奈何他不得。故虽承上皇严谕，亦隐忍不发。那知上皇这言语，早被内侍们传入李辅国耳中。辅国密地启知张后，各怀怨怒，相与计议道："上皇深居宫禁，安知此事。此必是高力士妄生议论，闻于上皇故也。力士为上皇耳目，当图去之，更须使官家莫要常与上皇相见，须迁上皇于西内为妙。"

却说上皇所居兴庆宫与民间闾阎②相近。其西北隅有一高楼，楼上可见街市。上皇时常临幸此楼。街市过往的人，遥望叩拜。上皇有时以御膳余剩之物，命力士宣赐街市中父老，人都欢乐，共呼万岁。李辅国便借端密奏肃宗道："上皇居兴庆宫，而高力士日与外人交通，恐不利于陛下。且兴庆宫与民居逼近，非至尊所宜居。西内森严，当奉迎太上居之，庶可杜绝小人，无有它虞。"肃宗道："上皇爱兴庆宫，今无故迁徙西内，殊拂圣意，断乎不可。"辅国见肃宗不从，乃密启张后。张后将欲上奏，适肃宗偶触风寒，身子不豫③，暂罢设朝，只于宫中静养。辅国遂乘此机会与张后定计矫旨，遣心腹内侍及羽林军士，诣兴庆宫见上皇奏道："皇爷称兴庆宫逼近民居，有亵至尊。故特请驾幸西内。皇爷现在西内候太上驾到。"上皇心下惊疑不决。高力士奏道："既皇帝有旨来迎，太上可且一往，俟至彼处与皇帝面言，或迁或否，再作计议。"上皇无奈，只得上辇，力

---

① 附比中宫——攀附、阿谀皇后。中宫，皇后所居。
② 闾阎（lǘ hé）——民间住室。闾，里巷的门。阎，小门。
③ 不豫——不舒适。

士令军士前导,内侍拥护銮舆。将至西内,李辅国前来迎接。车驾入西内,至甘露殿上。上皇下辇,升殿坐定,问:"皇帝何在?"辅国奏道:"皇爷适间正欲至此迎驾,因触风寒,忽然疾作,不能前来,令奴辈转奏。俟疾稍痊,即来朝见。"说罢叩辞而去。上皇连声叹息。力士道:"今日迁宫之举,必是辅国作祟,皇后主张,非皇帝圣意。"上皇道:"兴庆宫是朕所建,于此娱老,颇亦自适。不意徙居此地,茕茕老身①,几无宁处,真可为长太息②。"说罢,凄然欲泪。那时,李辅国矫旨迁上皇于西内,恐肃宗病愈见责,乃托张后先为奏白。肃宗骇然道:"得毋惊太上乎?"张后道:"上皇已安于此,并无它言。"肃宗想张后、辅国如此作为,亦无可奈何。及病小愈,即欲往朝,又被张后阻住。再过数日,肃宗命驾往西内,朝见上皇起居毕。上皇没甚言语,唯有咨嗟③叹息,肃宗心上不安,逡巡告退。回至宫中张后接见,又冷言冷语。肃宗受了闷气,旧病复作。上皇闻知,遣高力士来问疾。肃宗闻上皇有使臣到,即命宣来。那知张后与辅国正恨力士,要处置他,便遣小内侍假传口谕,叫他回去。待力士转身回步后,方传旨宣召。力士连忙再回到宫门,辅国早劾奏说:"高力士奉差问疾,不候旨见驾,擅自转回,大不敬,宜加罪斥。"张后立逼肃宗降旨,流高力士于巫州,不得复入西内。一面遣中官奏闻上皇,一面着该司即日押送力士赴巫州安置。后力士闻上皇晏驾,追念君恩,日夜痛哭,呕血而死。

当时上皇闻力士被罪远流,一发惨然。左右使令,都非旧人。只有旧乐工张野狐、贺怀智、李暮等三四人随侍。上皇每日思念梅妃与杨妃,涕泪不已。时有一方士姓杨名通幽,自称鸿都道士,闻上皇追念故妃,因自言有李少君之术,能致亡灵来会。李暮闻知,荐于上皇,召入西内,要他作法,招引杨妃、梅妃的魂魄来相见。通幽乃于宫中结坛,焚符发檄,步罡诵经,竭其术以致之,竟无影响。上皇不胜嗟叹。通幽道:"二妃必非凡品,当是仙子降生,故难招来。臣请游神驭气穷幽极渺,寻取仙踪回报。"遂俯伏坛中,运出元神,游行霄汉。忽见一白鹦鹉展翅飞翔,作人言道:"寻人的这里来。"通幽知是仙禽引路,就随其飞而行。忽见一所宫殿,那鹦

---

① 茕(qióng)茕老身——孤独无依的老人。
② 太息——叹气。
③ 咨嗟——叹息。

第三十七回　迁西内离间父子　遣鸿都结证隋唐

鹈飞入宫中去了。通幽见宫门上有金字匾书"蕊珠宫"三字。又见二仙女从内而出，一穿绣衣，一穿素衣。那绣衣仙女指着通幽道："下界生魂，何由来此？"通幽稽首道："下方道士，奉上皇命，访求故妃魂魄，今逢二位仙娥，莫非是杨太真、江采萍乎？"绣衣仙女道："非也，我乃河伯夫人。"指着素衣仙女道："此位乃龙女也。那江采萍宿原世系蕊珠宫仙女，两度谪落人间，今他尘缘已尽，仍回本处，汝未可得见。那杨阿珠，多作恶孽，安得至此。汝欲访他，可向东行去，自有人指示你。"

通幽闻言，望东而去。来到一座高山，遥见苍松之下，坐着三位仙翁，二仙对弈，一仙旁观。通幽上前参谒，叩问三仙姓氏。那位上首的仙翁道："我即张果，此二位即叶法善、罗公远也。我想上皇今已老矣，也该觉悟，却又命你来访求二妃魂魄，何不洒脱至此。"通幽道："梅妃在蕊珠宫，弟子适已闻之，只不知杨妃在何处，伏乞仙师指引一见，以便复上皇之命。"张果道："你可知上皇与杨妃的前因后果么？"通幽道："弟子未知。"张果道："上皇宿世乃元始孔升真人，因在太极宫听讲，不合与蕊珠宫仙女相视而笑，犯了戒律，谪生尘凡，罚作女身，即隋宫朱贵儿是也。当时贵儿骂贼而死，天庭最重忠义，应得福报。只因他与隋炀帝有夙缘，又曾私相誓愿来生再得配合，故使转生为开元天子，完此一段誓愿。"通幽道："请问朱贵儿与炀帝有何夙缘？"张果道："炀帝前生是个怪鼠，因窃食九华宫皇甫真君丹药，被真君缚于石室一千三百年，它在石室潜心静修，立志欲做人身，享人间富贵。那孔升真人偶过九华宫，知怪鼠被缚多年，怜它静修已久，劝皇甫真君放它，往生人世，享些富贵，酬其夙志，有此一劫，结下夙缘。皇甫真君因奏请上帝，将鼠怪托生为炀帝，以应却运。恰好孔升真人亦得罪降谪为朱贵儿，遂以夙缘而得相聚，不意又与炀帝结下再世姻缘，因又转生为唐天子，炀帝转生为杨妃。那炀帝既为帝王，怪性复发，且有弑逆大罪，上帝震怒，只判与十三年皇位，敕以白练系颈而死，罚转女身，仍姓杨氏，与朱贵儿后身，完结孽缘，仍以白练系死，然后还去阴司候结。那弑逆淫暴的罪案，况它为妃子时，又恃宠造孽，罪上加罪。如今它的魂魄已入地狱，要那里去寻它。"通幽道："原来有这些因果。但弟子怎好把这些话去回复上皇。"叶法善道："你不妨用饰辞以应之。"通幽道："饰辞无据，恐不相信。"罗公远道："要有凭据也不难。我闻得天宝十载，杨妃从上皇避暑骊山宫，于七月乞巧之夕，并坐长生殿庭中纳凉时，已夜半,宫婢俱已寝息,杨妃与上皇相誓,愿世世为夫妇。此事世间无一人知道,你可以此回奏,自然相信。"通幽道:"朱贵儿与炀帝有私誓,遂得再合,今杨妃与上皇也有私誓,来生亦得再合否?"公远道:"贵儿以忠义相感,能如愿,杨妃无贞节,其私誓不过痴情痴念,那里做得准。"通幽道:"梅妃前因,还求仙师说明,好一并回奏。"张果道:"梅妃即蕊珠仙女,因与孔升真人一笑,谪降人间。两世都入皇宫,在隋时为侯夫人,负才色而不遇主,以至自经再转生为梅妃,方与孔升真人了一笑之缘。如今仍做仙女去了。你今回奏,只说二妃俱是仙女,各各安乐,须劝上皇洗心忏悔,勿昧前因,当复仙位。"言讫,把袖一挥。通幽早于坛中惊醒,遂趋上皇御前启奏说:"梅妃、杨妃俱是蕊珠宫仙女,他云,'上皇系仙真降生,与我有缘,故得聚首,今虽相别,后会有期,不须悲念,奉劝上皇,及早明心养性,万岁后,当复仙位'。"上皇听了,心还未信。通幽又把杨妃七夕私誓之言奏上,上皇闻言,始雠其真,厚赏通幽。

自此,上皇屏去纷华①,辟谷②服气,日夕诵经,至肃宗宝应元年夏四月,无疾而崩。肃宗闻知涕泣,病势转重,不久亦崩。张后欲废太子,辅国不从,竟弑张后,立太子,是为代宗。后辅国被刺客刺死。那安、史余贼至代宗广德年间方殄灭。今此一书,不过说明唐明皇与杨贵妃的前因后果。代宗以后,尚有十三传皇帝,诸事其多,另俱别编,兹不复志。

---

① 纷华——此处指嫔妃。
② 辟谷——道家方术,不食五谷,谓可以长生。

残唐五代史演义

残唐五代史演义

目 录

第 一 回　孙待诏史记世系／143
第 二 回　唐天子开科取士／144
第 三 回　赤墙村黄巢出身／145
第 四 回　黄巢藏梅寺起手／147
第 五 回　黄巢杀入长安城／148
第 六 回　郑畋大战朱全忠／150
第 七 回　敬思奉诏宣晋王／153
第 八 回　晋王起兵入中原／156
第 九 回　克用箭服周德威／158
第 十 回　安敬思牧羊打虎／161
第十一回　李晋王阅兵试箭／164
第十二回　存孝打破石岭关／168
第十三回　李晋王河中会兵／169
第十四回　鸦馆楼朱温赌带／172
第十五回　存孝生擒孟绝海／174
第十六回　德威力救李存孝／175
第十七回　李存孝力杀四将／178
第十八回　存孝火烧永丰仓／181
第十九回　德威遣将灭黄巢／186

第二十回	灭巢山黄巢自刎 / 188
第二十一回	程敬思接驾还朝 / 190
第二十二回	存孝力服王彦章 / 192
第二十三回	朱温火烧上源驿 / 195
第二十四回	田令孜弄权封爵 / 198
第二十五回	晋王勘问田令孜 / 201
第二十六回	朱温掣剑挟王铎 / 205
第二十七回	刘知远大战梁兵 / 208
第二十八回	李晋王同台解围 / 211
第二十九回	朱温计逼五侯反 / 212
第三十回	存孝活捉邓天王 / 215
第三十一回	存孝病挟高思继 / 218
第三十二回	五牛挣死李存孝 / 220
第三十三回	晋王痛哭勇南公 / 222
第三十四回	梁兵劫夺勇南枢 / 224
第三十五回	唐昭宗迁都汴梁 / 227
第三十六回	晋王起兵伐朱温 / 230
第三十七回	宝鸡山存孝显圣 / 234
第三十八回	彦章智杀高思继 / 237
第三十九回	建瑭智擒傅道昭 / 241
第四十回	赵霸入汴诓军粮 / 242
第四十一回	君臣三弑焦兰殿 / 243
第四十二回	五龙逼死王彦章 / 244
第四十三回	李嗣源据守大梁 / 248
第四十四回	唐明宗焚香祝圣 / 251
第四十五回	潞王夺位登天下 / 253
第四十六回	石敬瑭反下三关 / 255
第四十七回	废帝遣将追公主 / 259
第四十八回	契丹遣兵助敬瑭 / 261
第四十九回	桑维翰献策取城 / 263
第五十回	石敬瑭洛阳即位 / 265
第五十一回	晋兵智困王延政 / 267

第五十二回　刘知远奉命出师 / 269
第五十三回　文宝赚关杀戴礼 / 270
第五十四回　飞虎据守铁笼山 / 272
第五十五回　弘肇活捉孙飞虎 / 273
第五十六回　立齐王重贵为帝 / 275
第五十七回　幼主称臣降契丹 / 277
第五十八回　汉主谋杀史弘肇 / 278
第五十九回　郭威为众加黄袍 / 281
第 六 十 回　周少主禅位宋祖 / 284

第 一 回
孙待诏①史记世系

　　按宋待诏孙甫史记：子丑乾坤判，惟寅人所生。圣君开至治，贤相在新民。三王惟尚德，五帝尽施仁。唐虞民物阜②，汤武放顽民。春秋因鲁史，孔子道难行。德衰征伐尚，风漓治乱循。图王人罕见，尚霸众争横。秦强吞六国，汉杰羡三人。东西二百四，吴魏蜀三分。五季相循并，君臣迭乱争。一朝征战起，藩镇坐皇廷。世祖承平治，太宗起义兵。辽夷皆拱服，怙③恶尽称臣。胡虏入中国，宫中开祸门。禄山④方被扫，巢⑤贼又侵凌。天意除奸暴，否泰⑥本相循。赓歌记遗迹，传记最分明。

歌之不足复赋之以律云：
　　唐虞三代皆崇德，降自春秋治不隆。
　　扰扰兵戈无义战，纷纷谋利诈相攻。
　　汉祛秦暴真天命，唐统华夷杂霸功。
　　祸乱若无安禄兆，黄巢焉敢乱僖宗。

　　此后单道隋炀帝开汴河，天下群雄并起，六十四处烟尘反乱，十八处擅改年号：

　　　辽东李　密　　江南萧　铣　　幽州刘隆真
　　　明州窦建德　　河州梁师都　　饶州林士弘

---

① 待诏——官名，掌管文词之事。
② 物阜——物资、物品多。
③ 怙(hù)恶——坚持作恶。
④ 禄山——指安禄山，曾与其部将史思明发动了历史上有名的"安史之乱"，使唐朝统治从此由盛而衰，形成藩镇割据的局面。
⑤ 巢——指黄巢，唐末农民起义领袖；攻破长安后，即皇帝位，国号大齐；四年后，兵败自杀。
⑥ 否(pǐ)泰——六十四卦中的卦名，否是坏的卦，泰是好的卦。这里泛指好的和坏的。

源州李　轨　　湖州沈法兴　　兖州徐圆朗
楚州朱　灿　　登州李子通　　济州辅公佑
山后刘武周　　建州刘黑闼　　西城韩世充
扬州宇文化　　兰州薛　举

当时那十八处烟尘,皆被唐太宗扫灭,混为一统天下,建号大唐:

太宗　　高宗　　中宗　　睿宗　　玄宗　　肃宗
代宗　　德宗　　顺宗　　宪宗　　穆宗　　敬宗
文宗　　武宗　　宣宗　　懿宗

第 二 回
唐天子开科取士

却说懿宗传至十七代,僖宗即位。僖宗名儇,懿宗少子也。年十三,为宦官刘行深、韩文约所立。建都于长安,改元乾符元年。僖宗设朝诗云:

绛帻①鸡人报晓筹,尚衣方进紫云裘。
九天阊阖②开宫殿,万国衣冠拜冕旒③。
日色才临仙掌动,香烟欲傍衮龙浮。
群臣朝罢归来处,一派珂声绕凤楼。

众臣朝毕,僖宗问:"天下甚荒,黎民反乱,何以治之?"言未尽,闪出佞臣田令孜。此人总督三省六部,正是文官的班头、武将的领袖。奏说:"臣闻天下荒乱,贼寇蜂起,男子插刀枪而种田,妇女披衣甲而馈饷。只因文无清官,武少勇将。乞我主开文武二选场,选取天下文人勇士,叫他们为官为将,讨贼安民,则太平可立致矣。"帝准奏,即命次日出榜招贤。天下举子,尽到咸阳。

---

① 帻(zé)——古代的一种头巾。
② 阊阖(chāng hé)——神话传说中的天门。
③ 冕旒(miǎn liú)——古代天子的礼帽和礼帽前后的玉串,也作皇帝的代称。

只因招选诸贤士,竦动英雄杰士心。

第 三 回
赤墙村黄巢出身

时朝廷昏乱,佞臣当道,有钱重任,无钱不用。因此,曹州反了王仙芝,濮州反了尚君长。唐遣令孜领兵十万剿除。世之盛衰,国之兴废,皆有定数。太平时节,国有英雄扶社稷;离乱之时,天生奸佞乱乾坤。

却说曹州冤句县赤墙村,一人姓黄名宗旦,世为盐商。娶妻田氏回家,径从巢林经过,见一小儿席地而坐,身穿黄衣,叫田氏为娘,化一道黄气冲入田氏怀中。田氏归即有孕。怀胎二十五个月,一日诞下,形容怪异,身长二尺,眉横一字,牙排二齿,鼻生三窍,左臂生肉膝蛇一条,右臂生肉隋球一个,背上有八卦,胸前有七星。宗旦见了惊疑,遂将此子丢在沟渠。时有土地将此子移在巢树上鸦鹊窠①中。经过旬日,宗旦复从巢林经过,忽闻树上小儿叫声。宗旦举目视之,乃日前丢的小儿,遂取将下来。宗旦惊曰:"此子奇异!"乃抱回家,仍命田氏抚育,取名黄巢,及长,表字巨天。博览经史,精熟武艺。

是时乾符三年,天下荒旱,改为广明元年。庚子岁,巢闻长安大开武试,招募英才,即辞父母,竟赴长安。入场试毕,果中武举状元。次日朝帝,令孜引至驾前请旨。帝问:"那个是状元?"令孜奏曰:"此人是状元。"僖宗一见黄巢,身长一丈,膀阔三停,面如金纸,眉横一字,牙排二齿,鼻生三窍,唬得魂不附体,半响方定。僖宗大怒,将黄巢革退不用。当驾官说:"朝廷嫌你丑貌,故不肯用。"

黄巢退出朝门之外,默然叹曰:"明诏上只说选文章武艺,不曾说拣面貌,早知昏君以面貌取人,我也不来。"本欲回家,羞见父母。大丈夫不做暗事,袖中取出笔来。只见街头一只锦毛雄鸡,望黄巢叫了一声。巢曰:"昏君不识贤,鸡倒识贤。"又说:"鸡,我若有天下之分,你大叫一声。"

---

① 窠(kē)——昆虫、鸟兽的巢穴。

那鸡又叫一声。巢大悦,举笔写诗八句云:

  雄鸡有五德,今朝见我鸣。顶上红冠正,身披紫锦文。
  心中常怀义,大叫两三声。唤出扶桑日,重叫天下明。

巢作诗毕,进酒馆饮酒,乘兴又在粉墙上写反词云:

  昏君失政,宠用奸邪,荒荒杂乱,文武无能。唐僖宗有眼无珠,见贤才不能擢用①。可惜我十年辛苦,到今日不得成名。暗思昔日楚汉争锋,一个力拔太山②,一个量宽沧海。他两个战乌江,英雄抵敌;诣③咸阳,火德肇兴。某也志高汉斗,气吐虹霓,意欲匹马单刀,横行天下,管叫那刀兵动处,把唐朝一旦平吞。

有诗为证:

  浩气腾腾贯斗牛,班超投笔去封侯。
  马前但得三千卒,敢夺唐朝四百州。

黄巢写下诗词,即收拾琴剑书箱,出了长安城,对天誓曰:"黄巢若得寸进,定要夺取唐朝天下。"言罢而去。却说巡城军官,看见反诗,抄奏朝廷。僖宗即宣令孜曰:"黄巢写下反诗,要夺朕之天下,卿何治之?"令孜奏曰:"我主宽心,乞敕画影图形,捉拿巢贼,抄没其家。"帝准其奏,即时命写榜文,各处张挂,不在话下。

  却说长安城外,有一藏梅寺,寺中有个法明长老。一日领众僧上殿,见琉璃灯光不明,视之,只见里面无油,申怪徒弟。徒弟曰:"我夜夜添油,不知油到那里去了?"至晚,其僧隐于殿内。未及二鼓,忽见二鬼手提瓦罐,到殿内偷油。其僧急报长老,长老不信。至次晚,复隐于殿内,二鬼又来偷油。其徒急报长老,长老即引众行者到殿,见二鬼果在偷油。长老问二鬼偷油作何用,二鬼答曰:"今有三曹阴司,攒造生死轮回册,无油点灯,因此差我们到各寺观取油应用。"长老问二鬼曰:"册内载的是什么事?"二鬼答曰:"那册内说,一人姓黄名巢,字巨天,生得眉横一字,牙排二齿,鼻生三窍,面如金纸,有帝王之分。目下起兵混唐,在藏梅寺起手,开刀先杀一僧,名法明。他将后杀人八百万,血流三千里。"长老听罢,对

---

① 擢(zhuó)用——提升任用。
② 太山——即泰山。
③ 诣(yì)——前往;去到。

二鬼云:"你可救我一命?"二鬼道:"天曹已先攒造一本去讫,除非黄巢不杀方好。"鬼使说罢而去。长老烦恼,每日差一行者在山门外伺候。

却说黄巢听得朝廷出捉拿榜文,四方捕捉,遂从山路逃走。忽一日,到一山,但见山头:

　　云霭霭,雾漫漫,水潺潺,石蹬蹬。鸟啼古木,鹤唳老松。路盘狐兔迹交加,谷应豺狼声咆哮。行人难进步,正是老僧家。又有诗为证:

　　壮哉山寺石岩边,渺渺遥瞻斗柄连。
　　殿阁巍峨侵碧汉,楼台缭绕漱清泉。
　　金钟隐隐雷声吼,宝塔重重月影圆。
　　静听法华皆梵语,谁知此处有西天。

第 四 回
黄巢藏梅寺起手

　　黄巢看山顶上有寺,碑上写着"藏梅禅寺"四字,景致非凡。有诗为证:

　　金光万道冲云汉,紫雾千条锁翠峰。
　　景物非凡观不尽,原来却是梵王宫。

黄巢正游玩间,那行者见了,报与长老说:"山门外有一人,生得十分古怪,想是黄巢。"长老听得,即吩咐本寺众僧,铺毡焚香,一步一拜来接黄巢。至方丈①内坐下,长老说:"接迟主公,乞恕小僧之罪。"巢喝道:"休胡说,谁是主公?"长老遂将前事备说一番。黄巢心中暗道:"我若果有此事,你这寺中僧人不杀一个。"长老安排酒席款待,巢遂匿于寺中。

　　忽一日,到后花园中看景。行至树下,见桌上放着一张琴,巢近前抚罢一曲,则见东南风起,蓦地②云生,天风过处,闪出一仙女,立在黄巢面

————————
① 方丈——佛寺或道观中住持住的房间。
② 蓦地(mò di)——出乎意料的;突然。

前道:"吾奉上方敕令,差吾下来送此一口宝剑与你。此剑杀人八百万,血流三千里。"巢接剑在手,低头便拜。仙女指道:"兀的那东南方有一位仙长来了。"巢回头看时,仙女化道清风而去。巢得剑欢喜不胜,将剑与长老看,说知其事。长老道:"贫僧绝无谬言。"

时值五月十四,巢叫长老云:"我选庚子年壬申月甲申日庚午时,是五月十五日,我试剑起手。你寺里僧人,尽行回避。"言未尽,只见行者来报曰:"山后王十万家来请,十五日寺中大小僧众赴斋。"长老吩咐:"你众僧明日都去赴斋,我在寺中服侍主公。"吩咐已毕。次日天早,众僧齐去赴斋,长老安排早饭与黄巢吃。巢说:"今日午时三刻,开刀起手,你要回避。"长老辞了黄巢,自去躲身。出门只见路旁一株大树,年久心空,长老遂隐身于树内。不觉午时已到。

却说黄巢望天祝谢曰:

巢本唐臣,一介书生。只因当今无道,宠任奸邪,用舍颠倒,思乱纷纷。权臣贪贿财利,不论贤才;主上唯取相貌形容,不分豪杰。巢因此誓削权奸,扫清天下,夺取江山。况荷宝剑颁临,钦承明命。乘此吉期,开肱展臂。果蒙默佑,受命遐昌。

祝毕,手执宝剑叹曰:"我有愿在先,不杀寺中一个僧人。"阔步出寺,四顾无人,就将这大树起手开刀。把剑望树上一砍,只见人头落地,鲜血喷天。巢说:"莫非这树内有人?"视之,乃法明长老。巢说:"我本心不要杀你,只因你躲此,大数不过。"有诗为证:

不肯参禅苦自修,法明长老命该休。
身藏大树无人见,谁识钢刀不肯留。
黄巢大树试钢刀,只道藏梅僧尽逃。
非是法明藏不密,奈缘天数莫能饶。

第 五 回
黄巢杀人长安城

黄巢斩了法明,遂离藏梅寺。行至阳关大路,见一伙人在前面,巢大

第五回 黄巢杀入长安城

喜,祷告天地曰:"我若有天下之分,将这伙人都归顺于我。"黄巢大叫曰:"你众人是那里去的?"唬得那伙人一起跪下道:"我们是不及第的举子。"巢问曰:"你们肯跟我前去杀夺大唐天下么?"众人曰:"情愿跟大王前去。"黄巢得了这伙人扶助,就反上金顶太行山,杀到宋州。未及半载,收了朱温、尚让、柳彦璋、柳彦随、葛从周、邓天王、孟绝海等,聚饿夫兵百万。叫葛从周为总兵,尚让做军师,夺了东南州郡,领兵直至潼关。

守关二将李茂、朱真,与巢将邓天王交马不及三合,二将大败,弃了潼关,奔上长安见驾。奏曰:"今有黄巢,领饿夫兵百万,抢了潼关,臣等抵敌不过,乞发大军前去,剿除贼众,以安万民。"帝闻大惊。又报巢兵到八里桥安营。帝宣田令孜曰:"这事怎了?"令孜奏曰:"事已急矣,不如前往西祁州避兵。"帝问曰:"西祁州那得宫殿安身?"令孜奏曰:"昔日七帝明皇因禄山渔阳兵变,上西祁州避兵,建立的宫殿尚存。"帝即传旨,收拾三宫六院、嫔妃彩女,上西祁州去。令孜奏曰:"军情紧急,只一君一后足矣。"当日,田令孜同文武保驾,离长安径上西祁州。逸狂诗曰:

潼关贼破寇无休,坚守招兵或可收。

恨杀奸臣无计策,轻移车驾上祁州。

却说黄巢正坐帐中,哨马报:"僖宗离了长安,望西祁州去了。"黄巢即令将士领兵追赶,葛从周曰:"且令人先洗宫院,登了大位,那时再去追赶未迟。"巢依言,令朱温领兵去洗宫院。朱温进了长安,但见唐宫中:

黑漫漫征云笼凤阁,昏惨惨杀气绕龙楼。喊声滚滚,吓嫔妃急登罗帏;战鼓冬冬,惊彩女忙投锦帐。千秋池下,撇了些破甲残旗;万岁山前,丢了些折弓损箭。直杀得:绛绡楼下胭脂湿,白玉城边血浪翻。

朱温直杀至后宫,见帝妹玉銮英正欲投井,温向前将欲杀之,但见红光满面,遂按剑喝曰:"汝何人也?"玉銮英泣告曰:"妾乃帝之妹也。"温曰:"可曾婚配么?"玉銮英曰:"未曾适人①。"温命銮英近前,但见有闭月羞花之貌,沉鱼落雁之容,遂对玉銮英曰:"吾乃朱五经之子朱温是也。但得汝为夫人,吾之愿也。"銮英勉强从之。时广平元年秋七月也。温将銮英假装军人,相杂而出。

---

① 适人——嫁人。

于是唐金吾将军张方直率文武数十人,请巢为帝,遂进冠冕玺绶,巢就太极殿南面而坐,受文武官僚山呼称贺。是日,巢即皇帝位,国号大齐,改元金统元年。立子球为太子,封尚让为太尉,葛从周为行兵总管。唐之旧臣,三品以上者,悉停不用;四品以下者,使居旧职。其余诸将,各据功赏爵。遂问众臣:"僖宗既上西祁州去,众将谁往追之以绝后患?"朱温奏曰:"小将愿往。"巢即命温引精兵一万追之。逸狂诗曰:

> 当年逆贼寇咸阳,威逼銮舆避远方。
> 天使朱温追驾急,銮英劝化幸无伤。

僖宗车驾行了数日,忽见旌旗蔽日,尘土遮天,一阵人马来到,众皆失色,帝大惊。田令孜出马曰:"来将何人,敢拦圣驾?"绣旗影里,闪出一将,金甲玉带,跨紫骝马,持宣花斧,便问天子何在。帝战栗不能语,群臣闻知,皆无所措。王子向前叱曰:"来者何人?"畋曰:"臣是西祁州节度使郑畋,特来接驾。"王子曰:"既来接驾,天子在此,何不下马?"畋慌忙下马,拜于道左。帝曰:"追兵大至,汝可迎敌。"畋曰:"陛下勿忧,臣愿领铁骑相拒,破之必矣。"言未绝,只见后面尘埃起处,金鼓齐鸣,朱温人马至近。畋即将人马摆开阵势,手持月斧,跃马当先。但见朱温:

> 身长一丈,膀阔三停,面如噀血①,齿似狼牙,耳犹两翼,蓝发红须。真如八臂那吒离天阙,开山小鬼下坡来。

第 六 回

郑畋大战朱全忠

畋见朱温遂大骂:"反贼!早早回兵,休来寻死。"温怒,持枪来迎。两马相交,斗上一百余合,不分胜败。日已沉西,鸣金收军,两马并回。郑畋回至营中见帝,畋曰:"臣与朱温战上一百余合,不分胜负,吾来日必定擒之。"帝曰:"且自将息,来日再议。"

却说朱温回至寨内,恨气未消,带酒而言:"明日定擒僖宗,以献吾主。"言未绝,只见屏后转出一佳人,近前声言不可。温视之,乃玉銮英

---

① 噀(xùn)血——把血含在口中而喷出。

也。温曰:"汝有何言?"銮英曰:"僖宗乃妾之兄也,天下已被汝众夺去,何故定要擒之?"温曰:"汝乃女流之辈,有何识见!僖宗,草创昏君;大齐,真命之主。无德让有德,自古皆然。斩草若不除根,恐后复发矣。"銮英曰:"君言谬矣!唐之天下,子孙相承一十七世,反言草创;黄巢只一匹夫,起于强寇,称为真主,此何理也?岂不闻古人有云:'顺天者存,逆天者亡。'汝若改邪归正,弃贼扶唐,实为良久之计。将军请熟思之!"温听言沉吟半晌,欣然悟曰:"汝言是也,吾意已决。"遂吩咐手下收拾降旗,准备降唐。

却说次日,郑畋复来搦战①。只见温素体戎装,身无寸铁,手执降旗,大叫:"唐将休得放箭,吾来降唐。"畋曰:"既然如此,吾当带汝见驾。"畋以此事来奏,帝曰:"斯人终是为盗,岂容纳之?"田令孜曰:"目今②用人之际,既有降兵,不可不纳。"帝即从之,遂宣召至阙下。拜叩已毕,帝见温形容古怪,实有惊惧之意,问:"汝是何人?"温曰:"臣是黄巢部将,姓朱名温,奉巢命来追圣驾,实该万死。臣今不敢有违天命,特来愿充前部,同破巢贼。"帝曰:"诚如是,社稷生灵之福也。"温奏曰:"臣启陛下,近日臣因扫宫,见御妹玉銮英将身赴井,实臣救之,现在营中,请陛下圣鉴。"帝闻奏愕然,半晌无言,自觉满面羞惭。田令孜曰:"此人有大功,合配御妹为妻,陛下迟疑乎?"帝欣然从之,遂封温为汴梁节度使,更赐玉带一条。时帝嫌温容貌丑陋,名字又恶,因赐名全忠,令以温字改之。温心暗喜,已知字意乃"人王中心"四字,顿首谢恩而出。温领人马上汴梁去讫。

却说郑畋保驾进西祁州,帝即日升殿,改元中和元年。群臣朝贺已毕,帝仰面大哭。畋跪曰:"今日入城登殿,且一路平安,乃喜事耳!大哭何也?"帝曰:"朕哭高祖耳!"畋曰:"高祖崩已久矣,陛下此哭何意?"帝曰:"朕想高祖太宗,东荡西除,南征北伐,苦争血战,混成一统天下,传流一十七世。今被巢贼所侵,社稷危在旦夕,朕有何颜见高祖于地下乎?"言罢又哭。畋曰:"失天下,乃天运循环使之然也。近日西祁州街市童谣云:

庚子年来日月枯,唐朝天下有如无。

---

① 搦(nuò)战——挑战。
② 目今——现今。

山中果木重重结,巢就鸦飞犯帝都。

世上逆流三尺血,蜀中两见驻銮舆。

若要太平无士马,除是阴山碧眼鹕。

以此论之,正应天运有变。'庚子年来日月枯',陛下立乾符元年,至乾符二年是庚子,我主又改为广明元年,'明'乃'日月'也,今岁失天下,岂不是'枯'矣!'唐朝天下有如无',即今黄巢在位,未知中兴如何,岂不是'有如无'也。'山中果木重重结',果字头有'三丝'乃为'巢'字,岂不是'重重结'也。'巢就鸦飞犯帝都',今黄巢入长安夺帝位,岂不是'犯帝都'也。'世上逆流三尺血',自黄巢作乱,顺者存逆者亡,纵兵屠杀,流血成川,岂不是'三尺血'也。'蜀中两见驻銮舆',昔安禄山作叛,明皇蜀中避难;今日巢兵逼陛下,亦在蜀中避难,岂不是'蜀中两见驻銮舆'也。末此二句,'若要太平无士马,除是阴山碧眼鹕','碧眼鹕'即李鸦儿也。"帝曰:"鸦儿是何等人?"畋曰:"此人王侯之子,帝室之胄,陛下缘何不识?"帝曰:"朕实不识,卿试言之。"畋曰:"此人父名国昌,在朝廷有大功,得赐姓李。生子克用,善能骑射,骁勇无敌,官封为兵马使。尝因受诏监筵,只因国舅段文初闹席,与克用两下拒言,克用大怒,一拳打落文初二齿。文初欲奏朝廷,克用性如烈火,即取出铜锤,将段文初打死。朝廷闻之,欲杀克用,赖众臣力救,得贬于直北沙陀歇马。克用一到彼处,训练军士,招集番兵四十余万,有五百家骁勇兵将、十二太保,皆无敌之士。此人生得左眼大右眼小,黄睛绿珠,人皆称为独眼龙,自号碧眼鹕。每出阵,有三万三千三百三十个铁甲军皆穿皂衣①,号为鸦兵。今黄巢乃鸟巢也,谣言'群鸦入巢,巢必破矣'。须得此一支军来救取,方可无危矣!"

帝大喜,便问群臣谁可为使,前往直北取回克用。阶下一人进曰:"臣虽不才,愿往直北,调取克用人马,剿除巢贼。"帝视之,乃吏部尚书程敬思也。帝曰:"卿去甚当,奈外夷与中国语言不同,人物亦异,克用心怀愤惧,未必便来。"敬思曰:"臣幼颇通番语,且与克用有一面之交,陛下赦其死罪,封克用官职,臣往以言抚慰之,彼必引兵来恢复矣。"帝曰:"封他何职?"敬思曰:"陛下先肯擢以重任,使克用得展其威武,方好举兵行事。"帝曰:"朕即封克用为忻伐石岚破巢兵马大元帅雁门关都招讨。"遂

---

① 皂衣——黑衣。

赐金宝十车、金银牌五百面、空头宣五百道、龙衣一套、玉带一条，更遣八员健将、五百名官军，金宝敕书，即日便行。一面遣人调取二十八镇诸侯，都到河中府会兵取齐，待克用人马到来，协同破巢。

二十八镇诸侯：

函国公袁容	晋国公王铎	荆西王　元
泾原程宗楚	秦州仇公遇	寰州童弘真
同台岳彦真	华州韩　鉴	曹州曹　顺
兖州周　顺	郓州赫连铎	河中府王重荣
幽州马三铁	定州王景宗	汴梁朱全忠
徐州支　祥	景州周太初	平州王用之
寿州张仲仁	莱州马君武	陈州刘从吉
孟州朱合爽	朔州唐大弘	邠州朱　文
鄜州杨思恭	青州王敬武	于州王守存
覃州邵升昌		

第 七 回
敬思奉诏宣晋王

却说敬思领了金宝敕书等件，随带官军五百名，一簇人马望北进发，途中有词为证。但见：

　　风飒飒，草萋萋，云惨淡，雨淋漓。沙鸟飞低岸，孤雁落平堤。霜迹板桥千古道，月明茅店一声鸡。

敬思在路上饥餐渴饮，夜住晓行，纵马直至大潼城下。勒马有感，遂吟一律云：

　　持鞭勒马立芳洲，客路那堪满目秋。
　　万叠苍山云惨惨，半泓野水绿悠悠。
　　西风征雁添乡思，寒树归鸦起暮愁。
　　一点忠心思报国，何时恢复旧神州。

敬思吟罢，遂出了大潼城，望前进发。

行了数日,直至野狐岭下。闪出一彪人马,为首一将,头裹黄巾,身穿战袍,持枪跃马,拦住去路,厉声喝曰:"何人在此经过?留下金宝!"敬思向前告曰:"吾乃大唐通使程敬思是也。领着朝廷敕书,往直北去取李克用的。只以敕书进用,安有金宝?纵有亦难献纳。"其人听言大怒,把旗一展,众兵无数漫山塞野而来,将五百人马、金宝物件尽皆劫夺,往密松林内去了。只剩下程敬思一人一马,在旷野放声大哭,遂跳下马来,解脱缰绳,欲向林中自缢。正在犹豫,忽听得松林下一声鼓响,闪出一支围猎兵来,打起皂雕旗,旗下拥着一个年少番官。看他怎生打扮?但见:

　　身长九尺,年近二旬,面如重枣,体似狼形。头戴一顶银鼠帽,身披一领锦貂裘,腰系一条狮蛮带,袋插一簇狼牙箭。座下青骔骔追风马,手持明晃晃方天戟。

那番官人马拥至林前,大喝曰:"汝是何人在此寻死?"敬思向前跪曰:"吾是大唐宣差官程敬思也,吾有事要见李克用。"番官曰:"莫非吏部尚书程敬思乎?"敬思曰:"然。"番官遂滚鞍下马,扶起敬思,汗流浃背。敬思便问:"将军何人?"番官曰:"俺是沙陀李晋王大太保李嗣源是也。吾父尝言叔父盛德,不能相会。叔父何不在朝致君泽民,到此沙漠之地,有何缘故?"敬思曰:"今有曹州一人姓黄名巢,聚贼兵百万,劫掠州郡,不半载,夺了东西二京,杀戮唐之臣庶不可胜计。今圣上在西祁州避其锋镝①,众臣商议,特遣我赍②旨意一道,金宝十车、金银牌五百面、空头宣五百道、八员健将、五百名官军,取汝父子入中原,洗灭巢贼。不料来到此处,遇一支兵将,金宝、人马尽抢入密松林去。某思进退无路,不如寻个自尽。正在犹豫,幸遇贤侄到,是吾三生有幸矣!"嗣源曰:"叔父勿惊,待小侄一并夺取回来交还叔父。"有诗为证:

　　怒发冲冠虎将威,松林小贼敢相欺。
　　阵前声喝如雷吼,金宝黄麻尽送归。

嗣源绰枪上马,径往密松林索战。忽见林内一黑汉,引二百余喽啰,出林外拜伏于地。嗣源问曰:"汝何人也?"答曰:"某姓薛名铁山,劫掠为

―――――――――

① 锋镝(dí)——锋是刀刃,镝是箭头,泛指兵器,也比喻战争。
② 赍(lài)——赏赐。

生,恰聚三百余人。却才①同伴谢应达林外巡哨,误将金宝劫掳上山。吾问从者,云是大唐送献太保的物件,吾欲送出林外来,谢应达不从,被某杀之。今献头与太保请罪,愿以部下众人归降。"嗣源遂收留,合兵一处。敬思与嗣源并辔而行,径投金莲川来。

嗣源先遣人报其父李克用,克用知敬思已至界口,遂引军一万,离直北百里来接。但见那克用真个英雄好汉!有诗为证:

顶上金盔双凤翅,身披凯甲累金妆。
袋内弓弯生挺硬,壶中箭插点唇钢。
刀悬偃月除奸党,剑挂青虹草贼亡。
自幼曾观三略法,老年出阵气昂昂。

李克用接见敬思,敬思拜伏于地。克用慌答之曰:"久慕故人,无由一会。今幸得相见,足慰平生渴仰之思。"敬思答曰:"大唐天下今为黄巢所夺,京城俱陷,驾往西祁州避兵。想大王人马雄健,必尽忠皇室。臣不辞跋涉,远赍敕旨金宝,奉献大王麾下。万望垂救,实国家生灵之大幸也。"克用曰:"既有圣旨,即排香案迎接。"入帐开读:

奉天承运皇帝诏曰:朕闻乾坤阖辟,盖张广大之兵;月日升沉,实起照临之德。自我高祖以至于朕,相传一十七代。朕无上祖之能,尽赖文武辅佐。今有曹州冤句县②黄巢逆贼,乃王仙芝余党,聚百万之众,侵朕天下,关外一百五十余处,各州郡县,尽属黄巢。今朕不得已,而远迁于西蜀行宫,尚存于成都。巢贼心犹不足,旦夕招军,意在得陇望蜀③。朕今欲恢复大唐,保安家国,怎奈内无贤臣,外无勇将。兹特封皇兄为忻伐石岚破巢兵马大元帅雁门关都招讨,更赐龙衣一套、玉带一条、金宝十车、金银牌五百面、空头宣五百道。天下官军,悉听节制。勿负朕心,宜早兴兵,故兹诏示,想宜知悉。中和二年十月上旬诏。

---

① 却才——刚才。
② 冤句县——今山东菏泽。
③ 得陇望蜀——后汉光武帝刘秀下命令给岑彭:"人苦不知足,既平陇,复望蜀。"教他平定陇右(今甘肃一带)以后领兵带下,攻取西蜀(见于《后汉书·岑彭传》)。比喻贪得无厌。

读了诏书,望阙谢恩。程敬思献上玉带物件。克用头戴冲天冠,身穿衮龙袍,更挂淡黄衣,腰系白玉带。不移时,令十二太保、五百家将,皆来谢恩。逸狂诗云:

丹诏来宣帝室亲,龙衣玉带并珠珍。
斡旋天地加高爵,恢复山河召总兵。
急拯生民离水火,早诛强暴灭烟尘。
郑畋不解童谣数,鸦谷黄巢未易平。

第 八 回
晋王起兵入中原

晋王设宴款待敬思,不觉已过旬日,绝口不言起兵。一日会宴,酒至半酣,敬思避席言曰:"大王几时动兵?"晋王曰:"目今天寒地冻,草木已枯,人马难行。待等来春,天气融和,草青沙暖,才好相持。"敬思曰:"救兵如救火。中原百姓立待大王,如大旱之望云霓也,不可迟缓,愿熟思之。"言罢,只见晋王背后一女子,高声大言曰:"看汝枉为丈夫。僖宗正在危急之际,专望救援,恨不得一日兵到。何故迟滞耶?妾虽女流,敢领兵前去灭贼,以慰中原之望。"敬思视之,那女子:

貂裘翠帽,一似出塞昭君;杏眼桃腮,不亚前朝贾氏。朱唇款动,开一颗樱桃;皓齿轻掀,露两行碎玉。湘裙紧系,恰像吴宫西子;金莲缓步,浑如蓬岛仙姑。

这女子是谁?乃晋王正宫刘妃也。能使两口雁翎刀,军中敢战无敌。晋王曰:"汝是妇人,有何高见,缘何在此多言?"刘妃曰:"大王受国重恩,早宜报效,何待来春?且大唐关外各镇诸侯,皆是好汉,倘有一路灭了黄巢,那时大王有何面目再见朝廷乎?"晋王曰:"汝言是也。吾即调遣人马,准备起程。"于是传下号令。

李嗣源收拾干粮炒面,点起两营番汉人马,约有四十余万。次日辰牌鼓响,众兵离了金莲川,望平原进发。但见旌旗蔽日,剑戟如林,人马争驰,果然雄健。大军正行,前面哨马回报已到黑河。敬思暗想:"晋王老汉,贪着直北富贵,懒上中原,待我将黑河的故事细说一番,看他如何?"敬思曰:"大王曾识这黑河故事否?"晋王曰:"吾乃粗略武夫,安能识此。"敬思曰:"此故事著于史册明矣。昔汉元帝一妃名曰昭君,大有姿色,被奸臣毛延寿图了真容,献上北番单于主。后来昭君和番到此,见直北是夷狄地界,不肯前去,遂投此河而死。大王不信,某记有词一篇为证:

> 望昭君渐远,流粉泪,湿征鞍。塞雁南飞,行人北渡,无限关山。烟花顿成消索,问琵琶,今后与谁弹?唯有清风明月,教人怨恨长安。 梨花不奈风寒,叶落粉香散。问长安,彩鸾人去也,想神仙何日到人间。试问他愁知多少?似黑河流水潺潺。

又有诗一首为证:

> 黑河流水响潺潺,不断阴云蔽玉关。
> 红粉无颜从北房,琵琶死后问谁弹?"

晋王曰:"世间有此烈女,沉埋于此,良可惜也。"敬思曰:"只一女子,也想中原繁华之地,不肯留此,何况你家大唐天下乎?"晋王曰:"汝言是也。"

又行不数里,只见一台,巍然高耸,势若接天。晋王曰:"此是何处?"敬思曰:"此汉李陵台也。"晋王曰:"为何在此?"敬思曰:"昔汉元帝遣李陵来直北赎苏武还朝,后在此处拔剑自刎。后人与他立下此台,以记其事。亦有诗为证:

> 旷野云低恨满怀,长安西望李陵台。
> 关河万里秋风起,黄叶一天鸿雁来。
> 持节还乡悲壮士,屈身降房叹庸才。
> 贤愚千载春秋笔,懒上云楼酌酒杯。"

晋王曰:"汝自不曾到直北来,这直北的故事汝何识之?"敬思曰:"臣看《通鉴》,有何不识?"晋王曰:"吾只知精通兵法,熟谙韬略,以为能事,岂识此忠臣烈女之事乎?"敬思曰:"此皆先朝遗迹,特以记事,不足为羡。前面乃一苏武庙,真忠臣耳。"晋王曰:"何以见之?"敬思曰:"苏武亦是汉人,元帝遣来直北催逼进贡,被单于拘留,令降不屈。使苏武北海上牧羊,曰:'羝羊①生子,即放汝还。'武持汉节牧羊,啮雪餐毡,旌旄②尽落,去十

---

① 羝(dī)——公羊。
② 旌旄(jīng máo)——古代旗杆头上用做装饰用的牦牛尾。

九年始得归汉。后夷人为之立庙，以旌忠烈。有诗为证：

漠漠平沙际北天，忠臣因此实堪怜。

餐毡啮雪终归汉，持节曾经十九年。"

第 九 回
克用箭服周德威

敬思与晋王在马上正议论几节故事，晋王大喜，叹曰："公真博古通今之士也。"话毕催兵速行。过了苏武庙，将次居延川。行不数里，忽听山坡后一声炮响，金鼓齐鸣，旌旗蔽日，闪出一支兵来，约有三百余人。当先一员大将，拦住去路。看他是谁，怎生打扮？但见：

戴一顶吞龙头、撒青缨、珠闪烁烂银盔，披一副损枪尖、坏箭头、衬香锦黄金甲，穿一领绣牡丹、飞双凤、圈金线绛红袍，系一条称狼腰、宜虎体、嵌七宝麒麟带，着一双起三尖、海兽皮、倒云根虎尾靴，弯一张雀画面、龙角靶、紫骢①绣六钧弓，攒一壶皂雕翎、铁梨杆、透唐猊凿子箭，骑一匹负千斤、高八尺、能冲阵火龙驹。叱咤一声山岳动，轻施韬略鬼神惊。

晋王闻报，勒马向前观看，见他眉清目秀，气概雄奇，厉声问曰："来将是谁？可通名姓！"那将答曰："我乃镇南将军姓周名德威，表字镇远，朔州马邑人也。来者可留下金宝，放你过去。"晋王闻周德威，心中暗喜，随答曰："吾乃直北沙陀李晋王克用是也。久闻人称红袍周德威，原来将军就是。你乃世之英雄，抱文武全才，何不弃邪归正，跟我同上中原，征灭黄巢，复取大唐天下，建立功勋，与汝同享富贵。著功勋于当世，留芳名于史册，胜在此绿林中落草，千载只一污名耳。"德威曰："汝亦是反唐逆贼，逃居直北，安敢以此言激我！"晋王大怒，抢刀直取德威。德威挺枪来迎。两马相交，战上一百余合不分胜败。德威暗思："这老汉刀法不乱，精神倍加，待我假做破绽，诱他赶来，用箭射之。"又战数合，德威佯输诈败，虚

---
① 骢（zòng）——马鬃。

晃一枪,拨马便走。晋王高声大喝:"小贼走那里去?"飞马赶下阵来。德威取弓在手,搭箭当弦,尽力射来,喝声:"老汉看箭!"原来克用眼看得更亲切,听得弓弦响处,其箭已接在手。

德威见箭射不中晋王,勒回马来大叫曰:"老汉!我料你会接箭,却不会射箭。"晋王曰:"吾射的是百步穿杨、倒挂针鱼之法,有名九支连珠箭。岂似汝贼射此无名箭乎?"德威曰:"连珠箭何足为奇?汝能于三百步外,立一面红旗,旗角上挽着一根金簪,簪上挂一条马鞭,一箭射去,中金簪上,马鞭落地,吾便跟汝去洗巢矣!"克用暗思:"我今已老,眼目昏花,若射中金簪,名扬天下。倘若不中,却不将俺清名玷在居延川下?"正想之间,忽见空中一群皂雕飞翔,晋王心生一计,曰:"吾不射那死物,吾射那行中第二只飞雕下来你看。"德威曰:"死物尚不能够,安能射飞雕乎?果能如此,吾便下马投降。"晋王曰:"这是夷狄地界,射中一雕,你不下马,谁与你作证?"德威曰:"一言既出,驷马难追。岂食言乎?"遂向袋中取出一箭,折为两段,"汝若射中一雕,吾不下马,以此为令"。晋王心思:"凭吾手段,射中一雕亦未可知。"暗中祷祝上苍曰:"大唐皇帝有福德合收此人,一箭射中。"祷毕,即拽满雕弓,单射一箭。弓弦响处,雕早落地。宋贤有诗赞云:

克用英雄盖世骁,贯雕箭去彻云霄。

阵前不必千钧力,降服红袍将最高。

又有诗赞云:

一箭神威贯碧空,皂雕落地草梢红。

三军未上中原去,先建居延第一功。

晋王射落飞雕,众兵齐声喝彩。德威慌忙下马,纳头便拜。德威曰:"大王神箭,古今罕有。臣愿从大王以充步卒!"晋王亦慌忙去了弓箭,下马扶起德威,抚曰:"吾素知镇远忠义之士,深慕高名。今幸得相从,它日位列封侯,吾当大用。"随令差官取出空头宣一道,填写升德威为大唐议国左军师;金牌一面,填写军师字号。着即日参谋帷幄①,运赞军机。德威顿首拜谢。扎了寨营。

是夜,晋王在帐内睡卧不安,秉烛观《孙子兵法》。自觉神思昏迷,伏

---

① 帷幄(wò)——军队里用的帐幕。借指决定作战策略。

几而卧。忽然梦见一只猛虎胁生两翅,飞入帐来。晋王惊惧,遂拔剑在手,望虎砍来。那虎侧身躲过,把晋王一爪扑翻,打折左臂。忽然惊觉,乃是南柯一梦,唬出一身冷汗。举目一观,帐中灯烛微明。披衣出营,只见月朗风清,正当夜半。晋王说:"此梦不祥。先断我一臂,明日破巢,不知损折何将?且回帐中,待等天明与众将试解何如。"遂口占一绝:

> 醉睡昏昏心欲醒,那堪怪变使魂惊。
> 吉凶浑是无凭准,谁向山中鬼谷明。

次早升帐,急唤周德威入见。晋王细言惊梦,德威袖占一课,贺曰:"此大吉之兆,主公收得一员上将。"晋王曰:"有何应验?"德威曰:"昔周文王梦二飞熊上殿,次日早朝,令众臣圆梦。众臣言,'此吉兆,可作急收拾打围,主在围场中得一飞熊将军。'文王大喜,遂布围场。到渭水河边,见一老者,直钩钓鱼,文王问曰:'弯钩钓鱼尚不可得,汝何直钩而取鱼哉?'老者曰:'大丈夫宁向直中取,不向曲中求。'文王知是贤士,遂问姓名。老者曰:'吾姓姜名尚,道号飞熊,姜吕望是也。'文王便称为太公,请归朝内辅政。后文王殁,其子武王拜为军师,称为尚父。兴兵伐纣,诸侯不期而会者八百;戊午日,兵临孟津,甲子日,血浸朝歌,破了纣王;成周八百年天下,赖此人之功也。大王不信,有诗为证:

> 堤草青青渭水流,子牙向此独垂钩。
> 当时未入飞熊梦,已对斜阳叹白头。

文王之梦,其应如是。今大王这梦,必主收得一员上将。即日大王便可收拾打围。"程敬思曰:"军师课数有准,大王当从其说。"晋王从之,即准备鹰犬器械,带领太保四员、三千人马前去。程敬思、周德威一同上马,离了营寨,径到山中,布列围场。不知有应梦贤士否?逸狂诗曰:

> 晋王游猎网英雄,天意残唐数未终。
> 当日若无飞虎梦,破巢安得勇南公。

第 十 回
安敬思牧羊打虎

　　此时春间,天气和暖,鸟兽繁盛,草木森严。晋王游猎半日,并无一毫所得。晋王疑怪此事不定,遂引十数骑转过山坡,远望樵夫手敲柴担,口唱歌曰:

　　　学采樵,学采樵,不曾砍得半个嫩柔条。临岩伐倒枯松树,
不够家中半月烧。

晋王闻其歌叹曰:"真乃樵夫之乐也。"遂遣人唤至而问之。樵夫曰:"我素居此处,树木深丛,大小乱石,安能放鹰走马,射猎打围乎?"晋王曰:"吾兵初至,不晓路径,汝为我指教之。"樵夫曰:"请问大王有多少人马?"晋王曰:"只带三千人马在此。"樵夫曰:"大王便有三万人马,驰不尽那獐麂①兔鹿。"晋王曰:"何处如此?"樵夫曰:"此去四十里,有一山名飞虎山灵求峪,山内所产禽兽极多,大王可往彼处取之。"晋王喜曰:"吾夜来飞虎入梦,此有飞虎山,必主招贤人矣!"遂叫樵夫引路,勒马前行。

　　到了飞虎山,果然高山旷野,清景异常;幽禽怪兽,上下交鸣,晋王令军人布开围场。忽然起一阵狂风,飞沙走石,刮地遮天,倏尔不见樵夫。晋王大惊,唤德威问之。德威曰:"此虎兕②出没之乡,故有此风。"晋王曰:"风乃天地呼吸之气,何因彼而发乎?"德威曰:"云从龙而风从虎,雨润田园万物生。龙吟则雾起,乃壬癸云雨之方;虎啸则风生,戊己为巽宫之地。龙出海,登时雨至;虎离山,蓦然风生。此必然之理也。"言未绝,只见山坡中忽然跃出一只斑斓猛虎,如水牛一般,在草坡中咆哮大叫。众人视之,惊得神魂不定,各欲逃生。晋王大叫:"吾儿嗣昭、嗣源急来救我!"此时,二人逃命亦不知走向那里去了。晋王慌自取弓在手,搭箭当弦,往虎便射一箭,正中夹膀,其虎负痛,遂掩尾低头而走。晋王后面追

---

① 麂(jǐ)——小型的鹿,通称麂子。
② 兕(sì)——雌的犀牛。

赶,比及已到涧边,其虎踊身跳过,立在对岸,惊起群羊,即咬一只食之。德威曰:"大王赶虎过涧,噬人食羊,何损人利己也?"晋王曰:"食羊小事也,只怕还噬那石上打睡的人,作何计较?急惊醒之,令其逃走。"晋王又曰:"何不厉声呼之?"于是令军士在对岸一起叫喊,其人全然不动。原来风吹树响,涧水潺潺,其人熟睡,两耳无闻,正在做梦。忽有一羊窜过,惊醒其人,跳将起来,把眼一揉,见虎正在食羊,其人遂跳下漫汉石,脱了羊皮袄,伸手舒拳,要来打虎。那虎见人欲来打它,便弃了羊,对面扑来。其人躲过,只扑一个空,便倒在地,似一锦袋之状。其人赶上,用手挝住虎项,左胁下便打,右胁下便踢,那消数拳,其虎已死地下。有古风一篇,单道飞虎山存孝打虎:

飞虎山前风正狂,万里阴云霾日光。触目晚霞挂林薮①,侵人冷雾弥穹苍。忽闻一声霹雳响,山腰飞出兽中王。昂头踊跃逞牙爪,麋鹿之牲皆奔忙。牧羊壮士睡未醒,一羊窜过忙相迎。上下寻人虎饥渴,一掀一扑何狰狞。虎来扑人似山倒,人往迎虎如岩倾。臂腕落时坠飞炮,爪牙爬起成泥坑。拳头脚尖如雨点,淋漓两手腥红染。腥风血雨满松林,散乱毛须坠山崦②。近看千钧势有余,远观八面威风敛。身横野草锦斑销,系闭双睛光不闪。

后人又有诗一绝云:

炯炯金睛耀太阳,食羊惊醒石儿郎。

伸拳小试平生力,打死山中猛兽王。

又诗赞存孝一绝云:

年少英雄不可当,数拳打死兽中王。

不为跨海黄金柱,定做擎天碧玉梁。

其人低头看之,虎尾摇动,尚然不死,遂挽起虎尾,向石上摔了下来。对岸军人,尽皆看得痴呆。晋王大惊曰:"此六甲神将也,有此勇力!吾若得此人为用,何愁黄巢不灭,长安不复哉?"德威曰:"臣算卦来,正应此人。吾有一歌呈与大王观看。"晋王问曰:"此课何日占来?"德威曰:"吾

---

① 林薮(sǒu)——树木聚集的地方。

② 崦(yān)——古代指太阳落山的地方。

未遇大王之先,在营中已卜下此卦,断成歌句,留为今日应验。歌曰:

　　李晋王聚屯演武,雁门关士民受苦。

　　居延川箭射双雕,翠岩前壮士打虎。

又有诗曰:

　　无事闲将八卦排,唐朝合显栋梁材。

　　收除尚让先锋至,诛戮黄巢猛将来。"

晋王曰:"果应如斯!"急令众军士隔涧厉声大叫,以言激之。众军士佯言曰:"吾大王家养的虎随来游猎,汝何打死?"其人曰:"既是你家养虎,安许来食我羊!全身在此,只少这一口气,你还我羊,吾还你虎矣!"随即提起虎来,望对涧只一撩,撩过涧来。众皆惊骇。晋王令军士提之,无一动者。德威曰:"此人天生好汉,汝等众人安能及之?"晋王令嗣源抄过涧去唤至。

须臾,其人已到,拜伏于地。晋王问曰:"汝何人氏?"其人曰:"俺一生有母无父,因无姓氏。"晋王曰:"人禀天地按阴阳二气而生,安有有母而无父之理?"其人曰:"只闻吾母崔氏之女,年方二八,并未许配他人。时值艳阳天气,同班姊妹请母出游灵求峪,一来采野菜,二来游春玩景。行至皇陵,两旁列着八个石人,众姊妹相戏曰:'我等皆已适人,汝已及笄①,尚未偕偶,今吾众人为汝保一丈夫可乎?'母曰:'可,但不知保着何人?'众口:'将此石人与你为夫,任你自择。'母曰:'烈女不择夫,择夫不烈女。'便将手持菜篮丢去,随石自接,结为夫妻。不想左边第二石人脖子上挂住篮儿,吾母向前抱之呼曰:'石人石人排行第二,汝为丈夫,吾心无异。'言罢各散,同众而归。当夜二更,左侧分明是石人,容貌了然,来与吾母成其夫妇,母遂怀孕。员外觉之,究问吾母与何人交媾,母以实告之。员外不信,遂逐吾母出外,后在破窑过活生吾。七岁沿门乞食,行至那坟边,见石人皆被推倒,头也打落了。吾母叫去捧头来安上,复旧如初,不差毫忽。母言安头为姓,遂取名安敬思。言罢大哭一场,回家自缢身死。我就将母尸与石人葬埋一处。我孤身无倚,今投邓万户家牧羊十年,人只叫吾为牧羊子也。"

---

① 及笄(jī)——旧时称女子年龄到了十五岁为"及笄",也指女子已到可以出嫁的年龄。

晋王曰:"吾看汝气力尽有,不知武艺如何?意欲用汝,未见虚实。"安敬思曰:"实不敢瞒,俺曾至铁笼山得遇异人,传授三卷六甲兵书,教习一十八般武艺,亦皆演习,并无虚发,但无进用之处,暂屈于此耳。"晋王曰:"既有此等武略,吾今领兵上中原讨贼,带汝同去若何?"敬思曰:"若蒙任用,谨从严命。"遂遣人唤邓万户至。晋王曰:"汝认得此人否?"万户曰:"是民家牧羊的安敬思也。"晋王诈言曰:"汝何敢行诈耶?此乃吾世子,只因年荒国乱,抛在山中,累寻不见。今日跟究到此,父子相见,痛情难舍,吾欲领上中原讨巢贼,留下金帛以为恩养谢仪。"万户曰:"小民颇有家资,安敢受此?先见世子骁勇无敌,量必成器,曾以小女瑞云许之。既大王领兵讨贼,为朝廷出力,若有用处,即当奉还,吾之小女,少待送来。"万户言罢,辞别而去。去不多时,已送瑞云来在帐外。晋王令人接入后帐,与刘妃同居。晋王领兵还营,未知如何,且听下回分解。后逸狂有诗赞云:

飞虎山前虎啸风,灵求峪内遇英雄。
石人是父膺天眷,窑内为家处世穷。
武艺异传人罕及,安头取姓俗无同。
晋王恢复唐天下,先识将军草莽中。

第十一回
李晋王阅兵试箭

却说晋王既得了安敬思,不胜大喜。当日遂将打死的虎令良匠割头为盔,剥皮为袍,脚皮为靴。又令铁匠打造毕燕挝、獬豸铠甲、浑铁槊①一起完备,赐敬思全身披挂。晋王曰:"安敬思你会骑马否?"敬思曰:"我自来不会骑马,今愿试之。"晋王命将校选几匹好马到帐前来,敬思用手一按,那马扑地而倒,一连按倒数匹好马。周德威曰:"勇将必须雄马,临阵成得大事。"晋王曰:"我在直北四十年,只讨得一匹好马,名唤千里浑,快

---

① 铁槊(shuò)——古代一种铁制兵器,杆儿比较长的矛。

牵来与他骑。"敬思仍将马一按,那马亦倒地。晋王曰:"如用此为将,拿什么与他骑? 想起来,西凉州进我一匹好马在那里?"嗣源应曰:"在后营,用两条铁索系在桩上,四蹄俱是铁索绊定,人不敢近。"晋王曰:"快将铁索解去,牵来与敬思自去降伏。"敬思欣然提着毕燕枒、浑铁槊到后营一觑,那马望敬思大吼,扑将起来。敬思侧身一躲,左手挝住鬃鬣①,翻身跳上,跑出营前。此马久不骑人,驮得敬思漫坡越岭一径飞跑去了。

晋王拍案大惊,谓周德威曰:"你说勇将须要好马,今恐丧其命。"言未毕,只见敬思跨马如飞,从山坡后跑将出来。晋王看见人马无恙,大喜曰:"这马中用否?"敬思曰:"马便好,只是有些腰软,将就骑着罢!"晋王即命约束披挂,立在帐前,果是英雄。晋王看十分欢喜,乃曰:"吾有十二太保,皆吾恩养,虽亲疏不同,胜如一体。今升汝做十三太保,改名李存孝,称号飞虎大将军,使薛铁山、贺黑虎二人为汝副将,听受约束,随带飞虎兵三千,克日起程。"存孝拜谢,遂以父王呼之。当日晋王回入帐中,令萧、刘二妃送邓瑞云去与存孝成其夫妇。二人行婚礼毕,即设合卺②喜筵庆贺,不在话下。后人因晋王推心用人,有诗赞曰:

古云良将至难求,英雄谁不觅封侯。

晋王只为推心腹,赢得勋名到白头。

叹存孝一绝云:

石父昂昂岂化胎,天生勇汉做良材。

牧羊卧处谁曾问,一旦声名遍九垓。

后人又赞一绝云:

翠岩曲涧水潺潺,猛将连年屈此间。

若非梦兆先垂报,谁向岩前望远山。

却说晋王次日升帐,文武恭贺。礼毕,存孝谢曰:"蒙父王视以至亲,儿乞为先锋。"晋王乃壮其志,即取印予之。周德威曰:"不可。大王部下有五百家将、十二太保,便将此印予存孝挂,诚恐人议论大王有弃旧迎新之意。"晋王曰:"如何主意?"德威曰:"可令众人与存孝同到营前比箭,分

---

① 鬃鬣(zōng liè)——此处指马脖子上的长毛。
② 合卺(jǐn)——卺是瓢,把一个匏瓜剖成两个瓢,新郎新娘各拿一个,用来饮酒,是旧时成婚时的一种仪式。合卺,泛指成婚。

其胜负,如射得三箭中红心者,予以先锋印,方可以掩众口。"晋王曰:"汝言有理。"

是日,晋王戴冲天冠,穿衮龙袍,玉带珠履,正中而坐。诸将侍立左右。晋王令诸将比试弓箭,定下先锋。将红锦战袍一领挂于垂杨之上,又设一箭垛离百步为界。众将分为两队,十三太保穿红,五百家将穿绿,各带雕弓长箭,跨鞍立马,听候指挥。晋王传令曰:"如有射得三箭中红心者,鸣金击鼓以应之,即将红袍赏赐,随令挂先锋印。"晋王叫诸将先射,言未竟声,红袍队中一将骤马持弓而出,众视之,乃是太保康君立,把马飞纵来往三遭,搭上箭,扣满弓,放射一箭。其箭未及射到红心上面已自落地,金鼓寂然。晋王大怒曰:"一箭犹然不中,安敢望挂先锋印乎?"喝令推出君立斩之。德威慌忙跪下告曰:"未曾出军,岂先斩家将乎?恐于军不利,权记过,后去将功赎罪。"晋王曰:"既如此,难于全免。"随令拿下重打四十皮鞭。晋王怒气略息,康君立羞惭满面而退。是此康君立积恨于怀,每日生嫉妒,有害存孝之意。

晋王叫众将来试,只见绿袍队中一将奋武而出,众视之,乃副将夏日新也,遂骤马持弓看垛一遭,第二番一箭正中红心,金鼓齐鸣。日新呼曰:"快取袍印过来。"晋王曰:"只此一箭,未足以当此职。"红袍队中一将飞马出曰:"看我射来,显汝二人手段。"拽满雕弓,连射三箭,只有一箭中红心,众皆喝彩,乃四太保李存信也。存信曰:"吾中一箭,不得此袍,合得先锋印。"晋王曰:"吾有言在先,汝何犯令耶?"存信默默无言。红袍队中一将出曰:"你二人射中红心,岂足为奇?看我连射三箭来!"乃大太保李嗣源也,飞马翻身,背射三箭,二中红心。嗣源曰:"吾翻身背射,中却二箭,合得此印与袍。"言未绝,红袍队中一将飞马出曰:"汝翻身背射岂足为奇?看我射红心。"但见那人:

虎皮磕脑豹皮裈①,衬甲衣笼细织金。

手内燕梃光闪闪,腰间利剑冷森森。

又有诗云:

蜀锦鞍鞯②宝镫光,五名骏马玉丁当。

---

① 裈(kūn)——古时称裤子为裈。现写作"裈"。
② 鞍鞯(ān jiān)——马鞍子和垫在马鞍子下面的东西。

第十一回　李晋王阅兵试箭

虎筋弦扣雕弓硬，燕尾梢攒箭羽长。
红锦袍明金孔雀，绿鞓带束紫鸳鸯。
参差①半露黄金甲，手执银丝铁杆枪。

其人乃李存孝也，骤马到界口，扭回身连射三箭，皆中红心，众人喝彩。存孝厉声大呼曰："吾今三箭，皆中红心，先锋定矣。看我单取锦袍，以示英雄。"拈弓搭箭径往柳梢射之，一箭射断柳梢，锦袍坠下。存孝飞马取锦袍披于身上，往来驰骤一遭，下马至晋王面前拜谢。晋王遂令存孝为先锋，设酒相庆。

忽报辕门外有一支兵来索战，存孝曰："父王且留杯中酒，待儿去拿一将来才饮。"言毕飞身上马，出营大叫："来将何人？"二人答曰："飞虎山大将安休休、薛阿檀是也。"存孝更不答话，拍马向前，二将一起迎敌，被存孝大喝一声，把二将活擒过来。勒马回营，其时酒尚未寒。晋王大喜，即使二将归存孝帐下。存孝与之结为兄弟，折箭为盟，永相救援。

却说晋王因收了存孝，在居延川上住了一月，军情紧急，不敢久停。晋王传令，拔寨起程。一声炮响，大队军马离了飞虎山，望中原进发。日行夜宿，不觉已到大潼城。哨马报说，大潼镇守官李友金领众迎接。晋王入城，吩咐军马安下。

友金至府相见。各叙礼毕，友金称晋王为皇兄，晋王呼友金为御弟。友金大设筵席，款待晋王及诸将官。酒至二巡，友金起身谓晋王曰："皇兄上长安，乞带小弟领本部人马一同去破巢如何？"晋王曰："朝廷曾有旨取你否？"友金曰："并无。"晋王曰："既无圣旨，吾岂敢擅自带你去？"友金曰："吾既不去，愿令大将两员领军二万，相助皇兄可否？"晋王允诺，问二将是谁？友金曰："一名史敬思，一名郭景遂。"令见王叩头。晋王辞别友金，传令催军趱行②，望河中府进发。

行不二日，哨马报说，前近石岭关。晋王传令安营歇息，准备次日打关。有诗题石岭关曰：

一派巉岩③万仞山，天然险峻建雄关。

---

① 参差（cēn cī）——长短、高低、大小不齐。
② 趱（zǎn）行——快走。
③ 巉（chán）岩——高而险的山石。

俯观平地抑何远，仰望云霄去不难。
神马驱驰须按步，雁鸿飞度怕重还。
由来多少英雄汉，到此应叫胆战寒。

第 十 二 回
存孝打破石岭关

却说把关将乃并州人氏，姓郑名存当。其弟名存惠，守函谷城。二人骁勇，是黄巢贼党拨来守关。哨马报告晋王人马到来，存当使存惠引军一万，离函谷城前来布阵于野。晋王遣薛阿檀先引马军一万五千，浩浩荡荡塞野而来。存惠出马，与薛阿檀答话。阿檀使宝刀一口，与存惠战，存惠大败而走。背后赶来李存孝、安休休，踏平村落，围住函谷。存惠上城守护。

原来函谷城郭坚固，濠堑深险，连围七日攻打不下。薛阿檀进计与李存孝曰："城中无水少柴，古语有云，民非水火不生活，连围七日，军民已慌，不如暂且收军，如此如此，唾手可得。"存孝曰："此计甚妙。"即时告于晋王，着令字旗传言诸将，尽皆退军。当晚，存孝断后，各部兵渐渐撤退。存惠此时于城上观看军兵退了，恐有计策，只开西门令人哨探，果然去远，才令军民出城打柴取水，只限三日。众皆惧唐军再来，多打柴薪入城，乱乱纷纷出入，难以盘诘。第三日，人报晋王人马又到，军民竞奔入城，存惠领兵上城守护，存当自引本部将各门提调。守至三更，忽见城门里一把火起，存当急来救时，城边转过一人，手持大刀斩存当于马下。随后十余骑勇士杀散军士，斩开门锁，放存孝军马入城。存惠从东门弃城而走，存孝、安休休却得了此城，遂重赏各军。原来是薛阿檀献的计，故意退军，却扮作打柴军人，杂在百姓伙内，挑柴入城，当夜里应外合。

却说郑存惠退守石岭关，遣飞报急奔长安，奏知失了函谷等情。黄巢闻奏此事，遂唤大将柳彦璋、齐克让带一万人马替存惠守石岭关。

奉命驱军往帝都，那堪厄险实难图。

将军不是英雄汉,安得崔嵬①作坦途。

存孝随即遣将迎晋王上关,停兵歇马。却说晋王正在营中惶惑,忽报存孝遣一将来迎大王上关,晋王大喜,传下号令,人马一起上关。程敬思曰:"此去河中不远,河中是长安的后门,朝廷金牌调取二十八镇诸侯会兵彼处,久等大王兵到协力破巢,不可久停,宜速进兵。"于是晋王传令,即日拔寨会齐起程,望河中进发。未知若何,且听下回分解。

逸狂诗曰:

函谷关连石岭关,英雄打破未为难。

河中各镇诸侯会,共灭黄巢旦夕间。

第 十 三 回

李晋王河中会兵

却说晋王领大兵离了石岭关,投河中府来。人马正行,忽报前面尘埃起处,金鼓齐鸣,一彪人马到来。众视之,乃各镇诸侯迎接晋王。晋王一马当先,众诸侯滚鞍下马,拜于道左,告言接迟,望恕众臣之罪。晋王曰:"大唐许多诸侯,人马尽有,不能保驾,使圣上远奔,失其社稷,此何理也?"众诸侯曰:"臣等皆怀报国之心,怎奈巢贼部下骁勇极多,因此众人措手不及,致有此失。"晋王曰:"吾想高祖太宗太原起义之时,六十四处烟尘,一十八处擅改年号,苦争血战,创立三百年大唐天下,如此英雄。今子孙如此懦弱,被巢贼侵夺如此,何也?"众诸侯曰:"此天之历数有泰有否,时势不同。"晋王令众诸侯呈献姓名封号,并各镇守地方,于是众诸侯次第呈进。

第一镇　　簪缨世代阀阅名家函国公袁　容

第二镇　　门迎珠履名重丘山晋国公王　铎

第三镇　　沉默寡言声名著见荆西节度使王　元

第四镇　　文学素著师表一代泾原节度使程宗楚

---

① 崔嵬(wéi)——有石头的土山。

第五镇　　聪明特达议论风生秦州节度使仇公遇
第六镇　　沉毅质恪武艺超群寰州节度使童弘真
第七镇　　德行纯备节操过人同台节度使岳彦真
第八镇　　轻财仗义政尚清肃华州节度使韩　鉴
第九镇　　交游豪杰结纳英雄曹州节度使曹　顺
第十镇　　学识过人高尚志节兖州节度使周　顺
第十一镇　　阔谈高论博古知今郓州节度使赫连铎
第十二镇　　贯通诸子博览九经河中节度使王重荣
第十三镇　　孝弟仁慈虚己待士幽州节度使马三铁
第十四镇　　仗义待人挥金似土定州节度使王景宗
第十五镇　　仪容丑陋膂力①绝伦汴梁节度使朱全忠
第十六镇　　赈穷救急志大心高徐州节度使支　祥
第十七镇　　有谋多智善武能文景州节度使周太初
第十八镇　　惠及诸人聪明有学平州节度使王用之
第十九镇　　忠直元亮秀士文华寿州节度使张仲仁
第二十镇　　仁义君子德厚温良莱州节度使马君武
第二十一镇　　威镇羌胡名闻华夏陈州节度使刘从吉
第二十二镇　　声如巨钟丰姿英伟孟州节度使朱合爽
第二十三镇　　随机应变临事勇为朔州节度使唐大弘
第二十四镇　　英勇冠世刚勇绝伦邠州节度使朱　文
第二十五镇　　先哲流裔好客礼宾鄜州节度使杨思恭
第二十六镇　　文救唐代名重当朝青州节度使王敬武
第二十七镇　　精通韬略善晓兵机于州节度使王守存
第二十八镇　　沉默寡言孝行著闻覃州节度使邵升昌

诸路军马多寡不等,共计二十三万。晋王番汉人马,独有五十余万,济济彬彬势压诸镇。

却说河中府有两座楼,一座名鸦馆楼,一座名观鹤楼。时众诸侯拜见已毕,宰牛杀马祭天,歃血②临盆,请晋王上鸦馆楼饮宴,商议进兵之策。

---

① 膂(lǚ)力——体力;膂,脊骨。
② 歃(shà)血——古代举行盟会时,嘴唇涂上牲畜的血,表示诚意。

晋王登楼观看有感,遂作一诗:

斗拱巍巍接画梁,俯临今古争战场。
干戈飒飒排铜壁,鼓角声声彻上苍。
夜挂一轮明月白,山横一带阵云黄。
凭栏翘首长吁气,泪洒西风望故乡。

众诸侯素知晋王善饮,觥筹交错①,相劝不息。筵前排列珍馐②甚是整齐,但见:

打抹亭台桌椅,安排珍馔③华筵。左列妆花白玉瓶,右摆珊瑚玛瑙器。进酒佳人双洛浦,添香美女两婵娟。喷香瑞兽金三尺,舞袖娇娥玉一团。排开果品般般异,进上筵前件件奇。尽人间之馐味,竭世上之果肴。玉液琼浆夸紫府,龙肝凤脑赛瑶宫。

却说晋王终日饮酒,一连停了十日,全然不思进兵。正值汴梁节度使朱温心怀不忿④,径至袁容帐下谓容曰:"朝廷有旨,遣此老汉率兵洗荡黄巢,恢复大唐天下。今到了旬日,又不整理军情,只顾醒而复醉,醉而复醒。如此饮酒,况手下将士皆要赏赐,此事吾实恶之。"袁容急掩其口曰:"足下勿言,晋王若知,数日款待之情都已失了。"朱温曰:"大丈夫生于天地之间,当轰轰烈烈直言戆⑤论,安可掩耳盗铃哉?"容曰:"晋王势大,众诸侯无不钦仰,某居下位,安敢开口?"温曰:"似此不言,迟滞不进,何日得见太平?你看俺说来!"抽身便起,遂上鸦馆楼去。

却说晋王在楼上正在举杯饮酒,忽见一人奔上楼来,径到面前,击桌大呼曰:"大王十分为人,终日饮酒,醉亦不止,忘了大唐天下被黄巢所夺耶?"晋王视之,其人身长一丈,膀阔三停,脸如噀血,须若金针,耳犹两翼,蓝发狼牙。晋王吃了一惊,遂问:"丑汉何名?"温曰:"臣姓朱名温,更名全忠,现任汴梁节度使之职。"晋王曰:"汝何等人,敢称此名,如此无礼。全忠乃人王中心四字,除是圣上可称,汝何犯上?"温曰:"此是圣上

---

① 觥(gōng)筹交错——形容许多人相聚饮酒的热闹情形。
② 珍馐(xiū)——珍奇贵重的食物。
③ 珍馔(zhuàn)——丰盛的饭食。
④ 不忿——不服气;不平。
⑤ 戆(zhuàng)——憨厚而刚直。

所赐御名,非臣自取。臣闻大王之名亦有三四。"晋王曰:"吾有何名?"温曰:"大王初讳克用,次号鸦儿,三曰碧眼鹕,四曰独眼龙,此显名,反责人犯上乎?"晋王大怒曰:"吾之名字安敢讳言!"随即拔剑直砍朱温。温侧身躲过,抢刀大呼曰:"汝使剑,偏我不会用刀?"便欲交锋。一人攀住臂膊,一人跪于晋王面前。未知如何,且听下回分解。逸狂诗云:

　　鸦馆楼中醉复醒,经旬未见理军情。
　　直言声谏生嗔怒,惹得诸侯抱不平。

第十四回

鸦馆楼朱温赌带

　　却说众诸侯都来架着二人刀剑,跪于面前曰:"未曾讨贼先杀自家,恐于军不利。"诸侯力劝,二人怒气方息。温插刀归鞘,进曰:"非臣敢来杀君,实知外人议论大王昏迷酒色,不理军情。臣听得此语,心怀不忿,故来相激耳!"晋王曰:"吾亦知之。"

　　正论间,忽报黄巢驾下前部将孟绝海引兵来到。众诸侯听得,各皆惊疑,只有朱温暗喜:若是孟绝海的兵到,把这老贼哄出去试刀。朱温近前大叫曰:"如今孟绝海的兵到,请大王先出去见头阵。"晋王怒曰:"朱温你这厮十分无礼。朝廷有旨,与我领辖天下诸侯,何用你多言!不是吾开大口,明日破黄巢,亦不用你众诸侯。你下楼去,在吾那五百家将、十三太保内,不要拣吾的好汉,只拣一个瘦弱不堪的出去擒那孟绝海来,吾面问巢贼的消息。"朱温说:"大王不知孟绝海手段,臣且说与大王知之。这人是岭南人氏,与黄巢起手,夺唐东西二京,斩将三百八十余员。但到阵前,谁敢与他比手?真个英雄无敌。"晋王说:"不必夸他,只消拣一个瘦弱的出去便了。"

　　朱温急下楼来,看那五百家将,好似西天会下黑杀神,灵霄殿上游奕士。看那十三太保,都是上山打虎敲牙将,入海擒龙拔角夫。李嗣源、李嗣昭、李存勖、李存直、李存江、李存海、李存龙、李存虎、李存豹、李存受、康君立、李存信,只有十二太保。朱温问嗣源曰:"你父说有十三太保,今缘何只有十二个？"李嗣源曰："那城墙下折枪杆上打盹的，就是第十三个太保，飞虎将军李存孝。"朱温向前一看，大笑曰："存孝身不满七尺，骨瘦如柴，他也是太保？就拣他出去吧。"说罢便把存孝的头摇了一摇，叫声"胡虏，你父有令"。存孝听得叫声"胡虏"，心中大怒，一手挝过，举起就摔。朱温鼻口皆流鲜血，大叫"太保饶命！"晋王在楼上看见叫道"不可"。存孝听得晋王叫唤即止，曰："造化了你，若非父王阻止，就把你捻成肉泥也。"遂放下朱温与他上楼。

晋王心中暗喜，对存孝云："朱温是个诸侯，如何与他玩耍？"存孝说："不是儿与他玩耍，他叫儿是胡虏。"晋王最恼人叫"胡虏"二字，朱温说："臣知罪了。"晋王命存孝活捉孟绝海来，"吾要问他个军数"。朱温说："这一个病汉若活捉得孟绝海来，臣与存孝赌。"晋王说："赌什么？"朱温说："存孝若拿得孟绝海，俺情愿把腰间玉带输与他。"存孝说："儿若拿不得孟绝海，儿就把这颗头割与朱温。"晋王说："你两个要赌，必须要两个保官。"只见函国公袁容向前说："臣保存孝。"节度使王重荣向前说："臣保朱温。"

言毕，存孝下楼，披挂上马，径出河中府去索战。嗣源看见，带马问曰："兄弟，单骑欲往何处？"存孝曰："去活擒孟绝海。"嗣源曰："怎不带一支兵去？"存孝曰："父王钧旨安敢有违？迟归尚欲加罪。"嗣源曰："既然如此，尔须用心前去，但闻孟绝海亦是勇悍之人，可宜仔细。"存孝连声应诺，即出阵前大喝曰："来将速降，免污刀剑。"孟绝海大怒，正欲出战，左胁下闪出一员副将彭白虎曰："此人是李克用手下一头目，待小将活擒过来祭旗。"随即绰枪骤马直出。

存孝曰："来将通名。"彭白虎曰："尔乃何人？"存孝曰："吾是晋王世子十三太保飞虎将军李存孝。"彭白虎曰："吾乃大齐王驾下前部大将军孟……"存孝听得说出孟字，更不俟其说完，便撇开枪，展猿臂，活捉彭白虎过马来。径进河中府见了晋王曰："儿拿得孟绝海来了。"众诸侯尽皆惊异。白虎曰："我不是孟绝海，我是大将彭白虎。"晋王大怒曰："叫你拿孟绝海来，如何拿了彭白虎来？"存孝说："他在阵上说是孟绝海，那里说是彭白虎？"晋王叫："重去拿那贼来，我问他。"彭白虎曰："小人看见许多英雄，从不曾见这样好汉。我只说是黄巢部将，刚说出一个孟字，不知怎的就拿我过马来。"晋王说："你这个急喉咙的贼。"喝令刀斧手去斩了。

随后问阴阳生是什么时候，阴阳生答云已时了。晋王吩咐存孝："限你午时牌就要拿到孟绝海。"存孝曰："奈儿不识孟绝海面貌，寻个做眼的人同去。"晋王曰："这个使得。"即问众诸侯认得孟绝海么？言罢，华州节度使韩鉴进曰："臣与孟绝海同郡，却认得他。"晋王说："你就与存孝同去做眼。"

二人下楼上马，径出河中府搦战。孟绝海正恼，有人报请战，绝海未应，闪出班翻浪向前道："小将不才，愿出一阵。"绝海大喜，即令披挂上马，领兵出营。一马当先，大叫："来将是谁？"存孝曰："吾是李晋王第十三太保飞虎将军李存孝，你是何人？"班翻浪曰："吾乃黄巢驾下孟绝海的部将，班翻浪是也。"存孝说："吾要拿孟绝海，要你这小卒出来何用？"翻浪心恼，横枪就刺，被存孝举起毕燕挝打得脑浆迸出，死于马下，曲木子有诗为证：

英雄存孝世无双，匹马威风不可当。
展臂生擒彭白虎，又捶翻浪立时亡。

第 十 五 回
存孝生擒孟绝海

却说存孝下马，取了首级，又来搦战。巢兵报说："班翻浪被他毕燕挝打死了。"孟绝海叫声："气煞我也！"绰刀上马，领兵布阵。怎生打扮：

金甲金盔耀日高，大红袍织大鹏雕。身骑千里追风马，手执三停偃月刀。

韩鉴叫曰："太保，那穿大红袍使偃月刀的，便是孟绝海。"存孝大叫："韩大人先回，少待就擒孟绝海来见。"韩鉴去了。却说孟绝海跃马出阵，高声问曰："来将是谁？"存孝曰："吾是大唐飞虎将军李存孝。"孟绝海见李存孝身不满七尺，脸如病夫，骨瘦如柴，为何两个好汉却死于这人之手？存孝对孟绝海曰："我座下马肚带悬了些，吾要下马来扣备，不要放冷箭。"孟绝海曰："我若放冷箭射死你，不为好汉。你快备马，我等着你。"存孝下马来自思：父王限我午牌时分，不可迟误。把马肚带扣备了，翻身上马,叫绝海下马受死。绝海大怒,两手抡刀砍来,被存孝逼开刀,喝声:"贼,往那里去?"展猿臂活拿上马。孟绝海部下败军无主,逃上黄河投总兵葛从周去了。曲木子有诗赞曰:

展臂生擒绝海来,怀中似抱小婴孩。
阵前借问时过未?报道方才挂午牌。

却说存孝把孟绝海横担在马上,七窍中鲜血喷出,拿进河中府来。晋王问是什么时候,阴阳生答报是午时正三刻。晋王叫拿上楼来,存孝即拿上楼放下。晋王看见是个不死不活的,急唤存孝问曰:"我着你活捉孟绝海来,怎拿一个不死不活的人来?"存孝答曰:"他在阵上被儿拿过马来,如虎狼一般,他要挣下马去,被儿只一夹,就不知夹伤那里?"晋王命朱温验伤,朱温向前把袍甲开看,说:"两边肋骨都夹折了。"

晋王叫朱温把玉带与存孝,朱温说:"这带是僖宗爷爷赐的,今日输了此带,有何面目见朝廷?别输些金宝吧。"晋王大怒,叫存孝夺了玉带。存孝向前把玉带只一扭,扭做两段。朱温羞耻,即下楼来,领本部人马,反出河中府去了。左右慌报晋王说:"朱温反了。"晋王大笑曰:"谅这贼疥癣之疾,何足介意。"逸狂有诗赞叹云:

谏臣赌带藐英雄,擒将来时日正中。
金宝更偿言不践,令传扭夺辱难容。
彼时反出违追策,异日谁当不轨锋?
可笑晋王无远虑,终身想仗勇南公。

第十六回
德威力救李存孝

话说晋王遣人打听,黄巢差总兵葛从周领兵四十八万,在黄河西岸安营。晋王即令起营,四十五万番汉兵,二十七镇诸侯人马,径近黄河。周德威曰:"大王人马在东岸安营,遣兵过黄河交战。"晋王说:"周德威与李存孝领五百锦衣人,保吾看黄河一遭。"众军得令,不移时,即到黄河岸边。晋王举目看那黄河,水势凶恶。有诗为证:

遥望黄河浑渺茫,昆仑气脉发来长。
古言斯水从天降,巨浪洪涛过太行。

逸狂诗云:

忆昔鸿蒙判,昆仑是祖山。
黄河源发远,万里涌狂澜。
七井三门险,通淮入海难。
澄清何日见,贤圣产其间。

晋王看了黄河,回营坐下,即令李嗣源、康君立、李存信:"与你四路诸侯——王重荣、韩鉴、曹顺、周顺,率兵一万,过黄河与巢贼对面南首安营,轮流出马。"又叫存孝:"你同安休休、薛阿檀、薛铁山、贺黑虎领一万人马,过黄河与巢贼对面北首安营,轮流出马。"众将领令,统兵过黄河来。

却说哨马报与葛从周曰:"今有李晋王手下第十三太保李存孝生擒彭白虎,打死班翻浪,活捉孟绝海,杀败人马,特来飞报。"葛从周听说大惊道:"这三个好汉死了,天下难保。"下面闪出耿彪,向前高叫总兵曰:"将在谋而不在勇,兵在精而不在多。明日下官出马,若要活存孝就生擒来,若要死存孝就斩头来。"葛从周喝曰:"孟绝海那三个好汉岂不如你,却被他杀了,何况你乎?"又一人身长丈五,膀阔三停,却是五军都救应邓天王大叫曰:"末将有一计,可成大功。"从周问是何计?邓天王说:"是犯将计,借刀杀人。南边是李嗣源营,北面是李存孝营,今夜三更时分,末将假装存孝兵反,口称:'我是十三太保李存孝。今父王用人不当,有功不赏,我今反了。'头目听说反了存孝,谁敢出来?必定都过黄河报与晋王,晋王必定自来拿存孝杀了。营中没了存孝,就有雄兵百万、战将千员,吾不惧矣!"从周说:"此计甚妙。"

邓天王即整点人马,等到天晚将近三更,领兵到李嗣源营前就杀进去。一声炮响,打开了营,一边杀人,一边叫造反。众将听说反了存孝,都驾船乘夜走过黄河去了。却说北首下存孝营听知,问是那里锣声响。人说是巢贼的兵劫了大哥的营,存孝说:"不要妄动,等到天明,讨这劫营的贼来雪恨吧。"

却说邓天王整杀了半夜,领人马竟回本营来见葛从周。从周问曰:"劫营之事何如?"邓天王答曰:"全中我计了!"从周大喜,"这是你的头功。"邓天王说:"今营中缺少粮草,小将就领人马去华州催运粮草来,以救燃眉之急,不知总兵意下何如?"从周说:"如此甚好。"邓天王恐存孝来寻他,故说催粮以便脱身。

却说存孝等待天明,领兵南首下去看那大哥,被巢兵杀得尸横岸口,血染河流。存孝痛哭,与四将商议:"你们守营,我过黄河见父王禀明一遭,却回来拿这贼也未迟。"

却说晋王升帐,只见大太保哭进营来,晋王惊问嗣源,嗣源把存孝劫营造反事情细说一遍。晋王问他怎的反。旁边闪出两个仇人康君立、李存信,向前告曰:"夜来暗影里只见虎磕盔、虎皮袍、猻猊铠、毕燕枻、浑铁槊,一边里杀,一边里骂,说父王用人不当,有功不赏,无功不罚。"晋王听言大怒。正当此时,守营将报云:"存孝下马等令。"晋王说:"他既反了,却怎又来见我?"二人说:"这贼只说父王不知,他此来又要将老营兵赚过河去。父王只问他知罪不知罪,他若答应知罪,父王可就令人拿去杀了,除此一害。"晋王道:"这件事是个两头不相照的事。"晋王命存孝进营,遂问存孝知罪么?此时存孝不知是那个"知罪",想是南首下贼将劫了大太保的营,我兵未曾接应救护,敢是这个"知罪",便答道:"儿知罪了。"晋王就叫刀斧手拿存孝去斩。存信、君立听说斩存孝,喜不自胜。逸狂有诗云:

犯将谋成谭复戕①,朦胧险误杀忠良。
德威力救方能免,赢得芳名万载扬。

却说周德威跪下说:"大王不可因一时之怒,而杀自家大将。今存孝反与不反,你也拿来问个明白,那时杀也不迟。"晋王默思良久,答曰:"军师之言有理。"就叫拿回存孝。晋王问曰:"汝如何忘恩负义,私自造反?"存孝告曰:"儿受父王厚恩,欲报未能,怎肯造反?"晋王曰:"你既不反,如何说知罪?"存孝说:"父王问儿'知罪',儿因逆贼劫了大哥的营,儿不曾领兵救应,是这个'知罪'。"德威曰:"大王险些中了此贼的犯将计,且把存孝因在营中,大王差一个得当军人,到贼营前打听个消息,便知真假。"晋王听说,即令李嗣源领兵过了黄河,径去巢兵营前索战。

军士报葛从周曰:"如今唐兵在营前索战。"葛从周曰:"何将愿去对

---

① 戕(qiāng)——杀害、残害。

阵?"言未绝声,闪出大将耿彪,叫曰:"小将愿去。"出马披挂,即特向阵前问曰:"来将是谁?"嗣源说:"吾是大唐李晋王世子大太保李嗣源。你是谁人,敢来与我对阵?"耿彪答曰:"吾是大齐皇帝驾前大将耿彪。"李嗣源问耿彪曰:"不知你军中那个贼定下这犯将计来着,我父王发怒,把存孝杀了。"耿彪听说杀了存孝,叫嗣源曰:"若论我耿彪也不怕存孝,是我营中邓天王定的妙计。"嗣源曰:"我家倒不曾中你的犯将计,你今中我赚将计了。"耿彪曰:"何为赚将计?"嗣源曰:"我父王虽然发怒,存孝未曾受刑,正在疑惑之间,着我来探消息,今日被我把你言语都赚出来了,却不是赚将计?"耿彪大怒,拍马舞刀就砍李嗣源,嗣源持戟急架。未知胜负如何,有诗为证:

　　二将逞功能,马蹄纵乱横。

　　放开白玉辔,方显两龙腾。

第 十 七 回
李存孝力杀四将

　　却说李嗣源与耿彪斗上三合,耿彪大怒,取鞭在手,逼开画戟,喝声休走!嗣源躲身不及中了一鞭,吐血逃走。耿彪回营来见葛从周说:"小将出马,正遇着李嗣源,被我一鞭打得吐血,拨马走了。"从周说:"这是你的头功。"耿彪说:"这样功一百件也不算,只待活捉了李存孝才是头功。"却说李嗣源败走回营,望父王拜曰:"真个不是存孝造反,乃是邓天王定此犯将计。"德威曰:"我观存孝是个忠臣。"急叫放了存孝。存孝望父王叩头,晋王说:"不干你事,是巢贼部下邓天王定此计,险些屈杀了英雄。"存孝曰:"儿去拿得邓天王来,方见是实。"拜辞父王,径过黄河。

　　却说安休休四将接着存孝,将前事问答一番。次日,存孝领兵到营前索战。葛从周问曰:"谁敢出马?"耿彪道:"小将愿出马对阵。"即时跃马出营,来到阵前。只见存孝身不满七尺,骨瘦如柴,脸似病夫,拍马抢刀就砍。被存孝逼开刀,展猿臂,活拿耿彪过马来。一手攥着脖子,一手拿着

第十七回　李存孝力杀四将

左腿,按在马上撅①做两截,摔下马来。又来索战。军士报与从周,说耿彪被存孝拿去,撅做两截。从周大惊:问谁敢再去对阵。张龙、李虎向前进曰:"二将愿往。"领兵出营,拍马抡刀,望存孝砍来。被存孝举起毕燕栊,把张龙打成两段。李虎挺枪就刺,存孝浑铁槊起处,登时打死。又来索战。从周大惊:"似此怎了?"又闪出崔受向前曰:"小将领兵出营。"跃马向前,高叫:"存孝认得大将崔受么?"拍马拈枪就刺。存孝逼开枪,大喝一声:"贼将走那里去?"即把崔受拿过马来,只一摔,摔做一块肉泥。杀军大半,拨马回营。四将接着,且问胜负如何。存孝说:"今日这一去,摔死崔受,撅死耿彪,逼死张龙,打死李虎,杀得他兵逃将丧。"四将安排酒席与存孝贺功,十分欣喜,一面差人过黄河报与晋王知之。

且说晋王在帐中与德威商议,存孝过黄河去擒邓天王,未知胜负如何。正话间,忽报存孝差一小校飞报军情。晋王唤至帐下问曰:"存孝曾出阵否?"小校曰:"将军出阵连杀四将,至后无人敢出,方始收兵回寨。"晋王问曰:"四将是谁?"小校将姓名逐一细说一遍。晋王听罢大喜曰:"吾儿果是英雄。"德威曰:"杀此四将,足显手段,破黄巢在此人身上。"又曰:"可颁赏赐劳慰,令他们用心破贼,不必轻自离营过河来此提调进攻之策。"晋王从议,差人赍送赏赐再抚三军。小校依命,回至本营报存孝曰:"大王不胜之喜,令差人赍送赏赐来此,现在营外。"存孝即将赐赏散给军士,吩咐军人过河回报,遂与四将练兵,准备厮杀,不在话下。

却说军士报与从周曰:"崔受被他拿去,摔做一块肉泥。"把满营军士唬得魂飞天外,魄落重泉。下面闪出一将张权,向前禀曰:"小将有一计愿献麾下。"从周问有何计。张权曰:"我这计是停兵计。总兵可写一封书,差个得当军人送与存孝,叫他停兵三日不战,第四日先布一个长蛇阵与他破。总兵领大兵四十八万,顺黄河西岸,接次魏南三县、华州华阴县安营,直抵潼关,布下七十二座连珠阵,把这牧羊子赚到中间,轮流挑战。就算他浑身是手,能砍得许多? 务要生擒这贼,碎尸万段。"葛从周曰:"此计可成大功。"急写了书,差两个军士送去。

却说存孝在帐中,正与四将饮酒,把营哨军报云贼将差人下书。存孝叫军士放他进来。二人禀曰:"小的是葛总兵差来下书的。"将书呈上,存

① 撅(juē)——折(zhé)。

孝叫安休休开看。安休休念云：

"大齐总兵官葛从周端肃书拜大唐飞虎将军麾下：仆闻胜败兵家之常事，两军相斗，未必全捷。昨者，将军摔崔受于沙场，撅耿彪于马下，张龙、李虎相继而亡，士卒一闻，靡不丧胆。然屯兵于黄河左右，布阵深为不便。将军既为盖壤英雄，乞停兵三日，姑待第四日布成阵势，将军如破得此阵，某等即献长安，甘为末卒。如蒙轻挥彩颖，早赐批回，则将军宽洪之量不浅也。某临书不胜冰兢之至。金统四年三月，上浣从周再拜。"

安休休读罢，谓存孝曰："葛从周书词狂妄，可作一书回他。"存孝曰："征战之际，只论武，谁来论文，要回书做甚？只就书尾写批允二字便是。"安休休曰："太保所见极当。"存孝唤来将问曰："你营中将有几百员？军有几百万？"来将曰："我营中将有四百余员，军有四十八万。"存孝曰："你去回葛从周，这些军将却不够我杀，叫他再去长安领四十八万军来，不杀得他片甲无回，誓不为大丈夫。"来将领诺，回覆从周，呈上批允原书，将存孝所言细说一遍。从周听罢，谓张权曰："计若不成，莫若走回长安。"权曰："存孝一勇之夫，不谙阵法，擒此人必矣。"从周依言，次日领兵出营分拨，一连三日，布成一字长蛇阵。

且说存孝与四将俟期打阵。探马飞报布阵已完，第五日存孝领四将披挂上马，统兵直至阵前一看，只见枪刀戈戟，高高下下；旗幡金鼓，整整齐齐，犹如铁桶一般。存孝看毕，问众将曰："尔等识此阵否？这阵布得有理，居中布着蛇头，南首布着蛇腰，北首布着蛇尾，名为一字长蛇阵，又名兔守三穴阵。"四将曰："何为兔守三穴？"存孝曰："若先击头，则腰尾应；若先击腰，则头尾俱应；若先击尾，则头腰俱应。必须三处俱击，方能破得。吾自领军一千击头，你四将每二人领军一千去击腰、尾。三支军马，务宜互相救应。"吩咐已毕，存孝领军直从阵头击来。当先一马迎住，存孝问曰："来将是谁？"答曰："吾乃大将张权。"权问曰："你乃何名？"存孝曰："大唐飞虎将军李存孝，你尚不知名耶？"权大怒，拍马抡斧便砍。战不一合，被存孝一槊打得头如粉碎，翻落马下。阵中四十八员健将，见张权落马，大喊一声，一起跃马直逼存孝，团团围定。存孝全无惧怯，左冲右突，一槊一将，把四十八员健将尽数打死。薛铁山、贺黑虎、薛阿檀、安休休四将，望见阵势已破，贼兵散乱，招集两支军马合为一处，直杀入贼营。贼措手不及，葛从周慌忙上马奔逃,其余兵卒,十伤八九,剩得些小卒各自逃生,俱与从周径奔长安内去。这一阵存孝杀了猛将五十余员,精兵四十余万尽皆溃散,尸横遍野,血流成河。那两支兵杀入长蛇阵,怎见得?但见他:

　　杀大将,连人带马;追小卒,弃甲丢枪。鞭中金盔,脑顶天庭俱粉碎;简伤铁甲,毫毛骨肉尽分张。浑铁槊动摇,恰似蛟龙现爪;毕燕挝举起,犹如猛虎攒羊。愁云黯黯尸横野,怨气腾腾血染场。只为长蛇一阵,惹得祸起萧墙。正是:杀入长安无敌手,天叫巢贼一时亡。

　　即时取了魏南三县,夺了华州华阴,径到潼关。存孝回头看,三处人马俱没有了。存孝问:"我军人马还有多少?"四将答曰:"只有十三名,连我五个共有一十八骑。"存孝道:"这十三名小军,也和我似兄弟一般好汉。且过潼关去着!"径杀到霸陵川,杀了七日七夜,存孝肚中饥饿,杀到巢营抢些粮食,接济这十八骑人马。赶得巢兵马不停蹄,径赶过霸陵川。葛从周怨道:"张权这贼惹出这场大祸!"报军来到长安,葛从周叫军士快进长安城。时李存孝亦进长安城来了。存孝原来不知是长安,若知是长安,纵有赵云包天大胆,决不敢赶进此城。有诗为证:

　　张权诡计总寻常,存孝英雄不可当。
　　一字长蛇冲破了,伫看烧毁永丰仓。

第 十 八 回

存孝火烧永丰仓

　　话说存孝带领一十八骑将校,望着从周追赶七日七夜,马不停蹄,过了霸陵川地面,径赶进长安城中。且说葛从周星夜奔走,入长安进皇城,慌忙奏上黄巢曰:"臣奉我主敕命,屯兵黄河,拒住李克用二十八镇诸侯人马。臣遣孟绝海领班翻浪、彭白虎,先领一军往河中索战,探听敌兵虚实。不想李克用部下十三太保飞虎将军李存孝出战,两番交战,损却三将。败军方才回报,又被克用统率二十七镇诸侯,一拥至河岸安营调遣。李嗣源领兵对臣营南立寨,李存孝领兵对臣营北立寨,连日交锋,被存孝杀死健将无数。臣欲退入长安,奏请主上计处。张权再三定计,布阵赚杀此人。岂知存孝十分刚勇,兼通阵法,将臣阵势打破,当先杀了张权,复杀四十八员名将。驱兵一掩,我军措手不及,以此大败。臣今逃命奔回,闻得后军报说,随后尽力追臣,毕竟抢过潼关,至霸陵川地界。若入长安,决难抵敌,乞主上早早区划,慎勿迟延。"黄巢听得大惊曰:"似此如之奈何?且传旨令守门军将把长安城门紧闭,待明早宣集群臣商议。"

且说存孝追赶从周,望见长安城池,亦不晓是长安,只说葛从周领兵入城,与十八骑将校也径入城中。举头一看,回顾四将曰:"这座城却好,但不知是何府郡?"正话间,有一居民至前,存孝喝声问曰:"此城是何府郡?"民答曰:"将军原来不识,此是帝京长安城中。"存孝听罢,放开居民,私与将校曰:"不觉误至长安,倘有一支兵来围住,弓弩乱射,十八骑人马,岂不死作一团。"言毕,与众将校东冲西撞,行至永丰仓前。存孝曰:"此是屯粮之所,不如先断贼乐咽喉。"遂令将校一起放火焚烧仓廒①。须臾之间,烟焰腾空,风狂火烈,长安城内照得上下通红。黄巢正与群臣商议,忽报李存孝兵入城中,放火烧着戌字永丰仓。巢急宣问:"谁敢领兵擒拿存孝,灭此火?"班中御弟黄珪奏曰:"臣敢领兵救火,就擒存孝。"巢曰:"御弟肯与出力,朕赐卿一匹浑红马、羽林军三千。"黄珪谢恩出了午门,即披挂上马,领兵来寻存孝,吩咐皇城守门军:"不必下锁,待吾擒得存孝即便回来。"

且说存孝与众将校看见火势猛烈,必有军兵来救,思寻街道出城。忽然存孝座下战马鼻流鲜血,如何骑得?存孝见了大慌曰:"怎生是好?"天色已晚,正忙迫间,见灯光闪烁,人马无数,簇拥着大将一员。怎生打扮?但见:

  头戴嵌宝三叉紫金冠,身披嵌珠锁子黄金甲。衬着那猩猩血染绛红袍,袍上斑斑锦织金翅雕。腰系白玉带,背插虎头牌。左边袋内插雕弓,右手壶中攒硬箭。手中握丈二一杆枪,座下赤兔红鬃马。

却说李存孝见了那马,连夸数声好马,"送马的来了!"四将说:"这是他的。"存孝说:"不移时就是我骑的。"四将看那马,端的高骏。有诗为证:

---

① 仓廒(áo)——贮藏粮食的仓库。

> 火中照见五名驹,恍若龙飞实罕稀。
> 四足衬银踏白雪,浑身喷血染红脂。
> 追风千里原无价,遇主残唐信有时。
> 天赐英雄非小可,扫除巢贼奠皇基。

黄珪近前喝曰:"你是何人?"存孝曰:"吾乃大唐飞虎将军十三太保李存孝也。你乃何人?可通姓名!"黄珪应曰:"我本大齐皇帝御弟黄珪。"言罢拍马拈叉就刺。存孝避开叉,一手拿过黄珪往火里一摔,登时变作"红龟"。一手挝过五名马,翻身上马叫曰:"我今已得骏马,黑夜寻不见长安门,众兄弟跟着俺来,待俺把这马放在前面走,信马由缰,随马到那里。"

原来这马认得正阳门,把存孝驮到正阳门来。守门人听见马銮铃响,叫快开门。守门军士说,必是大王擒得存孝回来,将门大开。存孝黑暗之中,又不觉是皇城,只疑是长安城门开了,出得城去,乃唤众将校曰:"兄弟快来,有人开城,可以出去。"众将听得,各各勒缰紧紧随着,已至五凤楼前。皇城下灯炬辉煌,存孝睁目观看,与众将曰:"若是长安城外,不过居民茅房草屋,或是荒郊野径,焉有此雕梁画栋?"见两边军伍摆列整齐,大声问曰:"这是那里?"

且说黄巢同文武官员正在此高处观望救火,等候黄珪消息。猛然听得五凤楼前喧闹,顾问左右。左右忙启曰:"大王倒未见回,存孝人马反杀至楼下,怎生是好?"巢顿足大惊,问曰:"卿等何计可施?"文武曰:"此人谁可抵敌?我主只可招安,封他极品官职,方才得退。"巢亲自望下呼存孝曰:"唐主无道,不识贤良,你何枉立功劳?将军若肯顺朕,任选高官。"存孝听得亦不答话,回顾将校曰:"今已见巢,不可错过,你等哄他说话,待吾取出弓来,一箭射死这贼。万全之功,何用厮杀?"安休休遂呼巢曰:"你既要吾等归顺,封何官职便可说。"巢曰:"你众兄弟俱封并肩一字王。"言未毕,存孝取弓在手,搭箭当弦。有诗为证:

> 五凤楼前势俨然,英雄误入策非全。
> 神威信是无人敌,一箭先叫射巨天。

却说存孝一箭射中黄巢的平天冠,黄巢一时惊倒,昏闷在地。文武各官扶起,只见一箭射在冠顶之上。巢却未死,被此一惊半晌方苏,睁目顾众文武曰:"此贼可恨!即传旨:每门添军一万、健将十员,牢把城门,擒拿此贼,万剐凌迟,以雪朕恨。"左右领旨,随即传令,添兵选将,不在话下。

且说存孝望见黄巢中箭，疑是已死，领众将校出了皇城。但闻出令，添兵选将，喊声不绝。存孝曰："原来巢贼未死，倒反添兵守门。"安休休曰："我等数人，彼众我寡，焉能对敌？趁今天色微明，快出城去。"存孝曰："你言正是。"方与众将速行，忽有二将领兵拦阻去路。存孝喝曰："来将何人，敢拦去路？"为首一将答曰："吾名李罕之。"又一将曰："吾名符存审。"罕之曰："你莫非李存孝么？吾正奉命拿你。"存孝大怒，拍马向前。罕之就使浑铁棒望存孝打来。存孝攥住铁棒，罕之便夺存孝浑铁槊，却摇不动。存孝见罕之铁棒使得颇重，便觉此人亦是好汉，不可伤害，只将毕燕挝在棒上一击，震破罕之手虎口。罕之丢棒躲开，存孝将棒一曲，曲成桶箍丢于地下。二将看见存孝果然英勇，下马便拜曰："太保将军，吾二人情愿归降。"存孝曰："既是真心，吾与二位八拜结交，何敢相轻？"二将大喜拜谢。存孝遂下马来，拾起铁棒，用手一熨，依然挺直，付与罕之。原来二将率领三千军马，便与存孝十八骑合为一处，遥望光太门来。存孝一马当先，行至门边，尚未开锁，举手一挝，将锁打为两截。大开城门，招呼众将人马，一拥冲出长安城外。逸狂诗曰：

  曲棒浑如铁桶圆，立降二将辛三千。
  长安非是无弓箭，天佑英雄获万全。

却说李存孝人马正行间，哨马报道，黄桑店有邓天王人马阻路。存孝怒曰："我为这贼往长安跑了一遭，却在这里。"人报邓天王曰："当日在河中府生擒孟绝海的将军，在此索战。"邓天王说："为人生死，自有天数，此时只得向前对阵。"绰枪上马，来到阵前。时存孝看见邓天王身高丈五，披挂十分齐整：

  戴一顶紫金冠，披一副黄金甲，穿一领绛红袍，弯一张皂雕弓，插几枝狼牙箭。座下骆驼大的黄骠马，使的是二丈四尺画杆方天戟。恍忽天神下降，犹如陆地金刚。

存孝高叫曰："来将莫非假装我劫俺大哥营寨的么？"邓天王答曰："然也。"存孝曰："好生下马受死！"邓天王大怒，拍马挺戟就刺，被存孝避开戟，喝声："奸贼！走那里去？"只见，旌旗战马空归去，活捉天王过马来。又好似：瘦豸狼攀翻了一只白额虎，海东青坠落了一个贴天鹅。

那时存孝把邓天王拿到中营，叫六将："把他斩了首级，见我父王。"

邓天王放声大哭,存孝说:"你这大汉,如何怕死?"天王道:"我这一哭,非是怕死,我只因有两件事不足,故此大哭。"存孝问是那两件事不全。邓天王告曰:"我第一件,家有八十岁的老母,黄金未曾入柜;第二件,是我本事不全,方天戟略展一展,就被太保所擒。"存孝问曰:"你是那里人氏?"天王答曰:"我是曹州人。"存孝曰:"我今饶你性命,你休要顺巢,径回曹州去,一来侍奉你八旬老母,二来把你本事学全了来见我。"遂令军士取披挂还他。邓天王拜辞了存孝,上马径回曹州去了。

却说晋王与二十七镇诸侯在黄河营中,打听得葛从周布成阵势,约令存孝打阵,被存孝冲破阵势,杀死无数名将,又攻破葛从周营寨,从周逃命,径奔长安,存孝亦领人马随后赶去。晋王当下听得大惊,与德威曰:"敌既大败,存孝孤军追赶,吾等大军岂可在此久停?"德威曰:"存孝英勇,虽然无事,亦须接应。乘此破竹之势,长安克期可复矣!"晋王遂即传令二十七镇诸侯,各各收拾,拔寨起程。一声炮响,大军便离营寨,过黄河,晓行暮宿,不觉早至霸陵川。即令安营驻扎,以待存孝动静。

且说存孝亦与六将并三千人马,自离黄桑店,行到霸陵川。闻知父王大队军马于此安营屯扎,径至营前拜见。晋王问曰:"吾儿你这一向往那里去了?"存孝答曰:"儿为寻拿邓天王往长安跑了一遭。"晋王又问曰:"你有功无功?"存孝曰:"听儿说来。儿自过黄河,撷死耿彪,摔死崔受,逼死张龙,打死李虎。破长蛇阵,杀死张权,诛巢将四十三员,得了魏南三县,抢了潼关,夺了霸陵川。一十八骑人马,误入长安,火烧戍字永丰仓,复夺五名马,摔死巢弟黄珪。杀进正阳门,直抵五凤楼,射了黄巢一箭。又收符存审、李罕之,打破光太门,兵到黄桑店,活捉邓天王。这都是此行事迹,不知是功否?"众诸侯曰:"这都是没遮挡的功。"晋王大喜,即令排宴贺功,不在话下。

且说黄巢自李存孝冲出长安,甚是忧惧。次早升殿,急宣尚让、齐克让、傅景祥、傅道昭、柳彦随、柳彦璋、葛从周两班文武商议曰:"朕被李存孝赶进城中,烧毁仓库,杀死御弟黄珪,至五凤楼前射朕一箭方退去。今出城,若见了李克用,与各镇诸侯合兵来攻,为祸不小。将如之何?"葛从周奏曰:"臣有一计。今闻李晋王统领大队军马,已在霸陵川安营。日夕只是饮酒为乐,并不整理军务。军无约束,士卒懈怠。臣保我主亲统大军猛将出征，晋王昏醉营中，必无准备，我军乘夜劫寨，破他栖止①，再整军兵厮杀，必获全胜。但不知主上意见如何？"巢曰："朕有天下，亦是用卿计取。今日之计，岂不信用？"传旨点起大军十万，安排銮驾，克日带领文武众官，跟随御驾亲征。但见：

> 金瓜密布，铁斧齐排。方天画戟成行，龙凤绣旗作队。旗旄旌节一攒攒绿舞红飞；玉镫雕鞍，一簇簇珠围翠绕。飞龙伞，散青云紫雾；飞虎旗，盘瑞霭祥烟。左侍下一代文官，右侍下满排武将。虽是妄称天子位，也须伪列宰臣班。
>
> 头戴一顶冲天转角明金幞头②，身穿一领日月云肩九龙绣袍，腰系一条金镶宝嵌玲珑玉带，足穿一对双金显缝云跟朝靴。

黄巢方才出得长安道上，忽一道人身穿黄衣，手执拐棒当道而立。跟驾卒校喝逐不退。待巢驾至近前曰："黄巢你用吾宝剑多年，今日可还吾去。"巢怒，喝令军校捉下。道人举起拐棒，望巢一打，巢即仆地。道人化阵清风而去。左右扶黄巢，半响方醒，腰间不见混唐宝剑。巢怒，击杀左右数人。离了长安，军马日行三十里歇息，与众文武曰："朕军缓行早歇者，欲养力，临阵不致疲倦耳！"文武曰："我主所见极是，但劫营须要迅速，又宜出其不意。"巢曰："然。"遂令军马趱③行，赶到霸陵川。未知如何，且听下回分解。逸狂诗云：

> 巢贼亲征李晋王，道人夺剑数当亡。
> 皇天眷德分明报，强暴何曾得久长。

第十九回

德威遣将灭黄巢

却说晋王正与众诸侯饮酒，只见中军帅字旗摆了三摆，德威即问军

---

① 栖止——寄居，停留。
② 幞（fú）头——古代男子用的一种头巾。
③ 趱（zǎn）——赶路，快行。

第十九回　德威遣将灭黄巢

士："有风吹动,无风吹动?"军士禀曰："无风自动。"德威即袖占一课,禀晋王曰："此事不祥。臣观长安道上,杀气冲天,今晚必是黄巢领兵来劫营寨。"晋王曰："此事怎了?"德威复占一课,笑曰："此是唐主洪福!大王不必挂心,黄巢把天下送还唐主也。他若只在长安不出,几时攻得城开?乞大王赐臣令剑,待臣提调三军离了霸陵川,存个空营设备,悬羊擂鼓,饿马摇铃,四面八方埋伏军马。他不来便罢,若来到此,见是空营,必自慌逃乱。等至天明,臣在中军放炮,四面伏兵齐出,叫他片甲不回。"晋王大喜,即解腰间宝剑,交与德威,说道："令剑在此,各镇诸侯,十三太保,部下一应将卒,敢有不服调遣者,先斩示众。"

德威接剑在手,指定晋王曰："大王亲自领兵十万,南首埋伏,不许妄动。等待天明,听中军炮响,方许杀来。"晋王即领兵而去。德威又指大太保李嗣源、三太保李嗣昭领兵十万,北首埋伏。又指郓州赫连铎、华州韩鉴、曹州曹川、兖州周顺四节度使等,领兵十万,东首埋伏。又唤十一太保康君立、十二太保李存信等,领兵十万西首埋伏。"各听中军炮响,一起杀出,如有私放黄巢走者,斩首号令!"于是众军诺诺连声,各领兵分路而去。

却说存孝向前跪曰："军师分兵已毕,那一路要用我去埋伏?"德威曰："非是不用将军,恐怕你此去擒不得黄巢。兵法云:将在谋而不在勇,将军平日有勇无谋,故此不敢轻用。"存孝曰："愿立军令,如此去擒不得黄巢,任斩吾首,以献军前。"德威大喜曰："既肯立下令状,汝即同六将并三千飞虎兵,往长安大道密松林里埋伏。但不要上将之头,只要黄巢之首,即是头功。"存孝得令,即令三千飞虎军,依计而去。逸狂有诗赞周德威云:

德威授计勇南公,兵伏长安大道中。
天使黄巢来送死,劫营半夜入牢笼。

第二十回

灭巢山黄巢自刎

却说黄巢与葛从周人马,不分昼夜,正来到霸陵川,远晋王营寨不上十余里路,即令众军安营。黄巢曰:"今晚三更时分,好去劫营。"不觉天色已晚,三更时分,巢即催督人马而进。葛从周曰:"不可妄动,且差小军前去探听他有准备否,然后进兵。"巢曰:"此言极是。"即差小军前去。不移时即回报曰:"晋王营里打八更了。"巢大怒曰:"自古至今只有五更,那有八更之理?"从周曰:"晋王今宵合休矣!"巢曰:"怎见得?"从周曰:"晋王是个酒色之徒,只顾饮酒为乐,不思整理军情,以致军士不肯用心,错打更数。"即喝令众军,用心努力。一声炮响,众军杀进营来。只见:

地上插旗唯伏兔,营中打鼓是悬羊。

黄巢大惊。从周曰:"中了贼人之计。"急令诸军快走。于是众人自相践踏,死者不计其数。正走之间,不觉天色渐明,忽听得周德威营中一声炮响,领兵杀出,四面八方,团团围住巢军。只听得喊声大振,金鼓齐鸣,恰正是:

战鼓咚咚,好似春雷震地;旌旗闪闪,犹如晓雾漫空。昨夜里,黄巨天喜入生门;这时节,葛从周难寻活路。

黄巢部下众军,心惊力乏,不敢恋战,各自逃生。周德威后面只顾杀来,葛从周等策马投南而走,不料南首晋王领兵杀出。君臣倒戈,望北而逃,不料李嗣源催兵杀来。君臣又投东而走,只见赫连铎等四路军马,杀将出来。且从西路杀出,正遇康君立等一支兵杀来。从周同黄巢力战君立,方得脱身。

却说黄巢从西路走了。晋王问是那个在西路埋伏。军士报曰:"是康君立、李存信埋伏在西路。"晋王叫刀斧手拿下二人枭首。德威曰:"待擒了巢贼,再斩未迟。"

却说黄巢杀出霸陵川,望长安大道而走,且与众将曰:"喜得一夜不曾见飞虎将军。"七将答曰:"存孝不来,君臣尚在一处,存孝若来,彼此各寻活路,那时顾不得了。"言未尽,只见草坡中闪出那飞虎旗来。尚让、齐克让、傅道昭、傅景祥、柳彦璋、柳彦随、葛从周见是存孝旗号,各自逃生。这七将后来投入朱温部下,此处不题。

却说六将叫:"哥哥,兀的那逍遥马上,穿黄袍的,就是黄巢。"存孝飞马赶上。此时,只有黄巢同侄儿黄勉二人逃进山来。前有一支兵阻路,首将问:"来者何人?"黄巢含泪答曰:"吾是长安大齐王。"那将就马上称曰:"原来陛下到此。臣是金顶大行山大将韩忠,请我主到牛皮宝帐暂时歇马,臣去生擒存孝来问罪。"黄勉说:"这海口贼!见存孝也是死的,不如及早逃生。"却说存孝赶来,正遇韩忠。存孝说:"来将好好顺我,饶你一命。"韩忠大怒,举斧劈来,被存孝避开斧,挝过马来,望山下一摔,摔做一堆肉泥。黄巢与黄勉正行间,黄勉在后自思:"我跟着这昏君走,存孝赶来,连我也是死的。不如我把步心一枪,挑下马去,割了首级,献与唐将,将功赎罪,岂不是好?"两匹马行来,只见路旁有一石碑,上有两行大字写道:灭巢山,鸦儿谷,正是黄巢合死处。黄巢对黄勉说:"这是灭巢山鸦儿谷。鸦入巢而巢必破,我命定是难逃。昔日项羽自刎乌江,将首级与乡人吕马通。今你我本是嫡亲,待我刎下首级,与你前去献上唐将,永受富贵。"言罢,拔剑在手,仰天长叹数声自刎,头落于地。逸狂诗云:

灭巢山上鸦儿谷,篡贼应知数已终。
自刎难消天下怨,至今啼鸟恨无穷。

黄勉取了首级,正遇存孝赶到。黄勉叫曰:"太保饶命,小将特献黄巢首级。"存孝问曰:"你是何人?"勉曰:"吾是黄巢御侄黄勉。"话犹未了,晋王人马已到。存孝望父王拜曰:"儿赶黄巢到灭巢山鸦儿谷,逼死黄巢。有巢侄黄勉,斩了首级献在此处。"晋王令黄勉来见,问黄巢怎么肯死。黄勉答曰:"被臣步心一枪,刺下马来,斩了首极,献与大王,将功折罪。"晋王问:"你是什么官职?"勉答曰:"巢在日,不拘侄儿外甥,都是一字并肩王。"晋王问曰:"巢贼在位几年?"勉曰:"在位四年。"晋王曰:"这等你也受了四年的富贵。我手下有五百家将、十三太保,只有一个亲儿,其余都是义子。学你这不忠、不孝、无恩、无义之徒,败坏人伦,怎么是了?"叫刀斧手:"与我拿去斩首示众。"晋王令人拿黄巢的首级来看,果然眉横八字,牙排二齿,鼻生三窍。对周德威曰:"这人怎么生得如此怪相?"德威曰:"昔日僖宗主上因嫌他貌丑,将他叉出朝门,巢即作了反词,反上金顶太行山。只得半载,聚下饿夫五百万,夺了东西二京。大王不要看他,早进长安城,打扫三宫六院。遣官拨将,往西祁州请驾还朝,安抚万民。"未知何如,且听下回分解。逸狂诗曰:

百岁人生草上霜,无端妄觊做君王。
龙袍挂体殊尊贵,鸦谷捐身亦惨伤。
血水逆流河涌涨,魂灵悲切日无光。
早知黄屋居难久,何似林泉乐更长。

也有诗讥黄勉曰:

黄勉全无叔侄情,怒将巢首献唐营。
忘恩慕禄天垂鉴,立斩辕门大义明。

第二十一回

程敬思接驾还朝

却说李晋王传令,殄除①黄巢余党,安抚百姓,号令军士秋毫无犯,居民安堵。一面设宴庆贺功劳,一面差人肃清宫殿。与众诸侯宴罢,就令城外屯扎,伺驾还朝,请旨发落。诸侯依令安扎去讫。晋王命程敬思往西祁州迎帝还京,又令李存孝同往保驾。敬思拜别晋王,径望西祁州而来。

且说唐僖宗在西祁州日夜焦思,每言及,辄②欷歔③泪下,不知何日能复故都。又一日,宣郑畋问曰:"朕命程敬思宣皇兄率藩镇诸侯破巢,未有见报,此事不知如何?"畋奏曰:"臣时常差人探听,晋王自河中府会兵,屡战屡胜,必有捷音,陛下不须烦闷。"君臣谈议未毕,忽殿下一官捧一表进曰:"晋王李克用差臣程敬思,赍表迎接圣驾归长安登位,伏候圣旨。"帝闻奏不胜大喜,即宣程敬思上见。拜舞毕,帝曰:"卿至直北往回,风霜劳苦。晋王音问如何,细说一番。"敬思奏曰:"臣奉命往直北调李克

---

① 殄(tiǎn)除——灭绝。
② 辄(zhé)——总是;就。
③ 欷歔(xī xū)——哭泣后不自主地急促呼吸;抽搭。

用会兵河中府,先败葛从周,次即洗荡黄巢,复取京师,今差臣来启请皇上进长安,以政天下。"帝又问:"破巢何人功居第一?"敬思奏曰:"晋王部下十三太保、五百家将,唯第十三太保飞虎将军李存孝英勇无敌,已上他功居第一。晋王特令存孝同来保驾,今存孝亦在午门外候旨。"帝曰:"既在此,宣来见朕。"须臾,存孝入,至殿前拜舞。帝命抬头,看曰:"此等人焉能成此功绩?"敬思奏曰:"此人貌虽微小。但有奇能,陛下不知,臣当细奏。"遂将存孝所历战功,一一奏与帝听。帝亦不准信。帝谓敬思曰:"且待存孝跟驾有功,回京查实功绩,然后论赏。"存孝、敬思叩头谢恩出朝。次日传旨,令文武百官收拾起行。出了西祁州,存孝披挂在马上,紧随车驾。

正行之次,前军飞报:"一支人马拦住去路,声言与黄巢报仇,要劫车驾。"帝闻传报大惊。程敬思下马奏曰:"贼兵挡路,主上可命存孝剿擒。"帝即传旨。存孝拍马直至前队,大声喝曰:"何处贼徒敢拦圣驾?"那将曰:"吾乃齐主族兄黄豹、黄虎,特来报仇。你是何将?"存孝曰:"吾是大唐飞虎将军李存孝。"黄豹听罢,抡刀直取,被存孝一槊,死于马下。黄虎来迎,亦被搠①死阵后。贼将五十余员,齐声向前混杀。被存孝一槊一个,连搠死二十八将。余将见事不济,勒马冲突而走,军卒尽皆星散。帝在车上看见十分欢喜,谓敬思曰:"卿奏存孝之功,朕甚不信。今见此阵,果然勇猛无敌,论功第一,更又何疑?"急宣存孝来见。直至御前,帝曰:"朕今车驾复转长安,朕怜卿劳苦,封卿为大唐护国勇南公之职。待朕还朝,再赐宴赏。"存孝叩头谢恩毕,帝命催趱前行。

且说晋王准备接驾已久,正与诸将话间,忽报马禀曰:"车驾已到,离城不远。"晋王忙令召集众诸侯文官武将,一起拥出长安,迎接圣驾入城。帝升御座,晋王引众朝贺。帝受礼毕,传旨改今年为光启元年。宣晋王上殿,抚慰勤劳,仍享晋王之爵,另赐并、沁、辽、朔四州之地,所输赋税,以充禄享。就于太原府内,建造王宫,出入半朝銮驾。命程敬思、郭景铢、周清、史敬思各文武官护送皇兄上并州,"永享富贵,少慰朕怀"。晋王叩头谢恩,复奏曰:"诛灭黄巢,非臣之能,一则主上洪福,二则众将效力。但臣部下,智藉周德威,勇赖李存孝。存孝已蒙封赏,唯德威与诸节镇诸将,莫不尽忠竭

---

① 搠(shuò)——刺,扎。

力,望我主圣鉴。"帝曰:"俱有封赏,皇兄可令各官,候朕出旨。"晋王欣喜出朝。帝次日传旨:"封周德威为大司马,即日随朝;诸节使照仍前职,另行颁赏;其余文武将校俱各封赏。"设宴庆赏,各就任所,勿留京师。当下,众诸侯文武于午门外听罢圣旨,伏阙谢恩讫,二十七镇诸侯先出京城。

晋王次日亦收拾人马,径上并州,乃唤存孝吩咐曰:"吾领王爵,汝封国公,主上之恩,无以加矣!你可领一支人马巡视河北,吾领一支人马巡视河南,一则安抚百姓,二则搜剿贼党,俱至汴梁城北门外泥脱冈上取齐,不得违令。"存孝领诺。次日话别,存孝曰:"父王若先到汴梁,儿不在面前,朱温设计诡骗,切宜提防,不可误中奸计。"晋王曰:"此事不妨,但吾儿宜早来会。"言毕,遂各分头取路而去。且听下回分解。后人感僖宗长安复登宝位,有诗为证:

一从兵变避西祁,几向斜阳哽咽悲。
鬓发虚过新岁月,梦魂常绕旧宫闱。
青琐忽传唐将捷,黎民重睹汉官仪。
舆图此日归天府,四海颙颙①乐际熙。

第二十二回

存孝力服王彦章

却说勇南公李存孝与李晋王分别,领兵巡视河北,所过秋毫无犯,百姓欢悦。不觉早至寿章县淤泥河。却有本处一人姓王名彦章,身长一丈,蓬头跣足②,手使一条浑铁篙,聚集二十余人,驾一只船在此剪径③,劫掠营生。当下闻得李存孝军马来到,乃曰:"人人说李存孝勇猛,今日要见他一面。"拦住去路。小卒来报存孝曰:"前面有十数猛汉阻路。"存孝向前问曰:"你是何人,敢阻吾路?"答曰:"吾浑铁篙无敌大王王彦章。你乃

---

① 颙颙(yóng yóng)——大,仰慕。
② 跣(xiǎn)足——光着脚。
③ 剪径——拦路抢劫。

何人？速献买路钱放你过去。"存孝曰："大唐护国勇南公李存孝，谁不知名！"彦章曰："吾闻你勇猛无敌，原来只是如此，快留买路钱去。"存孝曰："你浑铁篙有多少重？"彦章曰："一百二十斤。"存孝笑曰："只一百二十斤，我那得买路钱来予你！"彦章大怒，两手举篙往存孝头上打来，存孝伸手攒住铁篙，王彦章不肯放手，夺存孝的篙，恰似蜻蜓摇石柱一般。存孝用手一拖，把彦章连人带篙拖上岸来。存孝说："我在马上，他在马下，不显我是好汉。"连人带篙往淤泥河只一摔，有百十步远，存孝领兵过河北去了。王彦章在水里攒出头来，爬上岸，披挂上马赶来。

存孝正行，报说摔下水的人又领众赶来了。存孝说："这水手也是个好汉，待我与他比手，试他本事如何？"勒回马来。王彦章一马当先，抢枪往存孝刺来，被存孝连人带马逼住了，将槊轻轻地打去，彦章用力架隔不住，把浑铁篙逼得一似桶箍般圆。存孝曰："本待打死你，见你没甚本事，饶了你这一命罢。"彦章放马逃生，跑去有数里之地，放声大哭，叫众人："各散了罢！我在死里复生，若存孝在世十年，我十年不出；存孝除非死了，我王彦章才敢出名。"自此，彦章径上寿章县，隐姓埋名去了不题。

却说晋王巡视河南，大军行到汴梁城泥脱冈，晋王传令安营，等存孝的兵来到。且说汴梁节度使朱温正坐堂上，忽一人进报："北门外泥脱冈，今早李晋王到了，在那里安营。"朱温大叫："看马，取军器来！拿这李克用老贼，报昔年鸦馆楼令带之仇，未为不可。"朱义向前说："哥哥岂不知那李存孝的厉害，他一怒直杀到五凤楼前，你若恼了他，杀进汴梁城来，那时悔之已晚。"正在此疑惑，不移时，人报李存孝不在营里。朱温听得没有存孝，就定一计，写了一封书，叫朱义将书去请晋王来赴宴。等他来时，两厢埋伏强壮，饮酒间击金杯为号，托舞剑杀这老汉。朱义持书，径往泥脱冈来，见晋王叩头道："汴梁节度使朱温差臣上书。"将书呈上。晋王拆开来书，观看其来意云：

钦差镇守汴梁城节度使朱温，顿首拜上大唐恩主大王麾下。臣自鸦馆楼不能强效容悦，批鳞获咎，诚有不堪。故弗敢再叩帐下，径回信地。惟大王谅臣斗筲①，弗屑较焉，则幸甚耳。近日梁魁就戮，帝驭重旋，使天下士马休息，黎民复见天日，大王诚不

---

① 斗筲(shāo)——比喻气量狭小和见识短浅。筲，一种竹器，仅容一斗二升。

世之元勋也。正愧无以贺功,讵意①驾临封域,温实不知,未获拜趋道左。谨涓某日,肃具小筵,抵迎队仗,敬与拂尘,少倾葵藿②。伏乞俯赐光临。温无任瞻仰之至,谨启。

晋王看书毕,喜不自胜,即许来日赴会。朱义出营,暗说:"你这老汉若来,叫你来时有路去无门。"

晋王叫周德威:"领一支兵马,保吾赴会。"周德威谏曰:"自古道仇人相会,筵无好筵,会无好会。臣讲一个故事,请大王听着。昔日秦穆公会天下诸侯,齐到临潼县斗宝。有一吴王,生三子:正宫生一子名姬光,偏宫生二子,一名姬僚,一名庆忌。吴王染疾,命姬光去临潼斗宝。姬光奉父命斗宝未回,吴王薨,文武百官扶姬僚登位。

"姬光回国,欲图大位。姬僚防之,每日披猣猊铠甲,弓刀不能伤体;相随出入,有三千执戟郎官、五百骠骑大将。后姬光拜孙武子为师,伍子胥为将,君臣定计,设一炙鱼会,请姬僚赴会。众臣力谏,姬僚不从。只见一臣姓专名诸,左手持一把明晃晃的剑,右手持一尾包祸胎的炙鱼,奔上姬僚殿来。姬僚唤当驾官:'急与朕擒下此人,怎敢带剑上殿?'专诸将剑折为两段,近前奏曰:'臣安敢带剑上殿?原是木剑,用银箔贴得如此光耀,特用来析鱼耳。'遂向姬僚面前用木剑把炙鱼头割下,望空中抛起。只见那鱼头在半空中随风飞舞不下,姬僚仰首观之。不料专诸向炙鱼腹中拔出一把鱼肠剑,往姬僚项下直刺透铠甲而死,遂扶姬光登位。原来吴姬光有天下之福分,赖孙武子有盖世之谋,使之然耳。今大王赴此宴会,与此故事无异。"未知晋王意下如何,且听下回分解。逸狂诗云:

  唐室衰微各镇强,朱温设计害贤良。
  临行不听忠言劝,醉后君臣受祸殃。

---

① 讵意——同"讵料",那能料想到,不料。
② 葵藿(kuí huò)——指葵和藿均为菜名,此处单指葵,葵性向日,用以比喻下对上赤心趋向。

第二十三回

朱温火烧上源驿

当日周德威力谏晋王休去,晋王不听,急遣程敬思、史敬思、郭景铢、周清四将,领三千人马,保他前去赴会,上马而行。

却说朱义先回,报说晋王慨然应允,须臾便到。义问曰:"此来将他如何处置?"温曰:"彼必然兴兵带将。若果有人马到此,令五百家将伏于宅子前后,放炮为号,准备厮杀。如无军来,已在两壁厢埋伏刀斧手,击金杯为号,就筵前杀之。"计会已定,及巳牌时分,温兄弟二人出城远接。只见一彪人马,簇拥而来,近前但见:晋王头戴金盔,身披金甲,坐于马上。旁边数个大汉,各执腰刀一口。朱温迎接入城,邀入公厅,分君臣礼,参拜已毕,叙尊卑坐下。

温举杯相劝。酒至数巡,朱温进厅去更衣。只见玉銮英急到厅前,满眼流泪叫道:"皇兄,谁着你进此城来?"晋王曰:"是朱温请我来。"銮英曰:"他非是请你,他实有杀你之心。前后宅内都埋伏强壮兵士,饮酒中间,击金杯为号,舞剑就要杀你,你可提防。"言毕,銮英讲去,却躲在屏风后面。不移时,朱温上厅问曰:"大王才与贱荆①说什么话?"此时晋王酒已醉了,把銮英讲的话都说与朱温。温答曰:"怎敢杀君?"晋王曰:"既无此心,再斟酒来。"銮英在屏风后听到,"这老汉把我讲的话都讲与这老贼,他若不得杀你,定来杀我"。回到房内,自缢而死。

却说朱温把金杯连击三下,只见两厢跑出八个大汉,各仗宝剑一口,急上厅来。晋王曰:"果然是有害我之心。"朱温起身答曰:"这样闷酒吃不下,因此唤这八人舞剑,与大王开怀饮数杯。"晋王说:"最好,着他进厅里来舞。"朱温暗说:"这老贼死时到了。"便令八人进厅来舞剑。程敬思道:"此事不谐。"史敬思道:"不妨,有吾在此。"绰起素罗袍,拔剑在手,大叫:"你们的剑不是这等舞,待我舞与你看。"把剑挡住八口剑。正是:眼

---

① 贱荆——古时对自己妻子的谦称。

观酒器为兵器,手把旌旗当酒旗。五百家兵喊声大震,将宅子四面围定。是时,敬思独战八将。不移时,五人中剑,三人尽皆走了。朱温手无军器,意欲逃走。周清、史敬思二人挟住,将两口剑放在朱温颈上喝曰:"好好放我君臣出去,万事皆休;如其不然,即便砍下你的头来。"朱温惊得魂不附体,恐被所伤,暗思此事不谐,且唤开门放他君臣出去了,再作区处。

却说敬思力挟朱温开了宅门,君臣五人,半醉半醒扶晋王上马,急来上源驿逃生。是时五月天气,日已沉西。却说朱温密唤武将杨彦洪听令,遂与彦洪曰:"李克用虽出宅门,安能出得此城?今君臣都在上源驿,汝今晚点军一千围住馆驿,四门放火,不问是谁,尽皆烧死。务要一更举事。吾亦自引精兵一千接应。"杨彦洪受计,便去点军,取干柴引火之物,搬于馆驿门首。到晚间,军人放起火来,只见馆驿四围皆火,上下通红。正是:老君推倒炼丹炉,一块火山连地发。有诗为证:

梁晋初争结怨深,上源驿内托天心。

只因克用贪杯误,死难忠臣万古倾。

逸狂诗云:

欲报私仇请晋王,汴梁赴会不提防。

席间舞剑鸿门宴,醉后真言御妹亡。

智勇挟温门得出,酕醄①宿驿火辉煌。

若非天赐倾盆雨,毕竟君臣受祸殃。

驿夫报曰:"四面火起,怎么是了?"此时晋王醉而方醒,始张目援弓而起。君臣五人急跑出厅来,只见火焰对面逼来。程敬思醉眼昏蒙,倚定中庭,抱住屋栋,即时烧死。晋王放声大哭,复叹曰:"吾君臣不想死于此处。"忽然一声霹雳响处,大雨倾盆,满驿之火,尽皆浇灭。驿夫对晋王曰:"幸天赐大雨,火已灭焰。"晋王说:"若非此雨,我与众人皆死于驿中。"于是四人上马乘电光而行。

行不数步,温又领人马挡住去路。史敬思持枪直取朱温,战上数合,朱温败走。史敬思直杀至升仙桥,又杀一阵,郭景铢同君臣三人,斩关出了北门。晋王命周清偷路抄去老营调兵,急来接应。朱温大兵,一声炮响,抢上升仙桥来。郭景铢回马不迭,连人带马跌下桥去,水淹而死。朱

---

① 酕醄(máo táo)——大醉的样子。

温赶出城来,史敬思叫曰:"大王急急逃生,臣回去挡他一阵。"勒回马来,挺枪直刺朱温。朱温把枪一晃,八十四将一拥齐来。史敬思大怒,枪挑名将一十六员落马。回头看时,晋王把马勒向高阜处,看二人厮杀。敬思叫:"大王为何不走?"晋王曰:"君臣们死同一处,岂宜独生乎?"史敬思曰:"大王不可迟延!我今拒敌,你急急放马逃生。臣再回去挡他一阵。"勒回马,挺枪力战。众将并来,史敬思整战了一夜,又冲朱温三阵。此时人马困乏,冲路便走,王忠挺枪赶来,把敬思左肋下一刺。敬思大怒,拨转马,用右手举起枪,把王忠挑于马下。敬思左肋下血如泉涌。敬思大怒,枪挑名将八员落马,急来见晋王曰:"臣今中伤了。"跳下马来,拔剑割下素袍半幅,塞了枪眼,用勒甲绦系了,翻身上马大叫晋王曰:"臣今再去对他一阵,你急急放马逃生。"勒回马,挺枪直刺朱温。梆子响处,四下众箭齐发。敬思枪眼痛得难禁,只得自刎于马上。后来史官有诗赞云:

血染征袍半幅红,敬思犹自与争锋。
汴梁冲阵身遭厄,自刎咸称死尽忠。

又有诗云:

再三力劝晋王逃,不顾金枪血染袍。
贾复令名垂汉代,将军今日誉尤高。

晋王见史敬思自刎身亡,放马逃生。比及天晚,朱温掣刀,招转人马大至。晋王亲自兜马,连射一十二箭,正中一十二将,翻鞍落马而死。晋王再去取箭,袋内已自无了。朱温追急,晋王仰天大叹曰:"吾今老迈,死于此地矣!"忽听得东北角上,喊声大振,闪出两面飞虎旗。旗下一员大将,虎皮袍,猓猊甲,乃是勇南公李存孝也。毕竟不知如何救得晋王,且听下回分解。逸狂有诗单赞存孝来救晋王,诗曰:

不识奸谋恋酒杯,损兵折将可哀哉。
幸而飞虎将军至,救得残躯老命回。

第二十四回

田令孜弄权封爵

却说朱温遥望,认得是李存孝旗号。见军士到来,胆碎心惊,遂自引兵走回汴梁城,众军自相践踏,各各逃生。朱温吩咐把门军官,坚闭城门。存孝追至门边,大骂奸贼:"待我回去见过父王,再来擒你。"遂回到营中,拜见晋王,说:"救父来迟,恕儿之罪。昔日在长安分路,曾说父王兵先到,安营等儿,儿兵先到,安营候父王。倘朱温来请罪,切不可去。今日果中其计!"晋王曰:"几乎与你不相见也!今此一阵,程敬思烧死驿中,郭景铢淹没桥下,史敬思带伤自刎,大折人马。今汝来,实是羞耻,此仇如何可复?"存孝曰:"此皆吾父轻敌之失,自取之祸。今儿去擒此贼来,碎尸万段,以雪父王之恨,以报三将之仇。"晋王曰:"不可!此贼入城,坚闭不出,急难取胜,若擅举兵相攻,则天下孰能辨清其清白哉?且彼得以辞矣。不如暂回太原,差人赍本,奏知圣上,再来擒此贼,亦未为晚。"言讫,遂与存孝奔太原而去。

却说朱温进了汴梁城,惊得魂不附体,自言这祸惹得不小。忽闻军人来报,晋王人马都上并州去了,方始心安。却说朱义对朱温曰:"哥哥与李克用结下仇隙,势不两立,倘奏准朝廷,合兵讨罪,如何是好?"温曰:"正虑此事。吾弟有何良策?"义曰:"目今见有十年粮草,可立招军旗号,招募天下英雄好汉,事成则为帝王,事不成纵有晋兵来敌,何惧之有?"温曰:"所见有理。"即日立起招军旗号,果然旬日之间,四方之士云集蚁聚一万余人。

时有黄巢旧将七人,乃尚让、齐克让、傅道昭、傅景祥、柳彦璋、柳彦随、葛从周等,共领本部人马七万来降。朱温大喜,遂纳重用,令设宴相待。酒至数巡,温谓从周曰:"今吾招军买马,积草屯粮,欲报李克用夺带之仇,列位有何妙策?"从周曰:"大人志在复仇,欲图天下。今克用受封天下都招讨,各镇军马俱服调用,兼且他是王位,其势甚大。今大人只一节度使之职,威权不等,也须得个王位才好。"温曰:"汝言虽当,安能致此?"从周曰:"此事甚易。今僖宗宠一宦官,姓田名令孜,现任吏部尚书,朝廷政务,咸听处分,无有不当。大人何不修一封书哀告他?他见词致恳切,更有奇珍异宝为贽①,必然荐用,得个王位。可差尚让、齐克让星夜上长安去,早图之,此事必谐。"温欣然从之,即将玉带二条、宝珠二颗,命尚、齐二将星夜径上长安。

来到田令孜府前,二人对军士曰:"烦乞报与老爷知道,说有故人相访。"军士报入府内,令孜道:"唤他进来。"二人入见曰:"大人别来无恙?"令孜沉吟半响,遂问曰:"二足下何人也?"二人曰:"长安曾会,何故失忘?我等乃尚让、齐克让也。"令孜曰:"今居何处?"尚让曰:"我二人在汴梁城节度使朱温部下充一都尉。今大人乃朝廷柱石之臣,不胜仰望,特差我等前来问安,奉书在此。"令孜接书拆开视之,书曰:

  汴梁节度使朱温顿首百拜,致书于大相国田丞相阁下。身护碧纱,已列金瓯之姓字;望崇赤舄②,伫弘玉鼎之勋名。庆溢朝端,声传海外。恭惟相公阁下,嵩精挺质,昂秀凝姿,诚当代之股肱,宜林之乔嶽也。温滥司节使,调理军民,第职小而权微,奈将顽而卒惰。特修短启,聊贡輶仪③,敬驰献于台端,幸筦存④乎阁下。更恺乐施荐拔,得并爵于太原。曲赐吹嘘,早颁恩于汴水。仰祈电烛,无任冰兢。

令孜看罢大喜,随即收下金宝等物,且曰:"吾有主意,来日使奏,虽不得加封王位,必有赏赐。待圣旨出来,自有主意,吾当私封朱温为梁王,再密铸一印予之。汝二人还至汴梁,令温立过旗号,即自假称梁王,引兵反来,我这里里应外合,谋夺大位,有何不可。"商议已定,随令尚让、齐克让私宅安歇。

次日天色微明,僖宗升殿,令孜早朝礼毕,出班奏曰:"迩来⑤黄巢反乱,皆赖朱温调取各镇诸侯,尽行剿灭。各镇诸侯俱受封爵,唯有汴梁朱

---

① 贽(zhì)——古时初次拜见长辈所送的礼物。
② 舄(xì)——有木底的鞋子,古时最尊贵的鞋,多为帝王大臣穿。
③ 輶(yóu)仪——送人较轻的礼。谦称。輶,轻。
④ 筦(guǎn)存——惠存。筦同管。
⑤ 迩来——近来。

温有大功勋,兼是贵戚,陛下何不升彼官职,使将士感德,上下归心,实安社稷之一计也。"帝曰:"朱温欺君罔上之贼,朕每欲诛之,因朕妹玉銮英在彼处,故且停止。今朕妹已死,与彼无亲,岂可升他官职?"令孜曰:"率土之滨莫非王臣,何必计较亲疏,只论功绩。既不升他官职,只赐田宅亦可。"帝曰:"看卿之面,便赏无主闲田三百顷、无人住的宅子三百间,令彼自去耕养。"令孜拜谢,领旨出朝。到府拆开旨意,加封朱温为大梁王,赐他盖造王殿宫室、黄旄白钺以专征伐。私铸一颗梁王印,命二人星夜径奔汴梁城来。

朱温安排香案,迎接圣旨,宣读旨意云:

"奉天承运皇帝诏曰:朕自即位以来,天下安然。冒矢撄锋①,既用人于扰攘之际;分封赐爵,当报功于太平之时。迩者,黄巢作叛,骚动干戈,今幸殄除,实有赖尔汴梁节度使朱温。今特封汝为大梁王之职,仍守汴梁。于戏!盛典既行,大闲益懋②,务使宗社莫安,边烽永息。宜体朕意,尔惟钦哉。"

宣罢旨意,朱温山呼谢恩礼毕,两手加额,不胜之喜。尚让即将令孜前言告之,朱温大喜曰:"吾今得受梁王之职,大有威权,皆汝二人之功。"即日立起梁王旗号,别选良匠,盖造王府。臣下进见,悉呼千岁,凡出入悉依王者之例。朱温大行不仁,重敛于民,百姓不胜其苦。早有细作报入太原。

此时,晋王粮已丰足,军马、车仗、器械一切皆备,正欲讨贼,又听得这个消息,心中大怒,连骂数声"昏君","朱温此贼,有甚功劳,便赐梁王之职?"于是遣大太保李嗣源径上长安,表奏朱温谋为不轨之罪,然后讨贼。一者出师有名,二者实欲报汴梁损将之仇。

原来令孜受了朱温金宝,嗣源之表三上皆为所匿,不以奏闻。后有人报令孜曰:"晋王领兵与存孝自来见帝。"令孜心生一计。次早僖宗升殿,令孜进曰:"太原李克用造反,陛下早为定计。"僖宗听罢大惊,汗流浃背,放声大哭曰:"不想此人亦反,谁可敌之?"随与众文武商议,众皆默然。未及一日,三番告急。田令孜奏曰:"克用作反,为祸不小,非黄巢之比,

---

① 撄(yīng)锋——触其锋芒。撄,接触,触犯。
② 懋(mào)——勤奋努力。

满朝将校皆非敌手。今朱温汴梁屯兵有数十万之众,兵精将猛,可宜入朝,以敌克用。"帝即便遣官召之。

却说朱温在汴梁欲谋为帝,无计可施,聚众谋士正商议间,忽报田令孜差田虎至。温差人接入。田虎礼毕,将书呈上。朱温见书大喜曰:"此天佑我,当成大事。"次日,朱温即遣尚让等七人,带领精兵三十万,打着晋王旗号,反出汴梁。只言晋王之兵,逢城抢城,逢县夺县,势如破竹,无敢当其锋镝。不日直抢至霸陵川,安了营寨。哨马报知朝廷,僖宗大惊,慌问众臣。毕竟何如,且听下回分解。逸狂诗云:

梁假晋兵谋不轨,奸臣卖国实欺天。
昏君蒙昧极如此,唐祚①何能可保全。

第二十五回
晋王勘问田令孜

当时僖宗疑晋王实反,不知是朱温人马杀来。飞报大兵至霸陵川,今已至近,速为拒敌。僖宗大惊,急聚文武商议谁可为将,以退克用。忽一人应声出曰:"臣父死于太原,切齿之仇常欲报之。今克用作叛,臣当引本部猛将,乞陛下亲拨关西之兵,上为国家出力,下为先人复仇,死无遗恨。"视之,乃镇东将军艾佑也。怎生打扮?

三叉宝冠光灿烂,两条雉尾锦斓斑。柿红战袄遮银镜,柳绿征裙压绣鞍。束带双跨鱼獭尾,护心甲挂小连环。手持画杆方天戟,飘动金铃五色幡。

帝即命艾佑为总管,调理军马,前去迎敌。令孜出班谏曰:"艾佑虽将门之子,素不曾习战,今付以大任,非所宜也。更兼晋王部下十三太保李存孝,骁勇逼人,非智勇兼全者,不可与敌。"艾佑曰:"吾自幼从父习学兵书,深知用兵之法,何为欺我?若不生擒存孝,誓不回兵。"令孜叱曰:"岂不闻存孝一怒,直杀至五凤楼前,黄巢百万之兵,尚且不敢迎敌,何况

---

① 祚(zuò)——君主的位置。

你乎？今日诸将老迈，皆懦弱之士，难以拒敌。不如复上西祁州，暂且避兵，发檄各镇，待四方兵至，谋复大位，此为上策。"众皆曰："斯言是也！"艾佑亦不敢言。于是田令孜乘夜劫帝出了长安，径奔宝鸡山而去。从者只数百人，内外宰相朝臣一无知者。

却说帝与令孜行了数日，人报后面晋王军马赶来。帝曰："人马将近，必得险要屯驻，以待救兵。"令孜听帝之言，引至一县，名曰宝鸡县，县南有一山极其险峻，周围广阔，可以暂住。但见那宝鸡山：

> 崔嵬高耸，岭接云端。峰连霄汉，顶透青天。沙水绕围形曲曲，来龙起伏势绵绵。斑斑苔藓，翠色苍苍。万木风声如虎啸，涧中流水声叮当。只见猿猴擎果，麋鹿衔芝。山前时见百花明，山后只闻啼好鸟。乔松上，千年白鹤；深涧内，万载灵龟。樵夫执斧站山坡，野老扶藜过峻岭。山崖如壁，山路崎岖。山翁饮酒奕围棋，童子歌声犹聒耳。何足羡，蓬莱阆苑。入山中，竟欲忘归。

君臣数人走入山中，分兵四下紧守。帝与令孜商议，令孜曰："可速遣人各镇催兵急来救护。"正议间，忽闻喊声大震，朱温人马到来，势如蜂涌，周回围绕，水泄不通。帝登高阜望之，军兵队伍分布整齐，军马雄伟。帝曰："谁有奇计退了晋王？"令孜曰："臣有一计，只可君臣二人共知。须着殿下领妃嫔、群臣左掖下回避，帐中只留陛下与臣，方好定计。再唤田龙、田虎仗剑守门，不许一人擅进。如违吾令，斩首示众。"僖宗闻奏从之。

原来此贼哄僖宗在宝鸡山中，左右之人，皆在令孜掌握，号令一出，内外不通。帝之饮食尽绝，虽有进膳，皆被令孜所夺。帝饿了七日，眼黄鼻黑，半死半活，乃呼曰："令孜爱卿，昔日梁武帝困于台城，不得已将蜜水度命。何处有水，寻一口与我度命。"令孜曰："此乃是山，何处寻水？"帝坐山顶，仰天叫曰："饿死我也！"随伏地而死，时文德元年夏六月也。

后宋孙甫评云：僖宗为人荒淫暴虐，昏庸相继，祸乱相仍①，民愁盗起，不可复支。盖亦天人之所共愤欤！

静轩先生诗云：

> 唐末刀兵起四方，令孜奸贼太猖狂。

---

① 仍——频繁。

第二十五回　晋王勘问田令孜

僖宗思水无由得，瞬息君臣两并亡。

可怜僖宗七日绝食，遂饿而死，外面文武，并无知者。

却说李嗣源上表被令孜匿之，不与递奏，回见晋王，具言其事。晋王大怒，急唤李存孝领兵五万讨贼。发兵前来，一路并无阻碍，直抵长安。忽守城兵报说："僖宗主上被田令孜拐上西祁州避兵去了，军民皆说晋王兵反。"晋王听得此言吃了一惊，叹曰："此语从何说来！使天子蒙尘于外乎？"存孝曰："此必朱温逆贼与令孜通谋，恐吾兵击之，假设此言，以绝征进之路也。急当寻见天子，方得明白。"嗣源曰："父王守定长安，儿与存孝引兵探听虚实。"晋王曰："汝不识进退缓急，吾必亲自去之。"于是分兵一万与嗣源守长安，自与存孝领兵四万，直上西祁州去。

比及前至宝鸡山，朱温遣尚让前来迎战。晋王遣存孝、薛阿檀自西南角上鸣鼓大进。尚让尽率精锐之众，前来西南角与存孝交战。从辰至午，梁兵不退。晋王自取铁骑三千，径取东北角上翻身杀梁兵。梁兵弃西南而回，存孝从后面赶杀，梁兵败走，朱温引兵奔还汴梁城去。

田令孜厉声喝曰："天子已在帐内，汝众不得喧嚷，只在辕门外等旨，方许入见。"于是众将皆退在五里之地，唯晋王、存孝侍立帐外。只见令孜走入帐内，密唤田龙、田虎出擒晋王。田龙曰："存孝在彼，安敢近之？"令孜曰："他父子此来，必素体轻装，空拳赤手，无能为也。"二将欣然披挂而出。存孝回头，果见一彪人马到来。存孝大怒，披挂不迭，翻身上马。田龙到来，见存孝手无兵器，更不答话，挺枪直取存孝。存孝避开枪，把田龙一手挝过马来，往山下一摔而死。田虎抡刀便砍，被存孝拾田龙枪一枪挑下马去。败兵进营，报说摔死了田龙，枪挑下田虎。李琦听了，放声大哭，慌与众臣商议。众臣曰："殿下勿哭，可将八般大宝出献，哀告晋王讨一去处，与你母子安身，此上计也。"李琦遂领众臣妃嫔彩女拜出营来，告晋王曰："皇伯乃帝室之胄，何故如此反乎？"晋王失惊，问其故。李琦历言备细，晋王始知帝崩，大恸曰："此贼罪不容诛。"

即令擒令孜来问。晋王曰："谁使你奏吾反？"令孜知祸已临身，死必难免，乃厉声言曰："天使我引朱温兵来诈言汝反，实欲谋唐天下。今日事泄，乃天败之也。"晋王大怒，责打令孜身上无容针处。晋王令割其舌，令孜曰："勿割吾舌，吾今熬不过了，只得从实告之。当日朱温欲求高爵，使尚让、齐克让二将，赍金玉宝物送我。我次日即奏主上。主上不从，只赐温闲田三百顷、空房三百间。是我假传旨意,封温为大梁王。假称大王兵反,彼此里应外合,遂拐驾出了长安,避兵于宝鸡山。七日不沾水米,遂饿而死。只此数事,皆吾所为。"言讫便触阶而死。晋王命军士将令孜四肢分为四段。后人看到此处,有诗叹曰:

> 谋逆无成祸已昭,千刀万剐恨难消。
> 从来宦者皆权势,天网恢恢岂肯饶。

逸狂诗云:

> 阉宦休叫宠任过,威权不与奈如何?
> 人君鉴此当警惕,若堕奸谋祸必多。

却说令孜已死,晋王命文武发僖宗丧柩还长安,百官哀恸不已。时天气暄热,圣体已是坏了,一面殡殓,一面启行。时李嗣源在长安,闻帝已崩,率大小官员,出郭三十里,伏道迎柩入城,停于偏殿,挂孝举哀。忽班中一人出禀,乃冀州人也,姓孔名纬字世文,现为太子少保。纬曰:"圣上已崩,太子在侧,彼此生变。彼此既变,则社稷将危矣!今太子宜登宝位,以安众心。"掣剑在手曰:"敢有乱言者,割袍为令。"百官拥太子上殿,即日登位,改元为龙纪元年,称号为昭宗皇帝。大小官员,拜贺已毕,封刘崇望同平章事,加赐晋王黄金万两、蜀锦百匹。晋王谢恩出朝,兵还太原。是时天下诸侯一为朝贺,二为帝丧,皆至长安。

话分两头,却说沧州节度使王铎,朝罢而归,路经汴梁城外泥脱冈过,早有人报知朱温。温大惊曰:"王铎世之豪杰,今已总督沧州军马,必然训练精锐,为吾之大患也,可宜先率兵就此诛之。"杨彦洪曰:"不可,大王正欲举事,戮一无辜,兵出无名,惹天下人议论。某有一计,使王铎相助大王。"朱温问曰:"妙计若何?"彦洪曰:"某闻王铎生有一女,名曰玉翠,极有姿色,虽年幼亦可适人。令人请入城来,饮酒中间,求翠与世子为妻。若王铎肯许,彼有精兵十万、猛将千员,如与晋王交兵,必来奋力相助。若王铎不许此亲,即拔剑挟之,必惧大王之势,心亦自顺矣。"逸狂诗云:

> 王铎回朝过汴梁,朱温意欲王兵伤。
> 彦洪恐惹人非笑,计挟存心总不良。

第二十六回
朱温掣剑挟王铎

朱温遂用其谋，便遣杨彦洪为使，投泥脱冈来见王铎。礼毕，铎曰："此来何意？"彦洪曰："大人朝回，吾梁王思想昔日交契，特使某来敦请入城，聊叙间阔。"王铎听言，欣然应允，上马入城。温与铎相见已毕，各诉旧日之情，并无猜疑。酒至半酣，杨彦洪曰："某有一言，诉与大人，幸垂倾听。吾主有一世子，聪明特达，颖质魁梧。某闻大人有令爱玉小姐，年方及笄，正求宜家之日。某欲滥为作伐①，讲二姓秦晋之好，它日同力破贼，共扶帝室。此诚美事，请大人思之。"王铎曰："此虽美事，奈何说迟了，小女已许同台节度使岳彦真之子矣。"言未绝，朱温拔剑在手，勃然变色曰："吾子为婿，岂辱汝哉？若说三声不允，叫你来时有路，去时无门。"铎曰："大王息怒。若不弃寒微，早晚选一吉辰，送至府中。"温遂掷剑于地曰："吾拔剑惊汝，特无心嬉戏耳。既以令爱见许，使吾不胜欣跃。"遂将金银十锭权为聘礼，遣弟朱义、子友珍同王铎径上沧州亲迎。

三人离了汴梁，直抵沧州。王铎请二人馆驿权住，自回府来。夫人卓氏接见，彼此礼毕，但见王铎眉头不展，脸带忧容，未知何意，卓氏遂问其故。铎曰："人道养女好，我今受烦恼。昨日朝贺回来，路经汴梁，被朱温赚我入城。饮酒中间，拔剑挟吾，要吾女与彼世子为妻。此贼势大，只得许之。今朱友珍现在驿中，选日亲迎，事在两难之间，无计可决，故有忧色。"卓氏笑曰："有何难处，可急修书一封，明说此事，遣人径上同台，报知岳家。彼若有勇兵猛将，可领一支军来夺去；若不举兵，便与朱温娶去。何如？一则儿女缘分前定，二则可免两家报怨于我。"铎曰："善哉此言！"一面款待友珍二人，一面修书密遣人星夜送至同台。

却说岳彦真与子存训正在厅上讲武，忽报王铎遣人送书来到，随即召人，将书呈上。彦真拆书视之，书曰：

---

① 作伐——作媒。

　　　　沧州眷生王铎，端肃百拜大总戎尊姻家岳老大人麾下。久怀斗仰，愧乏侯私，此心歉甚。昨缘僖宗晏驾，太子登基，仆不无朝贺之礼。如长安路由汴梁，回至泥脱冈，讵意逆贼朱温，诈说遣弟请叙，预怀不仁。酒未数巡，讲以小女姻事。仆具情告白，温拔剑牵衣，枭心顿起。情出难辞，是以诈允。遂命其弟朱义、子友珍随至敝州，亲迎佳偶，只得暂留一辰。本欲兴师决战，奈何将寡兵微。不揣干冒，敢为尊姻家告。倘蒙助一旅之师，则彼此交兵，贼可一鼓而擒矣。仆计穷志拙，惟高明酌之裁之。临笔无任冰兢，辛台即时雷动。即日。铎再顿首。

彦真看罢其书，谓存训曰："汝意若何？"存训曰："焉有此理！夫妇乃人伦之大纲，既有秦晋之盟，便是吾妻，安肯使事他人？若被奸雄夺去，有何面目再与他人谈论？"彦真曰："汝志则大，但不知有何策以敌此贼？"存训曰："吾领一支人马，直抵沧州，拦截去路，务要夺回，方遂吾愿。"彦真许之。存训曰："乞选一将以为先锋，前去沧州破贼。"一人挺身出曰："某虽不才，愿施犬马之劳，同公子领兵前去，生擒朱义等献于麾下。"彦真视之大喜。此人是谁？静轩先生有诗为证：

　　隐隐君王相，堂堂帝主容。
　　残云薄雾里，行动显青龙。

此人身长八尺，两耳垂肩，乃是徐州沛邑沙陀人也，姓刘名诇①表字知远。彦真曰："汝有何能，敢领此职？"知远曰："自幼曾习一十八般武艺，无所不通。"彦真遂命知远为先锋。于是披挂全副，只少一骑骏马。彦真谓左右曰："可往厩中选一骑来。"须臾，使关西汉带过马来。但见那马，身如炭火，眼似銮铃。彦真指曰："汝识此马否？"知远曰："莫非黄骠马乎？"彦真曰："然也。"即连鞍赐之。存训、知远率领三千人马，正行间，哨马报曰："已到沧州双关路口。"刘知远在马上与存训商议："此处两条大路，皆通汴梁，必须两下埋伏，才好擒贼。吾领一千五百兵在大路埋伏，公子领一千五百兵在小路埋伏。倘那贼从大路上来，吾便接住厮杀，公子听吾一声炮响，你便领兵抄后杀来；若从小路上来，公子挡住，我也只听炮响为号，从后杀至。"存训依计，乃拔剑付与知远曰："但有诸将不服调用者，斩

---

①　诇(xiòng)——刺探。

第二十六回　朱温掣剑挟王铎

首示众!"知远受剑讫,即分兵两路,各自前去埋伏,不在话下。

却说王镶回报其父说:"岳存训人马到来,离沧州不远。"王铎遂命其女梳妆,上了香车,更打叠妆奁①,亲送百十余里,与朱友珍出了沧州,王铎父子相别而归。

却说友珍叔侄,窥见车上女子果有国色,二人不胜之喜。前遮后拥,数十人相随,行不到二十余里,忽然友珍座下玉面马咆哮嘶鸣,裂断辔头。友珍问其叔曰:"马断辔头若何?"义曰:"乃吾侄新娶,去旧更新之兆也。"友珍曰:"叔父所见甚明。"言犹未绝,只见尘埃起处,一彪人马到来。为首一将:

> 浓眉大眼,漆发童颜,相貌堂堂,威风凛凛。座下黄骠马,手持安汉刀。

知远截阻去路,厉声大骂曰:"逆子,我在此久等!好将小姐留下,饶你性命。如或执迷,决无干休。"朱义听得此言,慌自逃走。友珍一马当先,问来将何名。知远答曰:"吾乃沛邑刘知远是也。"友珍曰:"吾与汝无仇,缘何阻我去路?"知远曰:"汝乃不仁,夺人妻子。"友珍大怒,跃马挺枪,直取知远。两马相交,战不数合,知远大喝一声,友珍措手不及,被知远一刀斩于马下。余众四散,各自逃生。有诗为证:

> 倚强挟势夺人妻,天理昭昭不可欺。
>
> 冤遇英雄刘知远,友珍一命丧须史。

岳存训从后阵杀来,二人合兵,抢夺香车,遂领小姐径上同台去了。

却说朱义引败残人马,还见朱温。温问亲事若何,义曰:"友珍去至沧州,王铎安排香车,即将小姐送出界口。行有数里之地,只见大道上闪出一支人马,为首一将,乃沛邑人也,姓刘名调字知远。此人是岳彦真部下骁将,抢刀砍杀友珍,抢夺小姐径上同台去了。吾与众兵,各自逃生。"朱温大叫一声,昏厥于地。未知性命如何,且听下回分解。

---

① 妆奁(lián)——古代妇女梳妆用的镜匣。

第二十七回

刘知远大战梁兵

朱温听得知远杀死友珍,气得半晌方醒,众将皆在面前劝谕。温大怒曰:"众将可助吾一力,即日起兵攻打同台,定要剿灭,方遂我愿。"温遣朱景龙为先锋,即日起兵三十万,名将三百员,径上同台。恨不得踏平城邑,生擒刘诇。

却说同台岳彦真闻知知远杀了朱友珍,夺了小姐,惊得魂不附体。又听得朱温人马到来,大骂存训不肖,既抢小姐也自罢了,如何又杀他世子,令彼引大队人马报仇,怎么与他对敌?知远曰:"大人勿虑,原是我惹来的祸,大兵一到,吾自当之,不劳大人之力。"阶下一将应声出曰:"不须先锋出战,只用某出马一次,定擒朱温。"彦真视之,乃官军校尉武伯宁。

彦真大喜,遂命伯宁带一千人马,骤然出城。约行十五里,望见尘埃起处,朱温人马早到,却才摆开阵势。武伯宁横刀立马,阵前大骂曰:"朱温逆贼,无故兴兵犯界,是何道理?"温将朱景龙大怒,更不答话,飞马直临阵前。伯宁挺刀来迎,两下战不数合,景龙手起刀落,砍伯宁于马下,追杀败军直至城下。

岳彦真听知大惊,便叫刘知远出马,彦真自登城楼观看。只见知远纵马,背后数百人簇拥知远出城。看他怎生打扮?但见:

> 戴一顶缨撒火、锦兜鍪、双凤翅照天盔,披一副绿绒穿、红锦套、嵌连环锁子甲,穿一领翠沿边、珠络缝、荔枝红、圈金绣戏狮袍,系一条衬金叶、玉玲珑、双獭尾、红鞓钉盘螭①带,着一双簇金线、海驴皮、胡桃纹、抹绿色云跟靴。弯一张紫檀靶、泥金鞘、龙角面、虎筋弦宝雕弓,悬一壶紫竹杆、朱红扣、凤尾翎、狼牙金点铜箭,挂一口七星妆、沙鱼鞘、赛龙泉、欺巨阙霜锋剑,横一把撒朱缨、水磨杆、龙吞头、偃月样安汉刀。骑一匹快登山、能跳

---

① 螭(chī)——一种无角的龙。

涧、背金鞍、摇玉勒黄骠马。

朱景龙见一少年大汉出马,情知是知远。把军士一字摆开,景龙立马横刀问曰:"来将莫非刘知远否?"知远曰:"既知吾名,焉敢来此对敌?"景龙曰:"特来报公子之仇,取汝首级。"言罢,两马相交,双刀并举。斗上三十余合,知远诈败便走,景龙跃马赶来,被知远回马撒起勒甲绦,束住景龙,活擒过来,放在马上,径入同台城内。将近黄昏,风雨骤至,两边各自收兵归寨。

次日,朱温遣副先锋李凯引军出阵。知远临阵迎敌,令军士把枪挑朱景龙首级于阵前,厉声大叫曰:"朱景龙的头已砍在此,汝等见否?"李凯大怒,跃马挺枪,直取知远。两马相交,战到十合,被知远一刀砍于马下,余兵尽皆走散。知远掩杀,梁兵大败,退至三十里安营。知远于是收军入城。

却说朱温输了二阵,请众将商议。葛从周曰:"某今日上山,观同台之西有一寨,约无多军。今夜,彼将谓我军连败二阵,必不准备,可引兵一半劫之。劫得寨,彦真之军必惧,两下夹攻,此为上策。"温从其言,带尚让、齐克让、葛从周、杨彦洪、柳彦璋、傅道昭六员大将,选马步军二万,连夜从小路进发。却说彦真在营犒军,刘知远曰:"西寨是个紧要去处,倘或朱温袭之,不当稳便。"彦真曰:"彼今输了二阵,如何敢来?"知远曰:"温虽无谋,部下葛从周等极能用兵,须防他攻其无备。"彦真曰:"此言极当。"遂拨副将钱元振、赵德、谢豹、华亮来守西寨。

却说梁兵到西寨,果然兵少,四面突入,夺了寨栅,中兵四散奔走。四更以后,钱元振引军杀入西门。朱温见败军复来,自领人马来迎,正逢钱元振,两军混战,将及天明,直西鼓声大振,人报知远军马又到,朱温弃寨而走。背后钱元振、赵德、谢豹跃马赶来,当头知远飞马来到,葛从周、尚让双战不住,温望北山而走。山背后一彪军出,左有岳存训,右有向慎之。温命齐克让、柳彦璋敌之。不利,温望南而走。喊声大振,一彪军出,彦真亲自临阵,带领毕龙、戚豹二副将拦住去路。朱温见四面八方围定,众将皆在后面死战,温当先冲阵。梆子响处,箭如骤雨乱射将来,朱温急回,无计可脱,大叫曰:"谁人救我?"马军队里一将踊出,乃濮州人也,姓庞名师古表字希贤,跃马提二流星锤,重八十斤,大叫:"主公勿虑。"下马脱甲,遮覆温体,左手挟定,步行低头冒箭而去。同台之军,能射者数十骑,近前飞流星锤击之,一人坠马,锤无虚发,众皆奔走。师古复回,飞身上马,提一铁锤乱冲出来。彦真、毕龙、戚豹皆不能挡抵,各自逃生。庞师古赶杀众军,救出朱温。后人有诗为证:

> 镔铁双锤八十斤,同台城外显功勋。
> 希贤救主闻天下,勇猛当先第一人。

师古救了朱温,寻路归寨。看看天色傍晚,背后喊声大震。刘知远赶来大叫:"逆贼休走!"此时人马困乏,口内生烟,面面相觑,各欲逃生。温心正慌,西上一彪军到。温视之,乃邓季筠引生力军来救,接住知远大战,黄昏大雨如注,各自引军分散。温回寨重赏庞师古,加为领兵都尉。是时,梁兵数日被知远杀败一十七阵,兵虽不退,而城内关防周密,万无一失。

当日知远得胜回营,彦真差人赍酒肉犒赏知远。知远愕然,叹息曰:"大丈夫处世,志在图王定霸,岂图酒肉乎?虽经血战数场,不能寸进,何日得展其志也?"乃鼓剑作歌曰:

> 浩气冲天贯斗牛,要将社稷一平收。
> 何时得际风云会,定斩奸臣佞宰头。

是夜,知远睡卧不安,起来帐内秉烛看书。自觉神思困倦,伏几而卧,鼾睡如雷。时彦真一女名曰玉英,与一使女乘夜出院步月。忽然望见营内红光一道,闪烁耀目。二人疑为火发,近前视之,乃一将士熟睡于此,果然红光罩体,鼾声如雷。二人吃了一惊,急忙转归私宅来,告知其父。父曰:"待我自去看他。"视之,果是知远。数日战倦,故此熟睡。"向来累有异能,真帝王气象。今夜之事,只你我知之,不可漏泄。"是夜各自安歇。

次日彦真备酒,请知远贺功。酒至半酣,彦真曰:"今日此酒专为足下而设。某有一事,今以实告。累蒙足下建功,无以补报,某有一女,名曰玉英,年方二八,愿与足下为妻,意下如何?"知远曰:"某乃一小卒,大人乃朝廷元臣,以令爱而配末卒,正所谓贵贱不伴。某安敢望此?"彦真曰:"今敌朱温逆贼,别无英雄,唯足下耳!某等之命,皆赖足下,望乞勿辞。"知远跪谢曰:"诚如此,愿当犬马之报。"彦真大喜,唤女玉英与知远当日成亲,更命安排花烛筵席,翁婿尽情欢宴不在话下。逸狂诗曰:

> 战倦回营睡正浓,红光紫雾罩真龙。
> 玉英望见非凡相,岳使惊知有帝容。

备酒媾姻酬智勇，结缘事女报奇功。
同台不是知豪杰，怎敌奸臣贼子锋。

第二十八回
李晋王同台解围

却说朱温升帐与众将商议，温曰："吾率大兵至此，将谓踏平同台的城池，不想累败于饿夫之手。今吾亲自领兵，再去与知远大战。"当日下战书，单搦刘知远来日决战。

却说知远出帐，请公子存训密授计策，如此而行，又唤钱元振授计去了。次日领兵出城，两军相近，各将军马摆开。梁军开处，众将并随朱温出于阵前，且责之曰："吾与王铎二家成其秦晋，汝乃沙陀饿夫，不识时势，强欲相助，抢夺儿妇，杀吾世子，理宜报仇。速出来马前受缚，免致百姓受苦，军士稍稍得其全生矣！"知远曰："王铎良臣，岂肯与逆贼媾好？汝为唐臣，世受唐禄，逼君谋爵，罪不容诛。"温曰："吾今日与汝一战，若能胜我，即自回兵。"知远大怒，抡刀直取朱温。二人战上五十余合，不分胜负。知远取鞭在手，大喝一声，朱温躲避不及，中了一鞭，抱鞍吐血，拨马而走。知远飞马赶来，看看赶上。不防朱温暗取雕弓，搭箭当弦，回马望知远一箭，正中左腿，知远翻身落马。朱温部将齐克让杀出，却得岳存训、向慎之两个救回营去。梁兵并至，邠州兵相践踏，死者无数。朱温于是引得胜军回寨。

二将救知远入城，急命医生治之。医士曰："此箭头有毒药，急切难痊，可要一月将息。"知远令三军坚闭城门，不许轻出。次日朱温遣葛从周引军来城下搦战，岳存训按兵不动。梁兵骂至日暮，四面围定。知远与彦真曰："温贼知我箭疮疼痛，不能出战，攻围日急。谁可往太原求救于晋王，请得勇南公兵来，方可退贼。"谢豹应声出曰："某愿前去请兵。"彦真曰："但恐不得透出重围。"豹曰："大丈夫视死如归，何所不至？"彦真修书与豹藏之，令钱元振送出。于是开了城门，元振当先杀出，正遇梁将杨彦洪，斗上数合，彦洪败走。谢豹乘势杀出，投太原而去。钱元振退入城中,闭门坚守。

却说李晋王镇守太原,闻知岳彦真被围,与诸将正议间,忽报邠州差将谢豹至,遂召入问之。豹禀曰:"朱温攻围邠州甚急,主帅有书求救。望大王早发大兵,上为国家讨贼,下救一郡生灵。如或少迟,城必陷矣!"晋王看罢书,与谢豹曰:"此贼正欲讨之,汝宜先回通报,预备军马接应。"谢豹拜辞而回。晋王遂唤李存孝、薛阿檀选精兵二万,往邠州进发。

朱温望见救兵来到,亲引勇猛之士前来迎敌。两边摆开阵势。朱温见晋王兵少,心中无惧,横刀立马于阵前。晋王指定朱温骂曰:"无端逆贼,不思去邪崇正,夺人妻小,真狗彘①之不如也。"朱温怒起,持刀,直取晋王。却待向前,一匹马早先飞出,乃勇南公李存孝,手提毕燕枊,踊跃而来。朱温见是存孝,遂弃刀不战,放马逃生,径奔汴梁城去。三军散漫,各自奔走,自相践踏,死者不可胜计。晋王遂自收兵。彦真大开城门,迎接晋王军马入城,大设筵宴,重赏众将。停歇一日,次日晋王军马,望太原而去。逸狂诗曰:

英雄中箭急难瘥,逆贼攻围固守坚。

书恳勇南兵解救,望风衔甲走无边。

第二十九回
朱温计逼五侯反

却说朱温败回汴梁,聚众将议曰:"晋王屡次欺吾太甚,无奈他何。汝众将有何妙计?"葛从周曰:"某有一计,叫克用死无葬身之地。"众人大惊,便问计将安出?从周曰:"此乃故逼五侯反太原之计。今僖宗晏驾,昭宗登位,有五路诸侯未曾朝贺服丧,用此计逼之,必反太原以擒克用矣!"温曰:"是何五侯?"从周曰:"河中王重荣、华州韩鉴、曹州曹顺、兖州周顺、郓州赫连铎,此五路诸侯。大王可假昭宗旨意五道,领着三般朝典,将五侯问罪。五侯一见,必扯破诏书,杀了使命。先逼反了五侯,大王再

---

① 彘(zhì)——猪。

第二十九回　朱温计逼五侯反

将金宝结好五侯,一起起兵到泥脱冈,安排筵席,相待五侯。令他们起兵先上并州,去擒克用,然后梁兵继至。若战败时,也只败了五路人马,吾兵有磐石之安。"温大喜,遂假传旨意五道,三般朝典,即差尚让去河中府王重荣处,然后命齐克让遂至各路。朱温亲自操练军马,以备攻击。

却说尚让、齐克让二人去了,不消旬日,果然逼反了五侯。温又将金宝买他们,未及一月,那五路军马,各带文武官将,齐到泥脱冈来,各自安营下寨。温乃宰牛杀马,大排筵宴,款待五侯。酒至数巡,温欠身告五侯曰:"今天下扰乱,各自称尊。吾只受李克用之气不过,皆因他拨乱流毒,以致如此。"王重荣曰:"大王勿虑。今朝廷失政,说我五镇不去朝王吊孝,遣使领朝典来典我,逼反了我五镇人马。既蒙大王厚赐金宝,要吾等人马先上并州生擒克用,某等安敢不从?"温大喜,当日五侯商议进兵之策。温曰:"赫连铎可留下白马高思继,曹顺可留下邓天王,二人攒运粮草,应付诸营,勿使有失。"王重荣问:"谁肯为前部先锋,直抵并州擒贼?"张凯出曰:"某虽不才,愿充前部。"重荣许之。张凯领人马向前,一声炮响,只见旌旗蔽日,金鼓喧天,五侯之兵直上并州,不在话下。

却说李晋王自至太原之后,每日饮酒,更阑①方撤。忽报五侯兵到,晋王大惊,急聚众将商议。晋王曰:"此必朱温逆贼用计逼反了五处军马。料五侯绝无此意,众将有何妙策?"周德威曰:"今五路军马,远来疲困,当先战他一阵,以挫其威。"晋王复问曰:"谁敢当先对敌?"李嗣源曰:"儿愿对敌。"晋王曰:"可带两路军去。"嗣源曰:"三千人足矣!"李存孝曰:"吾不用许多,只带一百人马,即可破敌。"嗣源大怒曰:"汝甚等人,敢夸大口。"存孝曰:"用人之际,何分你我?"二人似有相争之意。晋王先叫嗣源领三千人马前去破敌,却叫存孝只可带一百人去,二人领令前往。

却说嗣源上马,带三千兵,出林墩口而行。尘头起处,五路兵来,首将张凯出马与嗣源交锋。两将战五十合,胜负未分。晋王恐嗣源有失,令收兵回营。存孝见队伍回营,即时进曰:"儿曾引十八骑杀入长安,今夜亦只是十八骑,去劫五侯之营。如折了一骑,也不算功。"晋王曰:"汝昔十八骑杀入长安,彼皆不知,故能如此。今五侯已有准备,安得成功?"存孝曰:"若劫不得,愿该军令。"晋王调拨帐下精锐马军十八骑,并酒肉赏犒

---

① 更阑(gēng lán)——更深夜残。

战士。存孝对十八人曰："今夜奉命劫寨,请公满饮,各宜勉力。"十八人面面相觑,皆言五路之兵,势若泰山,如何敢去?存孝见众人各有难色,乃拔刀立于其中曰："我为上将尚且奋不顾身,汝等为何惧怯?"薛阿檀与安休休众人,见存孝怒起,皆起身曰："愿效死战,何惧之有?"

夜将三鼓,众将披挂上马,来至敌寨,直杀入王重荣寨中,奔中军而来。原来王重荣寨中,以车仗穿连不断,周围绕定,不能前进。只凭十八骑左冲右突,往来驰骤,如入无人之境,逢者便杀。各寨尽皆鼓噪,烽火烛天,喊声大振。存孝望南杀出,敌军莫敢抵对。晋王使人引军接应,存孝十八骑人马早已回至林墩口。五路兵见是存孝,莫敢追袭。后人有诗赞云:

击鼓声喧震地来,将军到处鬼神哀。
轻骑冲入五侯寨,方显英雄虎将才。

逸狂有诗赞曰:

甘宁百骑劫曹营,威振东吴至此称。
曾似勇南兵十八,五侯破胆尽皆惊。

存孝引军回时,点将十八人,不折一骑。来至寨门,众将欢声大震。晋王亲自出接,存孝下马,拜伏道左。晋王曰:"只此一战,足以惊丧五侯之胆。"即赐绢十八匹,刀十八口,存孝受下,分赐十八人。

却说五侯被存孝劫了寨,互相惊惧。赫连铎曰:"今日吾等皆被迷惑,全中了梁王之计,不该受他金酒,把五路兵尽丧于此。倘存孝明日复来搦战,谁敢当之?"张凯进曰:"吾既为先锋,当先破敌,岂惧彼哉?"次日张凯引军搦战,存孝亲自上马,左有薛阿檀,右有安休休,三军在门旗下迎敌。赫连铎纵马提刀而出,左有谢瑁,右有张凯。安休休挺枪直取赫连铎,两下战到八十余合,胜负不分。不防后面暗射一箭,正中安休休座下马胸膛,那马直立起来,把安休休掀在地下。张凯提枪欲刺,只听得弓弦响处,一箭射中张凯面门,翻身落马,众军合出救了回去。赫连铎退回,医治张凯。安休休回寨,拜诉存孝。存孝曰:"放箭救汝者,薛阿檀也。"安休休顿首拜谢。逸狂诗曰:

赫连铎自战休休,射马先输暗算筹。
神箭阿檀施报复,可怜张凯丧荒丘。

第 三 十 回
存孝活捉邓天王

却说张凯中箭回寨而死。五侯商议传令调拨马军,当先冲阵,众分五路,私袭林墩口。中一路王重荣,左一路赫连铎,左二路曹顺,右一路周顺,右二路韩鉴,每一路约军一万,来到太原,解鞍歇马。此时孝对晋王言曰:"五路军士,远来至此,身疲力乏。吾兵养成锐气,以逸待劳,若趁此擒之,不显儿是好汉。待他人马休息了三日,再去杀他,叫他死而无怨。"晋王曰:"吾儿存心仁义,谁能及之!"至是,见五侯兵来冲阵,遂自披挂,提毕燕杌,纵马出阵。只见对阵门旗开处,二十八将,一拥齐来,被存孝举起浑铁槊,不移时,力诛一十五将,余军惊散,各自逃生,杀军大半。是日天色已晚,存孝领兵退入并州城去。

却说邓天王运粮到寨,参见五侯。天王问可曾与晋王兵对阵否?众将皆曰:"已曾交战数阵,被存孝力诛一十五将,退入并州去了。"天王长叹一声曰:"誓杀此贼,以雪前耻。"即便绰枪上马,径到并州城下索战。有人报知晋王,晋王半晌无语,谓存孝曰:"不知此贼尚在,你昔年放他去学全武艺,已经一十二年,只怕你今日敌此贼不过。"存孝曰:"父王休长他人志气,灭自己威风。此贼又到,吾必擒之。"遂披挂上马,领兵出阵,向前厉声骂曰:"打不死的逆贼,尚敢来此!昔日黄桑店被吾所擒,放声大哭,吾即放汝回去,学全武艺。今日莫非又来哭乎?"天王大怒曰:"吾昔日误中奸计,以老母尚在,欲全孝道,故发悲恸。今吾母已死,又学全了万人之敌,正欲斩汝首级,以雪前耻。"遂拍马挺戟,直取存孝。存孝持毕燕杌来迎。两马相交,未及数合,存孝逼开戟,大喝一声,天王措手不及,被存孝活擒过马。早有小卒报与晋王,晋王大喜,急叫:"我儿且休放下邓天王,待我备了贺功的酒,以显吾儿的威风。"此时,存孝在马上遂连饮了三杯,方把天王放在地下。军士一起拥向前来,将天王捆缚来见晋王。晋王此时也不问他是非,喝令武士推出斩之。逸狂诗曰:

黄桑昔日放天王,十二年来不忖量。

母死艺精无别虑,片时斩首自求亡。

却说存孝正在歇息间,忽然往后而倒,口吐鲜血,不省人事。左右人救醒,扶至帐中。众将皆来动问,不知其意,尽愕然相顾,言曰:"五侯拥貔貅①之众,虎踞鲸吞,不知此人如此,怎挫其威?倘彼兵再来搦战,如之奈何?"众人互相惊叹。原来存孝战了一日,用尽气力,满腔热血,连饮三杯冷酒,把那血逼住了;又卸去甲,中了风疾,心腹作痛,神思昏迷,寝食俱废。唤医者剂药调理,医者曰:"此疾乃风邪入内,急切难痊,须要一月将息,方可痊愈。"晋王令三军坚守各寨,不许轻出。

却说三日后,高思继运粮至寨,闻知众将屡次杀败,即时领兵前来搦战。晋王按兵不动,骂至日暮而回。次日又来,连骂三日。晋王恐存孝怒气激动,不敢报知。高思继直来寨前叫骂,要活捉存孝。晋王三番五次,只是遮掩,不使存孝知之。存孝虽在睡卧,心中已自知道连日直来寨前叫骂。

一日,高思继亲自点军擂鼓呐喊前来,直抵城下搦战,晋王拒住不出。存孝命军士唤安休休、薛阿檀二人入帐问曰:"何处擂鼓呐喊?"二人答曰:"乃是军中教演军士。"存孝曰:"何欺我也!吾闻五路军到城下辱骂几次,父王不令我知之。汝众兄弟为何不出?"二人答曰:"只为吾兄患疾,医者云慎勿使愤怒,则此疾即愈,故此不敢擅出。五侯之兵,果然连日在城下搦战,只是不敢报知。"存孝曰:"汝等不战,立意若何?"阿檀曰:"众兄弟皆欲暂且按兵不动,待吾兄病愈,然后出战。"存孝听罢,愤然起而言曰:"大丈夫既食君禄,当以马革裹尸,岂可为吾一人而废国家大事也?"言讫,即欲披挂上马。晋王知之,急来帐中止曰:"汝病未痊便欲出阵,恐怕力不敌众,则三军丧胆,锐气尽挫,军势不能复振。吾儿不必愤怒,我即遣人出战。"存孝于是止之。嗣源奋然曰:"贤弟未可造次。军马临城,若不出战,是吾怯也。愿领一千军,决一死战。"晋王从之,令嗣源同周德威、樊达点马步军一千出城迎敌。

却说李嗣源领兵出城,亲自当先,持刀跃马而来。且看来将如何打扮?但见:

凤翅盔,高攒金宝;浑金甲,密砌龙鳞。锦征袍,花朵簇阳

---

① 貔貅(pí xiū)——古书上说的一种猛兽。此比喻勇猛的军队。

春;锟铻剑,腰悬寒光喷。绣腿绊绒圈翡翠,玉玲珑带束麒麟。
上首的是神机军师周德威,足智多谋,经文纬武,惯使双刀。有词一首,但见:

> 如意冠,玉簪翠笔。绛绡衣,鹤舞金霞。精神凛凛映桃花,环珮玎珰斜挂。素道服,皂罗沿襟。紫丝绦,碧玉钩环。手中羽扇动天关,头上纶巾傲岸。贴里暗穿银甲,垓心稳坐雕鞍。胸中韬略鬼神瞒,文武双全师范。

又诗一首赞云:

> 天意生贤佐,残唐周德威。
> 胸中藏武略,心上运玄机。
> 智勇张良并,才能范蠡欺。
> 扫除巢贼乱,青史誉皆知。

下首是跳涧虎樊达,挺枪立马。后人亦有诗赞之云:

> 生居邺郡称英勇,惯使长枪气最雄。
> 跳涧虎名夸有力,试看此战可成功。

三人立马于阵前。五侯遣白马高思继领兵二万,布成阵势。思继将人马分作两队,列于步军之侧,势如两翼。左右马五十匹,大半皆是白马,高思继曾与羌胡交战,尽选白马为先锋,号为白马义兵,羌胡远见白马便走。怎见得思继英雄?但见:

> 戴一顶三叉紫金冠,冠口内拴两根雉尾;穿一领衬甲白罗袍,袍背上绣三个凤凰。披一副连环镔铁铠,系一条嵌宝狮蛮带。着一对云跟鹰爪靴,挂一条护项销金帕。带一张鹊画铁胎弓,悬一壶雕翎钑子箭。左手执一面金兽面防牌,背插飞刀二十四把;右手使一条浑铁点钢枪,座下一匹银色梅花马。

百步斩人,无有不中。又有五言诗一首,赞高思继勇壮云:

> 白马高思继,征胡屡有功。
> 防牌悬猛兽,拭剑插飞熊。
> 义勇真无敌,雄威不众同。
> 渠知存孝病,诸将畏交锋。

当日两军对敌,思继出马,与李嗣源更不答话,共战四五十合。思继诈败逃走,嗣源引军赶入阵来。谁知思继已先埋伏,用手指挥,五千兵一起围定。嗣源在中间左冲右突,不能得出,周德威与樊达各自溃散。晋王在城上,望见嗣源困于垓心①,慌问众将,谁人出马以救嗣源。薛阿檀曰:"小将愿往。"晋王遂命阿檀披挂上马,引部下壮士数十骑出城。晋王领将士在城上擂鼓呐喊,以助其威。阿檀引军离敌兵数里,遥与嗣源招呼。阿檀大叫一声,飞渡浅沟,众皆奋力而过。阿檀独自当先,奋力杀入。对阵副将谢墨迎之,不能抵敌而走。阿檀直至垓心,救了嗣源。回头看时,尚有数十骑在阵中,不曾离得重围。阿檀复回,杀入阵中,所到莫敢挡抵,再救出这一彪人马。正遇高思继拦住去路,被阿檀奋武冲散。嗣源跃马混战,五路军马大乱。安休休亦引军士大战敌兵,缓缓唱凯入城。未知如何,且听下回分解。逸狂诗曰:

  白马将军久战持,嗣源受困计无施。

  阿檀奋勇冲开阵,谢墨奔逃始解围。

第三十一回

存孝病挟高思继

  却说李嗣源败了一阵,得薛阿檀引兵救援,退入城中,坚闭不出。高思继日夕在城外搦战。存孝病不能起,晋王亲自煎药,遣康君立、李存信二人送至存孝帐内。晋王吩咐二人,若存孝有问,只说不曾对敌;若说高思继是好汉,必然怒激存孝,其病难好。二人领命去了。当日康君立对存信道:"这老汉用人不当,一般皆是太保,偏他爱牧羊子。不如先对存孝说思继好汉,先气死了这贼。"存信曰:"此言正合吾意,即可行之。"

  却说存孝染病在床,人报康君立、李存信二人来探病症,存孝遣人迎接二人入见。存孝以被蒙头而卧,君立曰:"汝病若何?"存孝曰:"心中怄气,药不能用。"君立曰:"适来老父遣吾二人径送药来,服此即愈。"存孝曰:"吾染病许久,不知五侯之兵曾与交战否?"康君立曰:"自汝染病之后,新来一将,姓高名思继,是赫连铎手下部将;使一面防牌,背插飞刀二

---

① 垓(gāi)心——战场的中心。

第三十一回　存孝病挟高思继

十四把,百步取人,无有不中;右手使一条浑铁枪,有万夫不当之勇。被他杀败七十二阵。今日老父引领五百家将、十二太保出阵,又被杀败大半。看来世上英雄,只有此人。兄弟虽然人称好汉,亦不及此人矣!"存孝听罢大叫曰:"苦哉,气煞我也!誓杀此贼,以彰吾志。"原来存孝激怒,浑身是汗,遍体生津,"卸甲风"出了这一身冷汗,其病即愈。遂叫备过五名马来,乃披甲上马。诸将见者无不骇然,引数百骑出城来望。

高思继兵已布成阵势,思继自立于门下,扬鞭大骂。存孝从群骑后突然而出曰:"高思继匹夫,见勇南公否?"五侯兵看见尽皆惊骇。思继大怒,挺枪直取存孝。存孝挺毕燕朴来迎,二人战上十余合,存孝逼开枪大喝一声,正是"战马宝鞍空退出,提溜拿过马鞍来",径进并州城。五侯人马各自惊慌,逃回本镇。

存孝将思继放于马下,众将一起向前捆缚,来见晋王。晋王喝令斩之,存孝告曰:"父王赦之,留与儿部下听用。"晋王从之。思继泣曰:"纵大王不杀,吾亦不用这性命矣!"存孝曰:"汝不愿跟吾,告父王放你若何?"思继曰:"果肯放回,你是有仁有义的好汉,吾到山东,誓不与人相持矣!"存孝曰:"何为如此?"思继曰:"我在死里复生了一遭,这一去'苦身三顷地,付手一张犁',改恶而从善矣!"存孝曰:"只今便放你去。"随即放起,予了衣服,赐之酒肉,临行又赠鞍马,差人直送出城。思继拜谢,望山东而去。逸狂有诗一绝赞云:

　　英雄自古惜英雄,义释高郎此日中。
　　从是一犁归去后,短蓑春雨夕阳风。

却说李晋王见五侯人马退去,内外无事,回入后宫,欣欣然而有喜色。刘妃进曰:"妾每见大王常时眉头不展,脸带忧容,以国家为虑,何今日如此喜也?"晋王曰:"五侯倚着高思继雄势,逼临城下,累败吾兵。今日存孝带病挟了高思继,退了五侯人马,如何不喜?"刘妃曰:"此人累有大功,先灭黄巢,恢复唐室天下,吾等富贵,实赖此人也。古人以德报德,大王何不将存孝封他镇守,使其快乐,岂不为美?"晋王曰:"汝见甚明,吾正欲如此。"遂使人唤存孝来,晋王曰:"汝自随我数年,苦争血战,日夜不得休息,吾受富贵,皆赖汝恢复之力。今天下略定,合宜封爵以报汝功。沁州富饶之地,鱼米之乡,封汝去镇守,独霸为王,受享富贵何如?"存孝曰:"儿有甚功劳,敢当此职,又抛离膝下?"晋王曰:"汝勿辞,可领人马二万、副将六员，即日上任供职，勿使有失。"存孝顿首拜谢，便领人马径上沁州赴任去讫。

却说晋王部下众将中，只有康君立、李存信二人不服存孝，常有谗谮①之意。当日见晋王封出沁州，心甚忌妒。君立遂与存信商议曰："父王待人，何有轻重？把这牧羊子爱如金宝，言他在并州不得自在，今封在沁州受其富贵。吾等亦有汗马之劳，何待人如草芥也？"存信曰："存孝出外，正好行事。吾思一计，使存孝死无葬身之地。"君立便问计将安出？存信附耳低言数句"只消如此如此"。君立曰："此计甚妙，可急行之。"

商议已定，次日二人入见晋王，告曰："儿等久因不习武事，身体疲倦，二人欲去打围一遭，请父王尊旨。"晋王许之。二人即上马，持弓搭箭，出了并州，径投沁州而来。早有小校报知存孝，存孝降阶而接。三人相见，叙诉兄弟之情。存孝设席，酒至半酣，存孝曰："有劳下顾，何事见教？"君立曰："专为吾弟一事，特来报知。自汝到沁州之后，老父终日耽②乐酒色，不理政事。有大将呼延谏阻，老父大怒杀之。称言五百家将、十三太保，只有一个亲儿子，余都是义子。叫众人都出了姓，原姓赵今还姓赵。吾弟却不姓李，原名安敬思，可竖起安敬思的旗号，以别骨肉亲疏。"存孝大惊曰："吾父真老悖耳，岂有此理！吾宁就死，不敢出姓。"存信曰："即不出姓，老父令剑在此，叫我二人斩汝首级，去见父王。"康君立曰："兄长相随数年，尚不知老父性如烈火，既有令剑，即可改之。"未知存孝肯从否？且听下回分解。

第三十二回
五牛挣死李存孝

原来存孝实是有勇无谋，一闻此语，遂使人按倒原旗。一声号令，不移时，城上竖起一派尽是安敬思的旗号。二人辞别，还到并州。

---

① 谗谮——说人坏话。
② 耽——沉溺，入迷。

第三十二回　五牛挣死李存孝

却说康君立与李存信来见晋王,拜伏于地。晋王曰:"吾儿打围何如?"二人曰:"围也不曾打得,倒与父王打听一件大事来了。"晋王曰:"是何大事?"二人曰:"不料沁州已反了存孝矣!"晋王失惊曰:"存孝忠义之人,如何肯反?"君立曰:"吾二人眼见明白,他即不反,因何出了姓?城上一派旗号,尽是安敬思的姓字。"晋王怒曰:"虎儿不可养也!果是出姓,急去擒此贼来杀之。"言未绝,闪出刘妃,向前告晋王曰:"妾见存孝赤心报国,累建奇功,故劝大王封出沁州。今反情未见,况是二人素与存孝有隙,听闻其语,便欲擒杀此人,恐其中有诈。妾与嗣源径上沁州打听虚实,然后杀亦未迟。"晋王从之。

于是母子二人,即时上马,径投沁州进发。行了数日,已到沁州城下。母子遥望城上,果然尽是安敬思的旗号。刘妃大惊曰:"事已实矣,果改旗号!此人反面无情,恐中其计。"母子勒马便走。此时存孝与六将正在巡城,忽见刘妃与嗣源到城下,看了一番,急下城来追赶。大叫:"老母!大兄!缘何竟不进城来,勒马便回,此是何意?"此时母子只说反了存孝,遂跳下马来,大叫:"勇南大人,乞饶母子二人性命,可看昔日薄面。"存孝听闻大惊,急下马来,跪于路侧告曰:"存孝有什么异志?"刘妃曰:"汝在沁州,爵位已极,富贵足矣,因何反了?"存孝曰:"是谁说来?"刘妃曰:"你既不反,如何城上打着安敬思的旗号?"存孝听言,遂将康君立前事细说一番。刘妃骇然曰:"你中了逆贼之计,可急到父王面前分诉明白。"于是三人一同上马,径投并州城来。

却说君立、存信望见母子三人回来,君立对存信曰:"事不谐矣!倘此贼到老父面前诉说明白,漏泄此事怎了?""此事不妨,吾有一计:假传父王令,言说贼犯黄河,调你母子二人带领人马,前去截杀,去迟者斩首军前号令。二人若去,吾与你便无事矣。"君立然之,一依其言。果然刘妃与嗣源闻此语,不敢停止,二人遂往黄河截杀,只留下存孝到晋王面前分诉其事。

是日天色已晚,晋王深有酒了。人报存孝自沁州来见,晋王曰:"吾已醉矣,醉后不言公事。吾儿远路劳神,且向后宫里去,来早再说。"君立知晋王之意,暗谓存信曰:"乘老父迷睡不起,先将存孝杀了,以绝后患。"存信曰:"此计甚妙,便可行之。"于是君立即假传父令,言存孝反叛,擒出辕门,五车挣之。此时存孝欲进宫诉说,四下皆康君立心腹之人,不能得入。存信曰:"老父怒汝,立等回报,安敢再入?"急使军人将存孝捆缚,用五辆车来,各系一牛,分五队,号令一声,五下鞭开牛去。只一挣,被存孝把身一纵,都纵到身底下来。原来五车上有五五二千五百石重,五牛之力不计多少,存孝一生力大,是以皆被纵到身底下来。以此较之,存孝一臂有二万五千斤之力,两臂有四象不过之勇。存孝大叫:"我得何罪,将五牛挣我?"言未绝,只见半空中现一金甲神人,叫存孝不得挣挫①,"吾奉千佛牒文玉皇敕旨,你原是上界铁石之精降临凡世,今日功行完满,取汝归天,若是迟缓,神人夺了你的座位"。存孝听后忖思:"既上天叫我,安敢不从?"遂叫军人:"这等如何挣得我死?除非是将剑割断我手足之筋,吾即死矣!"当下君立传令大喝,五下里挣响一声,存孝躯分为五块。存孝亡年三十六岁,时天复三年秋九月也。后来史官有诗赞云:

两岸西风起白杨,沁州存孝实堪伤。
晋中花草埋幽径,唐国山河绕夕阳。
鸦谷灭巢皆寂寞,并州尘路总荒凉。
诗成不尽伤情处,一度行吟一断肠。

后来宋贤吊存孝挽诗云:

鸦谷遗蹀迹,英雄有将声。
威容赛夏育,风味若陈平。
常领三千士,破除百万兵。
并州天命尽,谁不痛伤情。

第三十三回

晋王痛哭勇南公

却说晋王正在宫中熟睡,宫人来报五车挣死存孝,吓得晋王汗流浃背,魂不附体,急跑出殿前来视之,存孝已死,挣为五块。晋王大哭数声,望后便倒,昏厥于地。左右急救,半响方苏。晋王问谁杀存孝,左右细说

---

① 挣挫——挣扎,用力支撑;勉力摆脱。

前因。晋王曰:"存孝已死,只吾休矣!"此时君立、存信逃去不远,晋王遣人追之,半路捉回,正欲碎剐,忽报刘妃还宫,晋王急令接入。

原来刘妃与嗣源径到黄河界口,绝无动静,知是二人用计,急回并州。知存孝被挣死,直来见晋王。刘妃曰:"君立、存信如此无礼,罪不容诛。请大王剐此二贼,为存孝报仇。"晋王曰:"存孝如此,吾岂能独生哉!"

正在恸哭,忽见一彪人马飞奔而来,众视之,乃存孝之妻邓瑞云也。瑞云知此消息,带领六将到来,放声大哭,昏厥于地,三五番几死。众军无不哀恸。瑞云再三上言曰:"今存孝死于不幸,大王念父子之情,早为报仇。"

当日具棺椁①,盛装存孝尸首,停于正庭。六将挂孝,军士举哀震地。晋王唤武士将君立、存信二贼倒浇一对照天蜡烛,置于柩前,请高僧做水陆大醮超度,复图存孝仪像挂起,晋王亲自设祭一坛,祭文曰:

呜呼勇南,天下战士,古今无双。何天不吊,令死于奸人之手,使我恸伤。呜呼!吾今天八十,儿今既死,吾料随亡。吾今取二人于市,熬油点烛,照尔幽光。尔冤既白,尔仇亦报,尔名孔扬。呜呼勇南,魂其有知,曷维尚飨。

后人读史至此,有诗叹云:

存孝英雄独古奇,开疆展土定华夷。

当时恨杀丹青手,不画山前打虎威。

晋王伤悼不已,往棺前欲拜下。德威急向前止之曰:"不可!大王,父也。存孝,子也。岂有为父而拜子之理乎?"晋王乃止。晋王曰:"吾岂不知也?但以先死为神,吾之哀毁踰礼,不觉行于此耳!"后人有诗云:

李存孝能文能武,灭黄巢盖世功名。

是晋王不合拜子,也须知先死为神。

当时报入长安。昭宗知存孝已死,念存孝英雄冠世,有恢复之功,大加恸惜,遂遣官具礼前来致祭。晋王请使者入见了,始知昭宗遣周德威代祭。德威就将祭品摆列存孝灵前,亲自奠酒拜下,令赵文宗读祭文曰:

"惟大唐天复三年秋九月上旬,祭主大唐昭宗皇帝,遣兵部大司马周德威,谨以清酌庶羞之仪,致祭于敕封镇守沁州地方、

---

① 椁(guǒ)——古代套在棺材外面的大棺材。

协理军务、飞虎将军、勇南公李存孝之灵曰：呜呼存孝，不幸横亡！天高日短，无人不伤。伏念生居朔漠塞北之方，长自飞虎灵求峪。灭黄巢扶僖宗复入长安；诛奸党立昭宗建都天下。官居一品，加为勇南公之职；势压诸邦，享飞虎将军之誉。唯君正宜享富贵于高堂，岂期命早丧于奸谗。人之死没，自古难免，不料君父以酒误害忠良！将二奸尽行诛戮，与汝雪恨。将军阳世不将金印挂，阴司多握鬼兵权。呜呼哀哉，尚飨！"

德威祭毕，泪流满面，哀恸三军。晋王自叹曰："此事非干别人，只是我以酒误害忠良，致有此失。"遂自感叹一诗云：

终朝饮酒醉醺醺，耳听谗言害好人。
破巢之时用存孝，太平不见勇南君。

第三十四回

梁兵劫夺勇南柩

当日，晋王令邓瑞云同六将带领三千人马，保护存孝灵柩葬于灵求峪，安灵守孝。六将领命，径上去讫。早有细作报入汴梁，朱温大喜，曰："李存孝已死，吾无忧矣。"今又见军士护丧葬于灵求峪内，急遣尚让等七将领兵前去夺存孝灵柩。

七将领命，正行之次，忽见前面一彪人马尽打红旗，当头截住去路。为头闪出英雄，身长一丈，膀阔三停，赤脚蓬头，膂力过人，乃寿章人也，姓王名彦章。因存孝巡行河北之时，在淤泥河相遇，二人斗了数合，被存孝连人带马打落岸下。彦章誓言，存孝若在十年，十年不出，除是死了存孝才敢出名。径上寿章，隐姓埋名。今探听存孝已死，引了人马，欲来投奔梁王。正值七将兵至，彦章拦住大呼曰："吾乃浑铁枪王彦章也，来的人马何往？"葛从周曰："吾等梁王手下七将，今我王命领兵前去灵求峪，劫夺李存孝灵柩。"彦章曰："汝等错矣，君子不念旧恶，人死不计旧怨。存孝亦是好汉，只因晋王恃酒误死，抢他尸首何益？不如引我去见梁王，陈说和解之事。"七将从之，合兵一处，径到汴梁城来。

第三十四回　梁兵劫夺勇南枢

七将入见，朱温曰："李存孝尸首如何？"葛从周曰："不曾抢得，只与大王寻得一个前部大将。"温问曰："是谁？"从周曰："此人真定寿章人氏，姓王名彦章。"温曰："闻名久矣，吾正欲见此人。"从周引彦章至殿下，温即欠身相迎。彦章下拜，温答伴礼。温曰："足下近在山东，正欲遣人来请为将，破灭李克用，共图霸业。今日得遇，三生幸矣！"彦章曰："李克用死了存孝，其势已孤。臣视之，乃疥癣之疾，不足介意。大王欲取天下，不如先图了昭宗，再擒晋王未迟。"温大喜，即封彦章为天下兵马大元帅，设宴犒劳，便问彦章图昭宗天下之计。彦章曰："臣见昭宗驾下宠着一人，姓李名英，现任丞相之职，今在长安秤金卖官。大王亲将金宝贿赂他，只说长安是久反之地，汴梁是兴隆之邦。李英贪得，见利忘主，必奏准朝廷，赞成此事。先领旨到此盖造皇宫，然后用计把驾迎上汴梁，那时以图昭宗，有何难处？"温曰："此计甚妙。我若得了天下，富贵与汝共之。"

商议已定，次日朱温即自收拾金宝，带领数百铁骑，各带轻刀短箭，径上长安。不日，已至李英宅前下马。小卒入报，李英降阶而接，到堂上坐定。叙茶已毕，温曰："丞相别来无恙？"英曰："仰赖福荫，略得清安。大王久不相见，有劳车顾。"温曰："恭维大人现居元辅之职，匡扶社稷，不胜至喜。今有黄金百锭、珠玉一斗，外有良马一匹，日行千里，渡水登山，如履平地，名曰玉骢，某不敢乘坐，特来并献与丞相，以助虎威。"英听罢便令带过来看，果然那马身上火炭般赤，无半根杂毛，头尾长一丈，蹄带项鬃高八尺，嘶喊咆哮，有腾空入海之状。李英见了大喜。有诗单赞玉骢马云：

奔腾千里荡尘埃，渡水登山紫雾开。
掣断丝鞭摇玉辔，火龙飞下九天来。

英谢温曰："大王与此金宝龙驹，某将何报之？"温曰："些小微物，岂望报乎？丞相肯为，只在数句言语之间而已。"英请问其故。温曰："某见长安是久反之地，不及汴梁是地广人稠永远兴隆之邦。丞相只须奏准朝廷，与吾领了旨意，到汴梁盖造皇宫，请驾迁都，便是丞相大功绩也。"英曰："大王见主上衰弱，时势已去，莫非要图天下否？"温半晌不答。英曰："明日便奏朝廷发旨意与你，领上汴梁盖造皇城。待吾指日把驾拐上汴梁，让位与你，有何不可？"温曰："诚得如此，丞相富贵无比。"

二人商议已定，次日昭宗升殿，近臣报言："今有梁王朱温，欲见陛下。"帝曰："可急宣来。"温入见,拜伏阙①下,口称万岁。帝曰："卿到此有何见奏?"温曰："臣见长安久反之地,干戈扰攘,不得休息。臣守汴梁已久,知是兴隆之邦。奏过陛下,请旨盖造皇城。完日,请陛下迁都汴梁。"帝曰："卿言须当与文武商议。"言尚未尽,只见班部中闪出一臣,面如红枣,突眼虬髯②,威风凛凛,胆量过人,上殿奏曰："大梁朱全忠,真忠君爱国之臣也。"此人是谁?乃丞相李英也。帝问英曰："此奏可乎?"英曰："大梁王所奏,金石之论也。难得此人忠于王室!既有如此好处,陛下急宜从之。"帝正在犹豫,群臣皆言不可。"龙不离海,虎不离山。陛下安居大位,岂可远离乎?臣料汴梁万不及长安,怎见得长安好于汴梁?"古人有诗为证:

　　自古兴隆地,周秦汉代修。三川花似锦,八水永长流。
　　起盖咸阳殿,凤阙对龙楼。华夷图上看,天下最为头。

朱温曰："你众文武说长安好处也只如此,且听我说汴梁好处。古人有诗为证:

　　王气腾腾彻比霞,祥云缭绕照京华。
　　宝妆楼阁侵银汉,玉殿亭台护绛纱。
　　四时不绝山川景,八节常开琪树花。
　　年年三月登高望,香满梁园百万家。"

昭宗听罢朱温诗句,心下万千之喜。遂唤曹中书达填写旨意与朱温,领去汴梁盖造皇城。"朕即遣官军,将长安府库钱粮都攒运至汴梁,选日请朕建都。"温领旨出朝,暗思此等昏君,中了吾计,好似一盏孤灯天晓月,算来活也不多时。

温行了数日,已到汴梁。遂起民夫搬运土木,唤良匠盖造皇城。雕梁刻栋,绘凤描龙,未及半载日期,工程已成,比长安宫室华丽又加十倍。却说朱温盖造已完,便遣王彦章先领人马三万,前至霸陵川界,以候接应,亲自径上长安入朝见帝。帝曰："朕差卿盖造皇城如何?"温曰："臣领旨盖造,今已完备,特请陛下到汴梁建都。"昭宗大喜,当日聚文武于朝堂。帝曰："唐室西都二百余年,气数已衰。朕观气色在汴梁,先遣梁王盖造宫

---

① 阙(què)——泛指帝王的住所。
② 虬(qiú)髯——拳曲的胡子。

殿，朕欲迁都东幸，汝等各宜促装。"学士陈辉谏曰："长安久业之地，今无故损宗庙、弃原陵，恐百姓惊动，必有糜沸之乱。天下动之至易，安之甚难。望陛下明鉴。"帝怒曰："汝欲阻国家之大计耶？"平章事朱朴亦谏曰："陈学士之言是也。想祖公神尧高祖皇帝，东征西荡，挣成一统天下，亦不易得。今圣上至汴梁，必中朱温之计矣。"李英急上言曰："这一起臣僚，有失君臣之理，可以斩之。"帝闻奏，即日罢朱朴、陈辉之官，贬为庶民。未知后事如何，且听下回分解。

第三十五回
唐昭宗迁都汴梁

帝出上车驾，驾前二人跪下，视之乃尚书周侃、左仆射伍习。帝问有何事。侃曰："今闻陛下欲迁都汴梁，故来谏耳。"帝大怒曰："朕心喜上汴梁，如何苦谏？"即令武士拽出都门斩首，百姓莫不垂泪。

下令迁都，来日便行。此时装载金银缎匹玩好之物，数千余车，径往汴梁去了。却说昭宗方才到了霸陵川，忽见旌旗蔽日，尘土遮天，一阵人马到来，百官皆失色，帝大惊。大将军杜友年出马曰："来者何人，敢拦圣驾？"绣旗影里，王彦章出马，应声便问："天子何在？"帝战栗不能言，群臣闻知皆无所措。王抟向前叱之曰："来者何人？"彦章曰："大梁王前部先锋王彦章是也。"王抟曰："汝来劫驾？汝来保驾？"彦章曰："奏梁王旨，特来保驾。"抟曰："既来保驾，天子在此，何不下马？"彦章大惊，慌忙下马，拜于道左。帝以言慰抚，彦章拜谢。

帝入汴梁城，是日登殿，百官朝贺，各依位次侍立。自是朱温纵横朝廷，谋立异志，内外之兵，尽归掌握。温请丞相李英曰："吾欲杀昭宗，自立为帝何如？"英曰："可就此时行事，迟则有变矣。来日于偏殿排筵，只说与朝廷洗尘。再奏过帝，此离宫门不远，不好出入，讨个执照。大王可选下好汉，埋伏彼处，亲自带剑上殿，索取天下。帝若不与，只此杀之。"温甚喜，即便叫人排筵会于偏殿，来日请帝。

次日昭宗升殿，温奏："臣欲于王府安排筵宴，与陛下拂尘，臣不敢请,乞陛下借一偏殿,方好行乐。"帝曰:"汝有此意,可于焦兰殿上设宴。特赐回驾牌五百面,与卿执照,门上不敢阻挡。"朱温领旨,遂选五百铁骑,来往于殿下,请帝于殿。文武百官,各依尊卑,近侍执盏,酒行数巡,食过五味,只见朱温带剑上殿。帝见了唬得魂不附体。温叫止乐停酒,温曰:"今日大事,众官听察。"众皆起身侧耳。温曰:"天子为万人之主,以治天下。无威仪不可以奉宗庙社稷,留此昏君何用?可将大位让与我。"众官听罢,默然无语,各低头觑地。忽宴上一人推桌直出,立于筵上,大叫不可:"梁王焉敢发此语?欺俺唐朝无人物耶?主上又无过恶,安敢无理!吾知汝怀篡逆之心久矣。"众皆大惊。朱温视之,此人保驾大将军姓凌名圭。只见他向桌上绰起一把金壶,望朱温即打将来。梁将王彦章在后面大怒,叱之曰:"朝廷大臣尚不敢言,汝何等之人,敢如此大胆!"即拔所佩剑将凌圭斩之。帝见杀了凌圭,下殿便走。彦章赶上,扯之曰:"陛下肯与不肯早决,何故走乎?"此时,帝惊得面如土色。帝曰:"容朕思之。"左仆射张文蔚曰:"陛下差矣!古之帝王,无德让有德,自古皆然。天下者,非一人之天下,乃天下人之天下,须不是陛下祖宗自古传到今。请陛下思之。"中书门下杨涉曰:"自古以来,有兴必有废,有盛必有衰,岂有不亡之国,安有不败之家?陛下,唐朝相传已二百年,气运已极,不可自绝而惹祸也。"帝曰:"今日酒醉,非推让之处耳。"朱温提剑自欲杀之,右仆射止之曰:"不可!陛下已许大王耳,尚容再议,不必造次。"温怒乃止。昭宗哭回后殿,百官皆哂笑①而退。

次日,百官又聚于大殿,王彦章带领铁骑,布列殿前,召令宦官。昭宗惧不敢出,温又遣人三次逼之,慌更衣出殿。苏循奏曰:"昨日陛下已许梁王天下,今日肯传否?"帝曰:"卿等食唐禄久矣,中间多有唐朝子孙,直无一人分朕之忧耶?"苏循曰:"陛下之意,不欲以天下禅于梁王,曾见昨日之风景否?"帝曰:"汝众大臣何无见怜之心?"循曰:"天下之人,皆知陛下无人君之福,以致四海大乱。今梁王英雄,累建大功,尚不知恩以报德也,直欲令天下之人共伐之!"帝曰:"昔桀、纣无道,残暴生灵,故天下人伐之。朕即位以来,小心谨慎,未尝敢行半点非礼之事,天下之人,谁忍伐之?"循怒曰:"陛下无德无福而居天位,甚有残暴之道也。"帝拂袖而起,

---

① 哂(shěn)笑——微笑。

张文蔚目视苏循,循纵步向前,扯住昭宗袍曰:"陛下肯与不肯,乞早一决。"帝战栗不能答。忽阶下王彦章之弟王彦竜①,巢将七人葛从周、尚让、齐克让等,各带剑上殿。又见殿阶之下,环甲持戈数百人,皆兵士也。帝乃流涕出血,叹曰:"祖宗天下,何期今日废之!朕九泉之下,何面目见先帝乎?"泣告群臣曰:"朕天下愿禅与梁王,幸留残喘,以终天年。"薛贻矩曰:"臣等安有负陛下?事已至此,可急颁诏,以安众心。"帝乃令杨涉草诏,愿禅国于梁。诏曰:

  制曰,伏以生人以来,树之司牧,眷命所瞩,谓之大宝。历数弗在,罔或偷安。故舜、禹至公,揖让而兴。虞夏、汤武,兼济干戈,以定殷周。事乃殊途,功成一致,后之创业,咸取则焉。朕今在位二年,遭天下荡覆,赖祖宗之灵,得梁王竭诚尽力,率先锋镝。今仰瞻期运已去,天命有适,逊位而禅于梁。今携背臣献上国玺,追则尧典,禅位于朱全忠。梁王无致辞焉。钦此。

是日,百官赍丹诏并玉玺至梁王宫献纳。朱温便欲受之,李英曰:"不可,大王不可轻易。虽然诏玺已至,可令昭宗亲捧玺绶,以禅天下于大王,可以绝人议论篡逆之言也。"温大喜,令谢兰捧玺出宫。帝曰:"此事若何?"李英曰:"陛下亲自送去,明日禅位,则陛下子孙世世蒙梁恩矣!"帝到此时,不容不行亲自送去,只得亲捧国玺至梁王大殿,授与梁王去了。然后掇公服于群臣班首,称臣再拜。王彦章并巢将葛从周等,各掣剑在手,布列左右;大小文武及昭宗皆北面山呼,于是同声共口,齐呼万岁。丽泉诗云:

  当日朱温强并李,欺凌唐室若婴孩。
  谁知天地无私曲,不久依然换主来。

---

① 竜(lóng)——古同"龙"。

第三十六回
晋王起兵伐朱温

却说朱温即位，称号太祖皇帝。是日，天清气朗，微风不动，众皆拜贺已毕，改天复四年为开平元年，大赦天下，国号大梁。即降敕封昭宗为济阴王，便往彼处歇马，非宣唤不许入朝。封张文蔚、杨涉为平章事，封苏循、薛贻矩为左右仆射，封王彦章为马步禁军都元帅，王彦竜为保驾上将军。巢将尚让、齐克让等皆封为节度使。李英进曰："臣有夺天下之功，比众不同，陛下不升臣职，何也？"梁帝大怒曰："汝这逆贼尚复敢言？朕想昭宗有什么亏汝之处？将天下卖金，只图荫子封妻受享富贵，唐朝致有此失。若留汝在朝，众臣效尤，何以为国？"喝令推出斩之。有诗为证：

害人人害祸先招，祸福灾殃却怎逃。

只想百年人富贵，岂知今日中钢刀。

后来济阴王至开平二年春正月，梁王遣王彦竜缢杀之，追谥曰唐哀皇帝。

却说有人来太原报知李晋王，朱温弑了昭宗，自立为大梁皇帝，现今调练军马，远出大梁。李晋王听知，大哭终日，遂命百官挂孝，望北而哭祭之。次日人报，约有一队人马千余骑，尽打红旗，穿红袍，骑赤马，捽①风驶至。晋王自出营视之，乃潞州王李杰也，伏地而哭，具言昭宗被弑，朱温篡位，"皇兄番汉人马四十余万，如此雄壮因何按兵不动？故引兵来相助报仇。"晋王曰："吾有此心久矣，因存孝已死，无效力之人，既侄有志，吾即发檄驰报各道，召集王子王孙，皆要起兵前来助战。"李杰大喜。

当日晋王乃集诸将商议起兵。时有岳彦真、赫连铎并各镇节度使，文武臣僚，整整齐齐，尽怀报仇之心，各有恢复之意，引兵四十余万，离了并州，直抵宝鸡山来扎了营寨。未及一月，天下王子尽皆起兵。时有河南王李善、青州王李毕、苏州王李演、四川王李辅、江夏王李逊、胶州王李汉、云南王李弘、唐室宗亲之兵多少不等。关外二十七镇诸侯共会有九十四万

---

① 捽（zuó）——揪。

人马,诈称一百万,名将八百四十员,虚号一千员,文官武将皆投宝鸡山来,各自安营下寨,连接三百余里。晋王乃宰牛杀马,大会宗室。众各施礼毕,两行分爵位年齿①列坐,商议进兵之策。潞州王李杰曰:"今举兵讨贼,为君报仇,汝等各听晋王约束,毋得以强侵弱,恃多欺寡,务要齐心戮力,以尽臣子之节。"众皆曰:"唯命是听。"晋王曰:"谁肯为前部先锋?"二太保李嗣昭出曰:"儿虽不才,愿为前部。"晋王许之。嗣昭领兵直奔宝鸡山,关来檄文曰:

唐晋王檄下唐诸宗室、诸侯王、二十七镇节度使、诸大臣百官百姓。谨按朱全忠者,始以盐徒党叛,既以穷寇来归,我先帝念如赤子,盗兵釜鱼乞命,既赦不杀,仍爵之官,恩斯厚斯,义不薄矣!何今全忠不忠,包藏凶狡,劫驾都梁,遂盗天位。匹夫无道,于斯已极。弑君之贼,人所共诛。吾今将帅诸侯军百万,战将千员,所至望风投降者听,助逆者杀之无赦,故檄。此檄到者,各宜闻知。

却说这时,把关将紧守关隘,差流星马往皇城告急。梁帝自即位之后,每日饮宴,更深方散。当日接得告急文字大惊,聚众商议曰:"今李克用聚各镇王子人马,直抵关前,欲为昭宗报仇,众将有何拒敌之策?"王彦章应声出曰:"臣愿领兵前去破敌。"梁帝听言大喜,加彦章为天下兵马正征讨,拨马步军十万,一同世子朱友珪星夜使起。丽泉诗云:

梁晋交兵二百场,残唐五代动刀枪。

打虎将军太原死,今日才兴王彦章。

却说晋王在宝鸡山扎住,遥望王彦章前部精兵十万,排成阵势。晋王见了骇然,未敢叫太保出马,顾与河南王李善、步将郑绩曰:"久闻汝河南猛将,何不去战彦章?"郑绩欣然领诺,绰枪上马,直出阵前。彦章横枪立马,貌若灵官,立于门旗下。看他怎样结束②?但见:

戴一顶千槌打、万槌颠、前抹额、后扇肩、双凤翅、叉缨尖、抵

---

① 年齿——年纪。

② 结束——装束,打扮。

刀斧、挡槌鞭、缨飘烈火紫金盔。穿一领王母褶、玉女穿、獬豸①铺、颜色鲜、盘蛟龙、绣彩凤、蚕丝纺、嫦娥织、屡团花、十段锦、猩猩血染大红袍。冠一副能工手、巧匠摸、神火炼、玉钻钻、损枪头、坏箭杆、转斧口、伤刀剑、随身护体黄金甲。束一条里边表、外边睛、嵌八宝、七丝攒、玲珑钉、玛瑙厢、红扇黄、放毫光、攀胸勒甲狮蛮带。右手下，带一条寒巽巽②、冷飕飕、随火将、伴诸侯、千军怕、万人愁、拿在手、鬼神忧、打将竹节虎眼鞭。左手下，带一根亮刷刷、白似雪、三尺长、四指阔、沙鱼鞘、常见血、削铁如泥锟铻③剑。飞鱼袋带一张龙甲梢、虎筋弦、黄花画面宝雕弓。走兽壶插几根金线豆、倒马乘、伤军射将连珠箭。掣一条金串杆、丈八长、宾州铁打似锋芒、红缨乱舞蛇吐舌、犹如怪蟒出钱塘、穿袍过、透心凉、追魂取命浑铁枪。骑一匹两耳尖、四蹄圆、登峻岭、走高山、嫌日短、懒加鞭、两头见日行一千、南方赤兔胭脂马，火龙飞下九重天。

逸狂又有诗赞云：

  大将威风手段高，金盔金甲大红袍。

  等闲不敢抬头觑，带马连人似血交。

却说郑绩径取彦章，彦章大喝，纵马来迎。战不三合，手起枪落，刺郑绩于阵前。晋王大惊曰："真勇将也。"李嗣昭上马持矛，径到阵前大骂彦章："吾今杀汝！"彦章便不答话，交马一合，只一枪，把嗣昭挑下马去。李存直欲出，晋王许之，直出马与彦章战。战到数合，拨马便走，彦章赶上一鞭，把存直头打得粉碎。砍军大半，回营去了。晋王见连折两太保，心中忧闷。当日天晚，次早彦章之弟竜，披挂绰枪上马，领兵阵前索战。晋王问谁出马。闪出太保存龙、存虎、存海、存豹、存江、存受六将，叩头道："儿六将出马。"晋王许之，六将出营布阵。问来将何人，彦竜答曰："汝可认得吾是保驾大将军王彦竜否？"李存龙持矛大叫："逆贼休走，谁识汝

---

① 獬豸（xiè zhì）——古代传说中的异兽，能辨曲直，见人争斗就用角去顶坏人。

② 巽（xùn）——八卦之一，卦形是☴，代表风。

③ 锟铻——古书上记载的山名。所产的铁可以铸刀剑，因此宝剑也叫锟铻。

来？"便战彦竜。各路诸侯，一起助威。存虎见存龙渐渐枪法散乱，彦竜越添精神，抡刀跃马便出。彦竜见了，遂弃了存龙，来战存虎。后面存海四将一拥齐出，战住彦竜。不及数合，枪刺了六将，众军各散奔走，彦竜勒马回营。未及半晌，彦章又来搦战。此时晋王心惊惶惶，回头问众将曰："谁敢再战？"阵中一将，纵马挺枪而出，视之，乃同台节度使岳彦真。两骑相交，战不五合，被彦章一枪刺于马下。彦真之子存训见父被杀，抡刀跃马，要来报仇。交马数合，被彦章一鞭打死于马下。彦章在阵中混杀，左冲右突，无人敢敌。背后青州王李毕、苏州王李演、四川王李辅、江夏王李逊并来合战，彦章方退。四处各折人马，退三十里下寨。众王子并节度使，都到一处商议破敌之策。

正忧闷间，小校来报彦章来搦战。闪出刘知远披挂上马，绰安汉刀，出阵去迎彦章。斗上五十余合，彦章大怒，取鞭在手，叫声看鞭，刘知远措手不及，被打一鞭，打得抱鞍吐血而走。却说大寨李晋王升帐，使流星马探刘知远大折一阵，晋王大惊曰："不想知远败于彦章之手，请众王子并众节度使商议。"潞州王李杰曰："前日进兵，损了许多将士，今日刘知远又败于水手贼之手，吾等极剉动①锐气。"诸侯并不语。正商议间，探子来报，王彦章引铁骑直来寨前大骂搦战。晋王曰："吾等许多军不能敌一彦章，安能灭却朱温？"言未绝，郓州郝连铎曰："某愿往。"晋王喜甚，便叫郝连铎出马。不多时报来，铎与彦章交战不到三合，被彦章斩之。众王子大惊。河南王李善曰："吾上将乐荣可斩彦章。"晋王急令唤至，乐荣应声而出，手提大斧。去不多时，飞马来报，乐荣又被彦章斩了。众王皆失色。晋王叹曰："可惜吾存孝已死，若留在此，岂到彦章施威哉！汝众王子许多将士，岂无一人可迎彦章？"众皆无言。晋王言罢，痛哭一场。

---

① 剉（cuò）动——挫伤；剉，古同"锉"，折损。

第三十七回
宝鸡山存孝显圣

正值彦章搦战,晋王大叫:"快备马来,吾自出阵一遭。"此时晋王已八十四岁,披挂上马,绰定唐刀,领兵出营。彦章视之,见两面日月龙凤旗,旗下有一将,额垂千条线,发绾一窝丝。如何打扮:

金甲金盔装翠袍,腰间玉带束鲛绡①。座下千里追风马,肩上横担定唐刀。

王彦章正欲迎战,彦竜一马当先问曰:"来者莫非晋王否?"晋王曰:"然。"彦竜曰:"汝将已被吾杀尽,尚敢自临阵耶?"晋王大骂曰:"这伙奸贼,争吾大唐天下,天厌神怒。吾亲临阵,取汝首级。"言罢两马相交,双刀并举,怎见得,有诗为证:

刮地寒风声飒飒,硬战征袍声似擦。
逼逼剥剥马蹄鸣,叮叮当当袍枪甲。
你死我活不服输,一往一来交战马。
兴心枪挑锦战袍,举意刀劈连环甲。
掣旗小校手连颠,擂鼓军郎槌乱打。

时晋王年老筋力衰败,战不数合,被彦竜杀得大败,拨马而走。已近黄昏,左侧彦竜赶下阵来,前走的,好似猛风吹败叶,后追的,恰如急雨打残花。追赶已无措手,叫:"吾儿存孝,昔日汴梁赴会,汝曾救我,今吾死在须臾,汝何无灵?"言未绝,只见东南上一阵风,卷出两面飞虎旗,旗下是存孝。结束如生:

虎磕脑乾坤少有,虎皮袍盖世无双。獀猊铠枪刀不惧,毕燕挝能取人魂。马上横担浑铁槊,五名马赛过蛟龙。

晋王叫:"勇南公吾儿,快来救我。"只见存孝一马当先,厉声大骂奸贼:"吾在此等多时。"彦竜大惊,叫声"苦也!"跌下马来,气绝身死。此时

---

① 鲛绡——传说中鲛人所织的绡。

存孝犹在云雾之中，叫声老父："儿与你相会一面，以完父子之情。梁兵自此势败，儿今辞别朝天去了。"晋王回头看时，只见风清月朗，不见了存孝，独有王彦章死在地上，余众各散逃生。晋王放声大哭，叫数声吾儿，"死后还来救我一命！"下马斩了彦章首级而回。众王子并诸侯接见，哭诉前事，众皆嗟叹不已。早有人报知王彦章，言李存孝掰死彦章，现今后面人马到了。唬得王彦章魂不附体，慌忙上马，尽力加鞭望后而走。本阵军兵魂飞魄散，弃枪落刀，失盔抛甲，自相践踏，死者不计其数。咏史诗曰：

存孝当年吊伐勤，要将忠义报先君。
生因打虎追巢贼，死戮彦章败敌军。
非是兵机无计策，只缘天意有攸分①。
大唐基业今何在，唯有将军一古坟。

彦章走了一夜，离唐营二十里，死尸不绝。彦章点聚余将，复与唐家对面安营。

却说梁兵二十余万，用粮浩大，况诸郡荒旱，人皆相食，屋宇尽皆拆毁，军人无不掳掠。与唐军相拒一载有余，粮尽，乃上表梁帝催粮。梁帝应付十万斛②，军士支给不敷。彦章与朱友珪商议："兵多粮少，如之奈何？"友珪曰："吾正忧虑此事，粮食兵家大事，倘军心有变，难以区处。"彦章曰："今天气炎热，且宜按兵不动，殿下亲往朝廷面奏，叫遣将应付粮米，克日到军前支给，才好与唐相拒。"友珪披挂上马，带领数人，离了宝鸡山。行了数日，已至渝丘，到汴梁只隔一日程途。原来友珪结束一如商贾相似，又值天气炎热，憩息于垂杨树下。只见路上往来之人，三三两两互相递语："大梁王朱温甚是不仁，翁婚儿妇为妻，父纳子妻为妾。"友珪潜自听之，骇然大惊。安有此等之言？遂自向前而问，远近居民，众皆一语。友珪暗思："吾父禽兽之辈，不仁之心甚于虎狼。吾若回朝，必遭其害，不如仍回宝鸡山，别图良策。"逸狂诗云：

堪叹朱温太不仁，翁婚儿妇灭人伦。
焦兰殿上频回首，天道谁言报不均。

---

① 攸（yōu）分——有所区分。
② 斛（hú）——旧时量器，方形，口小，底大，容量本为十斗，后来改为五斗。

友珪于是勒马急回本营。王彦章接见,听知此事,别有良图。友珪从之。

却说李晋王在帐中镇日①忧闷,被水手杀做个闭门不出,猛想存孝尚留六员副将,在飞虎山守灵,急唤李嗣源调取这一支人马,前来助敌。嗣源去了数日,六将已到,屯于北城。细作报知,彦章便欲移兵来打北城。李罕之传令:"交五鼓造饭,平明,大小军马皆出城,城上虚插旌旗,遥张声势,军分三门而出。"却说王彦章引兵列阵于北门外,当日晋兵分三门而出,彦章亲上将台,看见城上墙边尽是虚糊旌旗,无人守护,又见军士腰下各束缚包裹。彦章心中暗忖:"晋兵必是粮尽,势孤力寡,先准备走路。"遂下将台传令云:"令两军分左右为翼,如前后得胜,尽力追赶,直待鸣金,方许退步。"就叫葛从周领住后军,亲自进兵。

当日对阵,鼓声大震,彦章出马在阵前。晋王自至门旗下,挥鞭指点,"谁人向前?"一将应声出马,乃安休休也。与彦章交锋不十合,彦章枪刺安休休于马下。彦章大呼姓名搦战,唐将薛阿檀出马,与彦章战十余合,又被刺死。唐阵势乱,众军先退,李罕之、符存审两个押后。彦章指两翼军冲出,晋兵大败。彦章自率大军,追赶至北城下。唐军皆不入城,皆望西北而去。梁将李思安、刘知俊引前部尽赶,彦章见北城门大开,城上又无军马,指点中军抢城。数十骑当先而进,彦章在背后加鞭纵马,直到瓮城②道边。城上薛铁山窥见彦章亲自先入,暗暗喝彩。一声梆子响,两边号弩齐发,箭如雨下。梁兵争先夺门而出,纷纷跌落陷马坑去。彦章正勒马回,一箭正射中右臂,翻身落马。贺黑虎从门内杀出,径来杀彦章,却得司马邺、张存敬两个死命救出城去了。军士突出,梁兵自相践踏,落堑填坑者无数。葛从周急收军时,李罕之、符存审分两路杀回,梁兵大败,却得尚让一军从侧首截出救了。李罕之引得胜军进城。葛从周比及收拾败军,伤者数多。二将救彦章到帐中,唤行军医者用铁镊镊出弩箭头,将金疮药塞掩疮口,只在帐中养病,按兵不动。

却说王彦章又斩了安休休等,威声大振,远近皆惊。晋王聚众商议曰:"彦章累斩名将,吾兵锐气皆到。此贼按兵不战,若一旦疮愈复出,谁能当之?"李嗣源曰:"一人可破此贼。"晋王问是谁。"昔五侯反太原时,

---

① 镇日——整天,从早到晚。
② 瓮(wèng)城——围绕在城门外的小城,今作"瓮城"。

存孝病挟的那人,姓高名思继,是山东郓州东平府人氏,因存孝放他,还家耕锄为活。儿去调取这人前来,破贼必矣!"晋王大喜,叫嗣源一行。

却说嗣源收拾行装,挎刀上马,望山东而来,访至高思继门首下马。二人相见大喜,尽诉前事。思继曰:"自勇南公擒我,饶了性命,回山东来,誓不与人相持,今已数年,自是'苦身三顷地,付手一张犁',不复再言武事。"嗣源见思继若无相从之意,暗想此人只可以言激之。嗣源曰:"天下王位、各镇诸侯,皆闻将军之名,如雷贯耳,称羡不已。吾与王彦章交兵被他赶下阵来,我叫彦章:'今来赶我,不足为奇。汝欲为好汉,且停兵不战。吾闻山东浑铁枪白马高思继,世之英杰,有万夫不当之勇。待我请来,与汝对敌。'王彦章听吾阵前夸言,愤然大叫:'我再不来索战,待汝去请来。不来便罢,若到这宝鸡山来,我擒住他。'"高思继听罢,激得心头火起,口内生烟,大叫左右"快备白龙马来,待我去擒此贼"。各披挂上马,遂离了山东,望宝鸡山进发。但见日长步紧,风急行斜,好似流星不落地,犹如弩箭乍离弦。二人奔驰,不日已到唐营,来见晋王。晋王大喜,命坐慰劳了,晋王说:"王彦章斩首无数,军士丧气,请将军相助。"思继曰:"容吾观其动静。"晋王置酒待之。要知后事如何,且听下回分解。

第三十八回
彦章智杀高思继

当日,忽报王彦章搦战。晋王引思继于高阜望之,思继侍立于侧。时晋王指曰:"麾盖①之下,横枪立马者,王彦章也。"思继亦随指看之,见其人,绣袍金甲,威风凛凛,杀气腾腾。思继与晋王曰:"臣虽不才,愿领兵出战。"遂披挂绰枪上马,直出阵前,挺枪直取彦章。彦章急架相还,二人交马,正是棋逢敌手,木遇良工,叫声好杀。怎见得?

　　两边鼓响震天雷,就地锣鸣如霹雳。人马军前,舍命争勇。
　　刀枪练磨,恶似那如来会下那吒摇动五方旗;气影相迎,犹如那

---

① 麾盖——古代军队的旗子。

四州大圣降水母。钉擦钉,双摩皓月;甲跐甲,对射银山。两条
条,凹面混江龙;一对对,巴山白额虎。

二人混杀了一日,斗上三百余合,天色已晚,晋王叫鸣金收军,两下各领兵
回营。

却说王彦章回到本营,谓左右曰:"高思继刀法甚熟,真吾敌手,若不
收兵,险丧此人之手。来日用回马枪挑之,必全胜矣!"次日上马引军来
战,高思继亦引军来。两阵对圆,二将齐出。彦章曰:"吾今须决胜负,不
可收兵。"言讫相交,二人又战五十余合。彦章见赢不得思继,拨回马拖
枪便走。思继疑彦章怯己,恨不得赶上,放开马赶下阵来。彦章回头,见
思继马来得近,兜回马一枪,思继收马不迭,步心一枪刺死。彦章挑了思
继首级。此时余众四散奔走,来报唐营:"高思继被他回马枪挑了。"晋王
听罢,大叫一声:"气煞我也!"口角喷血,倒于地下,半晌气绝身死。逸狂
有诗叹曰:

为国频召将,时危不可撑。勇南亡去后,思继复招魂。
忠义心空赤,衰残志可矜。一气竟喷血,谁将社稷平?

原来晋王一是领头疮发,二是那二百场战败的气,三是年高八十四岁,以
致如此。后来史官有诗为证:

唐室衰微不可扶,天叫温贼篡良图。
君仇未报身先死,到此英雄岂丈夫。

按本传回马枪挑了高思继,气杀了沙陀李晋王,众王子大骇,便欲举
哀,尽传晋王身死,商议做孝。潞州王李杰曰:"众王子且勿喧嚷,王彦章
得知晋王死了,他便又领兵来索战,谁与他抵敌?急将晋王棺殓,着令萧、
刘二妃带领三千兵马,护送灵柩,星夜赴并州安葬,此为上策。"众王子
从之。

却说众王子商议,晋王已死,可令潞州王权掌晋王兵印。潞州王曰:
"吾有何能,敢任此职?"众皆曰:"以昭穆定之,非汝不可为也。"当日李杰
谓嗣源曰:"水手逆贼日夜索战,唐兵不能讨贼报仇,此事若何?你看何
处有兵,借得一支前来破敌?"嗣源告曰:"吾终日奔驰道路,不是个调兵
的人,却似个勾命的鬼。各处调来将士,都丧于此贼之手。现今径往直北
大潼李友金处,调取那支人马前来,破敌必矣!"李杰大喜,即遣嗣源
一行。

第三十八回　彦章智杀高思继

嗣源披挂上马,往直北进发。但见途中三三两两互相啼哭,携儿抱女,夫东妇西,各人顾命逃散。杀得那百姓家家门首吊着一个木牌,一边写个晋字,一边写个梁字。那军一壁里杀,一壁里抢。抢到庄上,那百姓打听得是晋兵把那晋字调过来。那军说是晋王的民,不要抢,就过去了。后兵又来抢,打听得是梁兵,把那梁字调过来。那军说是梁王的民,不要抢,也过去了。后来抢得滑了,不论梁、晋都抢了。因此人民朝属梁而暮属晋。嗣源见了百姓如此之苦,喟然叹曰:"只因这梁、晋交兵,杀得那军士受涂炭之苦,百姓有倒悬之急,天下荒荒,人民死其大半。"

嗣源勒马星夜去到直北大潼城,拜见叔父李友金,呈上告急书,言"王彦章杀我父兵败二百场,不能措手,回马枪挑了高思继,气杀了我父王。现守宝鸡山,相攻至急,望叔父拨大将相助"。友金听罢,放声大哭,"可惜皇兄死于非命,唐室不能报仇!"友金问班部中众将:"谁可引一军去宝鸡山相助?"言未绝,一将应声而出曰:"臣虽不才,愿领兵前去,以斩王彦章之首。"友金视之,其人身不满七尺,年约十四五岁,面如傅粉,发绾齐眉,乃北平人也,姓史名建瑭,是友金部下一员名将,极有智略。友金听其言大喜,封为总戎官,拨军二万,健将八员,一同李嗣源连夜进发,飞奔宝鸡山来。

却说史建瑭领兵正行,前面报马言道:"唐营离此不远。"建瑭急唤八将,将这二万人马另自安下一个小营。嗣源引史建瑭来见潞州王,尽诉其事。王曰:"吾侄远路,风尘不易。许多好汉,皆致丧命,叫此一个小孩儿到此,焉能成事?若叫出阵,必被水手耻笑。"建瑭向前告曰:"大王休小觑我,将在谋而不在勇,吾乃名将之子,九世良将之孙,谅一水手有何罕哉?"此时正话间,王彦章又来索战。建瑭叩头曰:"将愿往,斩彦章之头,献于帐下。"潞州王许之。

建瑭径回本营,吩咐八将,先领六千兵去埋伏左右,"吾自领兵三千,当中杀出。我若输了,你们两边即来接应;水手若败了,你左右急截断他的去路。但有退前缩后者,此剑为例"。众将领命去了,各各披挂上马,领兵出营布阵。王彦章在阵前看了,称羡不已,自言"梁、晋交兵二年余,未逢敌手。今日不知何人布此阵势?实是天地人三才之阵,他败也是他胜,我胜亦是他胜"。言未绝,只见素罗旗下,闪出一小将,怎生打扮?

发绾①齐眉,约年十四五岁;桃腮两颊,约身不过四五尺长。头戴灿银盔,身披银叶甲。手挽梨花枪,座下玉骢马。这不是那吒太子,敢是个傅粉何郎?

那阵上,彦章又长又大,恶似金刚,狞如八戒,见了大笑,言布此阵倒有余矣,原来是个小孩子出阵。便问:"来将何名?"建瑭曰:"吾是白袍史敬思之子,直北大潼城总戎官史建瑭是也。汝是什么人?"彦章曰:"吾乃铁枪王彦章是也。"建瑭即挺枪直取彦章,彦章急架相还。只听得:

轰雷炮响,杀喊连天。金鸣震起,战鼓齐敲。阵前阵后虎狼兵,四哨五营排阵脚。旌旗闪烁,皂纛②飘飘。枪刀赛雪密层层,剑戟如霜锋列列。马军如蛟龙出水,步军如猛虎穿林。沙尘飞起,浑如障雾。旗开处,闪出一小将,拍马挥戈心性急,犹如泰山倾倒,好似海水翻腾。两将交锋,这场好杀!

二人战上二百余合,建瑭大怒,取鞭在手,喝声:"着中!"彦章躲避不及,正中一鞭,抱鞍吐血,勒马而走。建瑭后面飞马追之。却说彦章此时不往本阵,径走左手下来,不料左边四员将踊出,喝声:"水手贼,走向何处?"四条枪攻进阵来。彦章魂不附体,勒马走向右手下来,岂期右手四员将踊出,"逆贼休走!"彦章回头看时,史建瑭亲自后面追至。彦章杀开一条血路,从南阵逃生走了。建瑭曰:"谁放走了此贼?"皆言八健将第二名张夷放走,建瑭大怒,唤刀斧手拿张夷去斩首。"今后慢功者,以张夷为例。"七将见了悚然。建瑭差人到唐营报捷,潞州王曰:"不想此人胜了水手一阵。"众王子出接建瑭,随即举杯做贺,重赏众将,不在话下,且听下回分解。

---

① 发绾(wǎn)——盘绕起来的头发。
② 纛(dào)——古时军队里的大旗。

第三十九回

建瑭智擒傅道昭

却说王彦章回寨与诸将曰:"人言史建瑭名将之子,英勇无敌,今日方信。"话犹未了,葛从周来相见,彦章接入。礼毕,从周曰:"闻将军战史建瑭不过,不如且退军避之。"彦章曰:"梁王命公为大将,何弱也?吾来日誓必擒之。"从周相劝不听,自回。次日彦章上马,引军前来,建瑭亦引军进。两阵对圆,战将齐出。彦章曰:"吾今与你定决胜负,不可收军。"言讫,各放战骑。战五六十合,彦章拨马拖枪便走。回头看,建瑭马也不动,旗也不移,兜回马叫:"小将因何不赶?"建瑭叫:"水手贼,你这计只好哄高思继,如何将来哄我?"彦章大惊,拈枪又刺,建瑭手招一将,一起攻来,彦章抵敌不住,拨马逃回。建瑭杀军大半,遂自回营。当日建瑭唤七将吩咐:"汝等领三千人马,埋伏于汴梁大道左右,但有奸细,擒来见我,自有用处。"七将领命去了。

且说彦章连输二阵,在帐中纳闷,却有管粮官王燧入禀:"粮食不敷,难以支给。"彦章听闻,忙写表文一道,遣傅道昭星夜上汴梁催运粮草,早拨大将引军救护。道昭接了表文,密藏在身,食餐一饱,当晚上马,令人送出大营,径上汴梁。道昭放马刚走了十余里,不防陷马坑连人带马跌下坑去。一声炮响,两下挠钩齐出,搭住道昭,来见建瑭。建瑭问:"汝是谁?"道昭答曰:"吾乃梁王殿前大将傅道昭是也。"建瑭曰:"汝欲何往?"道昭只得以实告之。建瑭搜着文表,喜不自胜,遂将道昭剥了衣服斩之。

次日,建瑭设一计,令人上大梁去诓①取粮草,遂问部下谁人敢去。言未绝,只见闪出一人来,手持铁枪,向前跪下道:"主帅,小军不才,愿上汴梁。"建瑭曰:"汝是谁人?有何奇计?"其人答曰:"小人是巡营小军赵霸是也,愿去诓取粮草而回。"建瑭曰:"汝这一去,诓得军粮回来,便奏升汝为殿前带刀都指挥之职。"赵霸拜谢,随即穿了傅道昭的衣服,背了表

---

① 诓(kuāng)——欺骗。

文,上马径投汴梁去了。未知后事如何,且听下回分解。

第四十回
赵霸入汴诓军粮

本传考之,原来赵霸乃赵匡胤之高祖也,赵霸所生赵弘毅,弘毅所生赵匡胤也。却说赵霸即日收拾,领令绰枪上马,行了数日,已到汴梁,进城到东华门等旨。却说大梁王升殿,近臣奏曰:"今有王彦章差一使奉表至,只在东华门外等旨。"梁王急宣入问之,使臣进见,献上表文。梁王拆开视之,表云:

钦差领兵征伐总兵官王彦章,诚惶诚恐,稽首顿首,表奏为乞恩速赐军粮应务援接事。陛下圣旨差臣领兵上宝鸡山擒获李克用,臣杀晋兵二百场,不能措手。今有河北大潼城白袍史敬思之子史建瑭,领兵迎战,连败微臣二阵。军微将寡,缺草欠粮,伏望陛下遣良将数员,精兵数万,星夜前来助战。臣擒晋兵于指日,扫除后患于此时,以决雌雄,军情至紧至紧。彦章表奏以闻。

梁王看了表文,事不宜迟,便问赍表官是什么名字。霸曰:"臣是赵霸。"朱温即谓曹龙曰:"汝可同赵霸引军马五万,粮草十万斛,星夜上宝鸡山去。"曹龙曰:"欲求一将为副将,一同领兵押粮前去。"梁王曰:"谁可为副将,押赴粮草,前至宝鸡山军中应用?"一人挺身出曰:"某愿施犬马之劳,生擒史建瑭献于殿下,以报主上知遇大恩。"梁王视之,此人天水人也,姓于名耀表字德辉。梁王大喜曰:"史建瑭名将之子,智勇兼全,威振远近,未逢敌手。今遇德辉,真其敌也。"加于耀为副将军,加曹龙为大将军。梁王谓曹龙曰:"朕知汝深有良谋,故遣此行。"曹龙拜谢。当日,梁王拨军与曹龙。这五万人马,皆北方强壮之士,衣甲、鞍马、军器严整。

三人即日离了汴梁,望前进发。但见旌旗耀日,盔甲鲜明,大小粮草之车,隐隐而去。行了数日,只听得一声炮响,闪出一支军来。曹龙见了大惊,便对赵霸言曰:"兀的不是唐兵来抢我粮草?"霸曰:"此不妨事,纵有些小人马,何足惧哉!你二人当先,我在后面接应。只要输,不要赢,我一生惯使九股红绵套索，待唐兵赶来，不怕他有几个，我一套都扯下马来。"曹龙、于耀听罢，二人出马当先。只见山坡后，唐兵七将踊出，厉声大骂奸贼："好将粮草献来，万事皆休。如若不允，玉石俱焚。"曹龙大怒，拍马拈枪便刺，交战三合，拨马便走，径来投救赵霸。正是有心算无心，无心怎提备，曹龙被赵霸冲个满怀，喝声"着中！"一枪挑曹龙于马下。于耀挺枪来战，被七将裹将来困在垓心，四下乱枪刺死。赵霸把旗一展，军马粮草尽皆抢上唐营去了。赵霸来见建瑭，叩头道："我上汴梁诓军五万三千、粮草十万斛，今已到营交付明白。"建瑭大喜，曰："吾军中正缺粮，今得此足以接济。汝有大功，吾曾许之，合宜奏升汝为都指挥之职。"赵霸谢恩。

却说王彦章在营中与诸将商议拒敌之策，忽见数个败残人马来报："梁王遣粮草十万斛、人马五万三千，曹龙、于耀俱被赵霸杀死马下，粮草都抢入唐营去了。"彦章听罢大怒曰："中了唐贼之计，若不杀赵霸此贼，怎泄吾心中怨气！不知傅道昭死归何处，汝诸将可助吾之力，即日起兵，先擒赵霸，次灭唐狗，是吾之愿。"正商议间，人报朱友珪、朱友从至。请入帐中，彦章哭诉前事。友珪曰："汝勿忧虑，珪与弟友从二人亲自上汴梁去。一来打听傅道昭消息，二来奏讨军粮。"彦章然之，于是二人即披挂上马，疾走如飞，径上汴梁。怎见得，有诗为证：

　　急递思乡马，张帆下水船。
　　流星不落地，弩箭乍离弦。

第四十一回
君臣三弑焦兰殿

　　却说朱友珪、朱友从行了数日，不觉早到汴梁，进至东华门下等旨。时朱温起不仁之心，干乱伦之事，正与儿妇贾氏在分宫楼饮酒作乐。忽报二位殿下自宝鸡山来见陛下。梁王急令宣入问之。此时梁王酒已半酣，把贾氏事情俱已忘了。宣友珪来见，正见左手坐的是朱温，右手坐的是友珪妻贾氏，友珪大骂无道昏君，禽兽之为。"满城人说，翁婚儿妇，父纳子妻,王彦章不信,今日果有此事实矣!"愤然怒发,即拔出剑来。朱温见了,知事已泄,抽身便走。友珪赶步如飞,直赶到弑昭宗的焦兰殿上来。朱温大叫:"世间那有子杀父?"友珪答言:"你因何去臣弑君?"朱温躲避不及,被友珪一剑砍落首级在地。不防朱友从仗一口剑,从后赶来杀兄,友珪飞步而走,被朱温尸首一绊,跌倒在地。友从赶上,喝声"着中!"劈开缝有血,剑过项无头。此殿上臣弑了君,子弑了父,弟杀了兄。三弑焦兰殿,有诗为证:

飒飒金蝉绕树飞,绿杨枝上逞高低。

金风未动蝉先退,暗送无常死不知。

朱温身亡,百官发丧,一面具棺殡殓,停灵柩于偏殿。张文蔚曰:"国不可一日无君,请立嗣君以承大位。"乃请朱友从即皇位,开平三年改为乾化元年。朱友从字公顺。加张文蔚平章事。后八月,葬朱温于宣陵,谥曰太祖皇帝。尊皇后徐氏为皇太后,入养老宫;大赦天下。

却说大唐细作飞报入宝鸡山,众将告知潞州王。李杰闻知大喜:"朱温已死,吾已无忧矣。"众王子仰天大笑曰:"吾料奸贼天下必不长久,果然今日弑死于焦兰殿。乘此国中无主,移兵讨之,易如反掌耳!"潞州王曰:"朱温虽死,友从新立,朝中智谋之士极多,难以摇动,不如先擒了王彦章,然后北向,无不胜矣!"

第四十二回

五龙逼死王彦章

当日众人欢喜,言未尽,报有一彪人马到来,尽打红旗。众人视之,是二英雄,身长九尺,胆量过人,威风凛凛,相貌堂堂。二人是谁?一个是同台郭彦威,一个是河西石敬瑭,皆授节度使之职。当日引了人马同来降唐。见了潞州王,告曰:"某愿与大王为前部,同破水手,与唐报仇。"王大喜,赏赐金帛,加封二人为都指挥之职。史建瑭曰:"今得二人相助,吾观彦章水手之贼,死已将近。今日五龙俱全,逼此水手,吾事必济矣!"言未尽,又一支人马,径奔唐营来降。为首一小将,花枝本是公卿子,虎体猿班

第四十二回　五龙逼死王彦章

将帅孙,进见潞州王告曰:"某愿为前部,擒获彦章。"王问之,其人乃山东郓州东平阿齿人也,姓高名行周,年方一十三岁,颇习武艺。"臣父高思继,死于彦章逆贼之手,切齿之仇,常欲报之。特来降唐,充为前部,乞大王亲拨数万之兵,上为国家讨贼,下得复报父仇,臣万死无恨也。"潞州王即命高行周为先锋,领兵前去迎敌。当日天晚,众人各散。次早潞州王升帐召史建瑭议事。报言不知昨夜建瑭何处去了,绝无踪影。王问七将曰:"史总兵今往何处?"七将曰:"昨夜径出,不知去向。"言未已,只见建瑭欣然奔入大寨,下马来见潞州王曰:"臣昨仰观天象,见西北方将星坠地,料彦章亡在旦夕,必被吾擒。今已寻去此九十里之地,一地名狗家疃人头峪,四下草木深丛,只可入不可出,极好埋伏,把这水手贼赚到那里,獐入狗口,岂能得活!吾布开七十二座连珠阵,军人不要赢,只要输,赚他到狗家疃。布个五方五帝阵,才逼得这水手死矣。"王大喜曰:"此计极妙,速可行之。"便遣高行周前去引战,佯输诈败,只骂彦章是李存孝摔不死的水手贼,把他赚到阵中,轮流挑战。建瑭急令五将受计而行。号为五龙,怎见得五龙?

一龙是直北沙陀李晋王世子李存勖,后灭梁为唐庄宗皇帝。

一龙是直北沙陀李晋王养子李嗣源,后为唐明宗皇帝。

一龙是河西石敬瑭,后为晋高宗皇帝。

一龙是沙陀刘知远,后为汉高祖皇帝。

一龙是同台郭彦威,后为周太祖皇帝。

史建瑭吩咐五将听令,各人授一帖儿,领人马到狗家疃依计而行。定下四面埋伏之计,遣高行周先去搦战。

却说王彦章在帐中商议:"今唐兵分布而来,谁去迎敌?"闪出尚让曰:"吾与齐克让、傅景祥三将,见阵一遭。"即披挂绰枪上马,出营布阵。门旗开处,高行周出马。尚让笑曰:"唐朝叫此小孩为将,真势屈也。口中乳腥未退,头上胎发犹存,安能当阵耶?"更不答话,便挺枪直刺行周,行周挺枪来迎。二人战不三合,行周大怒,一枪挑尚让于马下。齐克让两手舞刀便砍,被行周逼开,举虎掌金锤打下,正中克让,头如粉碎。景祥见二将已死,惊惶不战,拍马便走。行周追及,起一锤,打景祥跌下马来。唐兵见了,齐大声喝采,皆言此等小将,如此英勇,世之罕有。小校慌报彦章:"三将出阵,皆被小将杀死。"彦章听知,遂自绰枪立马阵前。行周知是彦章,大骂:"水手贼下马受死,报杀吾父血恨之仇!"彦章大怒,拍马挺枪直刺行周,行周急架相还。不及三合,行周拨马便走。彦章知是计,停马不赶。行周大骂:"李存孝摔不死的贼,因何不赶?"彦章听知大怒,愤然勒马追下阵来。中军一声炮响,冲一阵,开一阵,直冲到狗家疃来。中军旗号一展,东南西北,四方八面,一拥齐来。怎见得?有诗为证:

  四方人马纷纷至,八面枪刀列布排。

  虎牢关下长蛇阵,九里山前大会垓。

此时建瑭领名将四百五十员,杀出阵来,喊声大震,叫水手下马受死。彦章大怒,遂拍马拈枪,冲入阵中。建瑭把枪晃了一晃,众将齐杀进来。整杀了一日,被彦章枪挑将一十六员落马。回头遥看,尚有三千余众,猛将四员,俱为行周所杀。彦章此时力乏,径撞奔西阵上逃走。西阵上是潞州王李杰挡住要路,正遇彦章,交马一合。彦章冲进中阵,正遇高行周,厉声大骂:"水手贼,下马受缚!"彦章拍马挺枪,直取行周。行周逼开枪,喝声"着中!"一虎掌金锤,打得他抱鞍吐血而走,径往人头峪去了。

天色已晚,彦章正走,扑的连人带马跌倒了。比及爬将起来,打上一鞭,又跌倒在地下,一步一跤直跌到天明。此时彦章在马上视之,见地下都是人头滚滚,广一丈,盘桓相结,长在一处。人马整跌了一夜,跌得彦章垂肩軃袖①难施勇,手脚慌忙怎用功。彦章方出人头峪,才到狗家疃,正在危急,忽听一声炮响,五色号旗一展,闪出五支人马到来。彦章望东上视之,见那来将,打扮得:

  擐②甲披袍立战场,三股钢叉手内将。雕弓鸾凤壶中插,宝
  剑沙鱼鞘内藏。束雾衣飘黄锦带,腾空马颈紫丝缰。青旗红焰
  龙蛇动,虎据夫东守震方。

怎见得东方阵势?有诗为证:

  一按东方甲乙木,倒马金戈列摆布。

  手执三股托天叉,短剑傍牌前引路。

彦章望正南上而走,见那来将怎生打扮?

  当先踊出英雄将,凛凛威风添气象。鱼鳞铁甲紧遮身,凤翅

---

① 軃(duǒ)袖——袖子下垂。
② 擐(huàn)——穿。

金盔拴护项。冲波战马似龙形,开山大斧如弓样。红旗红甲火光飞,威镇南方离位上。

怎见得南方阵势?有诗为证:

> 二按南方丙丁火,红袍赤马张红缨。
>
> 飞挝着人头粉碎,红锦套索老龙筋。

彦章望正西而走,见那来将打扮得:

> 雕鞍玉勒马嘶风,甲胄棱层花雾漾。豹尾壶中银镞箭,飞鱼袋内铁胎弓。袍端翠缕穿双凤,铜上金花镶小龙。一簇白旗拥猛将,天门西据是兑宫。

怎见得西方阵势?有诗为证:

> 三按西方庚辛金,素罗旗下撒寒冰,
>
> 手提银铜白如玉,剑征离匣晃光明。

彦章又往正北上而走,见那来将打扮得:

> 虎坐雕鞍胆气昂,弯弓插箭鬼神慌。齐缨银盖遮钢戟,绒缕金铃贴马旁。盔顶镶花红错落,甲穿柳叶翠遮藏。皂旗黑甲烟云内,北面天山守坎方。

怎见得北方阵势?有诗为证:

> 四按北方壬癸水,闷棍都是黑油漆。
>
> 狼牙铁槊数千层,雁翎摆开方天戟。

彦章又望中央而走,见那来将打扮得:

> 熟铜锣开花腔鼓,簇簇攒攒分队伍。金刀金斧赭①黄袍,翦绒战袄葵花舞。垓心两骑马如龙,阵内一双人似虎。周回绕定杏黄旗,正按中央戊己土。

怎见得中央阵势?亦有诗为证:

> 五按中央戊己土,黄花弓箭脚踏弩。
>
> 人人肩担大杆刀,短剑月样宣花斧。

彦章周回一看,见那五方阵势,相近追来,只见:

> 明分八卦,暗合九宫,占天地之机关,夺风云之气象。前后列龟蛇之状,左右分龙虎之形,丙丁前进,如万条烈火烧山;壬癸

---

① 赭(zhě)——红褐色。

后随,似一片乌云覆地。左势下,盘旋青气;右手下,贯串白光。金霞遍满中央,黄道全依戊己。四维有二十八宿之分,周回有六十四卦之变。盘盘曲曲,乱中队伍变长蛇;整整齐齐,静里威仪如伏虎。马军则一冲一突,步卒是或后或前。休夸八阵成功,漫说六韬取胜。孔明施妙计,李靖播神机。

彦章见了五方五帝阵势,仰天叹曰:"天绝我也,今日中计!"正欲前走,忽听得唐中军催战的炮响,东南上郭彦威杀来,正南上刘知远杀来,正西上石敬瑭杀来,正北上李嗣源杀来,中央李存勖杀来。这五位皇帝俱各骑着五匹马,一个是乌猁豸,一个是赤狻猊①,一个是黄骠马,一个是枣骝驹,一个是分鬃骥。各使着五般兵器,一个是托天叉,一个是倒马槊,一个是安汉刀,一个是画杆戟,一个是金蘸斧。五位皇帝一起来攻彦章。彦章困在垓心,自知独力难战,怎当这五王的福分。正是五条赤须龙,群战一个白额虎。彦章力尽神疲,仰天大叫一声,拔剑自刎。丽泉诗云:

宝鸡山前战二秋,彦章自刎大梁愁。

建瑭妙算人难及,先胜梁兵第一筹。

第四十三回

李嗣源据守大梁

按本传五龙逼死王彦章,梁兵四散奔走,降者极多。唐兵径奔汴梁,远近守将,望风归降。时梁王闻彦章已死,乃聚宗族长幼,相向而哭。君臣商议破敌之策,皆莫能对,遂谓宰相敬翔曰:"汝尝言生子当如李亚子,教吾事唐,吾一时不从,以至于此。今事急矣,将若之何?"翔泣曰:"臣受先帝厚恩,殆将三世,名为宰相,其实朱氏老奴耳!事陛下,献言莫非尽忠,陛下不肯早图,致有今日,纵使陈平更生,诸葛复出,谁能为陛下计也?臣请先赐一死,不忍见宗庙丧亡。"因与梁王恸哭一场。城中尚有控鹤军

---

① 狻猊(suān ní)——传说中的一种猛兽。

第四十三回　李嗣源据守大梁

数千，朱珪请率之出战，梁王不从，乃命王瓒驱市中百姓，登城守御。比及五日，唐兵打入大梁。梁王疑诸兄弟乘危谋乱，尽行杀之，至是梁之众臣，各怀愤怒，遂将朱友从绑出城来，为唐乱兵所杀。

当日，大唐众王子商议，皆言李存勖是晋王嫡子，志气远大，英雄无敌，当应天顺人以承大统，众人共立为帝。是日即位，称号后唐庄宗皇帝，改元为同光元年，大赦天下。时张全义请迁都洛阳，唐主从之。封冯道为左右仆射，封李嗣源为行兵大总管，封郭崇韬为侍中。崇韬深有谋略，辅佐唐主以成帝业，至是权兼内外，谋猷①规益，竭忠无隐，拈引人物，他相受成而已。

却说唐主自灭梁后，溺于酒色，专事音乐，或时自傅粉墨，与优人②共戏于庭，优名谓之李天下。尝自呼曰："李天下！李天下！"言尚未绝，只见一人向前批其颊曰："理(李)天下只一人，尚谁呼耶？"唐主视之，乃是一优人，姓敬名新磨，此人善于音律，尤精歌舞，甚得帝所钟爱，至是如此戏之。当时，诸乐人出入宫掖③，侮弄缙绅④，群臣疾愤，莫敢出言。亦有交相附托，纳贿以干恩泽者，蠹政⑤害人，恣为逸慝⑥。且疏忌宿将，不恤军士。数出游畋⑦，蹂践民间五谷，上下恣怨。

时有魏博将守瓦桥，留屯贝州，赵在礼据守邺城，遂谋作乱。唐主遣李嗣源率兵五万讨之。嗣源领命去讫，星夜到邺都扎了营寨。嗣源下令，命众军准备，次早进兵攻城。是夜，"从马直"指挥使部下军士张破败作乱，率众大噪，杀都将，焚营寨。比及平明，众兵各各持枪带剑，围逼中军。嗣源厉声叱而问曰："你众人欲何所为？"众军齐声答曰："吾等从主上十有余年，百战以得天下。今主上弃恩任威，且云克城之后，当尽坑魏博之军。我辈初无叛心，但畏死耳。今众议欲与城中合势，击退诸道之军，请主上帝于河南，令公帝于河北，以为军民之主。"嗣源曰："汝等是何言

---

① 谋猷（yóu）——计划；谋划。
② 优人——旧时称演戏的人。
③ 宫掖（yè）——帝王的宫室。
④ 缙绅——古代称有官职的或做过官的人。
⑤ 蠹（dù）政——腐蚀社稷。蠹，蠹虫。
⑥ 慝（tè）——邪恶。
⑦ 游畋——打猎。

乎？"因泣下以谕众军士。军士于是厉声一呼，左右相从，即共拥嗣源入城。城中军士不受，城外众军挺枪混战，内外皆溃，嗣源诈言，方得出城。即欲招兵，以攻为乱者，安重诲曰："不可，公既为元帅，不幸为凶人所劫，安可以攻之？不如星夜诣阙，以见天子，庶可自明，此弭乱之计也。"

嗣源听言，即日结束，南奔相州。正值李绍荣在唐主面前进献谗言，奏嗣源在邺城已叛，自立为帝。唐主信之。比及嗣源上表诉明其事，又为绍荣所遏，不能上达，嗣源由是疑惧。石敬瑭谓嗣源曰："夫事成于果决，而败于犹豫，安有上将与叛卒入城，他日得保无恙乎？今日事势如此，早宜决计。吾观大梁，乃天下都会之所，愿先取之，始可全身无事，此为上策也。"康义诚亦曰："今主上无道，军民怨望，公若从众则生，守节则死。"嗣源曰："吾亦知如此，恐招不义之名。"乃令安重诲移檄会兵，于是军声大振，遂以石敬瑭为先锋，李从珂为都总兵，引兵径入大梁。

此时李绍荣请唐主幸关东，召谕中原，唐主从之。及至万胜镇，闻嗣源已据大梁，诸军离叛，神色沮丧，乃登高叹曰："吾不济矣！"即命旋师，径回洛阳。当日，与群臣正在商议御乱之策，忽闻禁中喊声大举，杀气冲天。唐主问是何处喧闹。近臣奏称："'从马直'指挥使、伶人郭从谦率所部兵，攻兴教门。"唐主听得大惊，急召救援。时朱守殷将骑兵在外，召之不至。唐主亲自率卫兵击之，乱兵四散，各自奔出门外。唐主乃引兵憩息于茂林之下，未及半刻，乱兵已烧兴教门，一拥而入。此时近臣宿将，皆解甲逃躲，独有指挥使李彦卿、军校何福进、王全斌十余人力战拒敌。俄而唐主为流矢所中，须臾而殂①，彦卿等恸哭一回，不顾而去，左右皆从。伶人善友敛乐器覆帝尸而焚之。刘皇后见唐主已死，遂收拾金宝包裹数囊，系于鞍轿之上，与申王存渥及李绍荣焚嘉庆殿出奔去了。朱守殷领兵入宫，领宫人三十余个纳于其家，于是诸军大掠一番。是日，李嗣源至罂子谷，闻之大哭，谓诸将曰："主上素为群小蔽惑，致有此失。吾今将安归乎？"逸狂诗曰：

  灭梁继统后唐兴，何事庄宗政不明？
  信任奸邪耽酒色，偏贪音乐宠优人。
  迁都恣怨荒朝政，畋猎游观扰庶民。

---

① 殂（cú）——死亡。

自取乱亡何足惜,彦卿恸哭亦虚情。

第四十四回

唐明宗焚香祝圣

当日嗣源乃入洛阳,止于私第。禁止焚掠,得庄宗之骨于灰烬之中,以帝王礼殡之。文武百官三上笺请嗣源监国,嗣源乃泣诉于庄宗柩前,遂即皇帝位,称号明宗皇帝,改元天成元年,立淑妃曹氏为皇后,立子李从厚为太子;封冯道为平章事,封婿石敬瑭为六都卫副使,封郭从谦为景州刺史。从谦既至景州,唐主遣使诛之,夷其三族,以从谦叛庄宗之故也。

却说唐主自即位以来,年已六十,每夕于宫中焚香祝天曰:"某本胡人,因天下扰乱,为众所推。愿天早生圣人,为生民主。"初无为帝之心,遭时多艰,邂逅得国。莅政①之初,内无声色,外无游畋,不任宦官,废藏库之财,赏廉吏,治赃蠹,虽不知书,而所行暗合于道。年谷屡登,兵革罕用,较于五代,名为小康。

是年长兴四年秋八月,唐主染疾甚重。秦王从荣入内问疾,唐主低头不语。从荣见唐主病势已危,遂抽身出外。行不数步,只听得后面哭声震外,从荣疑是唐主殂了。恐不得为嗣,次日遂称疾不朝,密与其党设谋,欲带兵入侍,先制伏权臣。乃遣都押牙马处钧谓朱弘昭、冯赟曰:"吾欲率牙兵入宫中侍疾,且备非常。"二人曰:"主上万岁之后,大王宜竭心忠孝,不可妄信浮言,妄行非为之事。"处钧将二人之言,回告从荣。从荣大怒,复遣处钧再往谓曰:"公辈殊不惧夷家灭族耶?何敢以言拒我?"二人患之,遂先入告王淑妃。淑妃大惊,急召孟汉琼、康义诚商议拒王之计。义诚等面面相觑,竟无一策。

当日从荣率步骑千人,陈于天津桥。先遣马处钧至冯赟私宅,谓之曰:"吾今日领兵决入,公等存亡祸福,只在须臾之间耳!"赟听之大惊,乃

---

① 莅(lì)政——继位。

驰入右掖门,来见弘昭、义诚、汉琼及三司使孙岳。冯赟谓义诚曰:"公勿以儿在秦府,左右顾望。主上拔擢吾等,自布衣列至将相,苟使秦王兵得入此门,置主上于何地乎?"义诚默然无语。

数人正在商议,未及半晌,忽见监门将士来报,秦王率兵已至端门矣。汉琼听言,拂衣便起,趋入殿门。弘昭与赟随之,义诚此时不得已,亦随之。汉琼见唐主曰:"今从荣作反,欲谋为帝,率兵攻打端门,乞陛下圣裁早为定计。"此时唐主昏晕在榻,不能言语。久之,乃以手指天,徐徐泣下,谓义诚曰:"卿自处置,勿惊百姓。"控鹤指挥使李重吉,从珂之子也,时侍于侧。唐主曰:"我与汝父,亲冒矢石,出万死于一生,以定天下。从荣辈有什么功劳,今乃为人所诱,为此悖逆之事乎?以今之计,当呼汝父,授以兵柄。"重吉听言,即率控鹤军守宫门。汉琼遂召马军指挥使朱洪宾,使五百骑将,共讨从荣。从荣见内兵已动,其势浩大,不敢交战,即走回府。僚佐惊惧,尽皆逃遁。牙兵溃去,皇城使安从益力斩从荣并其子,以献唐主。唐主骇然,大叫一声,昏厥久之,左右急救,半晌方醒。宫人复进汤药,由是疾愈沉重。时从荣一子尚幼,养在宫中,诸将欲除之,并灭余党,以绝后患。唐王泣曰:"此子何罪,苦欲杀之!"诸将力赞,唐主不得已,竟至典刑。冯道曰:"从荣所亲者,高辇、刘陟、王说而已,今数人已死,自非与之同谋,岂得一切诛之?"于是遂止。时宋王从厚为天雄节度使,众臣会议,遣孟汉琼召之。唐主乃召冯道听诏,嘱以后事。唐主遂崩,年六十九岁,时长兴四年也。史官评曰:

> 明宗美善颇多,过亦不至于甚,求诸汉、唐之间,盖亦贤主也。观其内无声色,外无游畋,不任宦官,废内藏库,四方贡物,悉归之有司,褒赏廉吏,严治贪墨。虽四方未平,而中土绥靖①,享屡丰之报。若辅佐得人,过举当又少矣。其焚香祝天之言,发于诚心。天既厌乱,遂生圣人。用是观之,武丁恭默思道,梦得傅说,周公纳策金縢,武王疾瘳②,天人交感之理不可诬矣!

凡在位天成四年,长兴四年,共八年。后人有诗赞曰:

> 明宗五代美贤君,诚意祈天产圣人。

---

① 绥靖(suí jìng)——保持地方平静。
② 疾瘳(chōu)——病愈。

宋祖应期生甲马,天人交感理斯明。
逸狂有诗赞曰:
　　明宗御极本天成,泣诉庄灵发至诚。
　　外戒游观安社稷,内无声色肃宫廷。
　　亲贤惩蠹褒廉吏,寡过修身几太平。
　　五谷丰登民乐业,汉唐贤主不多称。

第四十五回
潞王夺位登天下

　　却说明宗既崩,平章事冯道秉政,迎立明宗次子从厚登基,称号闵帝,大赦,改元为应顺元年,葬明宗于徽陵。时潞王从珂知从厚即位,遂举兵反于凤翔。兵势甚锐,人莫敢当。唐主遣兵讨之,官兵莫敢与敌,望见而降。潞王执西京留守王思同杀之,长驱至洛阳。闵帝开门出奔。未及数月,潞王即位。从珂本姓王氏,明宗之养子也。少从明宗征伐有功,甚得众心,朝廷用事者每忌之。初从珂镇凤翔,闵帝命移镇河东。将佐以为移镇必尢全埋,乃移檄邻道,起兵入清河去了。至是从珂至陕,诸将佐康义诚等皆来投降。及入洛阳,宰相冯道率百官相迎,遂即帝位,称号废帝,改元清泰。此时闵帝奔于卫州,废帝遣王峦赍送鸩酒,闵帝觉而不饮,王峦使将士缢死闵帝。

　　当时废帝与众臣商议备御之策,冯道奏曰:"三关重地,夷人出入之所,必须得人把守,方保无虞。"废帝曰:"朕封石敬瑭为六军诸卫副使,与桑维翰、刘知远、赵莹、柴研带领五万人马,前去把守。"却说石敬瑭本是西夷臬捩①鸡之子,隶于明宗帐下,号左射军。尝脱明宗于危急之中,因有异相,于是明宗以女永宁公主嫁之。当日敬瑭领旨,径入木樨宫与公主辞别。次日遂带人马,径上三关把守去讫。

---

①　臬捩(niè liè)。

却说废帝正宫张皇后，乃勾栏①之女。明宗长兴年间，废帝为潞王时，游于柳巷，见此女虽落风尘，美而且贤，可以奉箕帚，遂纳之。及即帝位，立为皇后。清泰三年元旦之日，废帝大会文武于廷，朝贺已毕，赐群臣宴罢回宫。永宁公主至帝前贺寿，酒罢，公主奏曰："今皇上接统御极，福布八荒，百姓讴歌，士民乐业。唯臣妾久留木樨宫，不得与石驸马相见。望皇兄垂念同胞之情，放妾回晋阳，与驸马一面，此隆恩也。"言罢，满眼流泪。帝因酒醉，乃曰："在此宫中有什么亏你？只思归晋阳，欲与石郎同谋作反耶？"公主泣奏曰："妾岂有此心？石驸马亦非反臣。"帝佯笑曰："朕戏言耳！贤妹可往朝阳宫见你嫂嫂，以尽人臣之礼。"公主领诺。

原来公主素轻张后出身微贱，当日领旨，无奈只得进宫。宫人报知，果然张后又恃至尊，妄自尊大，乃佯为不知，无人迎接。公主立在宫前半日，不见动静，愤然发怒，抢门而入。见张后端坐不动，公主正色责之曰："汝乃何等人出身，敢如此无礼？失了国家礼体。吾立了半日，既无宫娥来接，进得宫来，复又端坐不动，是何礼也？"张后曰："汝出言不逊，合得什么罪？以家法论之，吾嫂也，汝姑也。以国法论之，吾皇后也，汝臣也。入而不拜，自失其礼，尚敢责人失礼乎？"公主曰："我乃明宗皇帝之女，当今之妹，金枝玉叶。汝是一介烟花之妓，以君后压我国姑乎？若非吾夫把守三关严紧，使外夷不敢侵犯，吾兄安得坐享太平？汝亦安得为皇后也？"张后曰："汝不闻古人云：一岁为君百岁奴，汝夫虽有汗马之劳，受朝廷重禄，即朝廷之奴隶。汝虽皇妹，亦宫中使唤之人，焉敢在此夸口！"公主听罢大怒，即挺金笏②向前欲打张后。张后忙赔笑脸，喜气相迎，徐谓公主曰："望国姑暂息雷威，念贱妾小可之辈，见识欠远，凡事望国姑容恕。前言特戏之耳！"公主于是掷笏在地，怒气稍息。日色已晚，二人各自退回。

却说废帝还宫，一班宫娥皆来迎接，宫内侍宴。酒至数巡，只见张后泣而诉曰："念妾身乃烟花之女，蒙陛下不鄙，使贱妾得侍巾栉，一旦位居正宫，兢兢业业，未尝敢行非礼之事，满朝文武，称得贤助。不想皇姑今日

---

① 勾栏——宋元时称演出杂剧、百戏的场所，后来指妓院。
② 金笏(hù)——古代君臣在朝廷上相见时手中所拿的狭长板子，用玉、象牙或竹制成，上面可以记事。

领旨朝贺，不行君臣之礼，反出不逊之言，秽骂百端，又欲持笏打妾。贱妾固不足惜，毁及至尊，岂人臣之礼乎？"废帝曰："朕妹自幼曾习经史，从来知礼，安有此悖逆之事乎？"张后曰："陛下不信，现有宫人在此为证。若非妾赔笑脸，险被金笏所击。其欺妾一事，即欺陛下也。"要知废帝如何发落，且看下回分解。

第四十六回

石敬瑭反下三关

　　当日废帝被张后花言巧语，冒奏一遍，心中大怒，便遣宫娥去宣公主到来，不由分诉，即时送入冷宫，监禁一月，受了无限苦楚，不在话下。却说公主囚禁在冷宫中，悲啼自诉，饮食俱废，形容憔悴。只有一宫娥，原是冯丞相侍女，名李玉英，在冷宫服侍，见公主忧愁，以好言宽解。公主道："我夫石驸马镇守河东，怎知我受此折磨，若有人传此消息与他知道，统领人马到京，将这贱人碎尸万段，方雪此恨。"道罢，忽见一只燕子飞到梁间。公主遂吟一诗云：
　　　　夫君难见面，忽睹双飞燕。飞燕识人情，来此深宫院。
　　　　谁知一种愁，缕结凄凉怨。传将边塞人，管取狼烟现。
公主吟毕，李玉英将此诗抄写传送冯丞相。丞相一见，惊曰："这几日主上未曾设朝，那知有此事！"吩咐宫人带话拜见公主："待驾设朝之日，奏准迎还，勿用忧煎。"宫人回话去了不题。
　　次日，废帝升殿，时当清明佳节，大会群臣夜宴，共议治平之事。见西北方一颗星，其大如斗，从天飞过东南，流光灿烂。又有一星，正照东南，其色煌煌，如欲坠地。废帝大惊，急问众臣。宰相冯道奏曰："臣前者算今年罡星在于洛阳，不利于国，又见太白星经天，过午不散，请陛下谨防之。"废帝慌问其故，冯道曰："永宁公主乃陛下之妹也，只因小节，陛下不审虚实，忘了金枝玉叶，即便监禁冷宫，受尽苦楚。今驸马石敬瑭把守三关，雄兵猛将极多，若知此事，领兵前来报仇，谁人可敌？今日此星，正应在此人身上，为祸不小，请陛下详之。"废帝曰："何以解之？"道曰："此事极易，万无一失。陛下即将公主苏放，称言前日之故，皆因酒失，乃赐金帛，待以至亲之情，虽抱愤恨，安能加害陛下？此安社稷之计也。"废帝曰："卿所奏，诚金石之论也。"

当日废帝悉从冯道之议，公主遂得苏放。归至木樨宫中，自言："主上信此贱妇之言，疏恩绝义，使我冷宫受苦，今虽见放，此恨怎消？谁肯往三关报知驸马，引兵来京报仇，吾之愿也。"言未尽，只见小卒应声出曰："秦涉也，愿往三关报与驸马。"公主曰："但恐反误事。"涉曰："吾自有计以报，公主不必挂虑。"于是公主即修血书一封，付与秦涉。秦涉领书，结束上马，径到河东三关之下。未敢擅入辕门，但见：

> 兵雄马壮，石驸马正坐中军。左边列四十二员出征勇将，右边列三十六员参赞官僚。帐前戈戟森森，阶下三军整整。本官头顶束发紫金冠，身穿大红绣鸾袍，腰系金镶白玉带，脚踹粉底皂朝靴。正是威风凛凛，果然相貌堂堂。

有诗为证：

> 沙陀顿产栋梁材，紫气红光映玉台。
> 龙虎谋臣阶下立，貔貅战士帐前排。
> 三封诰敕分南省，两镇声名重九垓。
> 接受唐王为帝子，晋王兵马逼将来。

当日石敬瑭正升帐中，与桑维翰、刘知远、赵莹、柴研众将同守三关，操练人马，号令严肃，众将正在关上议事。忽报秦涉自都下来，敬瑭召入问之，涉答云："公主因元旦朝贺，被张后疏慢，二人面殴一番。不意张后阴献谗言，主上大怒，将公主监禁冷宫受苦，后得冯丞相奏过，方才得免。特遣小卒奉书驰报，请将军察之。"怀中取出书呈上。敬瑭接了拆开视之，却是一纸血书，大惊，其书云：

> 妾李氏公主，书达夫君石驸马将军麾下。爰从适配，实为万幸，一旦分离，忧愁并积，虽宫中膏粱轻暖，难禁情有所思。适今正月，值皇兄寿诞，称觞已罢，奏归晋阳，以谐琴瑟。不意皇兄顿生多疑，恐妾回晋阳与夫君谋异，不允所奏，发归后宫。遇张后之谗，蛊惑皇兄，将妾幽禁冷宫，四十余日，饮食俱废，更欲置妾于死地。幸得丞相冯道力救，方免其祸。妾今度日如年，每遇穷檐夜雨，衰草凄风，但有凝望眼穿肠断，壁灯半灭，泪尽眼枯。血

第四十六回 石敬瑭反下三关

书到日,早作良图,倘若来迟,则妾为阳台不归之云也。临岐凄断,不知所云。妾李氏再拜。"

敬瑭看罢公主来书,顿足大怒曰:"昏君贱妇,敢如此无礼,誓必杀之,以雪吾耻!汝且回避,待吾商议起兵。"秦涉自去营中安歇。敬瑭与刘知远议曰:"公主无辜受苦,此仇如何可报?"远曰:"明公久得士卒之心,今据形胜之地,士马精强,若兴兵传檄,帝业可成。岂可坐视而忍辱乎?"敬瑭曰:"汝言深合吾意,但恐谋事不成,反招祸害。"桑维翰曰:"主上即位之初,明公入朝,主上岂不知蛟龙不可纵之深渊耶?然卒以河东三关令明公把守,此乃天意假公以利器也。明宗遗爱在人,主上以庶蘖伐之,群情不附。况公乃明宗之爱婿,今主上逆情见待,此非首谢可免,但力为自全之计,契丹主素与明宗约为兄弟,公诚能推心屈节以事之,朝呼夕至,何患不成?"敬瑭之意遂决,即令桑维翰写表称臣于契丹,且请以父礼事之。如事成之日,割卢龙一道及雁门关以北诸州与之。刘知远曰:"称臣可矣,以父事之太过。厚以金帛贿之,便足以致其兵,不必许以土地。今契丹引兵相助,得暂解目下之急,恐异日大为中国之患,悔无及矣。"敬瑭终不肯从。先儒读史至此有诗曰:

中国须教中国治,卢龙岂可属夷人?

尺一只因轻约誓,诸州从此入沉沦。

却将礼乐冠裳地,货作侏僡①鴃舌②伦。

读史至今遗怅恨,令人切齿怒庸臣。

却说使臣赍表至契丹,契丹主见表大喜,即遣慕容韬为元帅,领兵五万前来相助。当日敬瑭与众商议:"今我约会起兵,其势甚大,报仇必矣。倘废帝探知,先将公主害了,如何是好?"赵莹曰:"且宜按兵勿动,先遣一人,密里前去,将公主接出宫中,离了东京,方好行事。"桑维翰曰:"吾帐下一人,堪任此事。"敬瑭曰:"此人是谁?"维翰曰:"此人少不负囊,长而有勇,身长八尺,乃赵州人也,复姓宇文名涣。"敬瑭大喜曰:"吾闻此人之名久矣,得彼前去,大遂吾愿。"即修书一纸封好,便遣宇文涣前去。

涣领军令,星夜驰奔东京,径入木樨宫来见永宁公主。侍妾报曰:

---

① 侏僡——指古代我国西部少数民族的音乐。

② 鴃(jué)舌——比喻语言难懂,如鴃鸟的叫声一样。

"三关有使来见。"公主唤入,细问其故。涣告曰:"某乃小卒宇文涣也,驸马欲报公主冷宫之恨,起兵十万,离了三关,杀奔京城。恐公主遭难,差某先来报知,早为脱身之计。今晚结束,便好上马,迟则误事。今有密书呈上。"公主拆开视之,书云:

> 拙夫驸马石敬瑭,致书于公主贤妻知道。即日兵临潼关口处,指日便到京城。诚恐不利于公主,不敢遽进,先遣宇文涣报知,速作脱身,离了京城。吾随后领兵前来,迎接到营,然后举事,方保万全。善觑方便,伏乞裁处。

公主览毕,"果有此事,你且暂退,我自有道理"。宇文涣着意催并一番而出。公主入见宫人韩月娥,暗暗垂泪。月娥曰:"公主何故烦恼?"公主曰:"念我在冷宫受苦之时,无计得脱,望空许下观音醮一坛,得至本宫,即便酬还。今已脱难,未了此愿,使吾悒怏①不已。"月娥曰:"休得瞒我,我已知道了。宇文涣报你驸马反下三关,欲接你去,故托此意。"公主惊曰:"汝既知此事,吾安敢瞒?实无奇计离此,因此烦恼。"月娥曰:"我有一计,离此不难。"公主请问其计,月娥曰:"明早你当殿苦奏,酬愿出宫,吾同公主前去便是。"公主曰:"若如此,生死难忘,切勿漏泄。"二人商议已定,公主便唤宇文涣吩咐云:"你先出城于官道边等候,吾推还愿,与宫人月娥同行。"宇文涣曰:"公主自宜仔细,勿误主帅之计。"

次日废帝升殿,众官拜舞已毕,永宁公主伏于阙下,奏言:"只为元旦朝贺,与皇嫂相争拜见之礼,触怒龙颜,致被监禁冷宫受苦。当时暗思无计可脱,对天曾许观音醮一坛,已蒙圣恩赦出,理宜酬还。望陛下以慈悲为本,念兄妹之情,赐小妹往金莲观酬还此愿,小妹之幸也。"废帝许之,公主拜谢出朝。随即上了彩车,一班宫人侍女跟定出城,与宇文涣相会,五百军士,前遮后拥,离了洛阳,趱程而去。有诗为证:

> 一兄一妹不相容,听信谗言道不通。
> 不是石郎来阃外②,戈矛原自起深宫。

当日文武皆散,比及报道公主与宫娥逃去之时,已是三日。废帝听得走了公主,慌集众文武商议。冯道曰:"此必三关有人来此,暗通消息。既已

---

① 悒(yì)怏——忧愁不安。
② 阃(kǔn)外——城门之外。

接去公主,早晚必生祸乱,可急追之。"未知后事如何,且听下回分解。

第四十七回

废帝遣将追公主

却说废帝听得冯道所奏,遂大惊慌,便差梁刚、伍亮选五百精壮人马,无分昼夜,务要赶上拿回。二将领命去了。废帝愤怒转加,深恨公主差人书报三关。廖武曰:"陛下虽有冲天之愤,臣料梁刚、伍亮必追公主不来。公主自幼曾习武事,严毅刚正,众皆惧之。他既然有心上三关,那追赶将士若见公主,决然不敢下手。"废帝大怒,擎所佩剑唤慕容迁、朱弘昭听令:"汝二人将这口剑去取公主头来,违令者斩之。"二人随后点一千马军赶来。

却说公主加鞭纵辔,催趱而行,来到定嘉界口。望见背后尘头起处,众军报道,追兵至矣。宇文涣慌问公主曰:"追兵已至,如之奈何?"公主曰:"众军先行,吾当断后。"于是麾众人推车直出,卷其车帷,自喝梁刚、伍亮曰:"汝二人欲造反耶?"梁、伍二将慌忙下马,尽弃军器,俯伏车前诉曰:"安敢造反?为奉主上敕旨,领兵请公主还宫。"公主怒曰:"汝二匹夫果欲造反!朝廷不曾亏负于汝,石驸马是我夫主,把守三关,我已奏过主上,还愿已毕,许我上三关见夫。又不是私奔,你两个于山僻去处,引着军马追至,意欲劫我财物耶?"梁刚、伍亮喏喏连声,口称不敢,"请公主息怒,不干小将之事,乃是朝廷之命"。公主叱曰:"朝廷杀得你,偏我杀你不得?"把二将千匹夫、万匹夫骂不住口,喝令推车前进。二人自思:"我等本是臣下之臣,如何敢抗公主言语?"只得把军士喝开,放他过去。

才去不上五六里,只见背后慕容迁、朱弘昭赶到。梁刚、伍亮把却才言语说了一遍,慕容迁、朱弘昭二将曰:"你放差了。我二人奉朝廷旨意,特来追捉他。"四将合兵一处赶来。却说公主才脱得此难,正行之间,背后喊声又起,军马纷纷赶来。宇文涣又告公主曰:"后面追兵复来,如之奈何?"公主曰:"众人先行,我自挡住后路。"于是五百骑纵马先行,宇文涣上马立于车旁。四将追至,见了公主,只得下马叉手而立。公主曰:

"汝二人来此何干？"二将答曰："奉主上敕旨,特来请公主还宫。"公主正色骂曰："都是你这伙匹夫,间谋我兄妹不睦。我已奏过主上,还愿寻夫,又不是私奔,今日谁敢阻挡？你四人倚仗兵威,特来中途害我乎？"正话间,只见前面一声炮响,山林内一队生力军杀出,为首一员大将,北平人也,姓赵名莹。四将见有准备,回马便走。赵莹领兵赶来,杀得唐兵大败,四散奔走。原来石敬瑭预先埋伏赵莹一支军马在此接应,唐兵一击而散,丧折甚多。赵莹收兵,护着公主与宫娥车马,齐上三关去讫。

却说石敬瑭接见永宁公主,夫妇不胜欣喜。当日便命赵莹为先锋,刘知远为副将,反下三关。大军依期而进,又有契丹主差将慕容韬引兵相助,于是水陆并进,声势浩大。前军已至陕界潼关下,张雄、韩虎正坐,报河东三关石敬瑭索战。张雄与韩虎商议退敌之策,韩虎说："下官去见阵一遭。"披挂上马,领兵出关,问来将何人。敬瑭曰："吾乃河东节度使、镇守三关、兼天下兵马大元帅石敬瑭,发兵要上京城,伐无道昏君。下马归顺,免尔一死。"韩虎大怒,拍马挺枪便刺,比手三合,被石敬瑭一枪戮下马而死。砍军一半,众将乘势杀上潼关。

张雄听得韩虎失手,寻一匹快马,跑上京城。进朝阳殿,望驾叩头奏曰："三关反了石敬瑭,人马杀到潼关,韩虎战死。抢了潼关,大军随后已到京城。"帝闻奏大惊,问左右文武官曰："敬瑭反入京城,何以退之？"诸将皆默然。忽一少年将军突然而出曰："臣愿领兵活擒敬瑭。"众闻之大惊,此人非别,乃高思继长子高行周是也。废帝曰："奈尔年幼,必得一人副之方可前往。"忽又一将进曰："臣愿同破石敬瑭。"众视之,乃绍陵人也,姓郝名守敬。废帝大喜,即点兵五万,命二将出师,就拜高行周为行兵总管,郝守敬为副管,即日进兵。

哨马回报,敬瑭之兵前队已到武陵下寨。行周亦催兵前到武陵,前后分作二寨。当日诸将谓石敬瑭曰："唐朝遣高行周、郝守敬为将,扎住武陵界口,请主将发兵拒敌。"敬瑭怒曰："谅此乳臭孩子,岂能为将与我交战？"赵莹曰："既废帝命孩子为将,某请擒之。"敬瑭曰："汝可用心为我擒来。"赵莹拜辞欲行,刘知远曰："既赵先锋要去出阵,小将亦愿同行。"敬瑭许之。二将即日领兵前进不题。

却说高行周探知敬瑭之兵至近,遂拔二寨之兵齐起,列于武陵山下。敬瑭之兵出马,漫山塞野,金鼓喧天。两阵对圆,高行周引郝守敬并副将李超出马，立于阵前。遥望对阵中，拥出一队红旗，于中两员上将，银盔银甲，骏马红袍。左边赵莹持开山月斧，右手刘知远手挺安汉刀，两匹马左右驰骤。知远扬声大骂曰："高行周竖子，死限临头，犹敢拒敌天兵耶？"行周亦骂曰："谅汝敬瑭乃匈奴鼠辈，你不过一牧马饿夫，如何擅敢反下三关加兵于此，自送其死耶？"知远大怒，跃马抡刀，直取行周，行周挺枪来迎，二人战上五十余合，不分胜负。赵莹挺枪跃马，便来夹攻。行周败走，赵、刘二将杀入唐兵阵中。敬瑭与柴研驱兵掩击，郝守敬跃马当先挥刀来迎，正遇敬瑭，未及一合，被敬瑭刺于马下。李超见刺死守敬，愤怒愈加，跃马来迎，又被敬瑭枪挑落马。当日敬瑭在阵，往来冲突，如入无人之境。敬瑭军马大至，杀得唐兵死者无数。此时高行周折了二将，势孤力穷，落荒逃去。

却说赵、刘二将请敬瑭商议云："如今高行周兵败将亡，可乘虚劫寨，则唐兵锐气尽挫，不敢复来拒敌矣。"知远曰："高行周虽然折了许多兵将，南军甚众，请俟明日用计擒之。"次日，高行周又引军来与知远交战，战上一百余合，知远诈败，行周后面赶来，被知远用拖刀计斩之。石敬瑭鞭梢一指，大队人马一起掩杀，各路埋伏军马同时杀进。各要争功，无不以一当百，杀得尸横遍野，血流成河。且看后面如何分解。

第四十八回

契丹遣兵助敬瑭

此时史建瑭正在营中养病，听得敬瑭军马大至，且杀伤许多名将，急披挂上马，正遇一队番兵拥至，为首主将乃契丹主伽离陀。怎生打扮？但见：

金盔雉尾紫缨飘，凤翅双分插凤毫。甲挂龙鳞金锁甲，袍披红艳艳红袍，带束狮蛮丝绣带，虎筋筋打虎筋绦。战靴靴踏描金凳，销金铺上绣金销。赤发发边生乱发，黄毛毛内长黄毛。怪眼圆睁睁怪眼，眉如铁线铁眉毛。古怪中间真古怪，蹊跷里面更蹊跷。

使一把藜蒺铁骨朵,臂悬雕弓一张,腰插雕翎箭十袋。背后皆是北番军马,披发跣足,各使大刀一口。建瑭见番兵势大,不敢交锋,拍马而走,被伽离陀一箭射中其项,带箭夜走,后到黑沙场箭疮迸血而死。后人有诗赞云:

> 五代英雄史建瑭,曾经一战破梁王。
> 循环天运合归晋,可惜将军带箭亡。

此时石敬瑭得契丹之兵,大获全胜。唐兵溃乱,各自逃生。契丹主引兵归虎北口,扎了营寨。敬瑭得唐朝降兵二千余人,刘知远劝敬瑭尽杀之。是夕,敬瑭出见契丹主,礼毕,敬瑭曰:"多感大人军马相助,无恩可报。"契丹主曰:"当得相助,共成大事矣!"敬瑭辞别回营。

次日传令与知远催军直抵洛阳城下。周回四绕,水泄不通,满城军民心寒胆裂,并无一将出敌,日夜惊惶,号哭震天。废帝聚文武商议,冯道曰:"陛下当初轻信张娘娘之言,生此祸端。今公主已转回营去了,朝中那个是敬瑭敌手?为今之计,陛下莫若求和,重赐金帛,高升厚爵,方解此祸。"言未尽,石敬瑭兵到城下索战,当驾官来奏,帝甚慌张,只得依冯道之言,差吏部尚书李安祥奉敕书一道,金银各十车,彩缎十车,出城来到石敬瑭营外伺候。

报朝廷差官来,敬瑭令入见。李安祥行礼罢,敬瑭命坐。安祥起身徐徐曰:"主上闻驸马到,特差下官赍敕一道,封明公河东一派地方官爵,劳军金帛三十车,与明公讲和,免动干戈,以安生灵。"石敬瑭曰:"皇上不念骨肉之情,囚禁公主,听信张后之言,如要吾休兵息马,献出张后,明正其罪,即允其和。如有不然,杀进城中,寸草不留。"李安祥听罢,再不敢开言,即辞了石敬瑭,带原物回城。入朝见帝,将石敬瑭言语奏知。

帝闻失色,对文武商议曰:"石郎不肯退兵,此事如何?"言未尽,闪出一人向前叩头奏曰:"臣愿领兵出马一遭,生擒石敬瑭来。"此人是谁?帝视之,乃国舅张龙。帝曰:"若擒得石郎,卿就袭其职,镇守河东,赐卿御林军十万,名将二员李俊、常继忠,卿惟用心。"张龙披挂上马,领兵出城,布开阵势。石敬瑭匹马当先,喝曰:"来将何人?"张龙答曰:"吾乃国舅张龙是也。石郎早下马受擒,免污吾刀。"敬瑭大怒,拈枪就刺,张龙急架,比手三合,张龙力怯,拨马而走。敬瑭赶上,后心一枪,落马身亡。李俊、常继忠各拈兵器来战,未及展手,突出刘知远,一刀砍李俊于马下。常继忠措手不迭,被石敬瑭伸出猿臂,捉过马来,砍军大半。回营升帐,叫刀斧手押将常继忠斩首,辕门号令。传令三军,火急攻城。

城下鼓声如雷,喊杀连天,传报朝廷,帝慌问国舅见阵如何。当驾官奏道:"张龙领二将出阵,俱被敬瑭杀死,折军大半。今敬瑭人马,攻城甚急,要讨张娘娘。"帝闻报慌张失措。此时,丞相冯道称病不起,帝问谁能出战敬瑭者,加官倍禄。两班文武,低头不语。帝无计,哭回后宫见张后,说:"朕一时不明,囚禁公主,生出此祸。今日国舅出战,已被石郎杀死,攻城甚急,要讨爱卿,此事怎了?"张后奏曰:"陛下不须忧虑,妾有一计,可成大功。京都城郭坚固,一时攻不透,陛下明日领文武登城,面见石郎,与他说妾生一公主,才三日,待停过七日,献来与你。我这里一面密遣使臣,在邻郡求急,令他起兵来救国难。谅大唐天下,岂无一人仗义勤王者乎?延住几日,待各郡兵集,陛下亲帅人马出城,里应外合与决一战,石郎可擒矣。"帝悦曰:"爱卿此计甚妙。"

次日帝同文武到东门城顶敌楼上,令呼石敬瑭说话。敬瑭正督将士攻城,闻帝宣召,领兵到东门城下,立地仰见。帝在楼上问道:"石驸马,朕未曾负卿,卿如何相逼之甚?"石敬瑭奏道:"臣亦不敢负陛下,只献出张后以正国法,臣即退兵。"帝曰:"皇后近日分娩一公主,未满七日。卿既只要张后,以息干戈,权且将人马退去四十里屯扎,待过七日,即献与卿,任卿发落。"石敬瑭曰:"陛下既许七日之后献出张后,臣即退兵四十里外扎营。"

帝见石敬瑭人马退去,暗喜石郎中我张后之计,与文武回朝。帝退入宫,见张后说知石郎退兵之事。张后奏曰:"事不宜迟,陛下作速颁敕于各处告急。"帝即写下十数道告急草敕,差官赍赴各郡去讫不题。且听下回分解。

第四十九回

桑维翰献策取城

却说石敬瑭安营升帐,与众将正议论此事。军师桑维翰向前道:"此乃惑兵之计,延住我军,待救兵到,里应外合来攻,驸马不可不提防。"刘知远道:"张后分娩三日,只问公主,在宫中岂不知曾有孕否? 诡诈可辨矣。"敬瑭曰:"此言有理。"即请公主,问其虚实。公主笑道:"那贱人自来不曾怀孕,今言生产,此诈计也。"石敬瑭亦笑曰:"果不出二人之所料。"乃令公主回后帐,欲领兵复来攻城。桑维翰曰:"攻城急,则城中死守,反难成功。不如将计就计,京城可得。"敬瑭曰:"军师有何妙计?"维翰曰:"城中有故人舒必达,现居排阵使之职。小官修书一封,密令人送去,与他讨回书。里应外合,必成其功。"敬瑭大喜,叫维翰即修书一封,差得当人径送入城,到舒必达处投递。必达将书拆开,看其书云:

　　乡故人桑维翰,端肃书奉贤契舒大人座下。一别风采,又隔数年。不才居石驸马幕下,极蒙擢用,言听计从,情如父子。今举兵入朝,肃清妖孽。剑戟凌空,饮马长河。乾刀磨巨石则缺,以斯制敌,何敌不摧? 以斯攻城,何城不克? 视京都取在旦夕,目宫殿应居眼前。诚恐兵入城阙,玉石不分。我念故人,趁此时正乃立功名取富贵之秋,何不弃无德就有德,早献城门,以图后计。石驸马感公高谊,必显官重爵,岂不美哉? 若待我军成功,虽欲从之,无由矣! 伏乞裁断,早做定夺。

舒必达看书罢,即修下回书,付差人带回营中,呈与敬瑭。拆开看云:

　　乡兄翰示,弟捧诵之,自不觉心神驰于兄幕矣。矧①此时,主上沉湎酒色,上下离心,人无斗志。趁今夜未备而攻之,弟整兵东门以伺。只此回知,伏乞台照不宣。

石敬瑭看书毕,与众将商议进兵,整点火炬。天色将晚,大军离营,挨到城下,已近二更。敬瑭先差人打探城中动静,回报东门内隐隐火起。言未毕,又报东门城已开了。敬瑭听报,当先杀入,只见舒必达立在门边伺候,引着三关人马,一拥进来。喊杀连天,火炬照耀如同白日。四下官军,闻知河东人马入城,各奔逃生走了。敬瑭下令,不许伤百姓,只擒昏君与张后来献,重封官职。众军闻令一起杀入宫中。

却说废帝正与张后在宫中饮酒,听得外面喊声,问今夜如何恁来的喧闹。左右报曰:"我主尚在此饮酒,石敬瑭兵已杀入城,各官都走了。今

---

① 矧(shěn)——况且。

抢入长朝殿,我主快走。"废帝听罢,惊得口呆目痴,大叫:"爱卿,我顾你不得了。大唐天下,想是石郎的。"即将传国玺缚在身上,走去玄武楼中,叫内官下头放起火来,一霎时火势张天,烈焰腾空,可怜一国天子,焚死玄武楼中。同时宫娥彩女被烧死者,不计其数。

天色微明,石敬瑭叫救灭宫中之火,登长朝殿坐下,问驾何在。刘知远说:"驾见我兵入城,走上玄武楼自焚死了。臣在火烬之中,拾得传国玺来献。"石敬瑭大悦曰:"不想头功被你建了。"又问张后走那里去。报宫官捉得张后来了。敬瑭叫拿入跪于阶下。敬瑭一见张后,生得绝色,自忖欲留在后宫,以充己用,遂叫张后:"你因何起妒心,谗害公主,囚禁冷宫?今日拿在此间,有何理说?"张后满眼掉泪道:"非妾敢忌公主,是公主忤皇上旨意,囚禁他。乞驸马赦妾之死,放归原籍,不愿居宫中也。"石敬瑭未决,倒有留恋之意。殿前闪过刘知远,曰:"明公因这人举兵入朝,亲冒矢石,军士劳苦,方得京都。皇上亦因他身死烈火之中。今若复留此人,久后为祸不小,速正其罪,以明国典。"石敬瑭尚自不忍舍,桑维翰也不待出令,叫刀斧手押去法场。不移时,斩讫回报。后人有诗为证:

立娼为后败纲常,姑嫂相戕①惹祸殃。
败国亡家皆女子,古今垂鉴细思量。

第 五 十 回

石敬瑭洛阳即位

却说敬瑭见杀了张后,回嗔作喜曰:"杀得好!"公主来到,敬瑭接入,问公主出宫有何事说。公主道:"妾当初在冷宫之时,多得李玉英扶持,故今日得与驸马聚首,皆此人之功,乞驸马当报其恩。"石敬瑭即令宫中寻访李玉英,左右报玉英因军乱入城,走在冯丞相府里去了。敬瑭差人寻得玉英来,赐他珠冠,与公主同享富贵不题。

次日石敬瑭聚集旧时文武,在长朝殿商议,欲访唐室子孙,迎来接位。

---

① 戕(qiāng)——杀害。

舒必达厉声曰："大唐已无后矣，天运当属明公，今日就理国事，何必更访迎他人？"敬瑭再三推让，不肯自立。契丹主谓敬瑭曰："吾不惮①三千里远来相助，幸喜仇家已灭，观汝器貌识量，真中原主也。吾欲立汝为天子，汝意若何？"敬瑭曰："皆赖大王之力，愧某无德，敢当此大位？"契丹主曰："不必谦辞，吾意已定。"诸将共劝，敬瑭不能辞，于是契丹主亲作册书，命敬瑭即皇帝位，国号大晋，改元天福，自解衣冠授之。当日敬瑭写立合同文字，先割幽、蓟、瀛、莫、涿、檀、顺、新、妫、儒、武、云、应、寰、朔、蔚十六州付与契丹主，以为报酬之礼，仍许岁纳锦币三十万。契丹主受了文字，遂带人马自归本国不题。

却说敬瑭既送契丹主还国，自称号曰高祖皇帝。朝例法制皆遵明宗旧典，封赵莹为翰林承旨，桑维翰为翰林学士，权知枢密院事，刘知远为侍卫马军都指挥使，客将景延广为步军都指挥使，立永宁公主为皇后，其余文臣武将各各论功升赏。时藩镇多有未服，皆怀忧惧不安，兵火之余，府库惮竭，百姓困穷，而契丹征求无厌。桑维翰劝晋王推诚弃怨，以抚藩镇；卑辞厚礼，以事契丹；训练兵卒，以修武备；劝课农桑，以实仓廪；通商薄税，以丰货财。晋王大喜，嘉纳其言。时天福二年二月，洛阳城中军情告急，信州刺史谢天然表称王延政称帝于闽之建州，国号大殷，置宫立妃，反背朝廷，兴兵侵犯边界，动扰南方。当时晋王命谁出师，且看下回分解。

唐自庄宗至此，凡四主，实三姓，共一十四年，唐遂亡。逸狂有诗断云：

后唐几度扫征尘，四帝相传三姓臣。
祸乱皆因生宠贵，兵权岂可付奸人。

石敬瑭接位，改国为晋，残唐到此，其统绝也。有诗为证：

位立庄宗甲马消，明宗仁德岁丰饶。
石郎兵出潞王死，一统山河属晋朝。

---

① 惮（dàn）——怕。

第五十一回

晋兵智困王延政

　　却说王审知乃光州固始人,王潮之弟也。唐昭宗时,王潮据闽已卒,弟审知封为闽王。审知立延翰为嗣,延翰骄残,暴灭兄弟,被审知养子延禀弑之,而立其弟延钧,更名曰璘。璘又被其臣李仿所弑,而立福王昶为帝。未及数月,昶又为叔曦所弑。曦既立,骄淫苛虐,建州刺史王延政数以书谏之。于是兄弟积相猜忌,治兵相攻,互有胜负。闽粤之间,暴骨盈野。曦立方二十一年,指挥使朱文进谋弑之,而自立。闽人共讨,杀文进傅,首建州。至是,延政乃自称帝,国号曰殷。有平章事潘承佑上书陈十事,大旨言兄弟相攻,荡灭天理,一也;赋敛繁重,力役无节,二也;发民为兵,羁旅愁怨,三也;杨思恭夺人衣食,使怨归于上,四也;疆土狭隘,多置州县,增吏困民,五也;将攻临汀,不忧金陵钱塘乘虚相袭,六也;刮民赀财,逋逃者被刑,七也;征果菜鱼米利,八也;即位未尝与邻通德,九也;宫室无度,荒淫酒色,十也。殷主延政大怒,削去承佑官爵。参军雷友金谏曰:"晋以重爵加封主公,又令镇守边隅,不征钱粮。今若反背,深为不忠。加之刘知远善能用兵,威振华夏,当初唐兵犹自惧之,况主公乎?"延政大怒,将友金推出斩之。乃令大将荀琳、虞淳为先锋,起八闽军马,共得十五万,于路放火劫掠。

　　晋王闻之,即宣刘知远至洛阳商议起兵。此时刘知远在长安,星夜赴洛阳面君。晋王曰:"远宣将军还朝,别无它事,今王延政负义谋反,不可不诛。"知远奏曰:"臣部下马步军五万,足可破王延政矣!"知远举柴研为正先锋,石炖为副先锋。晋王远送出城。大队人马南行,只见旌旗掩日,金鼓喧天,杀奔建州而来。

　　却说哨马飞报王延政,延政略有惧色,即差人求救于吴越。越王先差董铨为先锋,周麟副之,引本部军二万五千,前来迎敌。晋军中,柴研出马,与董铨交锋。战不十合,铨拖枪败走。周麟出马接战,抵敌不过,亦拨马而走。晋兵掩杀前来,越兵大败,退走十五里。小卒报入建州,王延政亲自引二万人马出阵。延政曰:"谁敢出马搦战?"只见部下一将,姓晁名镗,应声而出,前来晋兵营前搦战。

　　刘知远在帐中,听知王延政会合越兵来决大战,乃聚众将商议。张会进曰:"越兵救王延政者,实图利也。"知远曰:"此言甚善。"遂唤副将陈燧、李援引两军去叶坊埋伏;却令柴研、石炖尽伏精兵为后应;先拨一万弱兵,令偏将田芳提领前去诱敌;阵后多载牛马辎重,及赏军之物,四面聚集。当日王延政在军中,晁镗在左,董铨在右,三军更不答话。田芳军马皆弱,抵敌不住,望风便走。三路掩杀,晋兵大乱。放起号炮,陈燧、李援引得两军齐出。随后柴研、石炖大率精兵飞奔而来,势如山倒。刘知远随兵亦引军杀至。王延政大败,奔入建州城。刘知远令军士四面围定,并力攻打。此时越兵退于剑潭,晋兵屯于建邑。张会曰:"今延政虽败,城内军士屯住不出,更有越兵屯在剑潭,为犄角之势。若四面攻打太急,贼必开城死战矣。越兵若来,内外夹攻,吾军必不获利。不如只攻三面,容南门与贼出走,走而击之,可全胜矣!"知远曰:"真妙算也!"于是命柴研撤退南门之兵,只攻东西北三门,各筑低土城,示为久计。

　　却说晋兵攻围日久,建州城中粮尽,人皆相食,众欲杀王延政。延政惊慌,即使其相谢甫献城投降。谢甫来到晋营,知远问曰:"汝来欲何为也?"谢甫告曰:"请将军权退兵三十里,君臣当自缚而降。"知远大怒曰:"反贼辄敢轻吾!"叱左右推出斩之,将首级付予从者,发回见王延政。延政见斩了谢甫,心中大惊,与文武共议出奔。是夜二更,带百骑开南门而走。只见悄无兵士,延政心中暗喜。行不到五更,山头上一声炮响,当先一军摆开,中军刘知远,左柴研,右石炖,大喝:"反贼休走!"王延政见有埋伏,落荒回马。后面喊声又近,左有陈燧,右有李援,更兼田芳军马四面围定,王延政下马受缚。晋兵尽已入城,诛杀延政宗党七十余人。于是出榜安民,令众官分地把守,赏犒三军。八闽悉平,将延政捆赴洛阳面君。晋王赦之,封延政为羽林将军,奉命听调。复又赏犒三军不题。却说流星探马飞报边关告急,不知何处兵马入寇,且听下回分解。

第五十二回

刘知远奉命出师

　　晋高祖皇帝天福三年,镇州安重荣结连并州铁笼山强贼孙飞虎作反,抢掠附近居民,聚兵二十余万,要来寇京都,各处有本到京告急。帝一日设朝,文武奏知此事。汪太史亦奏:"毛头星横于紫微垣,正应镇州分野,主干戈之兆。乞陛下调将诛除,若是迟缓,必有犯阙①之祸。"驾问:"谁人可以领兵征讨此贼?"言未尽,武班中闪过刘知远向前奏曰:"臣虽不才,愿领兵前去征讨。"帝准奏,就加封刘知远为镇南节度使总天下兵马大元帅之职。知远领旨出朝,次日升帐点兵。手下有大将二员,一员姓史名弘肇,郑州荥泽人,生得浓眉大眼,声似洪钟,使一把大刀,重七十余斤,有万夫不当之勇。一员姓郭名威,邢州尧山人,身长九尺,膀阔一围,幼年令人项下刺着雀儿,人皆称为郭雀儿,使一根铁钢矛,上阵如飞。知远见二人英雄,倚为心腹之将。当下点兵有二十万、副将四十员。一声炮响,大势军马出城,望镇州进发。数日行到金井关,知远传令扎下三个大营,左营史弘肇,右营郭威,自居中营。

　　却说守关将一名戴礼,幽州人;一名黄文宝。各使一把大刀,人不敢近,乃是孙飞虎战将。飞虎见二人英雄,令他们把此头关。小军报晋王遣大将刘知远领兵来到。戴礼商议曰:"晋兵来此,不要与他厮杀,关城险固难攻,我与你多设擂木炮石打将去。"黄文宝曰:"晋远兵来疲困,营寨尚未坚固,待小将杀他一阵。"戴礼阻挡不住,文宝领兵冲下关,摆开阵势。晋阵中史弘肇一马当先,喝曰:"来将何人?报名好取首级。"文宝曰:"吾乃守关大将黄文宝。"史弘肇听了姓名,拈刀便砍,文宝急架相迎。战不两合,文宝刀法渐渐乱了,抵敌不住,拨马便走。史弘肇赶上,逼开刀,轻舒猿臂,将文宝擒过来,横担马上,跑回本营,来见知远,叩头道:"小将捉得贼将黄文宝在此。"知远叫将他绑解来,问着肯降么。文宝道:

---

① 犯阙——反抗朝廷。

"元帅留我残生,情愿投降,为帐前一小卒。"知远饶了文宝,收为裨①将不题。却说文宝败兵走上关,报道文宝被晋兵拿去了。戴礼曰:"文宝不听吾言,自取其祸。"传令关上,多设炮石弩箭,山僻处砍伐树木,塞断小路,再差人往镇州求救兵相助不题。

却说刘知远令史弘肇率兵攻关,关上炮石弩箭飞蝗下来,人不敢近,打伤人马,回报知远。知远叫文宝商议道:"此关还有别路通得镇州么?"文宝说:"只有两条路近,北山可通镇州。铁笼山只恐将树木塞断,不能前进。"知远问文宝有何计过得此关。文宝曰:"守关将戴礼颇有机谋,若只有攻关,一年也过不得,除非用诈降之计,里应外合,方能成功。"知远曰:"我意欲你行此计如何?"文宝道:"蒙元帅不杀之恩,小将愿往见戴礼,说他今夜来劫营,元帅埋伏兵马,接应取关。"道罢即披挂上马,引原降步兵二十余人,径奔上关。看他此计可成?且听下回分解。

第五十三回
文宝赚关杀戴礼

却说黄文宝受计,遂引人马行至关下,已是黄昏时候,大叫开关。军人在敌楼上认得是黄文宝,报知戴礼。礼道:"夜间难认真假,且莫开关。"又报文宝走脱晋营,有机密事说。戴礼乃自引众人来关上看,果是文宝,戴礼令人开关放入。黄文宝进帐中见戴礼,羞愧道:"不听公之言,被他拿去,权时顺降,欲乘便烧营,未得机会。今听得京城报来,晋主病重,要召回刘知远商议国事。晋营得此消息,人各收拾,准备起程,不甚提防,被我偷得一匹马脱身归。趁晋兵归心已乱,人无斗志,今夜我与兄统领军马,劫他营寨,必成其功。"戴礼道:"只恐是晋人之计。"文宝曰:"小弟亲听得此消息,有何计哉?我部兵先行,兄急随后救应。"戴礼依其说,传令拔寨起行劫营。

却说刘知远令史弘肇领五千兵埋伏关下,等他兵一出,即乘势杀入夺

---

① 裨(pí)——辅佐的;副。

关,"此便是你头功"。史弘肇说:"文宝初降,未知心腹,元帅自须斟酌。"知远道:"只依我军令,自有分晓。"史弘肇不悦,引兵去了。知远传令,叫军将四下埋伏,听候火炮一起,四下杀进,只留空营等待。且说黄文宝引兵先行,戴礼随后亦到,时将三更,文宝道:"晋兵下三个营寨,我劫左营,兄劫右营,杀到中营取齐。"戴礼道:"兄弟所见有理,你可先杀进。"文宝匹马当先,大叫一声"劫营",杀进去。戴礼也杀入右营,却是空营,自思莫非晋兵去了?复杀到中营,不见文宝。戴礼令人去探,回报文宝不知那里去了。戴礼大惊曰:"吾中奸贼之计矣!"急令催兵回关。忽晋营内大炮震天,光照山川,四面八方,晋兵潮涌而来。戴礼不敢恋战,杀开一条血路,走到关下。关上火把齐明,一将大叫:"戴礼如何不降?"取关者,乃史弘肇也。戴礼见了,不敢往南走,勒马奔西路杀去。前遇着郭威阻住,两马相交,比手三合,被郭威一矛戳死马下,尽降其众。郭威收兵,到金井关取齐。

　　天色已明,知远部大军入关安民。郭威、史弘肇各献功毕,史弘肇问曰:"元帅如何知文宝此计可成其功?"知远曰:"文宝初降之时,我观其才貌,是个好汉,故释之,委为将,以安其心。金井关原是他守,必熟知地势,吾故问他求计。彼献此计出乎本心。使他人,如何进关?唯文宝可成此功。用之而无疑,吾不负文宝,文宝宁负我乎?今得此关,胜用数万人马之力矣。"史弘肇拜服曰:"元帅深谋远识,我等皆不及也!"知远传令进兵,一声炮响,大军离了金井关。行了数日,望铁笼山不远,知远下令安营。

　　却说铁笼山孙飞虎把守,部下有四员副将。一名萧龙,使一杆方天戟;一名萧鲸,用一把大刀。至亲兄弟,泽州人也,原亦绿林中出身,孙飞虎招来相助。又二名,一名曾杰,一名刘真,皆郓州人。曾杰有智谋,刘真通武艺。安重荣表二人为押衙将,差来与孙飞虎同守北山险要之地,严加把守不题。且听下回分解。

第五十四回
飞虎据守铁笼山

却说孙飞虎镇守此山,又得四将同心协助,这山原名铁笼山,只有东、北两条路,东路当中通镇州,北路斜去通并州,四下皆是高山,团围似座连城一般。若有五六百人山顶守住,任有十数万人马攻击不得。孙飞虎正坐,小军来报晋兵到。飞虎与众将曰:"日前金井关戴礼差人镇州讨救兵,今救兵未去,金井关已失,大队人马又来到此。镇州以我两处为咽喉也,一处不保,此处如何抵敌?"曾杰向前道:"将军!依小将计,只要守,不要战。我听得刘知远部下二将,一人史弘肇,一人郭威,皆有千军之勇。若与他厮杀,必难取胜。我这里有十年粮草,数万精兵,只须严把住路口,多设鹿角炮架,以防攻击。他大军远来,粮草难够支应,不消一月,必思回军。乘他困饿而去,我出精兵袭之,绝无不胜。"言未尽,闪过萧龙向前道:"曾兄如何这等怯弱?今晋兵临境,百姓惊惶,趁其营寨未定,正与他一战,杀退敌军,以保百姓,方显英雄。末将兄弟,出马一遭,生擒史弘肇、郭威来献。"孙飞虎拨与他兵一万,萧龙、萧鲸二将披挂上马,耀武扬威,领兵出阵。众军发喊,巡哨军卒报入中军。

却说刘知远正在帐中,报有人索战,知远问谁去迎敌。帐前闪过郭威道:"小将愿往。"知远拨与他兵二万,郭威披挂绰矛出马,跑出阵前,见有两员将官,怎生打扮?有诗为证:

对对红旗间翠袍,争飞战马转山腰。

日烘旗帜青龙现,风摆旌幡朱雀摇。

二队精兵夸勇猛,两员强将逞英豪。

萧龙左下方天戟,右手萧鲸偃月刀。

萧龙一马当先,问:"来将何名?"郭威曰:"吾是晋元帅刘知远部下大将郭威。问尔何人?"萧龙曰:"吾是总兵帐下牙将萧龙。"萧龙舞戟便刺,郭威用矛刺死萧龙,萧鲸赶来报仇,被郭威一铁锏打中脑盖而死。败兵走回报孙飞虎:"萧家兄弟被郭威杀了。"飞虎大惊,传令紧守隘口不出。知远无计，闷闷不悦。郭威劝其安营，围困之。

却说安重荣听得知远过了金井关，如坐针毡，牙将张孟德劝降，董琦向前曰："末将有一计，可成其功。契丹主手下有一个幸臣名阿思恭，大王可修书一封，遣人将金宝送与他，请他向契丹主说，这里情愿纳贡，只要令人入晋，与晋主说调回刘知远军马。再结契丹主，叫他相助人马，杀入洛阳，夺取晋朝天下。"安重荣然其策，即遣张雄、李勇径赴大辽，见阿思恭道知。

阿思恭得了金宝，次日见契丹主，将安重荣事奏知。契丹主遣使乔荣赍诏入朝，要晋主调回刘知远人马。晋主问群臣此事如何。桑维翰奏曰："既契丹主有诏书来，陛下当要依允。"景延广曰："不可。镇州作反，出师以正其罪，近日捷报，功在垂成。今若调回，将前功尽弃，致后来之祸。陛下且把诏书停下。"尚书李嵩亦劝调回人马。晋王正遣使命前往边镇，不想延广先差人去见知远，告知不要回兵。知远得知，正与群将计议，忽报朝廷差使命赍诏书来召班师，计议收军。欲知后事，且听下回分解。

第五十五回

弘肇活捉孙飞虎

知远接得诏书，心中不悦，进退两难，正在疑惑不决。史弘肇曰："将在外君命有所不受，功在垂成，而诏班师，他日之祸，自今日始矣！兵贵神速，只管进兵平复镇州。班师而回，随朝廷发落。"知远传令进兵，史弘肇手执团牌登山，先砍死十余人，郭威从后一跃上城。史弘肇捉了孙飞虎，郭威一铜打死刘真，曾杰正走，被晋兵砍为肉泥，放火烧了营寨。知远叫刀斧手斩了孙飞虎，号令大军来到镇州。安重荣唬得魂不附体，与众商议，再差人结纳契丹主来相助，一边令张仲达出马。与史弘肇比手数合，被史弘肇一刀挥作两段。大军围了四门攻打。报安重荣："张仲达被杀死，人马困了城池。"安重荣半晌无语。董琦说："明日主公亲临阵，末将愿为先锋。"张伸德回府，寻思个自尽去处，免被晋人所辱，径入后园，投于绿荷池中而死。

安重荣领兵将出城,报知知远,知远出阵,大骂:"反贼下马受死!"举安汉刀就砍。安重荣副将周虎举枪急架,又被知远斩于马下。安重荣便走,知远直入北阵。郭威遇着董琦,一矛刺死。安重荣走入城中不出,知远一连困了四十余日。时乃六月,城中无水,多有思献城者。牙将胡衍见城中干暴,与众商议,写书拴于箭头上,射入晋营通信息,里应外合取城。知远得书,即传令众军接应。三更时分,胡衍引众开了水碾门,放起火炬,大叫晋兵入城。史弘肇先杀入城中,安重荣惊惶,匿在民家躲避。天明,知远入城安民,胡衍请罪,知远说:"你有献城之功,免了前罪。"民家献出安重荣,知远令囚起解回京城。次日,知远拨将守镇州,传令班师,到京城朝见晋主,奏知平服镇州。晋主大悦,旨下斩讫安重荣,将首级函封,差使送去见契丹主。封知远为邠州太原府节度使,便往镇守太原去了。

却说契丹主见送安重荣首级来,大怒曰:"石郎为天子,从何得来?"即发使回见石郎,说:"吾有带甲二十余万,若再如此违我言语,即统兵来中原,立他姓为君。"使命喏喏而回,将契丹主之言奏知晋主。晋主不悦,退入宫中,忧愤成疾。大臣桑维翰等入宫中问安,晋主流涕曰:"不济事矣!坐卧不安,夜见强魂来宫中索命。"病势沉疴①,渐渐危笃②。差使捧诏宣知远还朝。天福七年,刘知远班师还到洛阳,入宫朝见晋主。主曰:"朕忍死以待卿回,今日得面,无遗恨矣!"知远曰:"臣在建州得手诏,闻陛下龙体有恙,恨不能插翅飞至阙下,省视陛下。"晋主宣齐王重贵并皇后张氏、宰相冯道及景延广等,齐至御榻之前。晋主曰:"朕太子重睿年幼,不堪掌社稷之重任,今国家多难,宜立长君以安人民,幸有皇侄重贵,可居此位。愿汝众卿以伊尹、周公之心为心,俟重睿稍长,传位与之。诚宗庙生灵之大幸,亦吾家之大幸也。"言讫,唤齐王近前,复指刘知远曰:"汝众臣为证,此位当还重睿,毋负朕心。"知远流涕,众皆伤感。晋主口不能言,须臾而崩。时天福七年正月上旬也,寿五十一岁,在位七年。史臣断曰:

晋祖以唐朝禁脔③之亲,地尊势重,迫于猜疑,请兵契丹,赂

---

① 沉疴(kē)——重病。
② 危笃(dǔ)——沉重。
③ 禁脔(luán)——比喻独自占有而不容别人分享、染指的东西。

以州邑,而取人之国。以中国之君,而屈身夷狄,玩好珍异,旁午道途,小不如意,呵责继之,当时朝野,莫不痛心,而晋祖事之,殊无赧色①。夫似古人行一不义,杀一无辜,而得天下,犹且不为,况附夷狄以伐中国,又从而取之者乎?《纲目》书晋王尊号于契丹,契丹加晋王尊号,所以着中国事夷狄,首足倒悬之极,其恶契丹,而贱敬瑭也,甚矣!

逸狂有诗责晋之君臣云:

> 智短才疏石敬瑭,闺闱嫌隙祸萧墙。
> 结连北房颜何厚,反下三关罪莫当。
> 屈膝称臣甘耻辱,请封割地坏纲常。
> 奸臣阿附桑维翰,十二年来尽灭亡。

第五十六回
立齐王重贵为帝

是日,晋王卒于正殿。冯道、景延广二人辅政,即立齐王重贵为帝,改元开运。太子重睿养在宫中。自立新君后,谥晋王为高祖皇帝,尊张氏为皇太后,葬高祖于显陵。此时,刘知远出镇晋阳。却说晋高祖初即大位,乃契丹所立,事之甚谨。至少主即位,景延广与众商议云:"今高祖晏驾,告哀契丹,不复称臣。"众皆然之。契丹主闻此大怒。未及数月,延广又囚番使,未几得脱,归报契丹主:"先帝是北朝所立,故称臣奉表。今新君乃中国所立,与我国无预,只宜为邻称好足矣。如若发怒,准备厮战,更有十万横磨刀剑以待。桑维翰屡谏逊辞以谢我国,每为景延广所阻。"于是契丹主闻此消息,即点三军渡河入寇。契丹主曰:"所虑者,刘知远现屯兵镇守太原,恐出兵断吾之后。"别遣御弟伟王为元帅,李得、樊彪为先锋,领兵五万,先攻太原。自领大将赵延寿、杨光远统兵十五万,望洛阳进发。

---

① 赧(nǎn)色——羞愧脸红。

却说伟王人马到太原下营。刘知远听知,郭威进说:"此必契丹主兴兵入朝,恐我军截其后,故先来攻太原。末将见阵一遭!"郭威披挂上马,出营与樊彪交战。樊被郭威用矛刺死,杀军大半。败卒回营报伟王:"樊彪被郭威刺死。"伟王大惊,李得叩头道:"小将愿往擒贼。"遂出马阵前搦战。知远听得,令史弘肇见阵。郭威引一支兵从西路去辽帅总营放火。李得与史弘肇交马一合,被弘肇一刀劈落马下。辽兵大败,奔归营,只见营内放火。伟王匹马逃生,郭威领兵从营后杀出,伟王慌张,被郭威一矛刺死,辽兵杀了大半。郭威与史弘肇收兵,回见知远,差人打听契丹消息。

却说契丹主兵正行,报伟王军马尽被知远部下杀了。契丹主大惊曰:"知远必乘胜而出,使吾无葬身之地。"赵延寿告道:"我主不必忧愁,可再差耿雍屯在柳河川把守,以防太原兵出。"契丹主听说,差耿雍屯在柳河川把守去了,自领兵到贝州围了城池。守贝州吴峦引兵出城,与杨光远比手三合,吴峦力怯走回,被杨光远赶上,乘势杀入城中。吴峦自料难以脱身,投井而亡。契丹主入城投扎。次日,人马到济阳下营。

却说幼主即位以来,不理国政,与景延广日夕在后苑饮酒取乐。一日正饮间,报契丹主引兵入寇,破了贝州,不日到京城了。幼主大惊。景延广奏曰:"我主无防,只遣大将杜威部兵前去迎敌。"

杜威受命,同副将二员李谷、张英领十万兵到济阳安营。李谷献计:"令众军砍伐树木,置水中做桥以渡,我引一支兵抄出他营,放火为号,可成大功。"杜威不听李谷计,领兵出营索战。赵延朗一马当先,与晋副将张英交锋,赵延寿舞刀相助,李谷也举枪夹斗。正战之间,忽一阵大风,把晋军旗号吹倒。众军不能开眼。延寿乘风势杀来,李谷马失前蹄,被延朗捉了。延寿一鞭打死张英,杜威自缚而降,收拾军中去了。契丹主饶了李谷不杀,传令大军,直杀到长安,离三十里下营。报幼主杜威降虏,我师大败,全军皆没。幼主唬得魂不附体。右丞相李嵩奏曰:"契丹主所恨者景延广,把景延广斩首,首级献契丹主,再求称臣,以保社稷。"幼主不从,回宫寻个自尽处,放起一把火,烧着翠云楼。幼主往火中一跳,却得一人救起。不知性命若何,且听下回分解。

第五十七回
幼主称臣降契丹

时救起幼主者，乃侍御官彭义也。幼主半晌方醒，义泣奏曰："不如从李嵩之议，即便遣使见契丹主乞降。"幼主差李嵩赍表章，径到契丹主营中，奏曰：

> 孙男石重贵祸至神惑，运尽天亡，情愿乞降以全生灵。今特奉表大皇帝行营，早整车驾，孙男臣伏道以俟。早赐炳照。

契丹主看毕大怒，骂道："晋主负盟背义，吾必斩之方消此恨。"令将李嵩监在营中。退入帐后，有述律太后见契丹主怒，乃劝道："今便将幼主杀之，你亦不能为中国之君也，不若准其归降，回兵归国。"契丹主自思，所言有理，即放李嵩，叫晋主准备来降。

李嵩回见幼主，将契丹言语奏知。晋主只得领群臣迎接契丹主进城，走马登殿。幼主率群臣拜伏阶下，契丹主叫手下将石重贵脱去袍，只穿素服，发去封禅寺听候。拿过景延广，契丹主怒恨，指着骂道："致两国不和，皆你所为也。"令将槛车囚起。延广受辱不过，夜间用手插入咽喉而死。归杀桑维翰，契丹主怜他是个忠臣，令人葬之于城东。却说晋幼主与太后被监寺内，饿了数日，太后使人问僧求食，僧曰："辽兵四下看守，要害你母子，不敢献食。"俄有使报契丹主降封晋主为负义侯，同太后徙居黄龙府，即日就行。晋主在位五年，自高祖至是，凡二帝，一十二岁而亡。按史臣断曰：

> 齐王舍桑维翰之忠谏，信景延广之狂策，内政不修，而外挑强胡。自阳城一捷之后，顾谓国势无虞，骄奢益甚。四方贡献，皆归内府，广置宫室，崇饰后庭，赏赐伶优，多寡无数。委任冯玉，倚势弄权，赂遗辐辏，朝政日坏。当旱蝗水潦，国脉如线之时，方且遣使刮民之谷，刮民之财。迨①夫契丹入寇，境内惶惶，

---

① 迨（dài）——等到，达到。

犹调莺御苑,排阻人言,遂使哭声震天,横尸蔽野,其君束手就缚,其臣计穷伏诛。迹其人谋,岂不幸哉。

丽泉读此有诗叹云:

称臣割地非天命,晋祖当年孕祸胎。

维翰逊辞延广阻,身亡国灭可哀哉。

是时,东方群盗蜂起,互相为乱,契丹主乃召晋朝百官谕之曰:"不意中国之人,难制如此! 今天时炎热,不如引兵北归,别有良策守此地耳。"乃以萧翰为节度使,留守洛阳。即日拔寨而归。晋之文武诸司,从者数千人,尽载府库金宝以行。远近之人,见者无不下泪。且听下回分解。

第五十八回

汉主谋杀史弘肇

却说刘知远封为北平王,镇守河东。却有诸将劝知远称尊,以号令四方,知远不从。乃闻晋主北迁,又称说欲出兵井陉,迎归晋阳。乃命指挥使史弘肇集诸军商议,告以出师之期。军士皆曰:"今天下无主,平天下者,非我主而谁? 宜先正位号,然后出师。"于是众军山呼不已。知远曰:"虏势尚强,吾之军威未振,当建功恢复王室,迎立新君。汝士卒何知天命存在耶?"郭威与都押衙杨邠①入说知远曰:"此天意也,大王不乘此以取中原,人心一移,则反受他人所制矣!"知远从之。是时契丹主遣将刘愿为保义节度副使,陕人苦其暴虐,都头王晏与指挥使赵晖、侯章谋曰:"刘公威德远著,吾辈若杀刘愿,举陕城以归之,为天下首倡,取富贵如反掌耳!"晖等皆言此计甚妙,可速行之。至是,王晏、赵晖、侯章等持刀直入帅府,共斩刘愿,举城降于知远。知远乃即帝位于晋阳,复迁于大梁。诸镇多降,国号曰汉,改元乾佑,更名曰杲②。封杨邠为同平章事,封郭威为邺都留守。威辞行之时,言于帝曰:"亲近忠直,放远奸邪,善恶之间,

---

① 邠(bīn)。

② 杲(gǎo)。

第五十八回　汉主谋杀史弘肇

所宜明审。苏逢吉、杨邠、史弘肇皆先帝之旧臣,愿陛下推心任之。至于疆场之事,臣愿尽心以报陛下。"汉主敛容谢之。威至邺都,以河北人民困弊,乃号令边将谨守疆场,严加巡警,毋得侵掠。契丹入寇,则坚壁清野以待之。

汉主在位方二年,忽染暴疾,崩于正寝。群臣发丧举哀,遂迎立太子刘承佑即皇帝位,称号隐帝。承佑年方十八,即位之后,谥汉主为高帝,尊母李氏为皇太后,葬高祖于睿陵。

却说隐帝自即位以来,日益骄纵,政非己出。是时,枢密副使杨邠掌机政,郭威主征伐,史弘肇与宿卫王章掌财赋。邠性忠直,门无私谒,虽不却四方馈遗,然有余辄献之。弘肇督察京城,道不拾遗。王章捃摭①遗利,供馈不乏,国家粗安。弘肇尝谓:"治天下须用长枪大剑,安用毛锥子?"王章曰:"若无毛锥子,财赋从何而出?"于是将相始为仇隙。时隐帝左右,尽皆宠幸之人用事,太后亲戚干政,邠等屡裁抑之。太后之弟李业求为宣徽使不得,心甚怨望,与阎晋卿、聂文进、郭允明、刘铢数人皆有宠而久不迁官,各怀不忿之心,恨着执政之人。时隐帝除丧听乐,厚赐伶人以锦袍玉带。弘肇怒曰:"士卒守边苦战,受尽汗马之劳,犹未有以赐之,汝曹何功而得此乎?"即命尽夺之。

隐帝年益壮,厌为大臣所制。忽日邠与弘肇议事于殿前曰:"陛下但噤声勿语,凡百事臣等自有公道处之,必合于理,岂劳圣虑乎?"隐帝每听之,忧闷不已,积恨在心。于是左右之人相共谮②之云:"邠等执法自恣,终当为乱。"隐帝信之,遂与李业、聂文进、匡赞、郭允明谋诛邠等,以此事入奏太后,太后曰:"此事何可轻发?更宜与宰相共议。"业曰:"先帝尝言,朝廷大事不可谋及书生,恐其懦怯误人故也。"太后坚执不可。隐帝怒曰:"国家之事,非闺门所知。"遂拂衣而出。复与数人商议,定下计策。先埋伏甲士数十于广政殿,正值邠等入朝,众兵一拥而出,喊声鼎沸,挺刃向前,杀邠与弘肇及王章于东庑下。

此时隐帝急宣众文武齐至殿下,亲谕之曰:"杨邠、史弘肇等欲为大逆,朕故杀之,与汝等各无干碍。邠等尚有阿附亲党,各出镇外郡,宜遣使

---

① 捃摭(jùn zhí)——拾取。
② 谮(zèn)——诬陷;中伤。

收捕,尽皆杀之,以除后患。"众臣皆曰:"邠等谋为不轨,陛下杀之,正合其理。臣等安敢复生异心?"隐帝即日遣供奉官孟业赍密诏至澶州,令李洪义杀弘肇余党步军指挥使王殷。再令行营指挥使郭崇威、曹威谋杀郭威及监军使王峻。李业奏隐帝曰:"郭威、王峻二人家属,皆在京师,可使人执下监之。二人若知,必贻大事矣!"隐帝大喜,便差刘铢领兵抄杀郭威、王峻家属。铢为人极其惨毒,领兵至彼二家,老幼无一得免者。复遣李洪建抄杀王殷家属,洪建但使人守视,仍与之饮食。

却说孟业行了数日,已至澶州,使人报知李洪义,二人相见,业悉以前事告之。洪义惊曰:"主上无道,谋杀大臣,此取乱之道也。若果如此,吾等死无葬身之地矣!"即将孟业监下,使人请郭威以诏示之。威见诏大惊,遂召魏仁浦同来视诏。郭威告曰:"今隐帝无道,谋杀大臣,复遣使赍诏前来欲杀我等,此事若何?"仁浦曰:"且自勿虑,公乃国之大臣,功业昭著,加之掌握大兵,据守重镇。一旦为群小所窥,祸出非意,此岂辞说所能辩解?时势如此,岂可坐而待死乎?"郭威曰:"吾亦知此道理,怎奈未有奇策,犹豫不决。"仁浦曰:"如何难决?今日进则有生,富而且贵;退则有累卵之危矣!不如乘此机会,众人必然相助,何难决之有?"郭威曰:"汝言有理,深合吾意。"乃召郭崇威、曹威及诸将,告以邠等冤死及有密诏之故,且曰:"吾与诸公,披荆刺,从先帝以取天下,复受托孤之任,竭力以卫国家。今诸公已死,吾何独生?君等当奉行诏书,取吾首以献天子,庶不相累。"崇威等皆泣曰:"明公是何言也?今天子幼小,此必左右奸臣所为,若使此辈得志,国家其得安乎?众等愿随明公入朝自诉,洗荡鼠辈,以清朝廷,不可为奸计所害。"赵修己曰:"明公徒死无益,今日之计,不若顺众心,拥兵而南,此天启之也。古人云:'天予弗取,反受其殃,不可失此机会。'"是日众论纷纷,威意遂决。乃留其养子郭荣镇守邺城,遣郭崇威领兵前驱,自将大军继之。

兵至封丘,哨马报入洛阳。隐帝大惊,急取众臣商议,遣慕容彦超领兵拒之。时彦超方食,即舍筋①入朝,隐帝悉以军事委之。侯益曰:"郭威之兵,其锋甚锐,谁人与敌?其部下家属,皆在京师,官军不可轻出,不若闭城以挫其锋,使其母妻登城招之,可不战而下也。"彦超曰:"若待兵临

---

① 筋(zhù)——筷子。"箸"的异体字。

城下,则吾辈死无噍类①矣。"隐帝乃遣侯益与阎晋卿及吴虔裕、张彦超率领禁军直趋澶州。不知如何,且听下回分解。

第五十九回

郭威为众加黄袍

却说郭威兵至澶州,李洪义纳之。王殷亦引兵相会,合于一处。郭威心有退兵之意,诸将皆曰:"国家大事在目下一举,明公何退缩耶?国家负公,公不负国家。所以万人争奋,如报私仇。侯益辈何能为乎?"于是众皆踊跃前进,军声大振。次日兵至梅坡,扎了营寨。隐帝闻郭威兵已至近,心甚惊骇,复遣袁义、刘重进率禁军与侯益等会屯赤冈,彦超以大军屯七里店。隐帝欲自出劳军,太后止之。忽人报郭威兵来搦战,帝命彦超出马,唤敌兵答话。威遣李荣出阵与彦超交锋,约战十数合,彦超料敌李荣不住,拨马走回本阵。李荣纵马追袭,被两翼兵射住,荣遂退回。当日彦超罢兵,部下死者百余人,于是诸军锐气稍挫。北军侯益等潜往见威,威各遣还营。彦超战败,遂与十余骑奔还兖州。隐帝独与三相及从官数十人宿于七里寨,余皆逃溃。

次早,将还宫,入至玄化门,刘铢已在门上拽弓搭箭来射隐帝。隐帝射过,急勒马奔回西北。比及到赵村之时,后面追兵已至。隐帝见势迫,遂下马步走,为乱兵所弑。苏蓬吉、阎晋卿、郭允明等皆自杀,郭威自迎春门入,归至私第。诸军入城,大掠一番。

次日文武百官朝于太后,俱奏称禅国事。王殷请曰:"国不可一日无君,请早立明君以安天下。"太后下诏,迎立隐帝之弟,河东节度使刘赟②即皇帝位。此时赟尚未至,正值契丹入寇,太后乃遣郭威督大军击之。威至澶州,将发之际,将士数千人忽大喧闹,急令闭门。将士逾垣而入曰:"天子须侍中自为之,将士已与刘氏为仇,不可立也。"言未尽,只见一将

---

① 噍(jiào)类——能吃东西的动物,指活着的人。
② 赟(yūn)——美好。

官裂一面黄旗被于郭威身上,共挟抱之,声闻数十里。因拥威南行,威乃上太后笺,请奉汉之宗庙,事太后为母。太后乃下诏,废赟为湘阴公,即命郭威监国,百官及藩镇相继上表劝进,威遂废汉。汉传二帝,历四年,是岁辛亥,汉遂亡。史臣评曰:

  高祖拥精锐之兵,居形便之地,属胡骑北旋中州之主,故雍容南面,而天下归之。岂其才德之首出哉?乃会其时之可为也。
  夫根疏者不固,基薄者易危,隐帝虽有南面之号,而政非己出,轻信群小之谋,祸不旋踵,自然之势也。父子相继,四年而灭。自古享国之短,未有若兹也。吁!哀哉!

  却说郭威乃太原人也,唐庄宗有宫人柴氏,归其家择姻。一日窥于门,见有疾走而过者,柴氏大惊,问此人为谁。有识者告曰:"'从马直'军使郭雀儿也。"柴氏欲嫁之,父母曰:"汝乃皇帝左右之人,归当嫁节度使,奈何欲嫁此等之人?"柴氏坚不他适,竟归于威。威既即位,自谓乃周虢叔之后,国号后周,称为太祖高帝,大赦天下,改元广顺元年。封柴氏为皇后。周主无子,乃立妻兄柴守礼之子柴荣为嗣,封荣为晋王。

  此时刘崇称帝于晋阳。初崇闻隐帝遇害,欲起兵南向,及闻迎立赟,崇大喜曰:"吾儿为帝,吾复何求?"复闻赟死,遂自称帝。所有并、汾、忻、代、岚、宪、降、蔚、沁、潦、麟、石十二州之地,以判官郑珙、赵华国平章事。谓其臣曰:"朕以高祖之业一朝坠地,今日位号,不得已而称之。顾我是何天子?尔曹是何节度耶?"国号北汉。

  却说周主在邺都之时,奇爱小吏曹翰之才,使翰侍事晋王荣。荣镇澶州,以翰为牙将,荣入尹开封,翰请问曰:"大王国之储嗣,万民之所瞻仰。昨闻主上得沾一疾,大王当入侍医药,奈何犹决事于外邦?若一旦变,谁肯为之主耶?"荣听言大惊,遂欣然回阙。周主疾笃,乃诏晋王听政。周主戒曰:"昔吾西征之时,见大唐十八陵,无一陵不遭废掘者。此无它,唯多藏金玉故也。我死后,当衣以纸衣,殓以瓦棺,圹中①无用石,以甓②代之,工人役徒,皆合雇,勿使劳役百姓。既葬之后,募近陵之民三十户,

---

① 圹(kuàng)中——墓穴中。
② 甓(pì)——砖。

蠲①其杂徭，使之守视。勿修下宫，勿用宫人，勿做石羊、石虎、石人、石马，唯刻石置陵前云：周天子生平好约，遗命用纸衣瓦棺，嗣天子不敢违也。汝违吾言，吾不福汝矣！"言讫，大叫一声，气绝而殂，年五十三岁，时广顺三年二月上旬也。史臣断云：

  周祖两弑其君，篡取大位。得国之初，罢四方贡献珍食，诏百官上封事，毁汉宫室器皿，立词翰法，定税租皮法，罢户部营田，除租牛课。又如曲阜谒孔子祠，复拜其墓。况有王峻以赞军事，范质以定法渡，李谷以导上意，虽享国日浅，而施为有足称者。故先儒称其为唐明周世之亚，盖以此耳。然其既已文身，而甘心从之，而又偃然自处天位，则是黄屋中居一點②人耳，何以令天下众庶乎？观其语刘崇曰：自古岂有花项天子？则周祖之自处亦明矣！

  周主既殂，殓于偏殿，百官有司哀恸至甚。平章事范质曰："主上晏驾，天下震动，请早立嗣君，以承国统。"乃请晋王荣即皇帝位，称号世宗皇帝，改元显德。晋王本姓柴，时年三十三岁。封冯道为太师。后八月，葬周主于新郑，谥曰太祖皇帝。尊皇后柴氏为太后，入养老宫。大赦天下。

  却说北汉王刘崇闻周王已殂，乃大喜曰："郭威篡吾家天下，每欲复仇，未得其由。今郭威已死，吾无忧矣。"即遣使厚赂金帛请兵于契丹，契丹主遂遣大将杨兖率领万骑，前来助战。北汉主自率三万人马杀奔洛阳。

  边关累累告急，世宗听知，聚群臣商议，欲自将兵以御之。群臣奏曰："不可。刘崇自平阳遁走以来，势蹙③气沮，必不敢自来。陛下初登大宝，山陵有日，人心易摇，不宜轻动。只遣一大将御之足矣，安劳圣驾以亲讨乎？"世宗曰："不然，崇乘我大丧，轻朕年少新立，此必自来，朕不可不往。"冯道力争之，世宗曰："昔唐太宗定天下，未尝不自行，朕何故偷安？"道曰："未审陛下能为唐太宗否？"世宗曰："以吾兵力之强，破刘崇直如推山压卵耳！"道曰："未审陛下能如山否？"世宗不悦。唯王溥劝车驾行。

---

① 蠲（juān）——免除。

② 黠（xiá）——聪明而狡猾。

③ 蹙（cù）——紧迫，收缩。

未知胜负如何，且听下回分解。

第 六 十 回
周少主禅位宋祖

当日世兵行之次，但见旌旗蔽日，剑戟凝霜，人如猛虎，马赛飞彪，不日已至泽州，安下营寨。北汉之兵，屯于高平之南，世宗命前锋击之，北汉兵退十里。周世宗疑其遁去，催诸军急进。后军未至，众心畏惧，而世宗志气犹锐。乃命白重赞、李重进将左军居西，樊爱能、何徽将右军居东，向训、史彦超将精骑居中，张永德将禁兵自卫。两阵对圆，周将出马，北汉将杨衮挺枪来迎。两下合战未久，忽见周之右军樊爱能、何徽将骑兵先走，余兵大溃，约有一千余人，皆解甲声呼万岁，降于北汉。

世宗见兵势危急，遂亲冒矢石，引兵督战。宿卫将赵匡胤谓同列曰："主危如此，吾安得不致死乎？"众皆默然未答。匡胤又谓禁兵将张永得曰："吾观贼气骄暴如此，力战可破也。公急引兵乘高西出为左翼，我为右翼，两下夹攻，国家安危在此一举。"永德从之，于是二人各率精兵二千出战。匡胤此时身先士卒，众兵无不以一当百。北汉兵大败，杨衮亦不敢援，北汉主收兵北走，仅得生入晋阳。此时杀得汉兵，尸满山谷，委弃御物及辎重器械之类不可胜计。

是夕世宗野宿，得步兵之降敌者皆杀之。樊爱能等闻周兵大获全胜，与士卒悄悄复还。世宗欲肃将令，即收爱能、何徽及部下七千余人责之曰："汝辈皆累朝宿将，非不能战，今望风奔逃者无它，是欲以朕为奇货，卖与刘崇请功耳！"诸将默然不答，周世宗大怒，喝令武士推出尽皆斩之。自是骄将惰卒，始知所惧，不行姑息之政矣。有诗为证：

五代纷纷积弱余，骄军卖主主无如。
高平自是樊、何斩，从此军容有丈夫。

是时永得盛称匡胤智勇，擢为殿前都虞侯。此时显德六年秋八月初一日，忽起大风，江海腾涌，平地水深数尺。周太祖陵上，松柏尽皆拔起，

第六十回　周少主禅位宋祖

直从空中飞来汴城南门外,倒卓①于南路。因此世宗受惊得病,至九月病渐危笃,乃召魏仁浦同平章事,加赵匡胤为殿前都点检,一同听政。复召诸臣至御榻前托孤,更嘱以后事,世宗遂崩。年三十九岁,在位六年。初世宗虽在藩,多务韬晦②,及即位后,破高平之寇,人皆服其英武。

按五代史世宗以柴氏子入继大统,盖至此而周之国姓一变焉。即位之初,愤然欲削平天下,盖念乱甚而望治切,真中原之主也。深知近世之弊,起于威令之不行,上陵下僭③,首诛樊、何以正军法,革五十年之弊政,遂能变弱为强,因败为功。乘胜逐北至于太原,归而简兵整众,锐意进取,于是南割江西,克秦凤,北取三关,威武之声,振响夷夏,可谓雄杰,近世以来未之有也。尝夜读书,见唐元稹④均田图,乃诏颁图法于天下,使吏民先习知之,期以一岁,大均天下之田,其规模岂小小哉?迹其注意元元,留心邦本,于五代十二君之中,独称为最。使其天假之以年,其成就盖未可量也。

当日众臣请太子宗训即皇帝位,称号恭帝。宗训年方七岁,范质、魏仁浦效伊尹周公辅幼故事,封赵匡胤为归德节度使。匡胤涿郡人也,父名弘殷,为洛阳禁卫将校。娶杜氏,生匡胤于甲马营,赤光满室,营中异香,经月不散。时人谓之香孩儿营。少从新文说学,及长,容貌雄伟,器度豁如。世宗时掌军政,凡六年,士卒服其恩威,数从征伐,树立大功。世宗一日丁簏中得书一本,中云"点检做天子"。世宗大惊,时张永德为点验,乃迁之,而易以匡胤。

是时,人报河东刘钧结连辽兵入寇,恭帝遂命匡胤领兵。此时主少国危,中外始有推戴之议。军校苗训在营中望见东北上,日下复有一日,黑光相荡,骇然大惊,且指曰:"此天命也。"正值黄昏,左侧兵至陈桥驿。军士相聚谋曰:"主上幼弱,我等奋力破敌,谁则知之,不如先立点检为天子,然后北征,此为上策。"众皆然之。即日厉声一呼,皆袒臂相从,环列待旦,而匡胤醉卧,实不知也。比及天色微明,军士皆环甲执兵,直叩寝

---

① 卓——直立。
② 韬晦——比喻隐藏才能,不外露。
③ 僭(jiàn)——古时指地位在下却冒用地位在上之人的名义或礼仪。
④ 元稹(779—831)——字微之,别字威明,唐汉阳人。

门,匡胤觉悟,慌问其故。诸将答曰:"某等无主,愿策太尉为天子。"匡胤惊起披衣,诸将相与扶出,被以黄袍,山呼齐拜,掖之上马,拥还汴来。匡胤此时拒之不可,乃揽辔誓诸将曰:"汝等自谓我为天子,若能从我命则可。不然,我不为也。"众皆下马跪曰:"愿受命令。"匡胤曰:"少帝及太后我曾北面事之,不得惊犯。公卿大臣,皆我比肩,不得侵凌。朝币府库,不得掳掠。用命则重赏,不然则族诛矣!"众皆喏喏连声。于是整军自仁和门而入,秋毫无犯。时周侍卫指挥使韩通,谋率众御之,被军校王彦升所杀,并戮其妻子。当匡胤退居公署,宰相范质、王溥诣崇元殿集文武官僚,至日暮时班定,犹未有禅诏,翰林承旨陶谷所撰禅诏,出诸袖中,遂用之。制曰:

天生烝①民,树之司牧。二帝推公而禅位,三王乘时而革命,其极一也。予末小子,遭家不造,人心已去,天命有归。咨尔归德军节度使、殿前都点检赵匡胤禀上圣之资,有神武之略,佐我高祖,格于皇天,逮事世宗,功存纳麓②,东征西怨,厥绩懋焉。天地鬼神,享于有德,讴谣狱讼,附于至仁,应天顺民,法尧禅舜,如释重负,予其做宾,呜呼钦哉,祗畏天命。

右按周之国,凡三君两姓,历九年而宋兴焉。

读诏已毕,宣徽使引匡胤就庭,北面听受,宰相掖升崇元殿服衮冕,即皇帝位,称号太祖皇帝。群臣朝贺,改周显德七年为建隆元年,以所领镇为宋州归德军,国号曰宋。奉周恭帝为郑王,封弟光义为殿前都虞侯,封赵普为枢密直学士,立太庙,追帝其祖考,尊母杜氏为皇太后。当日太祖设太平筵宴,大会群臣。自是文官武将,济济彬彬,布满于朝。上有尧舜之风,下有鼓腹之乐。华山隐士陈抟闻宋代周,欣然喜曰:"天下自此定矣!"余见宋传,此编不多录也。逸狂诗云:

五代干戈未息肩,乱臣贼子混中原。

黎民苦怨天心怒,胡虏交驰世道颠。

点检数归真命主,陈桥兵变太平年。

黄袍丹诏须臾至,三百鸿图岂偶然。

---

① 烝(zhēng)——众多。
② 麓(lù)——盛东西的竹箱。

后贤有诗云：
纷纷五代乱离间，一旦云开复见天。
草木百年新雨露，车书万里旧山川。
丽泉有诗云：
幼主无知社稷休，临危俯首做降囚，
一朝帝业归于宋，忍耻含羞入郑州。

图书在版编目（CIP）数据

混唐后传/（明）钟惺编次.残唐五代史演义/（明）罗冠中编次.
--北京：华夏出版社，2017.10
（华夏古典小说分类阅读大系）
ISBN 978-7-5080-9284-3

Ⅰ．①混… ②残… Ⅱ．① 钟… ②罗… Ⅲ．①章回小说－小说集－中国-明代 Ⅳ．①I242.4

中国版本图书馆CIP数据核字(2017)第214451号

混唐后传　残唐五代史演义

作　　者	[明]钟惺 编次　[明]罗冠中 编次
责任编辑	韩　平
责任印制	顾瑞清
出版发行	华夏出版社
经　　销	新华书店
印　　刷	三河市万龙印装有限公司
装　　订	三河市万龙印装有限公司
版　　次	2017年10月北京第1版 2017年10月北京第1次印刷
开　　本	880×1230　1/32
印　　张	9.25
字　　数	300千字
定　　价	32.00元

华夏出版社　地址：北京市东直门外香河园北里4号　邮编：100028
网址：http://www.hxph.com.cn　电话：(010)64663331(转)
若发现本版图书有印装质量问题，请与我社营销中心联系调换。